桃源

黒川博行
Hiroyuki Kurokawa

集英社

桃源

主要登場人物

＊警察関係者

新垣遼太郎……大阪府警泉尾署刑事課捜査二係。沖縄出身。
上坂勤………泉尾署刑事課捜査二係。新垣の相棒。
稲葉俊通………泉尾署刑事課捜査二係。
宇佐美………泉尾署刑事課捜査二係長。
西村…………泉尾署刑事課長。
真鍋…………泉尾署鑑識課。
庄野…………横堀署刑事課薬物担当。
益満…………宮古島署刑事課長。

＊模合関係者

比嘉慶章………解体業者。比嘉工務店社長。
比嘉たまみ……慶章の妻。
知念昌雄………テナントビルのオーナー。比嘉の模合の会員。

＊兎子組関係者
佐々木寛……神戸川坂会・兎子組組長。
横山裕治……神戸川坂会・兎子組若頭。
米田克美……神戸川坂会・兎子組幹部。
荒井康平……神戸川坂会・兎子組組員。

＊沈船ビジネス関係者
河本展郎……サルベージ会社『ＯＴＳＲ』代表。
村上哲也……サルベージ会社『ＯＴＳＲ』社員。
美濃聡…………川坂会系矩義会の元準構成員。

＊トレジャーハント出資者
森野浩三……青果会社会長。
松尾健治……葉物の卸業者。
畑中一郎……元中学校長。

西銘健人………石垣漁協職員。比嘉慶章の甥。
安里英俊………不動産業者。西銘の幼なじみ。
宮地沙織………ラウンジのホステス。
金子さつき……保育士。荒井の彼女。
正木みのり……飲食店勤務。村上の彼女。
小林玲衣………近畿学院大四回生。
堀井咲季………管理栄養士。

1

朝、刑事部屋に入るなり、宇佐美《うさみ》に手招きされた。デスクのそばへ行く。

「ま、座れ」

いわれて、傍《かたわ》らのスチール椅子を引き寄せ、腰をおろした。

「仕事や。無尽をやってくれ」

「無尽……。詐欺的な？」

「いや、そこが分からん。いまのとこはな」

「逃げたんですか、座元が」

無尽とか頼母子講《たのもしこう》が潰れたのなら犯罪要素は薄い。警察沙汰にはならないはずだが。

「そう、座元が飛んだ。六百万ほど拐帯《かいたい》してな」

月の掛け金は十五万円。無尽の会員は十三人で、商工業者がほとんどだと宇佐美はいう。

「十五万円が十三人……。月に百九十五万円ですよね。その座元がなんで六百万も持って逃げたんです」

「よう分からんのやけど、座元は百九十五万に五万を足して、二百万を、もひとつ上の無尽に掛けたらしいんや」

「ということは、無尽がふたつ……。二段階あったんですか」

「島袋《しまぶくろ》いう土建業者が上の座元で、飛んだんは比嘉《ひが》いう解体業者や。比嘉は先月の寄り合いで六百万を競り落とした」

宇佐美はノートを広げて、島袋が親、比嘉が子、比嘉の下に十三人の孫——という略図を書いた。「——島袋の下には比嘉のほかにふたつのグループがあって、三つのグループから毎月計六百万円が島袋の口座に振り込まれてたんや」

「なんと、いまどき大仕掛けな無尽ですね」

無尽の会費は月に五千円とか一万円が普通だろう。十五万円というのはかなりの高額だ。

「模合《もあい》や、模合。知らんか」

「もちろん知ってます。沖縄の無尽ですわ」

島袋や比嘉というのは沖縄県出身者の名字だ。新垣《しんがき》が勤める泉尾《いずお》署は大阪市大正区にあり、大正区には多くの沖縄出身者が居住している。

「せやから、この捜査はウチナンチューの君が適任なんや。上坂《うえさか》とやってくれるか」

昨日《きのう》、刑事課長が告訴状を受理した、と宇佐美はいう。

「告訴したんは誰です。島袋ですか」

「比嘉の模合の会員で、知念《ちねん》いうテナントビルのオーナーや。大正駅の南向かいに『エアチェック』いうカラオケ屋があるやろ」

「ああ、あのビルね。知ってますわ」

五階建か六階建の細長いスナックビル。一階はカラオケボックスだ。

「知念は弁護士を連れて署に来よった。告訴状、持ってな」

弁護士が同道したとなると、刑事課長の西村《にしむら》も粗略にはできない。告訴状の体裁も整っているだろうから、受理せざるを得なかったのだ。ただでさえ忙しいのに、また余計な仕事が増える。

「比嘉とかいう座元が飛んだんは確かなんですね」

「そいつはまちがいない。寄り合いは先月の二十三日で、比嘉はそのあと行方知れずや」

「比嘉は解体屋でしょ。会社はどうしてるんです」

「さぁな……。行ってみいや」ひとごとのように宇佐美はいう。

「自分がいまやってる偽電話詐欺はどうしたらええんですか」

今年、管内で還付金詐欺が四件、発生した。いまはその捜査に追われている。

「しゃあない。比嘉を引けるかどうかは別にして、ケリがつくまで、君と上坂は外れてくれ」

それはうれしい。還付金詐欺など、おもしろくもなんともない。

「訴状や。読め」

宇佐美はコピーした紙片を数枚、放って寄越した。

デスクにもどって告訴状を読んだ。

《告訴状　大阪府警泉尾警察署長殿　平成28年11月7日

告訴人　住所　大阪市大正区三軒家北2丁目3番地11

氏名　知念昌雄

生年月日　昭和42年12月21日

電話番号　06・6551・89××

被告訴人　住所　大阪市大正区恩加島東3丁目12番地6

氏名　比嘉慶章

生年月日　昭和34年8月10日

電話番号　06・6551・03××

告訴人代理人　弁護士　高橋徹郎

住所　大阪市北区西天満9丁目4番地15－802　高橋法律事務所

電話番号　06・6356・73××

被告訴人の下記の告訴事実に記載の所為は、詐欺罪（刑法246条）もしくは横領罪（刑法252条）に該当すると思料しますので、捜査の上、厳重に処罰されたく、告訴致します。

告訴事実　――被告訴人は自らが立案主宰した模合（以下・かりゆし会とする）に告訴人を含む13人を勧誘し、これらを会員として平成28年9月より毎月20日を会費各々15万円の徴収日とし、被告訴人の銀行口座に会費を振り込ませた。かりゆし会の入札日は毎月25日であり、被告訴人の解体業事務所もしくは近隣のファミリーレストラン等に会員が寄り合い、入札をもって落札者を決めたものであるが、平成28年9月25日の会合を最後に10月25日の会合は開催されず、被告訴人は10月20日に振り込まれた会費をかりゆし会口座より全て引出し、これを拐帯したものである。

告訴に至る経緯　1、――告訴人らは平成28年10月25日の会合が開催されなかったため、被告訴人に電話連絡をとったが、固定電話は契約解除されており、携帯電話も不通であった。告訴人らは被告訴人が経営する大正区恩加島東の解体業事務所を訪れて自宅にいた妻に事情を聞いたところ、夫は10月23日より出社していないと答えた。

2、――その後、告訴人らが被告訴人の周辺を調べたところ、被告訴人は平成20年頃より解体事業の注文が減少し、業績が低迷して銀行、信用金庫、商工金融等から資金融資を受けたが業績は好転せず、平成26年頃より高利の金融業者からつなぎ資金を借用する状況に陥っていたが、これも被告訴人がかりゆし会を立案主宰した理由のひとつと思料される。

3、――以下は付帯事項であるが、被告訴人は平成28年9月より他の模合（以下・島袋会とする）の会員となり、かりゆし会の会費から200万円を納めた上で、平成28年10月23日の島袋会の入札日に575万円を落札し、これを拐帯した。

被告訴人の行った詐欺、横領は、平穏な市民生活の治安秩序を乱すものであり、被告訴人は再犯の蓋然性も高く、極めて危険な人物である。よって告訴人はこのようなことを断じて許すことができないため、厳重な捜査の上、被告訴人を厳罰にして頂きたく、ここに告訴するものである。

なお最後になりますが、告訴人は本件に関し、以後捜査に全面的な協力をすること、および捜査機関の指示ないし許可なく取り下げをしないことをお約束致します。》

別紙に、証拠資料として、告訴人の陳述書、証人としてかりゆし会会員らの陳述書、島袋伸一《しんいち》の陳述書、かりゆし会と島袋会の会費徴収メモ、落札記録などが添付されていた。

この男に再犯なんかできへんで。極めて危険な人物でもないやろ——。新垣は独りごちた。これは単純な事犯だ。比嘉は解体業の資金繰りに窮してかりゆし会の金を横領し、島袋会から五百七十五万円を騙取《へんしゅ》して行方をくらましたのだ。

煙草を吸いたいが、刑事部屋には灰皿がない。地階の食堂へ行こうと立ったところへ上坂が現れた。今日は寒くもないのにウールのステンカラーコートをはおっている。

「勤《きん》ちゃん、コーヒー飲も」

告訴状を手にとり、上坂に声をかけて部屋を出た。上坂は黙ってついてくる。

階段で地階に降りた。食堂の隣の休憩室に入り、自販機に五百円玉を入れた。

「勤ちゃんはなんや」

「奢ってくれるんですか」

「ああ、昨日の返しや」

「微糖かな、無糖かな……。いや、普通のにしますわ」

上坂が無糖や微糖の缶コーヒーを飲んだことはない。いつも砂糖いっぱいのミルクコーヒーだ。少しは痩せればいいものを。

新垣は無糖のコーヒーを買ってテーブルの前に腰かけた。上坂が棚からアルミの灰皿を持ってくる。コートを脱いで座った。

「暑いやろ。そのコート」

「ほんまや。暑いですね」

上坂は額に汗をかいている。ズボンのポケットからタオル地のハンカチを出して顔と首筋を拭いた。「いま気がつきましたわ。朝から温《ぬく》いて」

「雨が降るんとちがうか。降水確率四〇パーセント。天気予報でいうてた」

「遼《りょう》さんは天気予報なんか見るんですか」

「ニュース見てたら、きれいなおねえさんが出てくるやろ。おれはカンテレのおねえさんが好きやな」

「佐々木《ささき》あずみちゃんね。色が白《しろ》うてスカートが短い。ぼくも好きです」

上坂も見ているのだ。天気予報を。名前まで知っている。

煙草に火をつけた。椅子にもたれてけむりを吐く。

「髪の毛、ハネてるぞ」

上坂の髪は寝癖がひどい。いつもだ。「顔、洗《あろ》たんか」

「ぼく、鏡嫌いですねん」

「歯は」

「磨きましたよ、これで」人差し指を立てる。

「昨日も観てたんやろ、映画。遅うまで」

「『冷血』です。トルーマン・カポーティ原作の」

もう十回近くは観たという。「カンザス州で起きた一家四人殺しをモデルにしたノンフィクションノベルを映像化したテレビ映画で、そらもう、ものすごいリアリティーがある。『冷血』を書いたときのカポーティを描いた映画が『カポーティ』で、フィリップ・シーモア・ホフマンがアカデミー賞主演男優賞をとったんやけど、ホフマンは二年前に死んでしもた。味のある、ええ役者やったのに、惜しいことですわ」

映画オタク――。それも重症の。ただでさえよく喋る上坂が映画の話をしはじめたらとまらない。つまらぬ話題をふってしまったと、またけむりを吐いた。

「アメリカの映画観てたら、酒場の場面がよう出てくるでしょ。ひと癖ありそうな髭のバーテンダーがおってね。あれ観ると、ぼくも焼酎やめてバーボン飲みますねん」

「バーボンでもテキーラでも、好きに飲めや」

「遼さん、『ヘイトフル・エイト』観ました?」

「観るわけないやろ」映画にはほぼ興味なし。特に字幕つきの映画は。

「ぼく的には今年のナンバーワン。やっぱり、タランティーノはすごいわ。役者のキャラとセリフが立ってますねん。タランティーノとコーエン兄弟は外れがない。ティム・バートンもよろしいね。『スリーピー・ホロウ』はゴシックホラーの名作です――」好きなように喋らせておく。

上坂勤《つとむ》――。小肥《こぶと》り、赤ら顔、猪首《いくび》、レンズの厚いセルフレームの眼鏡、前頭部はみごとに抜けあがっている。背が低く、手足が短い。表情とものいいに愛敬《あいきょう》があり、それが訊込みの武器にもなっている。外見的には年上だが、新垣より三つ下の三十六歳。京都芸術工科大学の映像学科を出て大阪府警の採用試験を受けた変わり種だ。

「――遼さん、聞いてないでしょ。ぼくの話」

視線をもどした。缶コーヒーを飲む。

「『ハートフル・ナイト』な。今度、観るわ」

「ハートやない。『ヘイトフル・エイト』です」

タランティーノはサミュエル・L・ジャクソンやカート・ラッセルがお気に入りだと、上坂はつづける。

「勤ちゃん、今日から還付金詐欺はお休みや」饒舌《じょうぜつ》を遮った。

「へっ、なんで……」

「模合て、聞いたことあるか」

「知ってますよ。イースター島」

「それはモアイや」

告訴状をテーブルにおいた。「読んでみい」

上坂は告訴状を手にとった。なにかしら、ぶつぶついいながら読む。

「――これ、受理したんですか」

「受理した。西村のおっさんが現場の迷惑かえりみず」

「あのおっさんはあきませんで。出世しか頭にない」

「あかんから、出世したいんや」

西村に刑事警察はできない。えらそうに講釈をたれるだけだ。西村は横堀署の交通課長から泉尾署に来た。捜査二係長の宇佐美は捜査ができるが、なにごとも上の言いなりで、ここいちばんの行き腰がない。つまるところ、西村も宇佐美もヒラメであり、警察官としての能力は低いということだ。

「模合の仕組みがもひとつ分からんですね。説明してください」

「無尽、頼母子講と考えたらええ。沖縄にはむかしから模合が浸透してるんや」

複数の個人がグループを組織し、毎月集まって一定の金を出し合い、欲しい人間から順に集まった金を入札で落としていくシステムだと説明した。「たとえば十人のグループがひとり一万円で模合をするとせんかい。今月は西村が落札して九万五千円を受けとり、次の月は宇佐美が九万六千円を受けとるというふうにして、十カ月で一巡するんや」

「毎月、五千円とか四千円が残りますね」

「それが利息代わりになる。最後の十カ月目まで辛抱した人間が十二、三万をもらえて、座元も二、三万の利益をとるんや」

飲み屋に集まって落札者を決める仲良しグループの模合も多いといった。「仲良し模合は毎月の会費が安い。せいぜい五千円やろ。利息なんかないし、飲み代は落札した人間が払う」

「ほんまや。頼母子とか無尽に似てますわ」

「職場や同級生、趣味の仲間、PTA。沖縄県人のほとんどはなんらかの模合に参加してるやろ。ひとりが三つも四つも掛け持ちでな」

いまも沖縄で模合がつづいているのは、もともと沖縄が血縁や知人との結びつきの強いヨコ社会であり、食べ物や生活用品を援助し合うことは日常茶飯事で、なにか困ったことがあれば世話をする相互扶助の習慣があったからだといった。「──そういう相互扶助を『ゆいまーる』というてな、沖縄からの移住民が多いハワイや南米にも模合文化が残ってる。大阪や東京の沖縄出身者のあいだでも模合をしてる連中は多いみたいやな」

「座元が飛ぶこともて、ようあるんですか」

「たまにある。デカい金融模合ではな」

「さすがウチナンチューの遼さん、詳しいですね」

「うちの親父もふたつほど入ってる。仲良し模合や」

新垣の両親は那覇の松山通り近くで昆布と塩干物の食品卸《おろし》をやっている。長男夫婦と前島の二世帯住宅に暮らしているのだが、この二年、新垣は帰省していない。

「地縁というんかな、沖縄のひとて、他府県に出ても結びつきが強いですよね」

「どうやろな。おれの世代はそうでもないんとちがうか」

新垣が大阪に出てきたのは、東大阪市の近畿経済大に入学したからだ。父親は新垣の卒業後、長男とふたりで家業を継ぐのを期待していたようだが、新垣は沖縄にもどりたくなかった。世間が狭くなるような気がしたからだ。四年生の春から就活をはじめて、どこからも内定をもらえず、夏休みに大阪府警察官の募集ポスターを眼にした。泥縄で試験対策本を何冊か読み、採用試験を受けたら、思いがけず合格通知がとどいた。おれ、警官になるかもしれん――。父親に知らせると、黙って電話を切られたが、仕送りがとまることはなかった。あとで知ったが、その仕送りは母親が振り込んでくれたものだった。

「おふくろいうのはありがたいな」

「急になんですねん」上坂が顔を見る。

「いや、思い出したんや」

「そら、ありがたいですわ。ぼくが好き勝手できるのは、おふくろがいればこそです」

「きれいなひとやな、おふくろさん」

「千林《せんばやし》小町ていわれてましてん。近所中で」

「言いすぎや。小町はないで」

一度、千林の上坂の家に招かれて夕食をごちそうになったことがある。広くはないが、手入れの行きとどいた家だった。七十前だという上坂の母親は息子に似ておらず、齢《とし》にしては背の高い、上品なひとだった。親ひとり子ひとり、生活は上坂の給料でやっているようだが、母親の遺族年金も少なくはないらしい。上坂の父親はＪＲの吹田機関区で車両の点検保全をしていたが、定年後すぐ、膵臓ガンで亡くなった。大酒飲みだったと上坂はいう。上坂も酒が切れる日はない。

「今日はどないします」

「そうやな、まず知念の顔見るか」

「歩きですか。車ですか」

「車や。雨が降る」

煙草を吸い終えた。八時五十分――。刑事部屋にもどる。

車両係に申請してカローラを借りた。新垣が運転して駐車場を出た。

ＪＲ環状線大正駅前、『エアチェック』のパーキングに車を駐《と》めた。告訴状の住所によると、知念の自宅はテナントビルの裏手にあるようだ。

メッキ工場とマンションに挟まれたブロック塀の家がそうだった。《知念》の表札を見て、門柱のインターホンを押す。少し待って返事があった。

――おはようございます。泉尾署刑事課の新垣といいます。

レンズに向かって一礼した。上坂も低頭する。

――知念さんが出された告訴状について、話をお聞きしたいんですが。

——はい、はい。ご苦労さまです。主人はおります。

玄関ドアが開いた。白いカーディガンにジーンズ、サンダル履きの年輩の女が出てきて門扉の掛け金を外す。どうぞ、お入りください——。ありがとうございます——。

家に入った。案内されて、廊下の右の応接室へ。低い天井に、いまどき珍しいシャンデリアが吊るされている。知念の両親だろう、鴨居に黒縁の写真が掛かっていた。

「おかけください」

「すんません」革張りのソファに腰をおろした。

「お飲み物は」

「いえ、かまわんです。仕事ですから」

「ぼく、紅茶もらいますわ。さっき、コーヒー飲んだし」上坂がいった。遠慮がない。

「ほな、わたしもいただきます」

新垣もいった。女はうなずいて応接室を出ていった。

「遼さん、アールグレイて、フレーバーティーやて知ってました？」

「なんや、それ」

「ダージリンとかアッサムとか、紅茶の銘柄やないんです。紅茶にベルガモットで香りづけしたんがアールグレイです」

「ほう、そうか。ひとつかしこなったわ」どうでもいいことを。

ノック——。男が入ってきた。知念です、と白髪の頭をさげてソファに座った。赤のポロシャツにグレーのニットブルゾンをはおっている。

「早速のお越しですな。さすが、泉尾署は対応が早い」

にこりともせず、知念はソファに片肘をついた。

「告訴状、読みました。わたしと上坂が担当します」

上坂とふたり、名刺を差し出した。知念も出す。《ちねんエステート　代表　知念昌雄》とある。名刺の裏を見ると、浪速区桜川と幸町にもテナントビルを所有しているようだ。

「手広くやってはるんですね」

「どれも小さい建物です」

「家賃収入で食えるて、羨ましいですわ」上坂がいった。

「満室ならいいんですがね、昨今、そういうわけにもいきません」

熱のこもらぬふうに知念はいい、「新垣遼太郎《りょうたろう》さん……。沖縄の出《で》ですか」

「那覇です。両親がいてます」

「転勤されたんですか。那覇から大阪へ」

「警察庁採用の上級職は沖縄県警から北海道警まで転勤があります。我々は大阪府警採用の地方公務員やし、定年まで大阪です」

キャリアとノンキャリアの身分の差——殿様と足軽の差は、一般人に説明しても分からないうだけ無駄だし、胸がわるくなる。

「捜査二係というのは」

「知能犯が対象です。詐欺、贈収賄、選挙違反、企業恐喝、背任、横領とかの金銭犯罪、企業犯罪ですね」

「それは心強い。比嘉を逮捕してください」

「そのために、いろいろお訊きしたいんです」

「よろしいよ。なんでも訊いてください」

「まず、比嘉が逃走したというのは確かですか」

「ほんまです。先月の二十五日から連絡がつかんのです」

「十月二十五日は、かりゆし会の入札日ですよね」

「十人ほど集まったんですわ。この近くのファミレスにね。待てど暮らせど、座元の比嘉が顔出さんのです。こらおかしいとなって携帯にかけたけど、電源切ってますねん」

十人のうち三人が比嘉の家に行った。事務所にひとはおらず、自宅に妻がいたが、比嘉は二日前から出張で留守にしている、といった——。

「二日前いうのは十月二十三日ですね。ちょうど、その日は島袋会の入札日やった」

「比嘉は島袋会で落とした五百七十五万を持って逃げよったんです。二十五日のかりゆし会に出て来んのはあたりまえですわ」

「比嘉の奥さんはだんなの行方を知らんのですか」

「とぼけてるふうでもなかったけどね。比嘉んとこは前々から夫婦仲がわるうて、離婚せんのはめんどくさいからやと、比嘉がようゆうてましたわ」

「比嘉の解体業はどないでした」上坂が訊いた。

「左前でしたな。なんせ、仕事がない。去年の春やったか、長いこと働いてた従業員に訴えられてね。五千万払えと」

「事故ですか」

「アスベストですわ。中皮腫。マスクもつけんと解体作業させてましたんや」

知念はためいきまじりに、「いま思たら、金詰まりの比嘉に座元なんかさせたんがまちがいでしたな。あいつは第一回の入札で百九十五万を落とした上に、二回目の入札に向けて振り込まれた百八十万も持ち逃げしよったんです」

入札の第一回目は座元が落札するのが模合のルールだと、知念はいった。

「告訴状には五百七十五万円を拐帯した、と書いてましたよね」

「それは付帯事項です。比嘉は百九十五万と百八十万で、三百七十五万を持ってた。そこから二百万を島袋会に振り込んで、五百七十五万を落札した。……なんぼになります」

「三百七十五足す五百七十五で九百五十……。そこから二百を引いたら、七百五十万円ですか」

「計算、早いですな」

「算数は〝4〟でした」

「体育は」

「〝2〟です」

「刑事さんは柔道とか剣道するんやないんですか」

「逮捕術も習います。ピストルも撃ちまっせ」上坂は両手を組み、人差し指で窓を撃つ。

「拳銃て、当たるんですか」

「ぼくはからきしですね。五メートル先のドラム缶も外しますわ」

上坂は眼鏡に手をやって、さもおかしそうに笑う。知念も笑った。

話がずれている。新垣は訊いた。

「比嘉とはいつからの知り合いですか」

「十五年ほど前かな。市議会議員のパーティーで隣に座ったんが最初でしたわ。建設業やというから、うちのテナントの内装もできるんかと訊いたら、解体です、といいよった。比嘉は建築士の免許、持ってませんねん」

当時は『比嘉工務店』に三人の社員がいた。解体の仕事が入ると、早朝、マイクロバスで西成《にしなり》の労働福祉センターに行き、作業員を雇って現場に送り込んでいた、と知念はいう。

「解体業とはいうても、口入れ屋みたいなもんですわ。比嘉はずっと自転車操業でやってきたんとちがいますか」

そこへノック――。知念の妻がトレイを持って部屋に入ってきた。紅茶のカップをテーブルにおき、砂糖とミルクを添える。

「ええ香りですね、アールグレイ」

上坂がいった。知念の妻は微笑んで、出て行った。

「煙草、よろしいか」新垣はサイドボード上のクリスタルの灰皿を指さした。

「あ、どうぞ」

知念は灰皿をとり、ティーカップの脇においた。

「出すぎたことというようやけど、知念さん、金銭的に困ってるようには見えません。比嘉とは古い知り合いみたいやし、なんで刑事告訴なんかしたんですか」

煙草を吸いつけて、いった。知念はひとつうなずいて、

「そこはいわはるとおりかもしれません。……けど、比嘉はかりゆし会の子を裏切ったんです。同じ沖縄人として、それはあかんでしょ。仁義に悖《もと》りますわな。……みんなで相談したんです。ここは穏便に済ませられんかなと。ところが、比嘉は島袋会からも大金を騙《だま》しとったことが分かった。計画的やないですか。……わしは弁護士の高橋先生を知ってたし、何人かで相談に行きましたんや」

高橋は刑事告訴をするべきだといい、告訴状を作成するといった──。「あとは成り行きですわ。弁護士もいまは景気がわるいみたいやし、金になると思たんですやろな」

「民事訴訟にして、比嘉から賠償金をとることは考えんかったんですか」

「それは警察が比嘉を逮捕してからの話でしょ」

「失礼ですが、弁護士の着手金は」

「六十万。成功報酬は聞いてません」

どうやら、知念たちは高橋先生の口車に乗せられてしまったようだ。比嘉が逮捕されようとされまいと、得をするのは弁護士だけ。こちらはつまらぬ捜査を押しつけられて迷惑だ。

「比嘉の逃走先に心あたりはないですか」上坂が訊いた。

「そら、沖縄でしょ」

知念はいう。「比嘉は本島やのうて、石垣の出です。石垣に逃げたんとちがいますか」

「石垣島ね……」

上坂とふたり、飛行機で石垣島に飛ぶ可能性を考えた。航空運賃を宇佐美がＯＫするだろうか。ただでさえ捜査費を出し渋る、あの茶坊主が。

「新垣さん、遼太郎いうのは、司馬遼太郎ですか」知念はまた名刺を見た。

「親父が小説のファンですねん。新垣清朝《せいちょう》。字はちがうけど、松本清張と同じ読みです。それで、兄貴が正太郎《しょうたろう》。わたしが遼太郎です」

「なるほどね。池波正太郎ですな」

「兄貴が太郎、弟も太郎。どっちが上か分からんです」

名刺を渡すたびに同じことを訊かれる。父親の名から説明するのは、新垣なりのサービスだ。

遼太郎という名は好きでも嫌いでもないが、話の接ぎ穂にはなる。

「『燃えよ剣』でしたかな、新選組が暴れるのは。あれ、読みましたわ」

好きに読め。竜馬でも鬼平でも――。知念も上坂と似た〝いらんこといい〟だ。

「比嘉の写真、持ってはりませんか」上坂がいった。

「あると思います。どこかに」

「ほな、お願いしますわ」

「探してきます」

知念は立って、応接室を出ていった。

「遼さん、よろしいね、石垣島」

上坂がにこりとする。「ぼく、沖縄は行ったことあるけど、石垣島は初めてです。西表島《いりおもてじま》もええな。ミナミコメツキガニ、知ってますか。マングローブの入り江を……」

「勤ちゃん、比嘉は石垣島に飛んだと知れたわけやないぞ」

「そんなん、テキトーでええやないですか。ね、行きましょ。南の島の桃源郷」

十一月はいちばんの観光シーズンだと上坂はいう。「竹富島で水牛の馬車に乗ってみたいな。いや、水牛が曳くのは牛車《ぎっしゃ》か。……ちがうな。水牛が曳くんやから水牛車やろか」

上坂の饒舌を聞いていると、ほんとうに沖縄へ帰りたくなってくる。豆腐ようを肴に泡盛のシークヮーサー割りが飲みたい。シークヮーサーの原液は大阪でも売っているが、現地の搾りたては香りがちがう。

「遼さん、決めましたよ。比嘉は石垣島に飛んだことにしましょ」

「分かった、分かった。勤ちゃんのリクエストに応えるように報告書を作ろうや」

官費で行く沖縄観光はわるくない。久々に母親の手料理も食える。

知念がもどってきた。テーブルに写真をおく。かりゆし会の集合写真だろうか、中国料理店の扁額《へんがく》を背景に十四人の男が並んでいた。

「わしの右隣が比嘉ですわ」

知念が写真を指さした。携帯で撮ったのか、画像の粒子は粗い。それでも比嘉の人相はよく分かった。五十七歳という齢にしては髪が多く、色黒で額が狭い。濃い眉、銀縁眼鏡、小鼻が張って唇が厚い。背は低いが、肩幅が広くがっしりしている。長年、解体業をしてきた身体だろう。

「これ、お借りしてよろしいか」

「そんなもん要《い》りませんわ。使《つこ》うたあとは捨ててください」

「いや、ありがとうございました」

煙草を消し、アールグレイを飲みほした。「今日のとこは、これで」

「比嘉を捕まえるのはおふたりだけですか」

「いまはふたりです。捜査が進展したら増員するかもしれません」

たかだか六百万の詐欺横領に増員などない。刑事課は慢性的に人手不足なのだ。

「ほな、失礼します」

上坂が写真をとって腰をあげた。

2

知念の家を出た。ぽつりと額に冷たいもの——。

「雨や」敷地の外の路面が濡れている。

「当たるんですね、天気予報」

「四〇パーセントはな」

『エアチェック』のパーキングにもどり、車に乗った。新垣が運転して恩加島へ向かう。ワイパーのブレードが減っているのか、ウインドーの左右に拭き残しがあり、耳障りな音がする。走行距離を見ると十万キロを超えていた。

「これ、サスがへたっとるな」変速ショックも感じる。

「遼さん、宇佐美のおっさんが車買い換えたん知ってます」

「そういや、そんなこというてたな」

「レクサスですよ、レクサス。ＧＳ２００ｔ」

「高いんか、それ」

「七百万弱です。税金とか保険入れたら七百五十万でしょ」

「おっさん、自慢しとんのか」

「そらそうでしょ。ほかになんの取り柄もないんやから」

「取り柄はあるがな。よめはんの実家が金持ちや」

泉北高速鉄道、光明池駅近くの大きな寺の娘だと聞いた。広い敷地に二棟のマンションを所有し、その家賃収入の一部が税金対策で娘の口座に入るらしい。そんな逆玉暮らしをしながら、宇佐美は事件送致の打ち上げや二係の飲み会で勘定を持つことをしない。いつも一万円をテーブルにおいて中座する。宇佐美がまめなつきあいをする相手は署長、副署長、刑事課長といった幹部連中だけだ。

「おっさんがレクサスに乗ってること、上は知ってんのか」

「知ってるわけないやないですか。顰蹙《ひんしゅく》を買いますがな。それでも自慢したいから、ぼくや遼さんにいいますねん」

「世の中、不条理にできとるの」

「ほんまですわ。石垣島、行きましょ」

上坂はシートを倒して伸びをした。


恩加島東――。児童公園の入口近くに車を停めた。

「三丁目はこのあたりや」

付近を見まわすと、道路の斜《はす》向かい、プレハブのテラスハウスから少し奥まったところに《建築・解体　ひが工務店》とペイントの薄れた黄色いテントがあった。セメント瓦葺《かわらぶ》き、軒の浅い古ぼけた建物だ。

エンジンをとめ、ハンドブレーキを引いて車を降りた。雨は本降りになっている。小走りで比嘉工務店へ行った。テントの下のシャッターがおりている。一階を資材置場と駐車スペース、二階を事務所、三階を住居にしているようだ。

上坂が通用口横のインターホンを押した。カメラはついていない。

――はい。

――比嘉さん、泉尾署のもんです。捜査二係の上坂いいます。

少し、間があった。

――なんでしょう。

――比嘉慶章《けいしょう》さんに告訴状が出されました。それでちょっと話をお聞きしたいんですけど、よろしいか。

――主人はおりません。

――いや、それは承知してます。かりゆし会の模合の件ですが。

――わたしに分かることはないです。

――ここ、開けてもらえませんか。

返事はない。しばらく待って、通用口のドアが開いた。髪の赤い小柄な女が顔をのぞかせて、どうぞ、という。上坂と新垣は中に入った。

手前にトラックとミニバンが駐められていた。裸の蛍光灯は暗く、奥にスチール棚が並び、足場用の鋼管や鋼板、ワイヤー、工事用ネット、ブルーシート、ツルハシやシャベル、エンジンカッターなどの工具類が堆《うずたか》く積まれている。

「あれ、なんですか」上坂がタイヤのついた箱状の機械を見た。

「発電機です」

「その横のは」

「ポンプです、放水の。解体現場は埃《ほこり》が舞いますから」

「そうか、シャワーかけながら作業するんですね」

「上に行きましょうか」

女につづいてトラックの脇の階段をあがると、二階はけっこう広い事務所だった。ブラインドの隙間から外光が射し込む。女はブラインドをあげて窓を少し開けた。

「改めまして。泉尾署刑事課捜査二係の上坂といいます」

「新垣です」一礼し、名刺を差し出した。上坂も渡す。

「たまみといいます。比嘉の妻です」

女はいい、勧められて新垣と上坂は布張りのソファに腰をおろした。

「告訴状って、裁判所に出すのとちがうんですか」

「いやいや、普通は警察ですわ」

上坂が答える。「大きい事件のときは地検に提出することもあります」

「誰が出したんです」

「かりゆし会のメンバーです。いちおう、知念さんが代表してます」

「貸しビルのひとですよね」

「そうです。……知ってはりますか」

「駅前の『エアチェック』でしょ。なんべんか行きました。近所の奥さんと」

たまみのものいいは抑揚がない。表情も変わらないのは緊張しているからか。

「主人がなにをしたって書いてるんですか」

「詐欺、横領容疑です。刑事告訴ですわ」

「そんなん、ひどいです。主人はそんなわるいひととちがいます」

「そこは我々も同感ですわ。ご主人が出頭して、かりゆし会のメンバーに集めた会費を返したら、告訴の取り下げも考えられます」

上坂はにこやかにいって、「ご主人、どこにいてはるんですか」

「わたしも分からへんのです」

「それは……」

「先々週の日曜日に出て行ったきり、家に帰ってこないし、連絡もつきません。ひょっとして、と思って銀行の通帳を探したら、それもないんです」

比嘉がいつも通帳類を入れている寝室の押入の箪笥《たんす》と事務所のデスクの抽斗《ひきだし》に銀行通帳はなく、銀行印も見つからなかった、とたまみはいう。「たぶん、主人が持って出たんやと思います」

「ご主人、携帯は」新垣が訊いた。

「持ってるはずです」

「スマホですか」

「そうです」ドコモだという。

スマートフォンにはGPS機能が設定されていることが多い。検索すれば比嘉の位置情報がとれるかもしれない。

「番号は」

「090・4648・41××です」

メモ帳に書き、復唱した。たまみはうなずく。

「立ち入ったこと訊きます。よろしいか」

上坂がいった。たまみは上坂を見る。

「ご主人につきおうてる女《ひと》はいてませんか。……愛人とかやのうて、たまに会《お》うたり、食事をする相手も含めて」

「それって、浮気ですよね」

「そうともいいます」

「あんなひとに浮気するような甲斐性はありません。あったら、もっと大きな仕事してます。お金もないのに、誰がつきあってくれるんですか。あのひと、若いころから女のひとには縁がないんです」

たまみのものいいには比嘉を下に見ているふうがあった。夫婦の情も感じられない。この女は夫を嫌っている――。

がしかし、比嘉に女がいないと決めつけることはできない。特に〝サンズイ〟――汚職事件をいう――はそうだ。公務員の贈収賄や会社員の背任、横領は、その大半が女がらみと断言してもいい。〝サンズイは女を洗え〟――二課の捜査の鉄則だ。

「ご主人の立ちまわり先……。行方に思いあたるふしはないですか」

「ありません」たまみはかぶりを振る。

「石垣島に行ったというようなことは」

「知りません」

「ご主人は七百五十万円の現金を持ってると考えられます。大金やし、嵩張ります。誰かに預けたということはないですかね」

「あのひとに友だちはいてません。他人を信用することもないです」とりつく島がない。

「石垣島に比嘉さんの親戚は」

「ちょっと待ってください。誰かに聞いたんですか。主人が石垣島の出やと」

「すんません。ニュースソースはいえんのです」

「知念さんでしょ。嫌なひとです」

「あの、石垣島に親戚は」

「います。もちろん」

「ご両親も？」

「主人の両親は亡くなりました」

比嘉は分家の四男で、石垣市街から東へ十キロほど行った宮良《みやら》に本家があるといい、比嘉の従兄弟にあたる親戚が島に二十人はいる、とたまみはいった。

「その、従兄弟の中で親しいひとはいてますか」

「いません」

「そうですか……」

「早《は》よう主人を見つけてください。取引先から苦情が来るし、わたしも困ってるんです」

たまみは壁の時計を見あげた。「もう、いいですか」

「あとひとつだけ。お子さんはいてはりますか」

「います。ふたり。息子は結婚してます」

長男は高校を卒業後、鍼灸師の免許をとり、東住吉で開業している。長女は短大を卒業後、神戸の繊維商社に就職したが、退職して、いまはこの家にいる。長男よりもまだしっかりした子だと、たまみはいった。

「お父さんが模合の仲間に訴えられたやて、恥ずかしいていえませんわ」

たまみは初めて感情を露《あらわ》にした。眉根を寄せている。「——主人を見つけて、いってください。お金を返せって。そしたら罪にならないんやから」

たまみの考えは甘い。比嘉は七百五十万円を拐帯し、警察が告訴状を受理したのだ。かりゆし会が告訴を取りさげる可能性はほとんどなく、一カ月後には島袋会も告訴状を出してくるだろう。高橋とかいう弁護士が告訴人代理人になって。

「お子さんのことは分かりました。従業員のひとたちはどないしてます」上坂はつづける。

「ほかの職を探してるのとちがいますか。だって、主人はいないし、仕事もないんやから」

「何人です」

「ふたりです」

「おふたりの名前と連絡先、教えてもらえますか」

「行くんですか」

「いや、念のために」

「子供のとこは」

「行きません。お名前も聞いてないし。……迷惑でしょ」

「迷惑です」

従業員の連絡先を書いてきます、とさもめんどうそうに、たまみは腰をあげる。

「あと、ひとつだけ。ご主人の湯呑茶碗とヘアブラシとか、貸してもらえますか」

「指紋ですか。主人の指紋」

「すんません。万が一のことがあるんで。それと奥さんの携帯番号も」

上坂がヘアブラシを要求したのは比嘉の毛髪が目的だ。比嘉が遺体で発見され、腐敗が進んで指紋が採取できないようなときはＤＮＡ鑑定をする。

「ほんものの刑事さんて、要求が多いんですね」

テレビドラマの刑事と比べているのだろうか、たまみは嫌味をいって、階段をあがっていった。


従業員の名前と連絡先のメモを受けとって比嘉工務店を出た。篠突く雨。児童公園へ走り、車に乗った。

「愛想のない女やったな」頭と上着の肩をティッシュペーパーで拭く。

「苦労が染みついてるんです。旨《うま》いもんは食わへん。流行りの服は着ぃへん。温泉旅行なんか、この十年行ったことがない。仕事が減って不機嫌なだんなに追いまわされながら、いつのまにやら齢とってしもた。そういう顔ですわ」

「見てきたような講釈やな、え」

エンジンをかけた。「あの女は比嘉の共犯か」

「ぼくはちがうと思いますね。だんなを庇《かば》うとか、とぼけてるふうはなかった」

「おれもそう思うな」

たまみは終始仏頂面で、茶の一杯も出そうとはしなかった。普通、共犯というやつは刑事の顔色を見るものだ。「――さて、どうする」

「飯、食いましょ」

「まだ十一時前やぞ」

「遼さん、勤め人の昼飯はサボって食うから旨いんです」

「なに食うんや」

「恩加島の商店街に『古酒家《くーすや》』いう飲み屋があります。昼はランチをやってて、沖縄そばとチャンプルーがいけますねん」

「よう知ってるんやな。食い物屋のことだけは」

ちょっとは痩せろ、といいたい。上坂は痛風持ちで、年に二、三回は発症する。スーツにサンダル履きで署に出てくるのはいいが、踝《くるぶし》が倍ほどに腫れあがっているのを見ると、いっしょに訊込みにも行けない。そのくせ、発作どめの薬は服《の》まないのだ。副作用で鼻血が出る、といって。

「何キロや」

「体重ですか」

「八十五キロか」身長は百六十五。それは知っている。

「それは一年前ですね。この夏、大台を超えましたわ」いまは九十一キロだという。

「もったいないやろ。スーツ代もばかにならんぞ」

「遼さん、ぼくはね、生まれてこのかた、肥満児でなかったことはないんですわ。ぼくが痩せるということは、アイデンティティーの喪失にほかならんのです」

これだ。完全に開き直っている。

「喉渇いた。早よう行きましょ、『古酒家』」

「ビールはあかんぞ。勤務中に」

「古酒の一合ぐらいよろしいがな。十年物。めちゃくちゃ旨いんやから」

「あほいえ。飲酒運転やろ」

「くそっ、しもたな。車なんぞ乗って来んかったらよかった」

案外に上坂は本気だ。真夏の昼下がり、訊込み中にビールを飲んだのは一度や二度ではない。

新垣も共犯だが。

「石垣島、ほんまに行きたいな。嫌というほど古酒が飲めますわ」

「好きにせい」

シートベルトを締めた。

ゴーヤチャンプルーと鰹出汁《だし》のソーキそばは旨かった。商店街の喫茶店に入って、上坂に薦められた漫画本を読みながらホットコーヒーを飲み、煙草を四、五本灰にして店を出たときは一時前だった。勤務中に油を売ると、あっというまに時間が経つ。上坂はいつものように映画の話をしていたが、右の耳から左の耳に抜けた。

比嘉工務店の従業員のひとり、大迫欣司《おおさこきんじ》の携帯に電話をすると、部屋にいるといった。大迫は大正区の鶴町に住んでいる。

一時、鶴町に着いた。バス通りから一筋西、大迫の住居は四階建の賃貸マンションだった。塀際に車を駐めて、マンション横の鉄骨階段をあがった。二階、202号室をノックする。はい、と返事があった。さっき電話した泉尾署の新垣と上坂です――。どうぞ、開いてます――。失礼します――。

ドアを開けた。広さ十二畳ほどのワンルーム。独り者の住まいにしては片付いている。

「どうぞ、入ってください」

大迫は流し台のそばにいた。新垣は靴を脱いであがる。リノリウムの床は足裏が冷たい。勧められて、ダイニングテーブルの椅子を引き、上坂と向かいあって座った。

「コーヒーはインスタントしかないんやけど、よろしいか」

「いや、お気遣いなく。勤務中ですから」

「あ、そうか。勤務中なんや」

比嘉の妻とはちがって愛想のいい男だ。齢は三十すぎか。スポーツ刈りで首が太く、胸板が厚い。快活そうなものいいに好感をもった。大迫は奥へ行き、「比嘉社長のことですよね」ベッドに浅く腰かけた。

「事情があって比嘉さんを捜してます」

上坂がいった。「事件とか、逮捕とか、そういうことやない。比嘉さんを見つけて話を聞きたいんです」

「おれ、知りませんよ。社長がどこにおるか」

「そらそうですわな。……比嘉さんに会うたんは、いつが最後ですか」

「半月ほど前です。水曜日やったかな。此花《このはな》の現場に社長が来て、仕事の段取りをしたんです。……木曜、金曜、土曜と作業をして、日曜は休み。月曜の朝、事務所へ行ったら、社長がいてへんのです。奥さんが、次の現場はないというし、理由《わけ》を訊いても、首を振るだけで、おれ、帰りましたんや」

「半月前の水曜日は……十九日ですか」上坂は手帳のカレンダーを見る。

「そう、十九日やったと思います」

「此花の現場て、解体ですか」

「古い木造の家ですわ」土曜日に作業は終了し、更地になったという。

「作業員は何人でした」

「おれと山根《やまね》さんと、あとは日雇いのひとがふたりです」

「二十日と二十一日と二十二日、比嘉さんから電話ありましたか」

「なかったですね」

大迫は廃材の片付けやトラックへの積み込みで忙しかったといい、「いま思たら、変ですわ。おれが現場に入ってるときは社長が顔出すか、夕方に電話がかかってきて、その日の進み具合を訊かれますねん」

大迫の話は比嘉の行動に符合する。

十月二十日（木曜）は、かりゆし会の二回目の会費徴収日で、十二人の会員から比嘉の口座に百八十万円の振込みがあった――。

十月二十三日（日曜）は、島袋会の入札日で、比嘉が五百七十五万円を落札した。帰宅はせず、以後の消息は不明――。

十月二十五日（火曜）は、かりゆし会の二回目の入札日だったが、比嘉は現れず、開催されなかった――。

「社長、夜逃げしたんですか」ぽつり、大迫がいった。

「夜逃げやったら、奥さんがいっしょでしょ。失踪したんですわ」

金を持って逃走したと、上坂はいわない。

「借金取りに追い込みかけられたんでしょ。いっつも金繰りが苦しそうやったもんな。おれの給料は遅れたことないけど……。面倒見のええ親分肌のひとです」

「借金取りいうのは、どんな連中です。見たことありますか」

「なんべんか事務所に来ましたね。細身のスーツ着た、ガラのわるそうな若いやつです」

「来るのはひとりですか」

「ふたりのときもありましたわ。兄貴分かな、小さいのに、えらそうにしてね」

兄貴分は、はだけたシャツの胸に刺青《スミ》が見えたという。「あんなもん、サラ金とか街金《まちきん》やない。正真正銘のヤクザですわ」

「そいつらの名前、聞きましたか」

「聞くわけない。怖いやないですか。刺青入れたヤクザやのに」

比嘉は闇金にまで手を出していたのか。となると、その失踪はヤクザが絡んでいる恐れもある。

「取立屋の応対は、比嘉さんの奥さんもしたんですか」

「おれは見てないですね。そいつらが事務所に来るのは、社長がいてるときです。話はしません。黙って社長を連れ出すんです」

「近所の喫茶店とか行くんですか」

「行き先までは分からんです。……車に乗せるんです。十分か二十分ほどしたら、社長は歩いて帰ってきました」

「車は、なんです」

「ミニバンです。白のＢＭＷ」車種までは分からないという。

「奥さんに訊いたら、取立屋の素性、分かりますかね」

「それは無理とちがいますか」

大迫はかぶりを振って、「山根さんやったら知ってるかもしれませんわ。山根さんはむかし、自前の親方で解体やってたし、社長とは二十年以上の仲です」

「なるほどね。解体屋の親方ですか」

「親方は仕事をとってきて、職人に振らんといかんでしょ。ひとを使うたら金繰りもしんどい。それで山根さんは比嘉工務店の社員になったんです」

「山根さんて、齢は」

「社長より上です。五十八、九とちがうかな」

「その齢で現場作業はえらいですね」

「山根さんは重機専門ですわ。つかみ機やブレーカを使わせたら一流です」

大迫は煙草をくわえ、傍らの灰皿をとって膝のあいだにおいた。新垣も吸いたいが、テーブルに灰皿はない。行くか──。上坂を見ると、黙ってうなずいた。

「いや、ありがとうございました」

新垣は頭をさげた。立って椅子をもどす。上坂も立ったが、

「給料、もろたんですか。先月の」大迫に訊いた。

「もらいましたよ。一昨日、奥さんに」

大迫はいって、「せやけど、次の会社を探さんとあきませんわ」

「大迫さんやったらすぐに見つかるでしょ。若いし、コミュニケーション能力高いから」

「この際、技能講習を受けますかね。バックホーとかブルドーザー」

「ぜひ、受けてください。資格は邪魔にならんです」

「刑事さんて、資格が要るんですか」

「警察手帳が資格です。警官も刑事も同じ警察官ですわ」

上坂はいい、敬礼のふりをして大迫の部屋を出た。


雨はいよいよ強い。道路も建物も白く煙っている。

「傘、要るな」マンションの玄関からカローラを見た。

「トランクに載ってますよね、ビニール傘。ぼく、革靴ですねん」

「んなもん、見たら分かる」黒のプレーントゥだ。先がやけに丸い。

「革底です。ぐずぐずに濡れてしもたら、乾いても履けんのです。型崩れして」

「刑事《デカ》に高い靴は似合わんぞ」

「しもたな。黒の運動靴にしたらよかった」

上坂のいいたいことは分かる。カローラのトランクを開けて、傘を持ってきて欲しい、だ。

「運転してくれ」

上坂にキーを渡して、走りだした。

上坂が運転席、新垣は助手席に乗った。ティッシュペーパーで濡れた頭を拭く。

「次は山根やな」

比嘉たまみにもらったメモを開いた。「――西成区西津守《にしつもり》。めがね橋を渡ったら早い」

「ぼく、あの橋、嫌いですわ。ぐるぐるまわって眩暈《めまい》がします」

「ジェットコースターに乗ったと思えや」

「遼さん、知ってますか。ぼく、子供のとき、万博公園のダイダラザウルスに乗って小便漏らしたんですよ。バンジージャンプてなもんやった日にゃ、心臓がとまりますがな」

「誰もそんなことしてくれとは頼んでへん」

「ほんまにね、芸人にならんでよかったわ」

「勤ちゃん、お話はええから、西津守に行ってくれるか」

「はい、はい」

上坂はシートベルトを締め、エンジンをかけた。


木津川にかかる千本松大橋を渡り、府道29号を北上した。西津守一丁目——。鶴見橋商店街に近い棟割長屋の一軒が山根光造《こうぞう》の家だった。狭い道路に面した玄関先に棚をしつらえ、鉢植の菊やゼラニウムを二十鉢ほど並べている。

新垣は車を降り、軒下に入った。《山根》の表札を見て、タイル壁のインターホンを押す。返事がない。留守か——。

訊込みの際、事前の電話は、できればしないほうがいい。対象者が共犯である可能性もなくはないからだ。対象者に準備をする時間と余裕を与えないようにするのが捜査の常道なのだが……。

少し離れたところに車を駐めた上坂が走ってきた。

「勤ちゃん、誰もおらんみたいや」

「なんや、空振りですか。この雨の日に」

「しゃあない。またにするか」

――と、玄関ドアが開いた。男が顔をのぞかせて、どちらさん、と訊いた。山根ではない。九十に近い老人だ。

「泉尾署の新垣といいます。山根さん、いてはりますか」

「泉尾署て……」

「泉尾警察署です」

手帳を提示した。老人はそれを見るでもなく、

「光造ですかいな」

「そう、光造さんです」

「昼すぎに出て行ったし、パチンコですやろ」

「どこですかね、ホールは」上坂が訊いた。

「商店街の『新幹線』かねぇ」

「失礼ですが、お父さんですか」

「そうです」うなずく。

「息子さんが行ってはった比嘉工務店、休業したことはご存じですか」

「ああ、そんなこというてましたな」

「経営者の比嘉さんの居どころとか、息子さんからお聞きやないですか」

「さぁね、光造はそういうこといいませんわ」

老人は外に出てきた。濃い灰色のセーター、痩せて背中が少しまがっている。「――比嘉の社長、どこか行ったんですか」

「捜してるんです」

「警察が……」

「いや、犯罪性はないんですけど」

「光造も知らんと思いますわ。あれは黙《だんま》りで、わしが訊いたことも、ろくに返事しよらんしね」

「職人肌ですね」

「そんなんやない。人間に愛想がおませんのや」

この親父はおもしろい。むかし、吉本の漫才師にこんなのがいた。ボヤキ漫才の。

「『新幹線』行ってみますわ」新垣はいった。

「あこを右に行きなはれ」

四つ角を老人は指さした。「そしたら商店街やさかい、雨に濡れんでええ」

「息子さんの背格好は」

「ずんぐりむっくり。禿げ頭で鼻の穴が大きい。毛糸の帽子かぶってますやろ」

「ニット帽ね。色は」

「青かな……。いや、赤やったか……」

「ありがとうございます」

山根の家を離れた。

走って鶴見橋商店街のアーケード下に入った。

「あの家はね、遼さん、山根夫婦と寡夫《やもめ》の親父の三人暮らしですわ」スーツの肩口についた水滴を払いながら、上坂がいう。「親父は年金が少ないから家に金を入れん。仕事のない山根はパチンコ屋通い。よめはんは朝から夕方までパートに出て、帰ったら休む間もなく飯の支度ですわ。親父も光造も口数が少のうて、テレビ見ながらしんねりむっつり飯食いますねん。気の毒にね。しんどいめするのは、よめはんです」

「なんでも見てきたようにいうんやな、え」

「庶民の暮らしいうのは、そういうもんです。映画的なドラマはないんです」

「いろいろ観察するんやな」

「なにごとも勉強です」

上坂は大学のとき、脚本家志望だった。映画会社や放送局のシナリオコンクールに作品を応募しては落選した。いまも年に一、二本は睡眠時間を削ってシナリオを書いている。この夏だったか、最新作です、と読まされたシナリオは宮大工修業の若者と漫画家のアシスタントをしている幼なじみを主人公にした恋愛もので、おもしろいもなにも、新垣にはまるで判断がつかなかった。刑事なんやから警察ものを書いたらどうなんや——。いってはみたが、上坂は首を振る。ほんまもんの捜査なんか、地味でルーティンで映像にはなりませんわ——。事件を派手にしたらええやないか。武装ギャング団を御堂筋《みどうすじ》のカーチェイスで追いつめて、道頓堀でドンパチする——。遼さん、御堂筋や道頓堀をCGにしたら、どれだけの製作費がかかるか知ってますか。プロデューサーは頭ん中で算盤《そろばん》勘定しながらシナリオを読むんです——。そういわれると、素人のこちらは黙るしかないが、上坂の映画フェチはまちがいなくほんものだ。刑事というめんどうな稼業をつづけながら、それほど打ち込めることがあるのは、なにかしらん羨ましい気もする。

「いま、書いてるんか、シナリオ」

「そろそろ書きはじめましょかね」構想はあるという。

「今度はなんや」

「『ミッドナイト・ラン』。ロードムービーです。組織の殺し屋に追われる男と、それを保護して逃げる探偵のバディものをね、コメディータッチで行きます」

「ま、がんばってくれ」

埒《らち》もない話をしながら歩くうちに『新幹線』が見えてきた。こぢんまりした街中のパチンコホールだ。手前の駐輪場に原付バイクと自転車が四、五十台、だんごになって駐められている。

『新幹線』に入った。けたたましいBGM、耳を聾するパチンコ台の作動音、煙草の臭いが鼻を刺す。よくも、ま、こんな不健康なところに客が集まるものだ。

ニット帽をめあてにシマのあいだを歩いた。赤のニット帽が通路にドル箱を積みあげている。横顔を見ると、二十代の若い男だった。

「遼さん、あれ」

上坂の視線の先に、青いニット帽のずんぐりむっくりがいた。

「山根さん」

後ろに立って声をかけた。男が振り向く。齢は六十前で、鼻の穴が前を向いている。

「山根光造さん？」

「なんや、あんたら」いぶかしげにいう。

「泉尾署のもんです」

上坂が上着を広げて手帳を見せた。山根は小さく口をあける。

「どういうことや、警察が」

「話をお聞きしたいんです。比嘉さんのことで」

「やっぱりな……」山根はパチンコ台に向きなおった。

「なんか、思いあたるふしがあるんですか」

「逃げたんやろ。おっさん」

「いや、逃げたとは判断してません。失踪したのは確からしいけど」

告訴状が出ている、と上坂はいった。「比嘉さんは模合の座元です」

「模合な……。おっさんが大将になってやってたんやろ」

山根は模合のシステムを知っているようだ。それなら話は早い。

「比嘉さんの居どころ、心あたりはないですか」新垣は訊いた。

「ないな。そんなもん、逃げた人間がいうはずないやろ」

山根はハンドルから手を離さず、玉の動きを見つめている。

「石垣島に行ったという説もあるんですけど」

「そらそうやろ。石垣島はおっさんの田舎や」

受け皿の玉がなくなった。山根は舌打ちする。

「山根さん、ここはうるさい。コーヒーでも飲んでツキを変えませんか」

「そうやの。もう二万も負けたがな」

山根はのっそり立ちあがった。

3

商店街の喫茶店に入った。窓際に席をとり、山根と新垣はホットコーヒー、上坂はレモンティーを注文して、

「申し遅れました。泉尾署捜査二係の上坂です」

「同じく、新垣です」

一礼した。山根はニット帽をとる。蒸したジャガイモの皮を剝《む》いたような頭だ。

「さっき、鶴町へ行きました。大迫さんのマンションです」

上坂がいう。「大迫さんの話やと、比嘉工務店に取立屋が出入りしてたみたいですね」

「ああ、あいつらな。筋者《すじもん》や」

「知ってるんですか」

「知ってる」

山根はうなずいて、煙草をくわえる。「兎子組《うね》や」

「兎子組……。港区の夕凪《ゆうなぎ》ですね」

上坂は府警本部薬物対策課にいたから暴力団関係にも詳しい。「ふたり、顔出してたそうやけど、名前は分からんですか」

「チンピラのほうは荒木《あらき》とか荒井《あらい》とか、そんなんやったな」

山根は煙草に火をつけた。「もうひとりの瘦せは知らん」

「比嘉さん、なんぼほど借りてたんですかね」

「大して借りてへんやろ。銀行でも商工ローンでもない、闇金なんやから」

「兄貴分は胸元に刺青が入ってたみたいですね」

「夏の暑いときでも長袖のシャツ着てたし、総身に刺してんのとちがうか」

兄貴分は顔が土気色だったという。「肝臓いわしとんのや。若気の至りで刺青《ほりもん》なんぞしたらあかん。解体屋の職人も入れてるやつがおるけど、みんな肝炎や」

「比嘉さんは」

「あのおっさんは堅気や。もちろん、わしも大迫もな」

「比嘉工務店、廃業しそうですね。どうされるんですか」

「わしかい。年金もらうにゃ早いし、またどこぞの解体屋に行かんとしゃあないやろ」

「つかみ機やブレーカを使わせたら一流やと、大迫さんから聞きました」

「重機は慣れや。あほでもできる」仏頂面で山根はけむりを吐く。

ホットコーヒーとレモンティーが来た。新垣は伝票をとる。こういった訊込みの払いは新垣がする。請求すれば捜査費から落ちるだろうが、領収書をもらうことはない。

「解体現場でアスベストを吸うたりすることはないですか」

レモンティーに口をつけて、上坂がいう。

「ひとむかし前はむちゃくちゃやったな。アスベストで白うなってる現場もやった。……あれ、なんやったかな、病気」

「中皮腫ですか」

「そう、それや。労災もおりんで」

山根はコーヒーに角砂糖を三つ入れた。


コーヒーを飲み、煙草を一本灰にして、山根は『新幹線』にもどって行った。新垣は署に電話をする。

——二係。

——新垣です。調べて欲しいんですけど、港区の兎子組に荒木か荒井いう組員はいてませんかね。それと、兄貴分で、総身に刺青入れた痩せの組員を知りたいんです。

——ちょっと待て。メモする。

宇佐美が、よしというのを待って、同じことをもう一度いった。

——それと、兎子組のシノギと兵隊の数も調べてください。

——分かった。いま、どこや。

——鶴見橋商店街です。比嘉工務店の職人に事情聴取しました。

これまでに得た情報を手短に報告した。

——兎子組のことは四係で訊く。電話するから待っとけ。

——了解です。待ってます。

電話を切った。

「勤ちゃん、漫画でも読むか」

煙草を吸いつけた。上坂はラックに眼をやって、

「『進撃の巨人』がありますわ」

「おもしろいんか」

「どうやろ。『麻雀俘虜記』のほうが、ぼくのお勧めです」

「麻雀ものはな……」ルールを知らない。ゲーム全般、興味がない。

「『板前道《いたまえみち》』は」

「料理の蘊蓄《うんちく》漫画はめんどい」レシピなど書いているのは最悪だ。作りもしないのに。

「ほな、『未来世紀　リモ』かな」ＳＦタイムマシーンものだという。

「そんなに詳しいんやったら、漫画の原作書いたらどうや」

「漫画のネームはね、映画のシナリオとは次元のちがうノウハウが要りますねん」

「未来世紀な……」

立って、ラックから一巻から三巻を抜いた。上坂はスポーツ新聞を広げる。

漫画本を手にとって十ページも読まないうちに指がとまった。


スマホが振動して眼が覚めた。上坂は眼鏡を外し、シートにもたれて寝ている。

——新垣です。

——荒井や。荒井康平《こうへい》。三十一歳。

上着のポケットからメモ帳を出して書く。

——神戸川坂会《かわさかかい》・灯心会・兎子組の組長は佐々木寛《ささきひろし》、五十八歳。若頭は横山裕治《よこやまゆうじ》、五十三歳。組長と若頭を含む組員は八人で、総身に刺青が入った幹部は二人おる。痩せで小さいのは、米田《よねだ》克美《かつみ》、四十六歳やろ。

所轄署の刑事課捜査四係には管轄区とその周辺区域に本拠をおく暴力団構成員の逮捕写真と身長、体重、生年月日、本籍、現住所、犯歴、縁戚関係、交友関係、生活様態等に、指の欠損、刺青の有無、傷痕など身体的特徴も併記した個人データファイルがあり、組の名称で検索すれば、それらが瞬時にして出る。

——荒井は窃盗、暴行、傷害、威力業務妨害、銃刀法違反で、計四年ほどの懲役。米田は傷害、恐喝、覚醒剤、詐欺で、計八年ほど食ろうてる。兎子組の主たるシノギは闇金と倒産整理。最近は特殊詐欺グループのケツ持ちもしてるみたいやな。

——なるほどね。闇金だけでは食うていけませんか。

闇金で食えないから比嘉を唆《そそのか》して模合の座元をさせた可能性もなくはない。米田と荒井は比嘉の失踪にかかわっている、と刑事の勘に響くものがあった。

——どうするんや、このあと。兎子組に行くんか。

——そうですね、米田と荒井の顔見てみますわ。

——兎子組の事務所は港区夕凪五丁目三の十五や。

電話は切れた。

「勤ちゃん、兎子組へ行け、やと。人使いの荒いおっさんや」

「ほんまにね。この雨降りに」

上坂は上体を起こして眼鏡をかける。「傘、欲しいな。『新幹線』の入口にぎょうさんありましたね」

「あかんぞ、占脱は。洒落にならん」

占有離脱物横領——。たとえ忘れ物の傘でも持ち去るのは犯罪だ。

「しゃあない。百均で買いますか。三百円の傘」

上坂は十円玉を弾いて掌《て》で受けた。拳をかざして、「どっちです」

裏——。表——。

指を開いた。表だった。

「勤ちゃん、おれはここのコーヒー代も払うんやで」

「ええやないですか。先輩なんやから」

「先輩な……」それでいい思いをしたことは一度もない。

伝票を持ってレジに立った。

「お客さん、傘ないんですか」

ふたりのやりとりを見ていたのか、マスターがいう。「そこの傘、持って行ってくれてよろしいで。どうせ捨てるんやから」

六百円、使わずに済んだ。傘立てからビニール傘を二本抜き、骨の折れたのを上坂に渡した。


港区夕凪――。兎子組の事務所前に着いたときは日が暮れていた。陸屋根の三階建、焦げ茶色のファサード。暴力団事務所のお約束で一階に窓がなく、玄関庇《ひさし》の下に監視カメラがついている。壁の真鍮《しんちゆう》プレートは《兎子商事》とあった。

玄関前にカローラを駐め、傘を差して降りた。上坂がインターホンを押す。

――兎子商事。

返事があった。

――泉尾署です。捜査二係。

上坂はレンズに向けて手帳をかざす。

――なんです。

――米田さんと荒井さんに会いたいんやけど。

――いてません。ふたりとも。

――そら、困りましたね。

――言《こと》づかりましょか。

――いや、米田さんと荒井さんの家を教えてもろたら、そっちへ行きます。

――そういう勝手なことはできんのです。

――ほな、佐々木さんか横山さんに会えませんか。

――ちょっと待ってください。

しばらく無音。相談しているのだろう。

――すんまへん。米田がいてました。

居留守を使っていたらしい。

――もういっぺん、警察手帳を見せてもらえますか。

上坂は手帳の身分証をレンズに近づけた。新垣も手帳を出して近づける。

――上坂巡査部長と新垣巡査部長？

――そうです。

――いま、開けますわ。

錠を外す音がして、ドアが開き、黒いスエットのスキンヘッドに招き入れられた。

事務所はけっこう広いが、雑然としていた。見るからにゴロツキの溜まり場だ。赤の筆文字で

《兎子》と書かれた十数張の飾り提灯《ちょうちん》が天井近くの壁面に並んでいる。その提灯の切れまに白木の神棚があった。神棚の下には額装の肖像写真が二枚。上部団体、灯心会の会長と先代会長といったところだろうか。提灯にも肖像の額にも代紋がないのは、暴対法施行以降、ヤクザの看板をおおっぴらに掲げられないからだ。

事務机が三脚、壁際にスチールキャビネットとロッカー、部屋の真ん中に革張りのソファ、テーブルの上に出前のラーメン鉢や丼鉢が積まれ、灰皿には吸殻が針の山のように差さっている。ブロンズ風の七福神や鷲、練り物の裸婦像、壺、皿、鳥の剝製、水槽はあるが、魚がいない。枯れた観葉植物がそこここに置かれているのは、ラウンジやスナックにリース契約で押しつけていたものか。ごみ屋敷に近い情景だが、ここに連れ込まれた人間は怯えて口も利けないだろう。それが組事務所の威圧であり、新垣も手帳がなければこんなところには入らない。

「米田です。ま、どうぞ」

ソファに座っている茶髪がいった。縁なし眼鏡、ピンストライプのダークスーツ、白のワイシャツ、ノーネクタイ、ヤクザと知っていなければ、ただの貧相なラウンジのマネージャーだ。

上坂と新垣はソファに腰をおろした。スキンヘッドが米田の後ろに立つ。

「あの、おたくさんは」スキンヘッドに訊いた。

「島村《しまむら》いいます」

この男はデカい。身長百八十、九十キロはある。大男総身に知恵が回りかねで、どこか抜けた顔をしている。一生、下っ端《ぱ》のままで終わるのだろう。

「島村さんと荒井さんは、どっちが上ですか」

「齢ですか」

「序列です」

「ジョレツ……？」

「いや、先輩、後輩をね」

「こいつは荒井の弟分ですわ」

米田が引きとった。「齢はこいつのほうが上やけど」

「喧嘩、強そうですね」上坂がいった。

「刑事さん、喧嘩は行き腰ですわ。図体のデカい小さいは関係ない」

米田は小柄な自分を意識しているらしい。

「米田さんは若頭補佐とかですか」

「いや、わしは舎弟頭です」

「ということは、兎子組は二代目？」

「そう、わしは先代の子分です」

ヤクザが襲名して代をかわるとき、新組長のそれまでの兄弟分は盃を直して舎弟になる。組内で叔父貴《おじき》と呼ばれるのがそれだ。

「どうですか、最近の景気は」新垣はいった。

「あきませんな。刑事さんも知ってはるように、この稼業は細るばっかりですわ」

米田はソファにもたれかかって煙草をくわえ、島村がライターの火を差し出す。米田は吸いつけて、「──で、わしに話というのは」

「恩加島の比嘉工務店です。比嘉さんに資金を貸してましたか」

「ああ、比嘉さんね、融資はしてます。うちの商売やから」

「差し支えなかったら、融資額を教えてもらえますか」

「それはいえませんわ」米田はかぶりを振る。

「比嘉さんが模合をしてたことは知ってますか」

「模合……。なんです」

「無尽、頼母子講のたぐいです。比嘉さんは座元でした」

「座元ね……。けっこうな金を動かしてたんですか」

「金額はいえんけど、大きな金です。比嘉さんはそれを拐帯して失踪したんです」

「拐帯、いうのは」

「要するに、持ち逃げです」

「へーえ、太い男ですな。どこに飛びよったんです」

「それが分からんから、こうやって米田さんに会うてますねん」

「わし、知りませんで。比嘉が逃げたいうのも初耳ですわ」

米田は舌打ちした。「くそったれ、比嘉を捜さんといかんがな」

「荒井さんが捜してるんとちがうんですか」

「刑事さん、わしはいま聞いたんです。荒井が動いてるはずないやないですか」

「なるほど。そうですな」

こいつはとぼけてる——。そう思った。「荒井さんは今日、どこですか」

「さぁね……。おまえ、知ってるか」

米田は島村に訊いた。島村は首を振る。

「荒井さんの家、教えてくれんですかね」

「弁天町……。あれ、なんちゅうとこやった」

「旭ハイツです」と、島村。「消防署の裏です」

「何号室ですか」

「二階です」

「港消防署の裏。旭ハイツの二階ね」上坂がメモ帳に書く。

「荒井はたぶん、いてませんで。あれは女ぼけしてて、尻《ケツ》を追いかけまわしてる。この事務所にも寄りつきまへんねや」

「ストーカーですか」

「極道もくすぼりのうちはシノギがないからね。見栄《みば》のええ女をひっかけて食わしてもらわんことには、稼業を張ってられませんねや」

おかしくもないのに米田は笑った。酷薄なヤクザの顔——。反吐《へど》が出る。

上坂の顔を見た。小さく顎を振る。

「いや、どうも、すんませんでした」

上坂はメモ帳をポケットに入れた。「また、なにかあったら参上します」

「わし、好きやないんですわ」

「なにが」

「警察」

「そら、そうですわな」

上坂は腰をあげ、新垣も立った。


カローラに乗った。

「あいつ、噛んどるな」

「噛んでますね」

「模合は知らんというたくせに、座元の意味は知ってた」

「ぼくも、そこがひっかかりましたわ。比嘉が飛んだと聞いたのに、貸した金の回収を考えてる顔やなかった」

「荒井は比嘉といっしょか」

「かもしれません」

「米田が黒衣《くろこ》で比嘉が人形やったら、比嘉は死んでるかもしれんぞ」

「石垣島どころやない。大阪湾に沈んでるかもね」

「どうする」

「とりあえず行ってみましょ。旭ハイツ」

「よう働くな」

「ほんまにね。なんでこんなに勤勉なんやろ」

上坂はエンジンをかけた。ワイパーが作動する。


煤《すす》けたブロック塀に、赤っぽい塗り瓦の木造モルタルの二階建――。ハイツとは名ばかりの文化住宅がそれだった。敷地には少し余裕があり、上坂は玄関先まで車を乗り入れて駐めた。砂利敷きの前庭にはところどころ水たまりができている。

「家賃、なんぼぐらいですかね」

「四万はせんな。共益費込みで三万五千円いうとこやろ」

「詳しいんですね、賃貸住宅事情」

「寮を出るとき、東新庄界隈のアパートを見てまわった」

新垣の前任は北淀署の盗犯係だった。北淀署の前は小路署の生活安全課。その前は刀根山《とねやま》署の地域課で警察官人生をスタートした。小路署から北淀署に転任して制服を脱いだときは、正直、うれしかった。盗犯係はなってみるとむちゃくちゃに忙しく、新米は昼も夜もなくこき使われたが、泥棒を捕まえるのはおもしろかった。被害通報を受けて現場を見分し、手口捜査をして容疑者のめぼしをつける。質屋や買い取り屋に盗品手配をし、それらの情報をもって容疑者のヤサに踏み込む。盗品を道場に並べて被害者に見せると、ずいぶん感謝された。そう、二係とはまるでちがうシンプルな捜査が新垣の性《しょう》に合っていた。次に転任するときは盗犯係にもどりたいが、希望がとおることはないだろう。

「遼さん、行きますよ」

「おう、そうやな」

車を降りた。軒下のガラス戸を押す。玄関は狭く、細い廊下が奥に延びている。メールボックスのようなものは見あたらず、左の階段下にチェーンのない自転車が倒れていた。

二階にあがった。部屋は廊下の両側にある。手前から見ていくと、２０３号室のドアに名刺大の紙片が貼ってあり、ミミズの這ったような字で《荒井》と書かれていた。

「勤ちゃん」小さくいった。

上坂はノックした。返答なし。荒井さん、と呼びかけたが、返事はなかった。

「おらんな」

「やっぱりね」

荒井は比嘉といっしょなのかもしれない。

上坂はメモ帳を出した。とめている輪ゴムを外してドアの上端に挟む。荒井が帰ってくれば輪ゴムが廊下に落ちる仕掛けだ。

「腹、減りましたね」

「またかい」

「九条商店街に『京香』いう中華料理屋がありますねん。湯麵《タンメン》がめちゃくちゃ旨い。鶏出汁のスープにえもいわれん滋味があってね。行きましょ、『京香』」

上坂は背を向けて階段を降りていく。新垣はこの一年で三キロ肥った。

午後七時前――。『京香』を出た。

「さて、どうします。会社に帰りますか」

〝会社〟というのは符牒だ。上坂もそうだが、刑事は周辺《まわり》の耳を気にするため、所轄署を〝会社〟とか〝営業所〟、府警本部を〝本社〟ということが多い。

「まだ早いやろ。いまから帰ったら七時すぎや」

訊込みで外に出ていた二係の連中が署にもどるのは七時から八時だ。係長の宇佐美は六人全員がそろってから〝お疲れさん〟と一礼して解散するのが好きだから、早めに帰ってきた刑事は復命を済ましても〝ほな、お先に〟とはいかず、書類を作成したりしながら時間をつぶす。たとえ冗談でも時間外手当の全額支給など要求しようものなら、次の日には署長室に呼ばれて交番勤務や留置場の看守勤務への異動希望を訊かれる。つまるところ、泉尾署刑事課捜査二係の就業時間は午前八時ごろから午後八時ごろと考えていい。

「旭ハイツに寄ってみよ」車に乗った。

廊下は暗い。天井の蛍光灯がひとつ切れている。２０３号室のドアの上端に手をやると、上坂が挟んだはずの輪ゴムがなかった。

新垣はかがんで廊下に眼をこらした。輪ゴムが落ちていた。

「勤ちゃん……」小さくいった。

「帰ってますね」

「おるな、中に」

ドアをノックした。はい、と返事があった。女の声だ。

「荒井さん、警察です。泉尾署。開けてくれますか」

また返事が聞こえて、ひとが近づく気配がした。カチャッと錠が外れてドアが開く。栗色の前髪を眉のあたりでカットした若い女だった。

「荒井さん？」

「いえ、ちがいますけど」

「すんません。泉尾署の新垣いいます」手帳を提示した。「おたくさんは」

「金子《かねこ》ですけど……」不安げな顔。小柄で、まじめそうだ。水商売風ではない。

「失礼ですけど、荒井さんとはどういうご関係ですかね」

「関係って……。つきあってますけど」

「ちょっと、中で事情をお訊きしてよろしいですか。立ち話もなんやし」

いうと、金子はこっくりうなずいた。ありがとうございます――。部屋に入った。手前がカーペット敷きのダイニングキッチン。奥の襖の向こうが六畳か八畳の和室のようだ。

「びっくりしはったでしょ。いきなり、警察やもんね。新垣の同僚で上坂といいます」

ドアを閉めて、上坂がいう。「ぼくら、荒井さんをどうこうしようというんやないんです。荒井さんの知り合いが失踪して、そのひとを捜してるんです」

「そうですか……。どうぞ、お掛けください」

金子がいい、新垣と上坂はダイニングチェアに並んで腰をおろした。金子も座る。

「康ちゃんの知り合いって、誰ですかね」伏目がちに金子が訊く。

「比嘉慶章さん、五十七歳。大正区で工務店をやってはります」と、上坂。

「失踪って、連絡がとれないんですか」

「奥さんが心配してますねん。……荒井さんのお仕事、知ってはりますよね」

「いえ、ちゃんと知りません」

どこまでがほんとうなのか、金子の口ぶりからは感じとれない。荒井がいわないにしても、堅気ではないと気づいているはずだが。

「荒井さんから、比嘉さんの名前を聞いたことないですか」訊いた。

「いえ、ないです」金子は小さく、かぶりを振る。「康ちゃんは仕事のこと、いいませんから」

「よかったら、金子さんのお名前とお勤めを教えてもらえませんか」

「さつきです。金子さつき。保育士です」此花区伝法《でんぽう》の保育園に勤めているという。

「荒井さんとはいつ知り合いました」

「そうですね……。今年の三月です」

ということは、八カ月のつきあいか。新垣は改めて部屋を見まわした。小さいダイニングテーブルに赤いチェックのテーブルクロス、台所にまな板や鍋やフライパン、食器棚に皿やマグカップ。男の独り暮らしとは思えない。

新垣の視線を見てとったのか、金子はまた首を振って、

「お皿とか買ったのはわたしですけど、いっしょには住んでません。鍵は持ってます」

今日は早番だったからここへ寄った、さっき来たばかりだという。「わたしのアパートは九条です」

「九条……。商店街の『京香』いう中華料理屋知ってはりますか」上坂がいった。

「行きますよ、『京香』。わたしも」

「湯麵が旨いでしょ。さっき食べてきたんですわ」

「薄味ですよね、スープ」

「そう、澄ましの鶏ガラスープ。むかしながらの中華そばの味です」

どうでもいいことをいっているようだが、これが上坂の訊込みだ。すっと相手のふところに入って情報をひきだす。「――それで、荒井さんはどこにいてはるんですか」

「分からないんです」

「このアパートには帰ってない？」

「そうです」

金子は、先月の二十三日から荒井と連絡がつかない、一昨日の夜もこの部屋に来た、荒井のス

マホにメールをしても返信がない、という。

「先月は三十一日までですよね。今日は九日」

上坂は指を折る。「十八日間も連絡がない……。そんなこと、ようあるんですか」

「いえ、はじめてです」

比嘉が最後に姿を見せたのは十月二十三日、島袋会の入札日だった。そのあと、比嘉と荒井はどんな行動をとったのか――。

「荒井さんと最後に会うたんはいつですか」

「二十二日の土曜日です」

保育園の仕事を終えたあと、伝法からここへ来て夕食をつくり、いっしょに食べたあと、零時前に帰宅した。九条商店街から少し北へ行った九条二丁目のアパートに独り住まいだと、金子はいった。

「ご出身をお聞きしてもよろしいか」新垣は訊いた。

「姫路です。大阪の短大の保育科を出て、伝法の『白鳥保育園』に」

「荒井さんとはどういう出会いでした」

「あの、それってプライバシーですよね、わたしの」怒ったふうでもなく金子はいう。

「いや、話しとうないんやったらけっこうです」

「アメ村のライブハウスです」

友人とふたりで行ったとき、隣のテーブルに荒井がいたという。「はじめ、ホストクラブのひとかと思ったんです。でも、話してみたらそうやないし、金融関係の会社で営業してるといいました」

「会社の名前、聞きましたか」

「名刺をもらいました。『オフィス・ＵＮＥ』です」

〝ＵＮＥ〟は兎子だ。なんともグレーな名称だが、金子は金融関係の会社だと信じたらしい。

「アメ村のライブハウスがきっかけで、金子さんは荒井さんとつきあいはじめた……。どんなひとですか」

「優しいです。どっちかいうと無口やけど、わたしの話をよく聞いてくれて、いろんなお店に連れてってくれて、いっしょにいて嫌な思いをしたことないです」

「レストランとか行ったとき、払いは荒井さんが？」

「…………」間があった。下っ端ヤクザは自分のシノギがないから金がない。いまは組長クラスのヤクザでも、若いころは女に食わしてもらっていたのがほとんどだ。

荒井さんにお金を貸してますか――。訊こうとしたが、やめた。金子はまっとうな保育士だから、多少の貯金はありそうだが、この捜査には関係ない。

「荒井さんの上司で、米田いうひとは知らんですか」上坂が訊いた。

「知りません」

「荒井さんと最後に会うた日、どこか行くようなことというてなかったですか」

「それは聞いてませんけど……」

金子は小さくいって、「康ちゃん、なにかしたんですか」

「いや、さっきもいうたように、ぼくらは比嘉さんを捜してるんです。そのために、荒井さんに話を聞きたいだけです」

「康ちゃんから電話があったら、そういいます」

「あの、それはちょっと困るんですわ」

上坂は手を振った。「比嘉さんの安否にかかわりますねん。警察官として、金子さんにお願いします。荒井さんから電話があったら、ぼくらのことはいわずに、連絡して欲しいんです」

上坂は名刺を出して、テーブルにおいた。「金子さんに迷惑はかけません。もちろん、荒井さんにも。その携帯のほうに電話してもろたらありがたいです」

「分かりました」金子は名刺を手にとって小さくうなずいた。

「あとひとつだけ。荒井さんのスマホの番号と、金子さんの番号、教えてもらえますか」

「090・0376・19××です」

金子は荒井の番号をいい、自分の番号もいった。新垣はメモ帳に書く。

もう訊くことはないか——、と上坂は新垣を見た。ない——、新垣は眼で答える。

「長々とありがとうございました」

上坂は両手を膝にそろえて頭をさげた。新垣もさげる。立って、椅子をもとにもどした。

「あれは喋るな」階段を降りながら、いった。

「喋りますね。……目付きのわるい刑事がふたり来た。康ちゃん、アパートに寄りついたらあかんよ、とね」部屋に荒井の女がいたのは予想外だったが、新たな情報も得た、と独りごちるように上坂はいう。

「おれは目付きがわるいんか」

「ええ刑事はおらんでしょ」

「比嘉は荒井と飛びよったな」

「正解ですわ、それ」

「しかし、あんなまじめそうな女がヤ印にひっかかるとはな」

「遼さん、男と女は分からんです。永遠の謎やから、そこにドラマが生まれますねん」

「共依存か」

「それもあり、でしょ」

ＤＶ男に惚れ女——。刀根山署の地域課で交番勤務をしていたとき、一一〇番通報で夫婦喧嘩の仲裁に入ったことがある。夫は二十三歳の無職で、妻は五歳上のパート勤務だった。妻は顔を腫らし、身体中に打撲傷があったが、わたしがわるいと、泣きながら夫を庇った。警官が立入りをしたのはそれが三度目で、新垣は傷害容疑で立件するべきだといったが、先輩警官は鼻で笑った。まるでやる気がない。いま考えると、被害届の出ない夫婦喧嘩を事件にするのは無理筋だった。

車に乗った。上坂が運転する。新垣は煙草に火をつけた。

4

西区立売堀《いたちぼり》──。タクシーを降りたのは八時四十分だった。『ビスタ和光』は二十八階建のタワーマンションで、界隈のビルより一際高く、上層階の窓は雨に霞んでいる。石張りのアプローチをあがり、オートロックの端末機のボタンを〝1・1・1・8〟と押す。

──はい。

──おれや。いま、下におる。

端末機のスリットにカードキーをスライドさせた。ロックが解除される。新垣は吹き抜けのロビーに入り、エレベーターで十一階へ。

1118号室のドアノブをひくと、抵抗なく開いた。ドアチェーンも外れている。中に入って施錠し、リビングへ行った。

玲衣《れい》はソファにもたれてテレビを見ていた。グレーのカットソーにホワイトジーンズ。髪を後ろにくくっている。

「どうしたん、今日は。気まぐれ」こちらを向きもせず言う。

「そんなんやない。忙しかったんや」

「ほかの女と遊んでたんやろ」

「あほいえ。仕事や、仕事。特殊詐欺。ずっと張り込みしてた」

「電話する暇もなかったん」

「あのな、刑事はいつでもふたりなんや。玲衣と話をしたら、ニヤけた顔を見られるやろ」

「もう、ほんまに口が巧いんやから」

玲衣はソファの傍らに手をやる。「座り。ここに」

上着を脱ぎ、ネクタイをとって、玲衣の隣に腰をおろした。玲衣は上体を起こして新垣の首に両手をまわしてくる。

「なんでこんなやつが好きなんやろ」

唇をふさがれた。舌が入ってくる。吸った。

玲衣は左手でズボンのジッパーをおろした。新垣はベルトを外して腰を浮かす。玲衣の指がブリーフに入り、勃起した先端をまさぐる。

新垣も片手でカットソーをめくりあげた。ブラジャーはしていない。乳房を揉みしだく。玲衣は微かな呻《うめ》き声をあげはじめた。

身体をずらして乳首を口に含んだ。舌先でころがす。玲衣の指はペニスから離れない。

玲衣は体勢を変えた。新垣を仰向けにしてソファに押しつける。玲衣はホワイトジーンズを足もとに落とし、ショーツを脱ぎ捨てて新垣にまたがった。指をそえて股間にあてる。ゆっくり腰を沈めると、新垣の胸に両手をおいて動きはじめた。

裸のまま、煙草を吸い終えた。玲衣も裸でバスルームからもどってくる。小ぶりで形のいい胸、細く長い脚、色白でスリムなボディーラインに見入ってしまう。

「なにしてんの」

「いや、玲衣の匂いを嗅いでた」

「やらしいね」

玲衣は新垣の手からショーツをとりあげてサイドボードの上に放った。「シャワー、浴びたら」

「あとでええ」

「煙草、ちょうだい」

玲衣はソファに座った。新垣は煙草を吸いつけて玲衣にやる。

「ね、あれやったことある？」

「あれて、なんや」

「あれやんか。家宅捜索とかするんやろ」

「だって、遼ちゃん、刑事やんか」

「シャブかい。あほなこといえ」

「あのな、冗談でもそんなことはいうな。おれは生安やないし、シャブのガサには入らんのや」

「こないだ、聞いてん。ちょっと知り合いの子。ふたりで炙《あぶ》りをしてからセックスしたら、もうほんまに天に昇る快感なんやて」

「やめとけ、やめとけ。天に昇ったら地獄に堕ちるんや」

覚醒剤は薬理作用で人間を眠らせない状態にしているだけだ。依存性も極めて強いから、気づいたときにはやめられない身体になっている、といって聞かせた。「日本の女子刑務所に入ってるのは四割ほどが薬物犯やぞ。女は男より耐性がない。まちごうても手を出すな。洒落にならん」

「怒ってるの、遼ちゃん」玲衣は上を向いてけむりを吐く。

「怒ってへん。絶対にするなよ。葉っぱもドラッグもな」

強くいった。玲衣は危ないから。

玲衣と知り合ったのは鰻谷《うなぎだに》の『ARETHA』だった。打ち放しの梁を露にした、天井の高いモノトーンインテリアのショットバーで、BGMに七〇年代ソウルが流れている。この夏、独りで飲んでいるところへ男と女が来て、隣に座った。長髪の男は細身のレザージャケットにクラッシュジーンズ、女は白のキャミソールにデニムのミニスカートで、やけに睫毛《まつげ》の長いギャル風の化粧をしていた。ライブの帰りか――。ロッカーと追っかけのようにも見えた。

しばらく飲むうちに、男と女は喧嘩をはじめた。女が突っかかり、男も言い返す。バーテンダーはとめもせず、やりとりをじっと見ているだけだった。そうして男は切れ、女を残して出て行った。

最低。あんなやつ――。冷めた口調で女はいい、
勘定、おいていかんとあかんな――。新垣はいった。

ほんまや。飲み逃げされたわ――。女は笑い、そこからつきあいがはじまった。

小林《こばやし》玲衣。近畿学院大の四回生だが、卒業に要する単位はほとんどとっていない。通学したのは一回生の夏休みまでだったという。父親は和歌山の田辺で内科のクリニックを開業しており、去年、兄が山科医科大の研修医になったという。父親は玲衣の私生活に関心がなく、母親は玲衣が卒業できないと気づいてはいるが、大学をやめろとも、就職しろともいわない。だから玲衣は大学にも行かず、バイトもせず、毎日を能天気に遊び暮らしている。立売堀のタワーマンションの家賃と車のローンを払ってもらっている上に、月々、四十万円が振り込まれてくれれば誰も働く気にはならないだろう。

崩壊家庭やな、玲衣に関しては——。いったことがある。

それはちがうわ。パパが崩壊してるねん——。愛人がいる、と玲衣はいった。

愛人は元看護師で、和歌山市内のマンションにいる。子供はいるが、玲衣の父親とのあいだにできた子ではない。ふたりの関係が夫にばれて離婚したのだ。なのに父親は自分の離婚など頭になく、週末になるとSクラスのベンツで和歌山に通っている。

ママはわたしが遊んでるのを、いい気味やと思てんねん。パパに対してね。なんか屈折してるやろ——。

そこは分かるような気がする。パパがわるいから玲衣が遊ぶと——。

ママ、きれいねん。美魔女。一年のうち二カ月は旅行してるわ——。

ママも浮気してるんか——。

きっとね——。

まともなんは兄貴だけか――。

お兄ちゃんはね、ゲイ。部屋のクロゼットに『バディ』や『ＩＳ』とかの雑誌を隠してる。堂《どう》山《やま》のゲイバーのライターもあったわ――。

ほな、パパの資産は玲衣の子供に行くわけか――。

どうやろ。お兄ちゃんはバイかもしれんし、イケメンやから結婚くらいできるやろ――。玲衣はどこまでもあっけらかんとしている。新垣がもっと深いつきあいを求めれば、笑いながら、さよならと手を振るだろう。

「ね、シャワー浴びへんの」玲衣は煙草を消した。

「そうやな……」

立とうとすると腕をとられた。玲衣はうずくまって舌を使う。玲衣の尻に手をまわすと、そこは熱く濡れていた。

「来て」

玲衣はセンターラグに寝た。

午前一時――。マンションを出た。いくら遅くなっても玲衣の部屋に泊まったことはない。それはつきあいはじめたときからの決めだ。玲衣とのあいだには見えないハードルがあり、そのハードルを越えるのは新垣も望んでいない。

桜川のマンションに帰り着いた。エントランスに入り、階段をあがる。オートロックというような洒落たものはない。五階建、二階から五階の各フロアに五室。一階は元高校教員のオーナー一家が住んでいる。

ドアに鍵を挿し、部屋に入った。月額七万円の１ＤＫ。越してきて二年になるが、まだ開けていない段ボール箱がダイニングの隅に積んである。中は鍋と食器類、缶詰、乾めんやピクルスの瓶も入っているはずだが、蓋を開けるとゴキブリが出てきそうだ。粗大ごみで捨てるにも、分別しないといけないから始末にわるい。

スーツを脱ぎ、ハンガーにかけた。目覚まし時計をセットしてベッドに入る。布団をかぶると、胸のあたりから玲衣の匂いがした。


十一月十日木曜――。刑事部屋に入ると、珍しく上坂のほうが先に来ていた。紙コップのコーヒーを飲んでいる。

「おはようっす」

上坂は顔をあげた。「本日も元気潑剌で市民の安寧秩序に邁進しましょう」

「朝っぱらから安寧秩序は立派や」

いつもながら、無駄にテンションが高い。

「まず報告です。荒井のスマホは十月二十三日以降の発信なし。ＧＰＳの位置情報とれず。荒井はスマホを所持してないか、電源を切ってるか、どっちかですね」

昨日、刑事部屋に帰って係長の宇佐美に復命したあと、新垣と上坂は鑑識に比嘉の湯呑茶碗とヘアブラシを渡して指紋とＤＮＡ採取を依頼し、宇佐美はＮＴＴドコモに荒井康平のスマホについて通信記録などの照会をした。その回答が来たのだ。

「そこまで荒井がやってるということは……」

「比嘉を飛ばしたんです。荒井が」

比嘉のスマホも発信履歴、ＧＰＳ位置情報ともにとれていない。

「どっちにしても不自然やな。ふたりとも携帯を持ってるのに使うてへん」

「石垣島ですかね」

「行くか。関空」

「行きましょ」

車両係に行き、昨日のカローラに乗った。走行距離は十万を超え、サスペンションはへたっているが、ほかに適当な車はなかった。

「晴れやな、今日は」

「昨日のビニール傘、どうしました」

「トランクに積んでるやろ」

「名前、書いとかなあきませんね。新垣、上坂」

「そういうことを考えるのは勤ちゃんだけや」

新垣が運転し、駐車場を出た。

関西国際空港――。空港ビル二階の国内線出発・到着ロビーにあがった。ANAのチェックインカウンターへ行く。ライトグレーのジャケット、ネックにピンクのスカーフを巻いた係員は玲衣とタメを張れる美人だった。

「お忙しいとこ、すみません。泉尾署の新垣といいます」

手帳を提示した。係員の胸ポケットには《河野　R・KONO》とネームプレートがある。

「――河野《こうの》さんでよろしいですか」

「はい、河野です」にこやかにうなずく。

「十月二十三日の日曜日ですが、それ以降にANAの国内便を利用した人物を捜してます。比嘉慶章、五十七歳と、荒井康平、三十一歳です」

メモ帳に名前を書いて渡した。お調べしますね――。河野はいい、パソコンに入力する。マウスを操作しながらしばらくディスプレイを眺めていたが、

「比嘉さま、荒井さま、当社の国内便はご利用になっていませんね」

「たとえば、旅行代理店とかでチケットを買うたらチェックできんということもあるんですか」

「いえ、お名前を入力すれば、関空発のお客さまについてはすべてチェックできます」

「ほな、羽田とか成田から飛んだとしたら……」

「本社に問い合わせていただければ分かると思います」

「チケットを買うとき、申込書を書きますよね。身分証は」上坂が訊いた。

「お見せいただく必要はございません」

最近はインターネット経由でチケットを購入する客のほうが多いという。

「偽名でチケットを買うたらフリーパスですか」

「おっしゃるとおりかもしれません。国内便はパスポートが要りませんから」

「なるほどね。そういうことですか」

上坂は落胆したふうもなく、「すんません。ありがとうございました。あと、国内線のカウンターは」

「JALとLCCです」

JALとジェットスターのチケットカウンターは空港第一ターミナル、ピーチとライトイヤーのそれは空港第二ターミナルにあるという。

上坂と新垣はもう一度、河野に礼をいい、JALのカウンターに向かった。


JAL、ジェットスター、ピーチ、ライトイヤー——。どこも比嘉と荒井の搭乗記録はなかった。上坂がライトイヤーで石垣島行きのチケットの料金を訊くと、二万八千三百五十円だった。

「往復で五万七千円か……。遼さん、行きましょ」

「その前に、おっさんの了解をとらんとな」

「比嘉は石垣におる。そういうたらよろしいねん」

「いうのは簡単や。物証《ブツ》か証言が要るやろ」

「物証はほら、あそこにありますわ」

上坂はインフォメーションカウンターを指さした。「石垣島の観光パンフレット。あれを荒井のヤサで見つけたというんです」

「証拠の捏造《ねつぞう》やぞ。んなことしたら」

「昨日、ふたりで荒井のヤサに行ったやないですか。金子とかいう保育士が横向いてるときに、パンフレットを押収《おうしゅう》したことにするんです」

「荒井のヤサに女がおったんは、おっさんに報告した。いまさらパンフレットがあったてなことは後講釈や」

いくら荒井に逃亡幇助《ほうじょ》の疑いがあるとはいえ、そのアパートから無断で物品を持ち出したとなると窃盗罪になる。「もっとほかにプランはないんか」

「ほな、ガサ状とりますか」

「おっさんがOKするわけないやろ。この段階で」

捜索差押許可状の発行は巡査部長以上の司法警察員が地裁に請求できるが、その請求手続きをするのは宇佐美だ。

「比嘉と荒井は石垣島にいてますわ。まちがいない。ぼくはそう確信してます」

「分かった。おれがおっさんにいう。なんとしても石垣島へ行きたい、とな」

「そう、それでこそ優秀な先輩ですわ」

上坂の都合のいいときだけ、新垣は先輩呼ばわりされるような気がする。

「ただし、もうちょっとネタを詰めてからや。ANAとJALの支社へ行こ。比嘉と荒井の記録が残ってるかもしれん」

ピーチとライトイヤーは関西国際空港をハブ空港にしているから、国内便すべての記録がとれた。ANAとJALはとれていない。

「どこです、支社て」

「市内やろ」

スマホで調べた。ANAは北区梅田、JALは北区堂島浜にあった。

「よっしゃ。行こ」

空港駐車場へ向かった。


堂島浜のJALを出た。コインパーキングへ歩く。成田や羽田、その他の空港からも比嘉慶章と荒井康平の搭乗記録はなかった。

「これから高飛びしようてなやつが本名を使うはずないわな」

JALの前に行ったANAも空振りだった。

「あほくさ。なんぞ食いましょ」腕の時計を見ながら、上坂がいう。

「うどんか、蕎麦か、ラーメンか」

新垣も時計を見た。二時が近い。

「鮨とか食いたい気分ですね。まわる鮨」

「このへんにはないぞ」

北新地《きたしんち》界隈の堂島浜に回転鮨店はないだろう。

「クラウンプラザでステーキランチでも食いますか」

「豪勢やな、え」

「勝負しましょ」

上坂は立ちどまって十円玉を出した。親指で弾いて掌で受ける。「どっちです」

「表」

「裏」

上坂は指を開いた。「ああ……」表だった。

「ステーキはヒレにしよ」

「予算は三千円ですよ」

「三千円でヒレは食えんやろ」

上坂のしょげた顔がおもしろかった。


一流ホテルのステーキランチは旨かった。上坂は九千円も払って泣いていた。

上坂がぶつぶついうから一階のラウンジでコーヒーを奢ることにした。ゆったりしたソファに腰をおろして、新垣はコーヒー、上坂は千五百円のケーキセットを注文する。

「肥えるはずやな、え」煙草を吸いつけた。

「ちょっとでも元をとらんとね」

上坂は上着のポケットからメモ帳を出した。スマホも出してキーを押す。

「なんや、どうした」

「いや、ちょっとね、思いついたんですわ」

上坂は発信キーに触れた。「どうも、こんにちは。昨日、お伺いした泉尾署の上坂です――。すんません、いま、よろしいですか――。ご主人はパソコンとかしはりますかね――。ああ、そうですか――。メールもしはらへん、と――。インターネットは――。了解です。ありがとうございました――」

上坂は電話を切った。

「比嘉のよめさんか」たまみ、とかいった。

「そうです」上坂はうなずいて、「比嘉がネットで航空券を買うてたら、履歴が残ってるかなと思たんです」

比嘉工務店にパソコンは一台あるが、使うのはたまみだけで、それも経理ソフトと請求書、領収書などの作成だと、上坂はいう。「比嘉はパソコンに触りもせんし、スマホのメールもせんそうです」

「おれもメールはせんな。LINEなんかするやつの気が知れん。いらいらする」

指一本で文字を打つのはネット検索だけでいい。ガラケーからスマホに替えたときにメールを試してみたが、すぐにやめた。玲衣からメールが来たときは電話をかける。

コーヒーとケーキセットが来た。苺のショートケーキだった。

「よう、そんなもん食うな。おっさんが」

「子供のころ、ロールケーキを一本食うたことがありますねん。バタークリームのね。気分がわるうなって吐きましたわ」上坂は苺をつまんで口に入れる。

「そういうトラウマがあるのに、まだ食うか」

「遼さん、ぼくにとってスイーツはお口の友、映画は心の糧です」

上坂はケーキを食いながら、また電話をする。「あ、こんにちは。泉尾署の上坂です。昨日はどうもすんませんでした――。いま、どちらですか――。ああ、保育園。あとでかけましょか――。ありがとうございます。それでですね、つかぬことをお訊きしますが、荒井さんはパソコンができますか――」

しばらく話をして、上坂はスマホをおいた。

「金子です。金子さつき」

上坂はひとりうなずいて、荒井のアパートにはノートパソコンがある、そのパソコンは金子が買った、荒井はメールとネット検索ができる、といった。「――保育園は六時に終わるし、七時前には旭ハイツに行けるといいました」

「金子が立ち会うてくれるんか」

「荒井のパソコンを見るのに、ね」

金子も荒井の消息が気になるらしい、と上坂はいった。「どないします。七時まで」

「あと、四時間か……」署に帰るのは面倒だ。

「遼さん、映画観ましょ」

「そう来ると思た」

「新世界の『楽天座』でね、『社長シリーズ』を一挙上映してますねん」

上坂はコーヒーを飲む。「社長三代記、社長太平記、社長道中記、社長漫遊記……。社長外遊記もあったかな。森繁久弥、小林桂樹、加東大介、三木のり平、フランキー堺。みんな芸達者で、ようできた喜劇です」

「日本の喜劇な……」気が向かない。「ほかにないんか。最新作のSFとかは」

「シネコンは上映時間が決まってるやないですか。名作ですよ、『社長シリーズ』」

「分かった。つきあう」コーヒーをすすった。


楽天座を出て、コインパーキングに駐めた車に乗った。運転は上坂がする。

「どうでした」

「けっこう、おもしろかったな。ドライや」

「そうですやろ。喜劇はドライでないとあきません」

『社長太平記』と『社長道中記』を観た。森繁の社長が浮気したくてできないのが定番のシナリオだと、上坂は解説する。三木のり平の「パーッといきましょう、パーッと」という宴会部長は名物らしい。

「洋画はベット・ミドラーとダニー・デヴィートの『殺したい女』、邦画は石井聰亙監督の『逆噴射家族』、このふたつはお勧めです」

上坂の喜劇映画談義を聞きながら新世界から弁天町へ走り、『旭ハイツ』に着いたのは、ちょうど七時だった。金子さつきは荒井の部屋の台所にいて、片付けをしていた。

「すんません。めんどいことをお願いしまして」上坂がいう。

「いえ、いいんです。ちょっと寄り道しただけですから」金子は流しで手を洗う。

「パソコンは」

「こっちです」

金子が先に立って奥の部屋に入った。金子が掃除をしたのだろう、真ん中に布団を外した炬燵《こたつ》が置かれ、壁際に白いチェストがあるだけの、がらんとした六畳の和室だった。

上坂は炬燵の前で胡座《あぐら》になった。天板の上にノートパソコンがある。

「これ、いいですか」

「どうぞ。バッテリー切れかもしれないので、コードをつないでおきました」金子も座る。

上坂はパソコンを開いた。電源を入れる。初期画面が立ちあがった。

パソコンはロックされておらず、パスワードを入れる必要はなかった。上坂は慣れない手つきでアイコンを操作し、インターネットの閲覧履歴にアクセスした。フォルダを出して、ゆっくりスクロールする。

「――あきませんね。履歴は閲覧した当日に削除される設定になってるみたいですわ」

上坂はディスプレイから眼を離さず、「荒井さんは詳しいんですか。パソコンに」

「ゲームは好きみたいです。あとはユーチューブとか」

「ほな、削除は購入時の設定のままなんや」

「もっと遡ることはできないんですか、履歴を」

「できんですね。ぼくもパソコンは得意やないんです」

そのとき、新垣は思いあたった。署にパソコンのプロがいることを。

「金子さん、ごめんなさい。ちょっと外してもらえますか」

「あ、はい……」

金子は立って、台所へ行った。新垣は襖を閉める。

「勤ちゃん、真鍋《まなべ》がおる」

署に電話をして鑑識課につないでもらった。真鍋は席にいた。

――はい、なんです。

――教えて欲しいんや。いま、事件関係者のパソコンを調べてるんやけど、閲覧履歴が削除されてる。どうにかならんかな。

――〝一時ファイル〟ですね。そこから辿れると思いますわ。

一度表示したウェブページのデータをパソコン内に保存し、もう一度、そのウェブページを表示させたいときに素早く再表示できる機能がある、と真鍋はいう。

――その機能はインターネット履歴とは別もので、これを消去してるのは、よほどのパソコンマニアです。

――〝一時ファイル〟な。どうやって出すんや。

――パソコンは。

――眼の前にある。ノートパソコン。電源も入ってる。

――ほな、ぼくのいうとおりにしてください。

――分かった。待て。

上坂に目配せした。

――まず、ブラウザは。

「勤ちゃん、ブラウザや」

「ファイアー・フォックスです」

真鍋に伝えた。

――アドレスバーに〝about:cache〟と入力してください。

――アドレスバーやな。

真鍋のいうワードを復唱した。上坂は入力する。

――〝Memory cache device〟いうページが出ましたか。

――出たな。

――そこの〝List Cache Entries〟をクリックしてください。〝一時ファイル〟が保存されてるはずです。

上坂にいった。ありました、とうなずいた。

――すまんな。あったわ。〝一時ファイル〟。

――よかった。ご苦労さんです。

電話は切れた。

上坂は〝一時ファイル〟をクリックし、表示された閲覧履歴を見ていった。

「――あった。ありました」小さく、上坂はいう。「ライトイヤーの予約サイト。十月九日にアクセスしてます」

十月二十三日が島袋会の入札日で、比嘉は五百七十五万円を落札した。荒井が十月九日にふたり分のチケットを購入したかどうかは分からないが、荒井がライトイヤーを利用したことは、ほぼまちがいないと思った。

上坂はパソコンをシャットダウンし、ディスプレイを閉じた。コードも抜く。

新垣は煙草をくわえた。灰皿を探す。白いチェストの上にあった。

立ってクリスタルの灰皿に手を伸ばした。十本ほどの吸殻の下に焦げて溶けたような茶色のものがある。

新垣は指先で吸殻をどけた。茶色のそれはビニール袋が半分ほど溶けたものだった。手のひら大で、端の開閉チャックが燃え残っている。灰皿にも茶色の焦げ痕が付着していた。

「勤ちゃん、パケや」

袋をつまんで上坂に見せた。

「パケですね」低く、上坂もいう。

パケとは売人が覚醒剤を売るとき、結晶を砕いて粉末にしたものを、〇・三グラムから一グラムほどに小分けしたビニールの小袋のことをいい、使用済みのパケでも微量の粉末が残っているため、試薬液に粉末を落とすと、青藍《せいらんしょく》色の覚醒剤呈色反応が生じる。

「荒井はシャブをやっとる」

「金子もそうですか」

「どうやろな……」

金子を疑いたくはなかった。「おれはちがうと思う。もし、あの子がシャブをやってるんやったら、この部屋にはあげんはずや」

「けど遼さん、いまどきの子はドラッグに抵抗感が薄い。遊び感覚でやりますわ」

「ま、そのとおりやけどな」

チェストの抽斗を下から順に開けていった——。

見つけたのは、真新しい空パケが七枚と、デジタルの精密秤だった。覚醒剤《ブツ》も注射器《ポンプ》も、炙りの道具もなかったが、空パケと秤があったことで、荒井が売人である疑いをもった。令状をとってこの部屋のガサに入れば、ブツを発見できるかもしれないが、それは荒井の身柄を確保してからだ。

チェストの抽斗をもとにもどして、新垣は台所へ行った。金子は椅子に座っていた。

「金子さん、頼みがあります」

新垣はいった。「昨日もいいましたけど、もし、荒井さんから連絡があっても、我々がここに来たことは黙っててもらえますか。これからの捜査に支障をきたすんです」

「捜査って……。康ちゃんの知り合いが失踪したんですよね」不安げに、金子はいう。

「そのとおりです。我々は荒井さんの知り合いを捜してるんです」

「康ちゃんは、そのひとといっしょなんですか」

「いや、分かりません。可能性はあると思てます」

「指名手配とかされるんですか、康ちゃん」

「それはない。我々は荒井さんに会うて話を聞きたいだけです」

金子の恐れは分かる。無理もない。金子はおそらく、荒井の稼業を知っている。

ありがとうございました、頭をさげた。上坂も礼をいう。金子はテーブルを見つめていた。

アパートの前に駐めていた車に乗った。

「さて、どうします」

「関空へ行かんとあかんやろ」

荒井から金子に電話があったら、金子は喋る。刑事が来て、パソコンを見た、と。比嘉の逃亡先を特定するのは半日でも早いほうがいい。

宇佐美に電話をし、ライトイヤー支社で訊込みをしてから直帰する、と報告した。

関西国際空港――。第二ターミナルのライトイヤー支社に入った。手帳を提示して総務部へ行き、搭乗記録を教えてほしいと、三好《みよし》という責任者に頼んだ。

「十月九日にチケットをネット購入して、二十三日以降に搭乗した人物です。たぶん、ふたり。行き先は分かりません」

「承知しました。調べてみます」

三好はメモをして、別室へ行った。新垣と上坂はカウンター前のベンチシートに座って待つ。

「我がことながら、よう働きますね。休みもなしに」

「新世界で映画観てたんは誰や」

「あれは息抜きやないですか。精神的均衡をとるためです」

「精神的均衡な……。勤ちゃん、これはどうなんや」小指を立てた。

「とんと縁がないですね。自慢やないけど、大学のときから、素人さんとつきおうたことないんですわ」

「高校まではおったんか」

「卓球部にね、いてましてん。小肥りで眼と眼が離れた蟬みたいな子。高校二年の夏休みでしたね、初デートは。淀川の花火大会の帰りにお好み焼き食うて、千林商店街の近くの公園行って、なんか、こう、ええ雰囲気やないですか」

心臓が早鐘を打っていた、と上坂はいう。「キスして、胸触って、スカートの中に手を入れた途端に、ゴンと頭突きですわ。眼から星が出て、ベンチからずり落ちたら、ハハハと笑いよったんです。ひどいと思いませんか」

「花火見て、自分の花火も見たか」

「それで、フェードアウトでしたわ」

上坂はひとりで笑って、「遼さんはどうですねん」

「おれも高校二年やったな。クラスメートの友利《ともり》さん」

由紀《ゆき》はかわいかった。クラスのマドンナだった。バレンタインデーでチョコレートをもらったときは嘘かと思った。つきあいはじめて半年で童貞を失ったが、由紀は初めてではなかった。

「おれがこっちの大学に来て、半年ほどはつづいたけど、やっぱり離れ離れはあかんな。フェードアウトした」

「なんべんくらい、したんです。その子と」

「週に一、二回はしてたな。ひとり娘で、両親は共働きやった」

「それ、不良ですよ。不純異性交遊」

「かもしれんな」

沖縄を出てからも女が切れたことはない。いまは玲衣と、もうひとり咲季《さき》がいる。それをいったら、上坂に殴られるだろう。

埒もない話をしながら三十分――。三好がもどってきた。

「十月九日に航空券をご購入いただいて、二十三日以降に搭乗されたお客さまです」

三好は搭乗記録のコピーを差し出した。受けとる。上から順に、横書きで、姓名、性別、年齢、電話番号が載っている。数えると、四十六人だった。

「お忙しいとこ、すんませんでした」上坂がいった。

「いえ、ピックアップするのに時間がかかってしまいました」

三好は愛想よくいって、「それでよろしいでしょうか」

「助かります。ありがとうございました」

「どういたしまして」三好はカウンター内に入っていった。


一階に降り、カフェに入った。上坂はココア、新垣はレモンティーを注文し、トレイに載せて席につく。テーブルに紙片を広げた。

まず、性別で女を除外した。ボールペンで×をつける。二十八人が残った。

メモ帳を繰って、コピーの欄外に比嘉と荒井の携帯番号を書いた。それを搭乗者の電話番号と照合していく。

「遼さん、こいつですわ」

上坂が指で押さえた。「090・0376・19××。天野健一《あまのけんいち》」

荒井の携帯番号と一致した。まちがいない。天野健一は十月二十四日十三時、関空発のライトイヤー703便で沖縄、那覇空港に飛んでいる。

「比嘉はどうや」

比嘉の携帯番号に一致する搭乗者はいなかった――。

「同じ、703便でしょ。十月二十四日の」上坂がいう。

当該の人物を探した。

「これやな」

儀間孝章《ぎまこうしょう》――。五十五歳。電話番号は〝06・6632・78××〟の固定電話だ。6632の局番は大正区ではない。

荒井は搭乗券二枚を予約し、カードで精算しただろうから、ほんとうの自分の携帯番号を入力したが、比嘉のそれはでたらめでもよかった――。そういうことだろう。

新垣は儀間孝章の電話にかけてみた。この電話は現在使われておりません――。不通だった。

「決まりやな。荒井と比嘉は沖縄に飛びよった」

「なんと優秀な刑事やろ。新垣巡査部長と上坂巡査部長は」

「勤ちゃん、沖縄に行けるぞ。石垣島やなかったけど」

「まずは首里城跡ですね。次は美《ちゅ》ら海《うみ》水族館でジンベエザメ見学。カヌーでマングローブ林を探検するツアーもあるそうやないですか」

上坂はすっかり観光気分だ。「遼さん、行きましょ」

「沖縄か」

「ミナミです。前祝い。鰻食うて、キャバクラで、きれいなお姉さんをお持ち帰りしましょ」

「金、持ってんのか」

「そこはそれ、先輩の奢りでしょ」

上坂の精神構造が、ときどき分からない。

5

スマホの着信音で目覚めた。

――はい。新垣。

――ハロー　イッツ　ア　ビューティフルデイ。

上坂だった。枕もとの目覚まし時計を見ると、六時五十分――。アラームは七時にセットしているのだが。

――なんや、こんな朝っぱらから。

――昨日、帰りぎわにいうたやないですか。七時前に起こしてくれと。

いわれると、記憶がある。そんな頼みをした。

――頭、痛い。

――そら飲みすぎでっせ。

昨日、宗右衛門町《そうえもんちよう》で鰻を食ったあと、キャバクラへ行ったのだ。女の子の平均年齢は、たぶん二十歳《はたち》そこそこ。そろいもそろってカラコンのデカ眼に茅葺《かやぶ》き屋根のようなつけ睫毛だから、みんな同じ顔で見分けがつかず、そもそも話が合わない。上坂はがんばって映画の話をしていたが、近ごろの若い娘《こ》は映画など観ないし、本も読まない。タレントの誰それくんがかわいいとか、テレビドラマのなんとかがおもしろいとか、こちらがまるで知らないことを延々と喋りつづける。

辟易《へきえき》して新垣の馴染みのスナックへ行き、そこを出たのが零時すぎだったが、上坂がカラオケをしたいといいだした。旧・新歌舞伎座裏のゲイバーへ連行されて、上坂の歌をいやというほど聞かされ、解散したのは三時前だった。タクシーで部屋に帰り、シャワーを浴びてベッドに入ったのは四時ごろだった。そう、新垣は三時間も寝ていない。

――何時に起きたんや。

――六時です。

――なんで、そんなに元気なんや。

――うちはおふくろという生きた目覚まし時計がいてます。布団剝がれて叩き起こされたら、テーブルにサラダと卵焼きと味噌汁が並んでますねん。

――羨ましいな。

――朝飯は食わんとあきませんよ。一日の活力なんやから。

――分かった、分かった。ちゃんと食う。シリアルはある。冷蔵庫に牛乳も。

――今日、おっさんにいうてくださいね。沖縄へ行く、と。

――それがいいとうて、電話してきたんか。

――楽しみですねん。ジンベエザメとマングローブツアー。

電話が切れた。新垣はベッドから出た。

紙コップのコーヒーを持って刑事部屋に入った。上坂はデスクの前でパソコンを眺めている。ディスプレイを覗き込むと、ライトイヤーの予約サイトだった。

「おはよう」

「おはようさん」

上坂はこちらを振り仰いで、「今日の沖縄行きは八千五百四十円です。空席あり」

「さすが、ＬＣＣや」

「明日は土曜やから高いですよ」一万円を超えるという。

「そのバッグはなんや」上坂の足もとには小型のキャリーバッグがある。

「着替えとか、ガイドブックです」

「手回しがよすぎるぞ」

宇佐美を見た。ドナルドダックのマグカップにティーバッグの紅茶を入れてポットの湯を注いでいる。

コーヒーをデスクにおき、上坂とふたりで宇佐美のそばに行った。

「係長、比嘉慶章の逃走先が分かりました」

「なんやて……」宇佐美は手をとめた。

「比嘉は灯心会兎子組構成員の荒井康平といっしょです。昨日、荒井のヤサでパソコンを調べました」空パケのことはいわない。

「待て。ちゃんと聞こ」

宇佐美はマグカップを手に、デスクに座った。新垣はメモ帳を繰る。

「荒井は十月九日にライトイヤーの予約サイトにアクセスして、十月二十四日、関西国際空港発、沖縄那覇空港着のチケットを二枚、購入してました」

「十三時発のライトイヤー703便です」

上坂がいった。「購入者の携帯番号が荒井の携帯番号と一致しました」

「703便に同乗してたんが、儀間孝章、五十五歳で、こいつの連絡先電話番号は現在、使われてません」新垣がつづけた。

「その儀間孝章が比嘉慶章ということか」

「まず、まちがいないですね」

「荒井のパソコンをどうやって見たんや」宇佐美は違法捜査を疑っている。

「荒井の女です。金子さつき。此花の白鳥保育園に勤める保育士で、荒井のアパートの鍵を持ってます」金子は比嘉と荒井の逃走先を知らなかった、と補足した。

「金子の立ち会いで、荒井のパソコンのアクセス履歴を見たんやな」

「そうです。金子がパソコンを使わせてくれたんです」

「比嘉の失踪後、荒井の携帯が使われた形跡はありませんが、金子に連絡をとることは充分に考えられます」上坂がいう。「今日にでも、沖縄に飛びたいんです」

「比嘉と荒井の面《めん》は」

「比嘉の顔写真は知念から預かってます。荒井のはブロマイドです」

ブロマイドとは逮捕写真をいう。

「分かった。そういうことなら飛べ」

「了解です。チケット、とります」

「ＪＡＬやＡＮＡはやめとけよ」

「ライトイヤーは八千五百四十円です」

「よっしゃ。それでええ」

宇佐美は課長の西村に報告して、沖縄県警に協力を要請するといった。


南海線なんば駅からラピートに乗り、関空へ行った。第二ターミナルのライトイヤー発着カウンターで予約票を搭乗券に替える。十一時発の７０１便は機体整備の遅れで三十分の順延だった。

昨日のカフェに入ってコーヒーを飲む。

「ＬＣＣて、よう遅れるんか」

「ＪＡＬやＡＮＡもけっこう順延しますよ」

「天候で遅れるのはしゃあないけど、機体整備はあかんやろ」

「遼さん、航空会社はチケットに記載されてるＡ点からＢ点までの旅客の運送を受託してるだけで、定時運航の責任はないんです」

「なんと、弁護士みたいな解説やな」

「そんな映画がありましてん。出来のわるいスパイものやったけど」

アリバイ・ミステリーに飛行機は使えない、と上坂はいう。「それより、どこに泊まります。ホテル」

「うちに泊まったらええ。那覇の松山通りの近くで塩干物の食品卸をやってる」

「それって、店ですよね」

「小売りもしてるから店やろな。二階に畳の部屋がある。布団もある」

「ホテル代が浮くやないですか」

「親父に頼んで、どこかのホテルの領収書をもらうか」

捜査協力費の名目で偽領収書を書かされたことが何度かある。協力費は裏金としてプールされ、署長や上級幹部の裏給与や、連中が出入りするラウンジやスナックの払いにまわされるのだ。

「遼さんがウチナンチューでよかった。今晩は飲みましょ。知り合いの女の子を段取りしてください」

「おれはもう、コネクションがない。中学や高校のクラスメートは結婚して子供がおる」

「沖縄って、離婚率が高いんですよね。早熟やし」

「確かにな」子供ができて結婚する夫婦が四割を超えている県は沖縄だけだ。

「ぼく、バツイチでもよろしいよ」

「勤ちゃんはよろしくても、向こうがあかんやろ」

「やってみたいなぁ、できちゃった婚」

「できちゃう前にすることがあるやろ」

「そう、それですわ。誰にもいうたことなかったけど、交番勤めのころに見合いしたことがありますねん」相手は地域課主任の妻の従妹で、三十すぎだったという。

「眼と眼が離れた蟬みたいな子か」

「そんなんやない。ぽっちゃりで、色白で、丸顔の、メロンパンみたいな子でしたね」

「そのメロンパンとしたんか」なにかまた、楽しそうな話が聞けそうな気がする。

「生玉《いくたま》のホテルに行ったんです。こっちはもう、やる気満々やないですか。いまにも飛びかかろうとしたら、軽い女とちがうよ、といいよるんです。いっしょにラブホテルに入っといて、軽いも重いもないでしょ。シャワー浴びてといわれたから、しゃあないな、と裸になって風呂場に行って、もどってきたら、いてませんねん。それっきり、フェードアウトですわ」

「ようフェードアウトするんやな」

「あれで懲《こ》りましたわ。蟬とメロンパン系は嫌いです」

さもおかしそうに上坂は笑う。気の毒だが、おもしろい。

運航状況表示が変わった。三十分の順延が四十分になった。

「航空便、恐るべしですね」

「しゃあない。整備不良で落ちるよりマシや」あくびをした。

十三時五十分、那覇空港着――。飛行中はずっと寝ていたが、まだ眠い。

空港ビルを出て、リムジンバスに乗った。那覇市街に向かう。上坂も眠いのか、口数が少ない。

旭橋でバスを降りた。上坂は眩しそうに空を見上げて、

「暑いですね」

「そら暑いやろ。沖縄や」

「そうか。遼さんは常夏の島で生まれたんや」

上坂は上着を脱いで肩にかけた。「近くですか。新垣塩干店」

「この先や」

コンビニの角を北へ歩きだした。上坂はキャリーバッグを転がしてついてくる。

二筋目を右にまがった。兄の正太郎が店先で客と立ち話をしている。正太郎には、沖縄へ行く、と関空から連絡をした。

客がライトバンに乗って去り、正太郎はこちらを見た。新垣は小さく手をあげた。

「どうしたばぁ、急に」正太郎は煙草をくわえた。

「被疑者が那覇に飛んだんや」

「そうか」どういう経緯か、正太郎は訊きもしない。

「上坂です。泉尾署の同僚で、遼さんの後輩です」

上坂が頭をさげた。正太郎もさげて、

「ご苦労さんです。ゆっくりしてってください」

「すんません。お世話になります」

「ビールでも飲むやっさ」正太郎がいう。

「いや、県警本部に行かなあかんのや」

他府県の警察官が管轄外で捜査をするときは地元警察に仁義を切らないといけない。縄張り荒らしは、あとで揉めるのだ。

「荷物、預かってくれるか」

上坂のキャリーバッグに眼をやった。正太郎はうなずく。

「勤ちゃん、行こか」

「ぼく、喉渇いたんやけど」

「そう、そう。ビールくらい飲みなさい」正太郎がいう。

「ありがとうございます」

上坂がさっさと中に入るから、新垣も入った。スチール棚に段ボール箱が積みあげられ、少し生臭い魚介類の干物と昆布などの乾物の匂いがする。正太郎はパーティションの奥のソファに上坂を座らせて、冷蔵庫からオリオンビールを出してきた。

「やっぱり、沖縄はオリオンビールですよね」

「それと、古酒さ。十年物があるけど、飲みますか」

「いえ、ビールだけいただきます」

上坂はプルタブをひいて口をつけた。「旨い。生き返りますわ」

「勤ちゃん、一本だけにしとけよ」県警本部で酒臭い挨拶はできない。

正太郎もビールを飲んだ。新垣も飲む。オリオンビールはあっさりしている。

「泉尾署のある大正区は沖縄のひとが多いんですわ。沖縄料理の店も多いから、ぼく、古酒もよう飲みます」

「古酒は飲み口がいいから、ついつい飲みすぎるでしょうね」

「確かにね、酔いますわ。ぼく、酒は弱いけど、好きですねん」

どこが弱いんや。ボトルを一本空けてもマイクを離さん男が――。

今朝の三時までミナミのゲイバーで飲んだ、と正太郎にいった。正太郎は黙って笑う。

「兄貴は模合してるよな。何口してるんや」訊いた。

「五口さ」どれも友だち模合だという。

「金融模合で七百万ほど落札して、逃げたやつを捜しに来たんや。比嘉慶章、五十七歳。石垣出身。大阪の大正区で工務店経営。いちおう、兄貴の耳に入れとくわ」

正太郎はけっこう顔が広い。食品卸業界の役員と松山地区の自治会の世話役をしているから、万に一つの可能性だが、比嘉の噂を聞くことがあるかもしれない。「――比嘉は荒井康平いうチンピラといっしょや。荒井は三十一歳。闇金の取り立てをしてる」

「比嘉と荒井な、憶えときましょうね」

「ほな、行くわ」

腰をあげた。上坂も立つ。店を出た。

「似てませんね」

「なにが……」

「遼さんと正太郎さん。……こんなことというたらなんやけど、正太郎さんはえらの張った四角い顔で眉毛も髭も濃い。遼さんはしゅっとしてて、悔しいけど、モテ系ですわ」

「その、悔しいけど、いうのがひっかかるな」

「ぼく、知ってますねん。交通課の女子警官の中で遼さんがいちばん人気やいうこと。ほんまにね、警官のくせに外見だけでひとを判断するやて、もういっぺん警察学校へ入れて職質のイロハから教えんとあきませんで」

なんともコメントのしようがない。交通課の女子警官の顔をひとりずつ思い浮かべた。平家蟹、金魚、コオロギ……。アイドル系はひとりいるが、結婚している。

「暑いなぁ。県警て、遠いんですか」

「ここからやと、二キロほどやな」

「そら、あかんわ。二十分も歩いたら行き倒れる」

バス通りに出て、上坂はタクシーを停めた。


泉崎《いずみざき》の沖縄県庁に隣接する沖縄県警本部――。ロビーの受付で刑事部捜査二課の長濱《ながはま》を呼んでもらった。シートに腰かけて待つ。ほどなくしてエレベーターのドアが開き、長身、短髪の黒いスーツの男が現れた。新垣と上坂をみとめてそばに来る。

「長濱です。新垣さんと上坂さん?」

「どうも、初めまして。大阪府警泉尾署捜査二係の新垣といいます」

上坂も交えて名刺を交換した。《沖縄県警本部　刑事部捜査二課　知能犯二係　警部補　長濱耕輔《こうすけ》》とある。県警本部の警部補だから知能犯二係の主任だろう。

「食堂でお話を聞きましょうか」

エレベーターで地階に降りた。食堂は広い。入口付近に座り、上坂が自販機のコーヒーを買ってきてテーブルにおいた。

「概要は上から聞いてます。お役に立てるようなことがあれば、なんなりといってください」長濱はきりっとしたものいいをする。齢は新垣より三つ、四つ上だろうか。四十すぎで警部補なら順調な昇進だ。

「比嘉と荒井の面です」

コピーしてきた顔写真と生年月日、現住所、犯歴などのデータを、各々十枚ほど長濱に渡した。

「用済みのときは破棄してください」

「了解です」長濱はコピーをメモ帳に挟んだ。

「ひとつお願いしたいのは、那覇とその周辺の宿泊施設に当該のふたりが投宿したかどうかを照会していただきたいんです」

十月二十四日十三時発のライトイヤー703便に、比嘉は儀間孝章、荒井は天野健一の名で搭乗したといった。「ふたりが儀間、天野の名前で投宿した可能性があります」

「十月二十四日……。半月前ですね」

「もう、那覇を離れたかもしれません。比嘉の故郷は石垣島です」

石垣島のホテル、民宿など、宿泊施設についても、県警本部から八重山署に調査依頼をして欲しいといった。

「承知しました。諸々、手配します」

長濱はいって、「今後の連絡はわたしが窓口になりますから、携帯の番号を教えていただけますか」

「こちらこそ、よろしくお願いします」

携帯の番号を交換した。いただきます、と長濱はコーヒーを飲む。

「おふたりはどちらにお泊まりですか」

「まだ、決めてないんです」上坂がいった。「今朝、急に出張せいといわれたから」

「どこか、いいホテルを紹介しましょうか」

「ありがとうございます。これからホテルをまわるし、適当なとこに泊まります」

「ご苦労さまです」長濱は愛想がいい。

「最近、金融模合で事件になったような例はありますか」新垣は訊いた。

「ここしばらくは聞きませんね」

二十年くらい前は模合がらみの事件が頻発した、と長濱はいい、「いまは銀行が融資して企業家を後押ししてます。沖縄振興開発金融公庫の利用も活発です」

沖縄経済は基地、建設、観光でもっている。そのときどきの知事によって保守、革新に振れるが、産業構造が変化したことはない、といった。

「悲しいかな、沖縄は貧しいんです。本土から離れた閉鎖性もある。だから、前時代的な模合が残っている。わたしはそれを否とはしませんが」

「なるほど。そういうことなんや」上坂がうなずいた。

「いや、お忙しいとこをすんませんでした」新垣は時計を見た。「我々はこれからホテルやウィークリーマンションの込《い》みにかかります」

行くぞ、と上坂を立たせて食堂を出た。


「あのひと、頭がよさそうですね」

「ええんやろ。弁舌、爽やかかや」

つきあっておもしろい男だとは思えなかった。隙がない。

空港のインフォメーションでもらった地図を広げた。那覇市内のホテルに〝H〟マークがついている。ざっと見ただけで百カ所はあった。

「これはえらいことですよ」上坂がためいきをつく。

「しゃあないがな。仕事や」

長濱には照会依頼をしたが、捜査員が動くわけではない。県警から宿泊施設に手配メールが行くだけだ。フロントマンがいちいち手配メールを見るとも思えない。

「県庁前通りから行くか」

「その前に、ちょいと腹ごしらえしませんか。ソーキそばとか」

「勤ちゃん、おれは腹が減ってへんのや」

関空のカフェで搭乗を待つあいだに、新垣はオムライス、上坂は大盛りのカレーライスを食った。「歩け、歩け。沖縄で痩せろや」

横断歩道を渡った。『那覇ガーデンホテル』に入る。フロントで比嘉と荒井の名前をいい、写真を見せた。お泊まりになってませんね――。フロントマンは首を振った。

『かりゆし那覇』『ゲストハウス久茂地《くもじ》』『沖縄レインボー・イン』『ラハイナホテル』『パレ沖縄』――。十数軒、込みをかけたが、空振りだった。御成橋の欄干にもたれて久茂地川の川面を眺める。

「賽《さい》の河原に石積んでるような気がしますわ」

上坂はタオル地のハンカチで首筋を拭う。

「石は積んでへん。靴底を摩り減らしてるんや」

「なんで、そんなに勤労意欲があるんです」

「さぁな、自分でも分からん」

「持って生まれた性格なんやろか。ぼくのＤＮＡは、厭《あ》きる、怠ける、涼しいとこで休む、に特化してます」

「分かった、分かった。そこらの喫茶店で一服しよ」

「遼さん、ぼくはソーキそばが食いたいんです」

上坂はガイドブックを広げる。「ここからちょっともどった国際通りに『百楽』いう沖縄そば屋があります」

「『百楽』な。老舗や」

いった途端、上坂は小走りに歩きだした。


さすが本場だ。『百楽』のソーキそばは旨かった。あっさりしたスープにコクがあった。

新垣が勘定をして『百楽』を出た。国際通りを少し歩き、『みゆき珈琲《カフェ》』に入ってカウンターに腰をおろす。蝶ネクタイのマスターはたぶん八十に近い齢だが、いまだ矍鑠《かくしゃく》としてカウンターの向こうに立っている。新垣が初めてこの店に来たのは高校三年のときだったが、昭和レトロ風の店内のようすは二十年前からまったく変わっていない。

上坂はブレンド、新垣はキリマンジャロを注文し、煙草を吸いつけた。

「遼さんは何本ぐらい吸うんです、一日に」

「さぁな、一箱は吸わんな」

「そんなんやったら、やめたらええのに」

「コーヒーと酒に煙草は付きもんやろ」

「知ってますか。朝起きてから一本目の煙草に火をつける時間が短いほど、ニコチンの依存度が高いんですよ」

「おれは午前中は吸わんようにしてる。昼飯食うてから一本目を吸うな」

「それやったら、なおさらやめるべきです。ひと月に二十五箱吸うとしたら、一万円の節約になるやないですか」

「ほんまやな。明日からやめよ」やめる気はさらさらない。玲衣も煙草を吸う。

ブレンドとキリマンジャロがカウンターにおかれた。上坂は砂糖とミルクを入れ、新垣はブラックで飲む。

「ね、遼さん、比嘉と荒井は沖縄本島におらんような気がするんですけどね」

「どういうことや」

「ぼくの勘です。ふたりはいったん沖縄本島に飛んで、石垣島に飛んだんです」

「関空からの直行便を使わずにか」

「偽装ですわ。足がつかんようにね」

どんなルートをとるにせよ、ふたりの目的地は比嘉の故郷である石垣島だと上坂はいう。「比嘉は石垣島に知り合いが多いし、土地勘もある。潜伏場所にはぴったりです。荒井は頃合いをみて、大阪にもどると思います」

「おれはちがうと思うな。ふたりはまだ沖縄本島におる。比嘉は石垣島に飛ぶかもしれんけど、荒井もいっしょに行くとは思えん」

「そうか。そういうプランもありますね」

「どっちにしても、長濱には照会依頼をした。石垣島にも網はかかる。ふたりが沖縄県におる限り、遅かれ早かれ、足はつく」

「ということは、足がつくまで長期出張ですね。着替えをもっと持ってきたらよかった」

上坂はウエストポーチからガイドブックを出して、「この時間やと、美ら海水族館へ行くのは無理やな。首里城見学をして、玉陵《たまうどうん》に寄りますか」

「ホテルまわりはどうするんや」

「先輩、長期出張です。仕事ばっかりしてたら、モチベーションが維持できんでしょ」

「モチベーションな……」この男はすっかり観光気分だ。つける薬がない。

「さ、行きますよ」

上坂はコーヒーを飲みほして、千円札をカウンターにおいた。

首里城と玉陵をまわった。上坂はいやというほど写真を撮り、絵はがきを買い、土産物のシーサーを入れた箱をウエストポーチに詰めて、ご機嫌でバスに乗った。訊込みのときとはうって変わって、暑い、しんどい、の文句のひとつもいわず、汗もかいていない。新垣はげんなりしながらも上坂につき従った。

松山でバスを降りるころには日が傾いていた。新垣塩干店にもどると、正太郎は店の奥で顔見知りの比屋根《ひやね》の爺さんと茶を飲んでいた。比屋根は近くのアパートの大家で、一日中、暇にしている。

「おう、遼ちゃん、帰っとるばぁ」

「どうも、お久しぶりです」

「今日は泊まるばぁ？」

「そのつもりです」

「なら、飲みに行こう。ごちそうするやっさ」

「ありがとうございます」

いったのは上坂だった。「上坂といいます。新垣先輩と同じ、大阪府警の泉尾署で刑事をしてます」泉尾署のある大正区はウチナンチューが多いと補足する。

「やーは、刑事さんに見えないばぁ」

「そうですやろ。自分でもそう思いますねん」

「なに食べるさね?」

「まず、島らっきょうと豆腐ようですね。イリチー、ミミガー、ラフテー、グルクン、パパイヤチャンプルーにナーベラーチャンプルー……。泡盛のシークヮーサー割りと、古酒は十年物が飲みたいです」

上坂は遠慮がない。比屋根は笑って、壁の時計を見た。

「どこ行きましょうね」正太郎に訊く。

「チャンプルーもいいけど、しゃぶしゃぶは? 『竹香《たけか》』のパイナップル豚」

「ああ、あれはでーじー旨いっさ」

「先に行っててください」

店を閉めてから追いかける、と正太郎はいった。

新垣は『竹香』を知らなかった。七、八年前にオープンした、と比屋根は歩きながらいい、経営者は東京から来たひとで、しゃぶしゃぶの店は沖縄では珍しい、といった。

「パイナップル豚て、パイナップルを食うて育ったんですか」

上坂が訊く。比屋根はうなずいて、

「ま、一度、食べてみましょうね」

「豚《とん》しゃぶ、大好きです」

上坂は腹をさすった。

6

目覚まし時計の音で覚醒した。布団から手を伸ばして音をとめる。

上坂は起きる気配がない。隣で布団をかぶっている。

「勤ちゃん、起きろや。八時やぞ」

「――もうちょっと寝ましょ。いま、ええとこですねん」

「なにがええんや」

「お茶してるんです。ジェニファー・ローレンスと」

知らない。たぶん、女優だろう。

新垣は上体を起こした。上坂の布団を剝ぐ。上坂は身体を縮めて丸くなった。

「お母さんも大変やな。毎朝、こんな寝ぼすけを起こして」

「ああ、ジェニファー、もうちょっと見せて」

「起きんかい。顔洗え。歯を磨け」

耳もとでいうと、上坂は跳ね起きた。寝ぼけまなこで襖を開け、階段を降りて行った。


階下の風呂場でシャワーを浴び、着替えをして新垣塩干店を出たのは八時半だった。近くの喫茶店に入ってモーニングサービスを注文し、コーヒーを飲む。

「昨日のパイナップル豚、旨かったですね」

「ほんまやな。あれは絶品や」馴れ親しんだ豚の匂いがしなかった。淡白な脂身に旨味が凝縮した、実に上品な肉だった。

「ぼく的にはイベリコ豚より上ですわ。しゃぶしゃぶは牛やと思てたけど、認識を改めんとあきません」沖縄にいるあいだに、もう一度食いに行こうと上坂はいう。

「あれはけっこうな値段やぞ」

『竹香』のあとに行ったラウンジも、払いはみんな比屋根がしてくれた。

「せやから、また比屋根さんを誘うんです」

「ええ迷惑やな。こんな大食いが大阪から来て」

「『セブン』いう映画、知ってますか。監督はデビッド・フィンチャー。ブラッド・ピットとモーガン・フリーマン、ケヴィン・スペイシー、グウィネス・パルトローの」

「知らんな」

「七つの大罪をテーマにした猟奇殺人事件ですねん。暴食、強欲、怠惰、肉欲、高慢、嫉妬、憤怒……」

「その暴食が勤ちゃんか」

「ときどき思うんです。ぼくは大食いかな、て」

「そうでもないやろ」

トーストとゆで卵を上坂にやった。

喫茶店を出てまた御成橋へ行った。近辺の宿泊施設から訊込みをはじめる。『ウィークリーマンション東陽』『国際プラザおきなわ』『ホテルちばな』『那覇ダーバーイン』――。どれも空振りだった。

西消防署通りの『サザンパレス』に入った。フロントに行って身分をいい、比嘉と荒井の顔写真を見せて、こんな人物が泊まってますか、と訊く。フロントマンに反応があった。

「来られました。このおふたりが」

「えっ、そうですか」上坂がいう。

「あいにく、その日は満室でしたので……」

「断ったんですか」

「申し訳ありません」

「いや、責めてるんやないんです。ふたりが来たんはいつですか」

「お泊まりではないので、確かではありませんが……」フロントマンは考えて、「先月です。ウイークデーの夕方だったような……」

「十月の二十四日ですか」

「どうでしょう……。たぶん、それくらいだと思います」

「どこか、ほかのホテルを紹介しましたか」上坂が訊く。

「いえ、すぐに出て行かれましたから」

「ふたりはキャリーケースとか持ってましたか」

「すみません。憶えていません」

フロントマンはいちいち頭をさげるから気の毒になる。

「ありがとうございました。もし、ふたりがまた顔を出すようなことがありましたら、知らせてください」

名刺の裏に携帯番号を書いてカウンターにおき、『サザンパレス』を出た。

「遼さん、犬も歩けば棒にあたりましたね」

「棒にはあたってへん。掠《かす》っただけや」

「『サザンパレス』は満室やった……。ふたりはこの近くに泊まってますわ」

「急展開や。逮捕状《フダ》を請求せんとあかん」

比嘉と荒井の潜伏場所を特定しても踏み込むわけにはいかない。任意同行を求めても、ふたりが同意しなければ連行できないのだ。いまは内偵捜査の段階であり、有無をいわさず身柄を拘束するには逮捕状が要る。

新垣は立ちどまってスマホを出した。泉尾署捜査二係にかける。宇佐美は席にいた。

——新垣です。比嘉慶章と荒井康平は、やっぱり沖縄に飛んでました。

——ほう、どこにおるんや。

——那覇の西消防署通りです。『サザンパレス』いうホテルに、ふたりが現れました。

手短に経緯を話した。

——これから近くのホテルとウィークリーマンションをまわります。比嘉と荒井が泊まってたら、逮捕状が必要です。

——分かった。詐欺と幇助容疑で逮捕状をとる。

比嘉の自宅と荒井のアパートの捜索差押許可状も地裁に請求する、と宇佐美はいった。

——ふたりを引くときは人員が要ります。三人ほど令状を持って沖縄に来るように、かまえといてください。

——了解や。潜伏先を突きとめるまで帰ってくるな。

ねぎらいの言葉はひと言もなく、電話は切れた。

「勤ちゃん、ヤサを割るまで帰ってくるな、やと」

「そら、よろしいね。現地駐在や」

上坂は上機嫌で歩きだした。

そして三時間——。西消防署通りから南へ抜けたサンシャイン通りの『那覇アーバンホテル』

で比嘉と荒井の情報を得た。ふたりは十月二十四日から十一月四日まで、真栄田《まえだ》芳夫《よしお》、宮田健次《みやたけんじ》の名で、５０６号室と５０７号室に滞在していたと、下地《しもじ》というフロントマンが答えた。

「宿泊費は各々が払いましたか」

「いえ、真栄田さまがまとめてお支払いになりました」

「現金で？」

「はい、そうですね」下地はパソコンの記録を確認し、宿泊費はふたりで二十五万九千二百円だったという。

「十一月四日のチェックアウトのとき、これからどこへ行くとか、航空券を手配してくれとか、いわんかったですか」上坂が訊く。

「それは聞いておりません」

「こちらに宿泊中、ふたりのようすはどうでした。部屋に閉じこもってるとか、頻繁に出かけるとか、気になることはなかったですか」

「はい。特にそういうことはなかったように思います」

ふたりが出かけるのは食事どきと夜が多かったといい、遅くても零時ごろには帰ってきたという。「——わたしのシフトは十五時から二十五時で、二十四時をすぎるとロビーの明かりを落とします」

「ほかになにか、記憶に残ることはなかったですか」上坂はつづける。

「そういえば、おふたりを訪ねて、お客さまがいらしたことがありました」

「ほう、それは……」

「ご年輩の方です」写真の比嘉と同じくらいの年格好で、グレーのパーカを着ていたという。

「いつですか、それは」

「十一月二日か三日だと思います」

「その男はふたりに会うたんですか」

「お会いになったと思います。わたしが部屋におつなぎしたら、話をされてエレベーターホールのほうへ行かれました」三人が連れだってホテルを出たところは見ていない、と下地はいった。

「そのパーカの男の特徴は」新垣が訊いた。

「背は普通で、髪が短かったように思いますが……」

「眼鏡とか、髭は」

「あいにく、憶えておりません」

そう、客でもない男の特徴を憶えていろというほうがおかしいのだ。

「あれ、防犯カメラですよね」

上坂が上を向いて下地の後方を指さした。「撮影は」

「しております」

「無理をいいますけど、記録をもらえんですかね。パーカの男と、ふたりの画像が欲しいんです。……もちろん、画像が外に出るようなことはしませんし、ほかのお客さんに迷惑がかかるようなことも絶対にしません」

「分かりました。そういっていただけるのなら協力いたします」

「ほんまに申し訳ないです。下地さんの立ち会いで映像を確認して、コピーをいただけたら助かります」

「承知しました。カメラのデッキはそちらです」

下地はカウンター横のドアを手で示した。


デジタル防犯カメラの映像は白黒だが、鮮明だった。パーカの男がホテルに来たのは、比嘉たちのチェックアウトの前日である十一月三日。下地がいったように、齢は六十前で髪は短く、頭頂部が薄い。ぎょろっとした眼とひしゃげた鼻、えらの張った四角い顔だった。比嘉と荒井のチェックアウト時の服装は、比嘉が白い長袖のニットシャツにジーンズ、荒井が半袖のアロハシャツに白っぽいチノパンツで、ふたりとも大型キャリーケースを傍らにおいていた。

新垣は三人の映像をＳＤカードにコピーしてもらい、『サザンパレス』と同じように名刺を下地に渡して『那覇アーバンホテル』をあとにした。


「どう思う？　勤ちゃん」

「ふたりは那覇を離れましたね」

「そんな感じじゃな」

「本島の北部か、先島諸島か、それとも本土に舞いもどったか……。手引きしたんがパーカの男とちがいますかね」

「長濱んとこへ行くか」

SDカードを渡して画像にしてもらうのだ。それをコピーして沖縄県警の所轄署に流すよう依頼する。

「遼さん、なんか食いましょ」

「そうやな」いわれると腹が減っている。二時をすぎていた。

上坂はウエストポーチからガイドブックを出して広げた。サンシャイン通りにテビチ汁の旨い店があるという。

「『旭家』いうとこです」

「知ってる。むかしからある」ソーキをアレンジした料理も旨い。

「ぼく、沖縄で五キロは肥えそうですわ」

「五キロといわず、十キロでも肥えろや。見た目は変わらん」

「ところがね、ちょっとようすがおかしいんです」

「なんのようすや」

「汗をかくのがわるいんか、なんとなくね、右足の先のほうがじんじんするような感じですねん」

「発作か」

「かもね」

上坂は痛風持ちだ。年に二、三回は発症する。片足は靴を履き、もう一方は指つきのソックスにサンダル履きでひょこひょこと刑事部屋に現れる。またか、と新垣たちは思うから、笑いもしないし、ツッコミもしない。上坂は二リットル入りのペットボトルをデスクにおいて、いやというほど水を飲み、ときおり顔をしかめてためいきをつく。そんな日々が一週間ほどつづくと、やおら元気になって、遼さん、飲みに行きましょ、と新垣を誘う。実に分かりやすい。上坂の痛風発作は恒例行事であり、泉尾署捜査二係の風物詩のひとつになっている。

「痛風発作の予防薬てないんか」

「コルヒチンでしょ。あれはよう効くけど、ぼくは鼻血が出ますねん。副作用でね。痛いのは我慢できるけど、鼻血は気持ちわるい。なんかこう、病人みたいやないですか」

「痛風持ちは立派な病人やろ」

「医者もそういいますねん。尿酸を抑える薬を服むか、て。ぼくはまだ三十五ですよ。薬なんか要りますかいな」

「サンダルのほうが好きか」

「いや、ピンヒールですね。ミニスカートにしゅっとした生足」

上坂は昨日行ったラウンジの、紗月《さつき》ちゃんの話をはじめた。

沖縄県警のロビーで長濱に会った。

「ホテルが割れました。サンシャイン通りの『那覇アーバンホテル』。比嘉と荒井は十月二十四日にチェックイン、十一月四日にチェックアウトしてます」

新垣はＳＤカードを渡した。「十一月三日にふたりを訪ねてきた男がいてます。この三人を画像にして、コピーを十枚ほどもらえますか。それを持って空港へ行きます」

「比嘉と荒井はどこかへ飛んだんですか」長濱がいう。

「その可能性が大きいように思います」

「了解です。少し時間をください」

画像作成に四、五十分はかかるだろうと長濱はいい、ＳＤカードを持ってエレベーターホールへ行った。

「遼さん、あきませんわ。やっぱり、おかしいです」上坂は右の靴先を見る。

「沖縄で痛風やて、洒落にならんぞ」

「兄さんに電話して、訊いてもらえませんか。誰か痛風持ちのひとはおらんか、て」

「訊いて、どうするんや」

「そのひとにコルヒチンを分けてもらうんです」

「さっきは鼻血が出るとかいうたやないか」

「いつもいつも出るわけやないし、鼻血は我慢します。いまは予防優先です」

「ややこしいな」

正太郎に電話すると、すぐに出た。

――ああ、おれ。妙なこと訊くけど、痛風持ちの人間て、知らんか。

――痛風ねぇ……。昆布屋の根間《ねま》さんがそうさね。

――コルヒチンいう予防薬が欲しいんや。

上坂の状態を説明した。正太郎は笑って、

――根間さんにいうさ。もし持ってなかったら、久高《くだか》先生のところへ行けばいいっさ。

久高クリニックはかかりつけだから、処方箋を書いてくれるだろう、と正太郎はいい、上坂に代わってくれといった。

「勤ちゃん、代わろ」上坂にスマホを渡した。

「――はい、上坂です。――すんません。めんどいことというて。――いや、ビールやないんです。痛風は代謝異常ですねん。――暑い沖縄に来て汗をいっぱいかいて、急に尿酸値があがったみたいです。――そう、肥りすぎですわ。それがいちばんの原因です」

タオル地のハンカチで首筋を拭きながら話をして、上坂はスマホを離した。

「みんな、ビールのせいやといいますね。ビールにプリン体はそう多いこともないのに」

食堂へ行きましょ、と上坂はいった。

地階の食堂で上坂はウォータークーラーの水をたてつづけに六、七杯飲み、それでも足りないのか、自販機のペットボトルを二本買ってウエストポーチに詰めた。

「遼さん、ビールはなんぼでも飲めるけど、水ばっかりはそうそう飲めんですね」

上坂は椅子にもたれて丸い腹をなでる。

「炭酸水を買え。シークヮーサーを入れたら旨いぞ」

「そうか。グッドアイデアですね。氷が要るな。クーラーボックスも要る」

ウエストポーチの代わりにクーラーボックスを抱えて歩く上坂を想像して、笑ってしまった。

一時間ほど休憩したところへスマホが鳴った。長濱からの電話で、画像ができたという。ロビーにあがると、長濱がいた。Ａ４判の用紙にコピーした画像は三人の全体像と顔の部分を拡大したものなど三種類で、五枚ずつあった。同じものを県下の所轄署に送信して当該者を発見するよう要請するという。礼をいってコピーを受けとり、県警をあとにした。

那覇バスターミナルへ行く途中、上坂は薬局に寄ってロキソニンを買い、ペットボトルの水で服んだ。ロキソニンは鎮痛剤だが、消炎効果もあるという。

「えらい薬に詳しいな」

「窮すれば知る、です」

バスターミナルからバスに乗り、空港に向かった。


那覇空港――。ＪＡＬのカウンターに行った。女性係員に身分をいい、大阪から持ってきた比嘉と荒井の写真と、さっきもらったコピーを見せた。

「十一月四日以降です。こういう人物が航空券を買わんかったですかね」

「あいにくですが、記憶にありません」

係員はいい、他の係員にも訊いてくれた。めぼしい話はなかった。

「すんませんでした。もし、これらの人物が現れるようでしたら連絡をください」

写真とコピーに携帯番号を書いた名刺を添えて渡した。

ＡＮＡのカウンターに行った。写真とコピーを係員に見せると、反応があった。

「はい、このお三人ですね。こちらで航空券をお求めになりました。行き先は宮古だったと思います」

やった。ビンゴや――。顔には出さない。

「それ、いつですか」

「一週間くらい前です。お待ちください」

係員はパソコンのキーを叩いた。しばらく待って、「――十一月四日、十三時五分発の１１８３便です」

「１１８３便は宮古島を経由して石垣島には行かんのですね」

「はい、行きませんが、なにか……」係員は怪訝《けげん》な顔をする。

「いや、こっちの事情です」

小さく手を振った。「この三人が航空券を買うたのはまちがいないですね」

「この方が、宮古のバンガローにお泊まりになりたいとおっしゃったんです」

係員は那覇アーバンホテルに現れたパーカの男を指さした。「宮古には提携しているバンガローがないので、お調べしましょうか、といいましたら、もうひとりの年輩の方が、ホテルのほうがいい、とおっしゃって、結局、現地でお探しになるということになりました。そんなわけで、三人の方を憶えていました」

比嘉と荒井の服装は那覇アーバンホテルをチェックアウトしたときと同じだった――。

「航空券は往復ですか」

「いえ、片道です」

「三人の名前を教えてください」

「――前川芳雄《まえかわよしお》さま、五十五歳。宮本健《みやもとけん》さま、二十九歳。川路和夫《かわじかずお》さま、五十八歳です」

前川芳雄は真栄田芳夫、宮本健は宮田健次を変えた名前だ。川路和夫も偽名だろうが、三人が宮古島へ飛んだことはまちがいない。

「いや、ありがとうございました。また、この三人を見ることがありましたら、連絡をお願いします」

さっきと同じように写真とコピーと名刺を渡した。「それで、明日、宮古島へ飛ぶ便は予約できますか」

「はい、何時ごろが……」

「午前中がよろしいね。十時とか、十一時とか」

「九時四十五分発と十時五十五分発の便がございますが」

「遼さん、もうちょっとあとにしましょ」上坂がいった。「午前中は眠たいし」

「ほな、何時がええんや」今晩も飲もうと思っているにちがいない。

「十二時とか、十三時の便、ありますか」上坂は係員に訊いた。

「十時五十五分発にします」新垣はいった。

「十一月十三日、十時五十五分発の1723便。おふたりですね」

「そう、ふたりです」

新垣は名前と齢をいった。上坂もいう。係員は予約手続きをし、新垣がカードを渡して完了した。運賃はふたりで一万七千円ほどだった。

「なんで宮古島に飛んだんですかね」

「分からん。石垣島には比嘉を知ってる人間がおるからとちがうか」

「それやったら、沖縄なんか来んと、北陸とか北海道とか、見も知らんとこへ飛んだらええやないですか」

「宮古島になんかあるんやろ。パーカの男に誘われたんかもしれん」

「謎が深まりましたね」

「謎というほどのたいそうなもんかな……」

「ま、考えてもしゃあないですね」上坂は笑った。「遼さんのカードで航空券も買うたし、今日はこれで心おきなく飲めますわ」

「痛風の人間がいうセリフやないな」

「遊びをせんとや生まれけん、戯れせんとや生まれけん、です」

「誰の歌や」

「さぁ、一休さんやったかな、平清盛やったかな」

上坂は上機嫌で踵《きびす》を返した。

遼さん、朝ですよ、スズメが鳴いてますよ――。その声で目覚めた。

「何時や」

「八時です」

「早いな」

「鼾《いびき》かいてましたわ。歯ぎしりもしてました」

「おれ、歯ぎしりはせんけどな」玲衣も咲季もそんなことはいわない。

「嘘ですがな」

「いうとけ」

眼をつむった。まだ眠い。

「報告です。右足の拇指《おやゆび》の付け根が腫れかけて、じんじんしてます」

「分かった、分かった」上坂に背中を向けた。

「ロキソニンとコルヒチン、服んだんですけどね」

「十錠ほど服め」

「胃に穴があきますわ」

「なんでそんなにうるさいんや」振り返る。

「飛行機、十時五十五分ですよ。十時前には空港に行っとかんとあきません」

「頼むから、もうちょっと寝よ。あと一時間」

昨日のスタートは午後七時だった。正太郎に連れられて牧志《まきし》の海鮮料理店へ行き、ミーバイやグルクンや夜光貝をたらふく食った。そのあと、近くの古酒屋で飲み、松山にもどって正太郎の馴染みのラウンジへ行ったのは十一時ごろだった。上坂はマイクを持って離さず、声が嗄《か》れたといっては泡盛のロックを飲む。正太郎は一時に帰り、上坂と新垣がラウンジを出たのは三時をすぎていた——。


「遼さん、なんか食いましょ。腹がグーグーいうてます」

「足はじんじん、腹はグーグーか」

「ミーバイて、旨い魚ですね」

「アカミーバイは沖縄でいちばんの高級魚や」

久々に食ったが、刺身も煮つけもあら汁も旨かった。三人で二匹。正太郎には散財だったろう。

「遼さん、起床」

煙草をくわえさせられた。上坂がライターを擦る。反射的に吸ったら、もう眠れなくなった。


新垣はデイパックを背負い、上坂はキャリーバッグをころがして新垣塩干店を出た。近くの沖縄そば屋で新垣はソーキそば、上坂はテビチそばを食い、空港行きのバスに乗る。空港ターミナルビルに入ったのは十時十分前だった。

「いよいよ、あきませんわ。靴の中で足が膨張していく感じがします」

予防薬のコルヒチンを服んだのが半日遅かった、と上坂はいう。

「宮古島で歩きまわらんといかんやぞ」

「そこはそれ、先輩にお任せします」

「あほなこといえ。ふたりでワンセットやろ」都合のわるいときだけ先輩呼ばわりされる。

「けど、惜しいことした。あと一日、比嘉と荒井の込みが長びいてたら、美ら海水族館を視察できたのに」

「視察やない。物見遊山の見物や」

「遼さん、ぼくは未体験なんですよ。美ら海水族館」ジンベエザメが見たいという。

「海遊館にもおるやろ。ジンベエザメは」

「沖縄で飲む古酒と大阪で飲む古酒はちがうんです」

空港のショップで、上坂は黄色いゴムサンダルを買った。


ＡＮＡ１７２３便は定刻どおり宮古空港に着陸した。沖縄の赤瓦を葺いた民家風の空港ビルがおもしろい。

タラップを降りた。快晴。微風。空気はからっとして緑の匂いがする。

空港ターミナルに入って、上坂はガイドブックを広げた。

「宮古島市の面積は二百四平方キロです。人口は約五万四千人で漸減傾向にあります。人口密度はどれくらいですかね」

「こんな南の島に来て人口密度なんか考えるのは勤ちゃんぐらいや。宿泊施設をいえ」

「約二百五十軒ですね。ホテル、民宿、ペンション、ウィークリーマンション、ヴィラ、ゲストハウス、ロッジ、コテージ……。どうちがうんやろ」

「んなことはどうでもええ。行ったら分かる」

もともと上坂の頭のネジは外れ加減だが、沖縄に来て大酒を飲んでいるうちに残りのネジも外れたのだろうか。「宮古島署はどこや」

「空港の北です。ここから二キロほどです」

「ほな、二十分か」

「なにをいうんですか。ぼくは……」

「分かった。痛風やったな」

コインロッカーにデイパックとキャリーバッグを預けてタクシー乗り場へ歩いた。


宮古島署で副署長に会い、捜査の概要を説明して協力を依頼した。副署長は快諾し、刑事課長を呼んでくれた。刑事課長は県警本部捜査二課から画像が送られてきたといい、宿泊施設への手配をしたといった。

新垣は刑事課長に携帯番号を告げて宮古島署を出た。どこに泊まります、と上坂がいう。

「それより、ヤサを割るのが先やろ」

三人の所在を突きとめたら、宇佐美に報告して逮捕状を要請する。逮捕要員が大阪から来るとなったら、新垣たちは宮古島署で待機する可能性もなくはないのだ。

「遼さんて、働き者なんや」

「そうかな……」自分では思ったことがない。じっとしているのが嫌いなだけだ。

「この近くに『平良《ひらら》観光ホテル』いうのがありますわ」

「よっしゃ。行こ」

陽光が眩しい。デイパックからサングラスを出すのを忘れた。


旧平良市街のホテル、民宿、ウィークリーマンションを十軒、まわった。比嘉、荒井、パーカの男の足跡なし。『ライジングサン・ミヤコ』のティールームで休憩し、上坂は右の靴をサンダルに履き替えてストラップでとめた。

「その靴、持って歩くんか」上坂のウエストポーチはペットボトルが詰まっている。

「吊るしますねん。ベルトに」上坂は靴紐をつまんでみせる。

「信楽《しがらき》の狸か」狸は棕櫚《しゅろ》の紐で徳利を提げている。

「ほんまやな」

さすがにみっともないと思ったのか、上坂はウェイターにいって手提げの紙袋をもらった。

『ライジングサン』を出て、また十軒、宿泊施設をまわった。手がかりなし。

「市街やなさそうですね。サウスビーチのリゾートホテルとかコテージですか」

「おれが比嘉やったらそうする。せっかく宮古島へ来て、シティホテルには泊まらんわな」

「行きますか、サウスビーチ」

「昼飯は」もう三時が近い。

「やめときますわ。尿酸値があがるし」

珍しい。上坂が食わないといった。


レンタカーを借りて保良《ぼら》に向かった。保良泉《ぼらがー》ビーチ沿いの『エメラルド保良』から訊込みをはじめる。『保良ビーチハウス』『ペンション福里《ふくざと》』とまわり、『ヴィラ　サザンコースト』で手がかりをつかんだ。画像と一致する三人が、十一月四日から八日まで二棟をとって宿泊していた、とフロントマンはいった。

「七号棟と八号棟です」

「その、棟というのは」上坂が訊く。

「客室はすべて別棟になってます。一号棟から十二号棟まで」

各々の建物は平屋で、海岸に通じる芝生の庭があり、室内は広間とダイニング、寝室がふたつあるという。「――前原良夫《まえはらよしお》さまと川本和雄《かわもとかずお》さまが七号棟、新井健太《あらいけんた》さまが八号棟にお泊まりでした」

「三人いっしょには泊まれんのですか。エキストラベッドとか入れて」

「それはもちろん、可能です」

「可能やけど、二棟とったんですね」

「はい、そうです」フロントマンはうなずく。

パーカの男――川本和雄――は比嘉の知人で、新井健太――荒井は川本と親しくなかったようだ。

「ただ……」フロントマンは視線を下に向けた。

「ただ……、なんです」新垣はいった。

「チェックアウトは九日でしたが、その前から八号棟は使われていなかったようです」

「その前というのは」

「七日からだと思います」

　十一月七日と八日は八号棟のドアに〝ルームクリーニング不要〟のプレートが掛かっていたため、係員が棟に入らなかった。七日と八日の夜は棟の明かりが消えていた、とフロントマンはいい、「九日のチェックアウトのときも新井さまはいらっしゃらなくて、前原さまがまとめて支払いをされました」

「つまり、新井健太は十一月の四、五、六日と三泊して、七日と八日は部屋におらんかったと、そういうことですか」

「すみません。そんなふうに思っただけかもしれません」

「もったいないですね」上坂がいう。「使いもせん部屋をキャンセルもせんと」

「こちらから余計なことはいえませんから」

「前原と川本がチェックアウトしたんは九日の何時でした」

「午前九時十二分です」パソコンのディスプレイを見て、フロントマンはいう。

「チェックアウトのあと、八号棟に新井の荷物はなかったんですね」

「はい、ございませんでした」

「ひとつお願いです。八号棟を見せてもらえませんか」

「あいにくですが、お客様がいらっしゃいます」七号棟も在室だという。

「いやいや、無理なお願いをしました。ごめんなさい」上坂は小さく頭をさげた。

「ありがとうございました。なにか思い出したことがありましたら、連絡願います」

新垣は名刺の裏に携帯番号を書き、フロントマンに渡してロビー棟を出た。

「勤ちゃん、ひとまわりしよ」

『ヴィラ　サザンコースト』の敷地は広い。周囲に塀やフェンスはなく、軒の深い赤瓦の平屋が白砂のビーチを見晴らすように建ち並んでいた。アダンと芝生の庭は低く刈り込まれたハイビスカスの生垣で隣と隔てられ、庭の真ん中には蔓バラの棚と陶製のガーデンセットが配されている。平屋の屋根は高く、中は吹き抜けになっているだろうから、風がとおって涼しそうだ。

「新婚旅行にぴったりですね。プライベートビーチ、伝統家屋風ヴィラ、給仕つきのシャンパンディナー……」

「新婚旅行するには、先立つもんが要るやろ」

「金はないですね」

「金よりもまず、よめや」

「………」上坂は答えず、「ここ、なんぼですかね、一泊」

「七万や八万はするな」もっと、かもしれない。

「そら、そうですよね」

「泊まるか、ここに」

「えっ、ほんまですか」

「自費でな」

「あほくさ。どこにそんなお大尽《だいじん》がいてますねん」

上坂はまた、ひょこひょこと歩きはじめた。黄色いサンダルと白いソックスがやけに目立つ。

レンタカーに乗った。上坂は海を眺めながら、

「なんで三人がチェックインして、ふたりがチェックアウトしたんです」

「分からん。不思議や」エンジンをかけ、サイドウインドーをおろして煙草を吸いつける。

「荒井だけ、大阪に帰ったんですかね」

「帰ったんなら、部屋をキャンセルするやろ」

「ほな、ほかの島に？」

荒井はひとりで沖縄本島や石垣島に飛び、また宮古島にもどってくるつもりだったのか、と上坂は首をひねる。「——まさか、荒井は死んだんやないでしょうね」

「海に溺れてか」

「いや、それはないな」自分の考えを打ち消すように、上坂はかぶりを振る。

「パーカの男がキーや。こいつがなんで那覇に現れたか、なんで比嘉と荒井といっしょに宮古島へ来たか。……何者や、こいつは」

齢は六十前、ずんぐりしている。えらの張った四角い顔で眉が濃く、鼻がひしゃげて眼が大きい。沖縄の出身者だという感じはするが――。

「川路和夫、川本和雄……。名前が変わってますわ」

「後ろめたいとこがあるんや。比嘉が七百五十万を拐帯して逃げてきたことも、荒井が組員やということも知ってる」

「パーカの男も筋者ですか」

「どうかな……」分からない。ちがうような気もする。比嘉は工務店の経営者であり、ヤクザ世界で生きてきた人間ではない。

「どっちにしろ、パーカの男は比嘉の知り合いや。石垣島の出かもしれん」

「いよいよ謎ですね。これが映画やったら、パーカの男は主演級ですわ。國村隼、六平直政、泉谷しげる、柄本明、火野正平あたりですかね」

「シナリオ書いたらどうや。これをモデルに」

「刑事は誰にしましょ」

「おれは北村一輝やな。勤ちゃんは濱田岳」なにかのドラマで見た。ふたりはコンビだった。

「ぼくは佐藤浩市が好きです。『壬生義士伝』の斎藤一。中谷美紀がまた、ええんです」

「こないだは女優とお茶してたな」

「ジェニファー・ローレンス。好きですねん」

話が映画になるときりがない。どこまでもずれていく。

「どうするんや、これから」

「とりあえず、空港にもどりましょ。荷物預けてるし」

空港カウンターで、十一月六日以降に発《た》った搭乗客を調べたい、と上坂はいった。

ＡＮＡ、ＪＴＡ、ＲＡＣ——。チェックインカウンターのスタッフみんなに比嘉たちの写真と画像を見せたが、めぼしい証言はなかった。とすると、比嘉たちはまだ島内にいるのか。それとも、服を替え、帽子をかぶり、サングラスをかけたりして印象を変えたのか。

念のため、十一月六日以降の搭乗者リストを見せてもらうと、前田善彦《まえだよしひこ》（54）、川井一郎《かわいいちろう》（58）という人物が十一月九日十一時二十五分発のＡＮＡ１７９１便で石垣島に発っていた。

「遼さん、これとちがいますか」上坂がいう。「前原と川本は九時十二分に『サザンコースト』をチェックアウトしてるし、時間的に符合します」

「真栄田芳夫、前川芳雄、前原良夫と前田善彦……。川路和夫、川本和雄と川井一郎……。名前も似てる」

新垣が犯罪者なら、偽名を使うとき、あまりにかけ離れた名前にはしない。〝マエ〟とか〝カワ〟という共通の音《おん》が頭にあれば、呼びかけられたとき、自分のことだと気づくから。

もう一度、各社の搭乗者リストを詳細に見たが、宮田健次、宮本健、新井健太に似た名前はなかった。

「勤ちゃん、荒井はどこにおるんや」

「東シナ海ですかね」

「海の底か」

「どうやろ。飛躍しすぎですか」

「いまの時点ではな」

ヤクザの荒井が多額の金を拐帯した比嘉を狙うのはまだリアリティーがある。がしかし、その逆はないだろう。

「荒井のことはペンディングにしよ。キモは石垣島や」

「どうします」

「どうもこうもない。石垣島に飛ぶんや」

「宇佐美のおっさんには」

「おれがいう」宮古島へ飛ぶことは昨日、報告した。

石垣島へ飛ぶ便をスタッフに訊いた。十七時二十五分発のＲＡＣ８３７便があるという。

「乗るんですか、それに」

「乗らんとしゃあないやろ」

「宮古で一泊しませんか。せっかく来たのに」

「せっかくも錯覚もない」

「ぼく、正直にいうとね、飛行機が怖いんです。高所恐怖症」

離着陸のたびにタマが縮みあがる、と上坂はいう。「一日に二回も飛行機に乗るやて、ぼくの辞書にはないんです」

「辞書は改訂されるんや」

「宇佐美のおっさんに嫌味いわれますよ」

「宮古で一泊するほうがいいわれる」

８３７便の搭乗予約をした。


宇佐美に報告すると、二部屋はとるな、といわれ、石垣市街の『名蔵荘』という民宿の一室にふたりで入った。夜は近くの沖縄料理店でラフテーやグルクンやチャンプルーを食い、市役所通り裏のスナックで十一時まで飲んだ。上坂がカラオケもせず、早めに切りあげたのは痛風のせいで、いつものあの勢いは鳴りを潜めていた。

7

十一月十四日——。目覚めたのは九時だった。上坂は隣のベッドで毛布をかぶっていた。

「勤ちゃん、起きてるか」

「起きてます」

「足は」

「どえらい痛いです」

「薬、服め」

「さっき服んだとこです。ロキソニン」

「腫れてるんか」

「拇指の付け根が水羊羹です」

「見せてみい」

「嫌です」

嫌がる上坂の心理が分からない。

「おれが込みをかける。勤ちゃんは非番にしとけ」

「そういうわけにはいかんです。不肖上坂勤、痩せても枯れても前のめりに転《こ》けます」

「後ろのめりに痩せろや」笑ってしまった。

「ぼく、誰にもいうたことなかったけど、瑕物《きずもん》ですねん」

「おう、そうかい」

「ぼくが府警本部の薬物対策課から泉尾署に来たん、おかしいとは思わんかったですか」

「ま、珍しいわな」確かに妙な人事だとは思った。本部捜査員が同じ階級のまま所轄署に来るのは、飛ばされたというイメージがある。

「薬対で、桐尾《きりお》いう警察学校の同期と組んでたんです」

上坂は毛布から顔を出してこちらを向いていた。「桐尾は依願退職しました」

「それ、詰め腹か」

「詰め腹です」投げるように、上坂はいった。
一昨年の夏、上坂と桐尾は情報を得て大正区内に居住する覚醒剤売人の内偵捜査にあたってい
た。マンション近くの寺の一室を借りて張り込みをし、証拠を固めて売人の逮捕状と捜索差押許
可状をとり、マンションに踏み込むと同時に、売人が借りていたガレージの捜索をして、百七十
五グラムという当時の末端価格で千二百万円を超える大量の覚醒剤を発見した——。
「そういや、あのガサかけたときも痛風で足を引きずってましたわ。ここいちばんというときに
発作が出ますねん」
「百七十五グラムいうたら府警本部長賞ものの大手柄やないか」
「そう、大手柄です。そこまではよかったんです」
熱のこもらぬふうに上坂はつづける。「シャブを押収してフッとガレージの天井を見たら、シ
ャッターボックスの点検カバーがちょっとだけ浮いてたんです。いま思たら、あれがケチのつき
はじめでしたわ」
桐尾がガレージ奥のスチール棚から脚立《きゃたつ》をおろして組み立てた。シャッターボックスの下に置
いて脚立にあがり、カバーのネジを外した——。
「黒いビニール包みがあったんです」
「シャブか」
「拳銃です。中国製のトカレフM54」実包《タマ》が装塡されていたという。
「それは大手柄どころやない。スーパー大手柄や」

あえて比較すれば、覚醒剤十キロより拳銃一丁のほうが値打ちがある。なのに、ケチのつきはじめとはどういうことだ。

「――ま、意気揚々と凱旋したんですけどね」

押収したトカレフを科捜研に持ち込んだところ、発射痕があり、その線条が迷宮入りしていた十六年前の『和歌山・南紀銀行副頭取射殺事件』で使用された弾の線条痕と一致した。桐尾と上坂はトカレフを調べる専従捜査を命じられ、和歌山県警へ出向した。

「期間は半年。二日にいっぺんは進捗状況を報告せいという紐付きの専従捜査で、副頭取殺しの真相を摑むてなことは端《はな》から期待されてませんわ。要するに、府警上層部のポーズですわ。いわくつきの拳銃を発見したからには、ほったらかしにもできんと、桐尾とぼくが派遣されたんです」

ふたりに対応したのは、事件当時、捜査にあたっていた満井《みつい》という定年間近の刑事だった。三人は和歌山南署のロッカールームに資料を持ち込み、継続捜査を開始したのだが……。

「この満井というのがろくでもない怠慢オヤジで、口癖は〝お日さん西々〟ですねん。まるっきりヤル気がない。よめさんの実家が吉野の山持ちで遊ぶ金に不自由せんから、毎日のようにぼくと桐尾を誘うて飲み歩く。……染まってしもたんですわ、ぼくも桐尾も」

「うちのおっさんに似てるな。よめが金持ちで上にゴマ擂《す》るとこ」

「満井はゴマなんか欠片《かけら》も擂りません。昇進なんかどうでもええし、腐ったミカンやから、県下の所轄をたらいまわしにされてましたた」

「おもしろそうな爺さんやな」

「端《はた》で笑《わろ》うてるぶんにはおもしろいかもしれんけど、とんでもないワルでした」

満井は事件当時に犯人と目されていた暴力団幹部に、発見したトカレフと同じM54を売りつけるよう、桐尾と上坂に持ちかけてきた——。

「乗ったんか、その話に」

「乗ってしもたんです。満井の口車に」

「刑事がヤクザに拳銃を売るやて、正気の沙汰やないで」

「金が目当てやないんです。囮《おとり》捜査です」M54は満井が用意したという。

「囮捜査にしてもや……」

「満井はほんまもんの刑事でした。やることはむちゃくちゃやけど、結果的に実行犯を炙り出したんです」

「あの副頭取事件、迷宮入りのままやぞ」

「物証と証言がないからです。実行犯はフィリピンから来たヒットマンで、事件当日に下関から釜山《プサン》に飛んでます」

「ヒットマンを走らせたんは」

「トカレフを売りつけた組幹部です」

組幹部に副頭取殺しを依頼した人物は特定できなかった、と上坂はいい、「継続捜査の終了後、満井も桐尾も依願退職。ぼくは薬対課にもどされて、泉尾署に異動ですわ」

「定年前の満井が依願退職したんは分かる。桐尾はなんで退職した。囮捜査がばれたんか」

「桐尾は遼さんと同じ〝モテ彦〟ですねん」

「どういうことや」

「ハシシやＭＤＭＡの使用容疑で取調べをしたミナミのデリヘル嬢と同棲してたんが監察にばれたんです」

「そら、脇が甘すぎる」

「遼さんも気ぃつけてくださいよ」

「おれはな、モテ彦やない。デリヘルもソープも知らん」

「デリヘル嬢は桐尾のＳでした。刑事として桐尾はエースやったけど、清濁併せ呑むというやつで、監察に眼をつけられてたんです。いまも年に二、三回は会うて酒飲んでます」

桐尾はデリヘル嬢と別れ、阿倍野の興信所で契約調査員をしているという。「いつか紹介しますわ。さっぱりしたええ男です」

上坂が〝瑕物〟といったのはそこだった。三十代、四十代の警察官の依願退職は多くが監察に追い込まれた懲戒免職であり、不良刑事が退職すれば、その相棒にも色がつく。まして和歌山県警に出されて満井のような札付きの不良刑事と組んで違法な囮捜査をしていたとなると、上坂の履歴には×がついているにちがいない。快活で笑いの絶えない上坂だが、その内面には複雑なものを抱えていたのだ。

「痛風のせいかな、夢で見てたんです。あのガレージのガサと黒光りしたトカレフを。和歌山のことをいうたん、遼さんがはじめてですわ」

「そうか……」ありがとう、ともいえない。

「喋ってたら腹減った。なにか食いましょ」

「なにがええんや」

「遼さんのお勧めは」

「メザシと大根おろしと味噌汁に卵かけごはんかな」

「それって、沖縄料理ですか」

「ここの朝飯や」昨日、食堂を覗いた。朝食のメニューが書いてあった。

「大根おろしにジャコ入ってますかね」

「それはジャコおろしやろ」

「沖縄はジャコが獲れんのですか」

「考えたこともない」

枕もとの煙草をくわえた。

十時半――。登野城《とのしろ》の八重山署に入った。八重山署の所轄区域は石垣市と八重山郡からなる八重山諸島の全域で、日本最南端かつ最西端の警察署だと上坂がいう。
副署長に挨拶をし、刑事課長に会った。課長は県警本部捜査二課から比嘉、荒井、パーカの男の立ち回り先手配があったといい、新垣と上坂の訊込み捜査を了承してくれた。型通りの挨拶だが、こうして仁義をとおしておかないと縄張り荒らしになる。

八重山署を出た。暑い。風がない。

「帽子が欲しいですね。ツバの広いむぎわら帽」

「首にタオルでも巻け。サトウキビ農家のおっさんや」

副署長も課長も上坂の黄色いサンダルを見たが、なにもいわなかった。

「山羊の乳て、旨いんですか」

上坂の言葉はあらぬところに飛ぶ。サトウキビ畑に立つ山羊を思い浮かべたのだろうか。

「牛乳よりさっぱりしてて、ちょっと青臭いかな」

「山羊の瞳孔て横に長いでしょ。なんでか分かりますか」

「ほう、教えてくれ」

「あれは視野を広げて、草原で天敵を見つけやすいようになってるそうです」猫や狐の瞳孔が縦長なのは、夜行性で草むらや茂みのあいだから獲物を見つけるためだと上坂はいう。

「なんでもよう知ってるんやな。毒にも薬にもならんことを」

「動物系のドキュメンタリー映画も好きですねん。『アース』とか『ライフ』とか『オーシャンズ』とか、膨大な時間と製作費を使うてますわ」

上坂はまた映画の話をはじめた。きりがないからとめようとしたが、

「動物映画で思い出したけど、和歌山で専従捜査をしてたときのことですわ。夜の十時ごろやったか、コンビニで靴下を買おかとホテルを出たら、小洒落たバーがあったんです。煉瓦壁に緑のドアのね。入ったら客がいっぱいで、カウンターの端がひとつだけ空いてたし、そこに座ったたん

です」

「ほう、一見《いちげん》の小洒落たバーにな」なにかおもしろい話が聞けそうだ。

「隣で化粧気のないショートカットの女がバーボンを飲んでました。齢のころなら三十すぎ。足もとを見たら大きなカメラバッグをおいてますねん。写真家さんですか、と訊きましたわ。そしたら、十津川《とつかわ》の山奥でツキノワグマの母子《おやこ》を撮ってると、こうですねん。フリーの映像カメラマンで、ひと月ぶりに街に降りてきたというてました。そこからは動物映画の話で盛り上がって、いつのまにか二時ですわ。泊まるとこがないいうから、すぐ近くやし、ホテルに来るか、というたんです」

「逃げられんように重いバッグを勤ちゃんが肩に提げて、部屋に連れ込んだんやな」

「部屋に入るなり、ドテッと大の字になったから、苦しいんか、とジーパンのチャックに手をかけるやないですか。そしたらゴツンと膝蹴りがきて、クラクラッとなってベッドから落ちて、思いきり頭を打って眼から星が出ましたわ」

「よう出る眼やな。星やら花火やら」笑ってしまった。

「ぼくは床、女はベッド。そのまま寝込んで、起きたら女もカメラバッグもないんです」

「きれいな子やったんか」

「いや、亀をつついたみたいでしたね」

「どういう意味や」

「亀をつついたら首を引っ込めるでしょ。顔を見んでも済みます」

「上坂勤のトホホ行状記、シナリオにせい」

「事実はコメディーにならんです」

どこまでほんとうなのか、かなりの脚色があるにはちがいない。

「勤ちゃん、地図や」

「はい、はい」

上坂はウエストポーチから空港インフォメーションでもらった石垣島の地図を出した。

地図を広げて〝於茂登《おもと》〟へのルートを確かめた。於茂登岳の東、真栄里《まえざと》ダムの南が於茂登地区で、〝おもと〟というバス停がある。比嘉は本籍を大阪に移しているが、石垣島於茂登の出身だ。

「どうする。レンタカーを借りるか、バスで行くか」

石垣市街から於茂登まで、北へ十五キロほどか。

「遼さん、ぼくは……」

「分かった。みなまでいうな」

レンタカーを借りることにした。


於茂登地区は陽光が射していた。遠く西から北へ於茂登岳のなだらかな山並みが連なり、春先の収穫を待つ丈のそろったサトウキビ畑が広がっている。畑と畑を隔てる道沿いにぽつりぽつりとブロック塀をめぐらした陸屋根の民家があり、近くの椰子《やし》の木につながれた山羊が一頭、のんびりと草を食《は》んでいた。

「なんかしらん、絵葉書みたいな風景ですね。塀が珊瑚の石積みで、家が赤瓦やったら申し分ないのに」

「そういうのは都会人のわがままや。この台風銀座で瓦屋根を維持するのは、半端な覚悟ではできん」

新垣が子供のころは松山にもまだ赤瓦の家が残っていたが、高校を出るころには、それらがみんなモルタルを塗り込めた陸屋根の家に変わっていた。沖縄の暴風雨は本土人には想像できない。十数年前、宮古島を直撃した台風は島内の六基の風力発電施設のうち三基を倒壊させ、三基を破壊した。その最大瞬間風速は九十メートルだったと上坂にいった。

「秒速九十メートルいうのは、時速何キロですかね」

九十かける六十かける六十……。上坂は指で掌に数字を書いていたが、計算を諦めたのか顔をあげた。

「遼さん、あれ」

前方の道路脇に軽トラックが駐められ、そばにシャベルを持った男がいる。新垣は速度を落としてトラックのそばに車を停めた。男は荷台から堆肥《たいひ》をおろして畦《あぜ》に積んでいた。

「すみません、お仕事中に。ちょっといいですか」

上坂はサイドウインドーをおろした。「於茂登の出身で比嘉慶章さんというひとに会いたいんですけど、ご存じないですか。齢は五十七で、大阪の大正区に住んでます」

「比嘉ケイショウ……。比嘉っていう名前は珍しくないさね」

男はシャベルを堆肥に挿し、キャップのツバをあげて、「字は」

「慶応大学の慶、文章の章です」

「あ、いたねぇ。比嘉慶章。五十七ばぁ」

小学校のときの下級生だといった。「ふたつ下さぁ。よう知らんけど、口数の少ない、おとなしい子だったねー。いまは大阪にね。中学まではこっちにいたはずさぁ」

「卒業して大阪に行ったんですか」

「そうさね。大正区にはウチナンチューが多いからさぁ」

「比嘉さんの生家って、於茂登にあるんですか」

「いや、ない。なくなったばぁ」バス停近くの家に比嘉の母親と姉夫婦が住んでいたが、三、四年前に母親が倒れ、その入院のため、沖縄本島へ越して行ったという。「もう死んださぁ。家は荒れるがままさぁ」

「慶章さんの親戚は」

「宮良にいるって聞いたねぇ。姉夫婦の息子が」

「慶章さんが帰省することはなかったですか」

「見かけたことはないねぇ。知らんさぁ、ひとの家のことは」

面倒がるふうもなく、男はゆっくりした口調で答えてくれる。

「お姉さんのほかに、慶章さんの兄弟は」

「あの家は三人……いや、四人兄弟じゃなかったかねぇ。姉さんのほかはみんな若いときに石垣を出て行ったはずさね」

観光産業がまだ盛んでなかった時代、漁業とサトウキビ栽培と製糖工場勤めのほかに、働き口はそう多くなかったという。

「すんません。あとひとつだけ。慶章さんのお姉さんの名前を教えてもらえますか」

「西銘《にしめ》。名字は。下は知らんばぁ」

「ありがとうございます。助かりました」

上坂は頭をさげ、ウインドーをあげた。新垣は車を発進させる。

「ええひとに当たりましたね」

「島うちの地縁や。みんな、隣組のことはよう知ってる」

それが模合のルーツでもある。「比嘉は中学を出て大阪へ行った。こっちに親しい人間はおらんかもしれんな」

「ぼくもそう思いますわ。住み込みで働いてたら、そうそう帰省もできへんし、飛行機代もばかにならんでしょ」

「というより、沖縄の日本復帰は一九七二年や。まして八重山諸島となると、民間航空が運航するのは週に一、二便やったんとちがうか」

「そうか。比嘉は石垣島にむかしからの知り合いがおらんということですね」

「おらんとは断定できんけど、少ないことはまちがいない」

「ほな、比嘉が宮古から石垣に飛んだんは」

「分からん。パーカの男に誘われたんかもな」

「どうします。宮良へ行って、西銘いう比嘉の甥をあたりますか」

「勤ちゃんはどう思う。自分が犯罪者で田舎へ逃げたとき、匿《かくも》うてくれと甥に頼むか」

「それはないですね。ダチや連れならともかく、齢の離れた甥に逃亡幇助なんかさせませんわ。第一、犯罪者であると知られるのが恥ずかしいやないですか」

「甥をあたるのはあとまわしにしよ」

甥を探しあてたところで比嘉につながる望みは薄い。甥が比嘉に通じていれば、大阪の刑事が来たと知らせる恐れもなくはない。「今日、明日はヤサ割りを優先して、それであかんかったら西銘をあたろ」

「賛成ですわ。まず、なんか食いましょ」

上坂は足が痛いのか、顔をしかめた。


石垣市街にもどり、食堂に入った。島らっきょうとミミガーイリチーをつまみながら、上坂はそーめんチャンプルー、新垣はソーキそばを食う。カツオと豚骨出汁が利いていて、けっこう旨かった。

地図とガイドブックを見て宿泊施設をチェックし、食堂近くの『八重山センターホテル』から訊込みをはじめた。成果なし。

『クリスタルベイ安里』『民宿石垣荘』『新栄ペンション』も空振り。上坂にいつもの元気がない。

黄色いサンダルの右足をひきずって、休み休み歩く。

「勤ちゃん、宿にもどって寝とけ。かまわんから」

「それはあきません。ぼくの刑事魂が許しません」

妙に依怙地だ。足手まといだとはいえないから、連れ立って訊込みをつづける。そのあと市街の十六軒をまわり、地図に二十個の×印をつけたところで一日の捜査を打ち切った。

十一月十五日——。午前中に石垣市街の宿泊施設九カ所をまわり、午後、三カ所をまわったところでガイドブックに載っている市街の主立《おもだ》った施設の訊込みは終わった。

「さて、次はどこや」
「川平《かびら》か白保《しらほ》ですね。リゾートホテルが集まってます」
川平より白保のほうが近い、と上坂はいう。新垣は白保に向かった。
白保の海に近いホテルの三軒目、『白保クラブリゾートホテル』で比嘉とパーカの男の足跡をつかんだ。フロントの女性に画像を見せるなり、小さくうなずいて、お泊まりでしたといい、宿泊記録を見せてくれた。ふたりは〝前田芳郎《まえだよしお》〟〝川井和夫《かわいかずお》〟の名で部屋をとっていた。チェックインは十一月九日十三時二分、チェックアウトは十一月十一日十一時四十分だった。
「チェックアウトの前に、石垣発の飛行機の時間を訊かれたり、チケットをとってくれとか、いわれんかったですか」
「そういうことはなかったように思います」

「ほかになにか気づいたことはなかったですか」

上坂が訊く。「たとえば、朝から晩まで外出してたとか、レストランで誰かと飲んでたとか、ふたりを訪ねてきた客があったとか」

「そうですね……。憶えていません」女性は申し訳なさそうにかぶりを振った。

ロビーにはフロントに向けた防犯カメラがあり、画像を見せてくれるよう頼んだが、ずいぶん前から故障しているという。新垣は画像のコピーと名刺を渡してホテルを出た。


石垣空港へ走った。JTA、RAC、ANA、ライトイヤーのカウンターで画像を見せ、十一月十一日十三時以降の発便に比嘉とパーカの男が搭乗したかどうかを調べたが、その形跡はなかった。比嘉とパーカの男はまだ島内にいるのか──。

新垣と上坂は川平へ行き、宿泊施設をあたったが、ふたりの足取りはつかめなかった。しんどい。仕切りなおしや──。日も暮れたので『名蔵荘』に帰り、上坂と泡盛を飲んで寝た。


十一月十六日──。朝から伊野田、明石《あかいし》、平久保《ひらくぼ》と東海岸沿いを北上し、伊原間《いばるま》、大田、名蔵と西海岸を南へまわって、昼すぎまでに島内の宿泊施設のほとんどを調べ終えたが、目ぼしい証言はなかった。

「遼さん、比嘉はやっぱり、十一月十一日の飛行機に乗ったんですわ。カウンターの職員が憶えてなかったんです」

「かもしれんな」

ホテルのフロントマンはチェックインとチェックアウトの二回、宿泊客に対面し、滞在中はロビーを出入りするので、客の顔が記憶に残る。空港に現れた比嘉とパーカの男は服を替えていただろうし、サングラスをかけて帽子でもかぶっていれば、これを特定してくれというほうが無理なのかもしれない。

「どうする。宮良へ行って、比嘉の甥を探すか」

「そうしますか……」上坂の顔に、やる気は見えない。

「宮良へ行ってみて、西銘いう甥に会えんかったら、あとはフリータイムや。鍾乳洞とかヤエヤマヤシの群落とか観光地巡りをして、夜はキャバクラで飲も」

「ちょっと待ってください。キャバクラがあるんですか、この島に」

「そら、あるやろ。ラウンジもクラブもピンサロも」

「キャバクラはあかん。話が合いませんわ。きれいなスレンダーなおねえさんが揃《そろ》てるリーズナブルなラウンジにしましょ」

「リーズナブルなおねえさんはスレンダーやないで」

「そこはそれ、眼をつぶるんです」

上坂はいって、シートベルトを締めた。

宮良には交番がなかった。二キロほど離れた白保の駐在所へ行って手帳を提示し、宮良地区の住居地図を見せてもらったら、西銘という家は三軒あった。上坂がメモ帳に簡単な地図を描き、宮良にもどった。

一軒目は隣地にマンゴーのビニールハウスのある農家で、比嘉慶章の名を出したが、親戚に比嘉姓はないといった。

二軒目、宮良川にほど近いテラスハウスのインターホンを押すと、子供を抱いた女性が出てきた。比嘉慶章は義理の叔父だという。

「大阪の刑事さんですよね。なにかあったんですか」落ち着いた口調で訊く。

「すんません。捜査の目的は明かせんのです」

上坂がいった。「最近、比嘉さんとお会いになったことは」

「ありません」

「連絡も？」

「何度か電話がありました。主人に」

「どんな用件でした」

「知らないんです。なにか、頼みごとのようでしたけど」

「ご主人は」

「仕事です。四時ごろには帰ってくると思います」

四時……。帰宅の時間には早い。

「差し支えなかったら、ご主人のお仕事を教えてもらえますか」新垣はいった。

「漁協の職員です。石垣漁港の」

「ああ、それで」出勤も早いのだろう。

「漁協に行ったら、ご主人に会えますよね」

いまは二時前だ。四時まで待てない。

「この時間は事務所にいると思います」

「ご主人のお名前は」と、上坂。

「健人《たけと》です」

子供がむずかりだした。女性はあやす。

「勝手なお願いなんですけど、これから刑事ふたりがそっちに行くと、ご主人に電話してもらえませんかね。ほかの職員の眼もあることやし」

「分かりました。電話をします。主人の携帯に」

「いやどうも、子育て中、すんませんでした」

上坂は頭をさげた。新垣もさげる。ドアが閉まるのを待って車に乗った。

「子育て中いうのはおもしろかったな」

「まちごうてますか」

「まちごうてない」

「頼みごと、いうのはひっかかりますね」

「ひっかかるな」

エンジンをかけた。

石垣漁協——。水が打たれたセリ場は閑散としていた。事務所のそばに紺色のジャンパーを着た短髪の男が立っている。上坂と新垣を見て、小さく一礼した。

「西銘健人さん？」上坂がいった。

「おれです」ジャンパーの胸に漁協のマークがついている。

「ちょっとよろしいか」

「はい……」表情が固い。

車を駐めたところへ西銘を連れ出した。乗りますか——。いったが、西銘は首を振った。

「大阪府警泉尾署の新垣といいます」

「同じく、上坂です」

ふたり、手帳を見せた。

「名刺、持ってないんです」西銘がいう。真面目そうな男だ。

「いやいや、ちょっとお話を聞きたいだけですねん。気楽にしてください」

上坂は笑って、「比嘉慶章さんを捜してます。先月の二十三日に大正の家を出たきり連絡がないんで、奥さんが心配してるんですわ」

「なにかあったんですか。トラブルとか」

「ありました。比嘉さんに告訴状が出てます。職務上、内容はいえんのですけど」

「告訴状……」

「ひとを傷つけたとか、なにかを盗んだとか、重大犯罪やないです。告訴状が出されたら、警察は受理する義務があるんですわ」

「…………」西銘は空を見あげて大きく息をした。

「奥さんから聞いたんですけど、比嘉さんから電話があったそうですね」上坂はつづける。

「ありました。叔父の声を聞いたんは五、六年ぶりでした」

「比嘉さんはなにをいいました」

「船を持っているひとを紹介してくれといわれました」

「それは、漁船の船主とか」

「漁船ではないです。大型のプレジャーボートです」

「紹介したんですか」

「しました。おれの友だちの親父さんがボートを持ってるんで」

西銘はうなずいて、経緯を話しはじめた。

——比嘉慶章からの電話は三回あった。はじめの電話は十一月七日か八日にかかってきて、漁船をチャーターできないか、と比嘉はいった。理由を訊くと、石垣島から奄美大島へ渡りたいという。なぜ飛行機で行かないのか、と西銘はいったが、事情がある、と比嘉は言葉を濁した。知り合いをあたってみる、と西銘はいい、電話を切った。

西銘は何人かの漁協組合員にチャーターの件を話したが、断られた。奄美大島へ行くのはさほど難しくはないが、漁船に漁師でもない一般人を乗せていると、海上保安庁の巡視船に見つかったときに言い訳ができないといわれ、往復の航海に見合うチャーター料が払えるのか、とも訊かれた。西銘は比嘉から予算を聞いていなかった。

　二回目の電話は十一月九日にかかってきた。西銘がチャーター料を訊くと、五十万円でどうかと比嘉はいい、奄美大島近くの海域で一日か二日、海中を探索したいといった――。

「――海中の探索とかいわれても、訳が分からんでしょう。説明してくれといったら、沈船《ちんせん》を調査したいというんです。そのために海底の凹凸が分かる魚探のある漁船をチャーターしたいと、そんな話でした」

「魚探て、魚群探知機ですよね」上坂がいった。「沈船の調査……」

「終戦の前の年に、奄美大島沖で巽丸《たつみまる》という貨物船が沈んだそうです。巽丸の乗組員は二十人ほどで、いまだに遺骨が収容されてない、遺族会に依頼されて沈船の探査をする、と叔父はいいました」

「戦没者遺骨収集事業というやつですね。けど、そういうのは政府がやるんとちがうんですか」

「おれもそういったんです。そしたら、その船は軍に徴用された東亜商船という民間会社の貨物船で、『巽丸遺族会』というのが、叔父に遺骨収集を委託したらしいんです」

「徴用船の乗組員は戦没者ではないということですか」

「そのへんのことは、おれには分からんです」

「スポンサーは巽丸遺族会で、比嘉さんは慈善事業、もしくは営利事業として沈船探査をするんですね」新垣がいうと、西銘は小さくうなずいた。

どこかしら奇妙な話だ。比嘉が遺骨収集というのはおかしい。おかしいが、これは西銘の作り話ではない。比嘉から聞いたことをそのまま伝えているだけだ。

「西銘さんは事業費を聞きましたか」

「聞いてません」

「大阪で建築解体業をしてる比嘉さんが奄美大島沖で沈船探索をすることに違和感はなかったですか」

「そのときは考えなかったですね。あとで、なんでかな、とは思いましたけど」

電話を切った西銘は友人の父親が所有するクルーザーを思い出した。友人の操船で何度か釣りに行き、高性能の魚群探知機を搭載していることも——。

「安里《あざと》英俊《ひでとし》といって、小学校からの幼なじみです。電話をしたらＯＫしてくれました」

「安里さん、お仕事は」

「不動産です」父親の手伝いをしているから、時間的な自由が利くという。

「そのクルーザーは」

「四十五フィートだから、かなり大きいです。排水量は十八トンで、近海登録。普段は川平のヨットハーバーに係留してます」

「近海登録というのは」

「船舶の航行区域です」三十フィート級や三十五フィート級までのプレジャーボートは沿海仕様

が多く、陸地や島から二十海里以上離れた海域は航行できない、と西銘はいう。

「海里て、マイルのことですよね」上坂がいった。「一・六キロ?」

「陸と海のマイルはちがいます。一海里はだいたい一・九キロです」

「ほな、沿海登録の船いうのは、海岸伝いでないと航海できんのですか」

「航行区域は、平水《へいすい》、沿海、近海、遠洋とあります」

平水は川と港内、近海はマラッカ海峡からカムチャツカ半島、遠洋は世界のすべての海域だと西銘はいった。

「へーえ、勉強になりますわ。この齢になるまで、船の航行区域てなもんは考えたこともなかった」上坂はさも感心したようにいい、「太平洋横断のヨットとかは、小さいくせに遠洋なんですね。飛行機にもそんなんがあるんやろか。セスナでハワイやタヒチへ飛んだらあかんとか。……いや、あかんな。燃料切れで墜落か……」

「勤ちゃん、要らん心配はせんでもええ」

饒舌をとめた。「——で、比嘉さんからの三回目の電話は」西銘に訊く。

「次の日です。十一月十日の夜。安里のことをいいました」

西銘はクルーザーの説明をし、十一日の午後一時に川平のヨットハーバーで安里と比嘉を会わせることになった——。

「西銘さんも行ったんですね。ヨットハーバーに」

「行きました。仕事を抜けて」

「比嘉さんには連れがおったでしょ」

「いました。おれはてっきり、叔父だけだと思ってたんですが」

「齢は六十前で、髪が短い」上坂がつづけた。「ギョロ眼で、鼻がひしゃげてて、えらの張った四角い顔で、頭のてっぺんが透いてたでしょ」

「だいたいそのとおりです」西銘はうなずく。

「名前、いいましたか」

「川井さんでしたね」

「名刺とかは」

「もらってません」

比嘉は川井を、巽丸遺族会の世話役だと紹介したという。

「クルーザーの船名は」新垣は訊いた。

「『アラミス』です」

「化粧品？」上坂がいう。

「三銃士の騎士とかいってました。安里が」

「思い出した。『三銃士』、チャーリー・シーンですわ。アラミスいう騎士でした」

上坂はいい、「四十五フィートのクルーザーて、お高いんでしょ」

「新艇は二億円ですね。アメリカ製の『シーライナー』」

「ええーっ、二億円……」

「でも、ガソリンエンジンなんです。四百馬力が二基。一時間で七十リッターは焚くから、恐ろしく燃費がわるい」

いまどきのクルーザーは軽油を焚くディーゼルエンジンだから、ガソリンエンジンのクルーザーには需要がない。安里の父親は中古のシーライナーを三百万で買ったが、あまりに燃費が高いので、年に四、五回、息子の英俊が乗るだけだという。

「〝クルーザー・イコール・リッチマン〟いう意味が分かりましたわ」

「『アラミス』の航続距離はそう長くないですね」新垣がいった。

「燃料タンクは千二百リッターだから、ゆっくり行けば二十時間近くは走れますね。巡航速度二十ノットだと、三百八十キロですか」

「ちょっと待ってください」また、上坂が口を出す。「レギュラーガソリンが百二十五円として、千二百リッターは十五万やないですか。石垣島から奄美大島まで、往復なんぼかかるんです」

「だから、そのことを叔父にいったんです。石垣から沖縄本島まで四百キロ、本島から奄美まで三百キロはあると。燃料費だけで六十万円はかかるから、やめたほうがいいとね」

「そしたら」

「叔父はそれでもいいといって、安里に帯封のついた百万円を渡しました。……いや、びっくりしましたね」

「百万円で石垣から奄美……。突拍子もないですね」

「そう、信じられないでしょ。だから、よめにも話してません」

「川井はそのとき、なにか喋りましたか」新垣が訊いた。

「いえ、名前を聞いただけですね。よろしく、と頭をさげて」

「比嘉さんと川井の持ち物は」

「キャリーケースです。けっこう大きいのがふたつ」

「ふたりの服装は」

「うーん、憶えてないですね」西銘は額に手をあてて、「川井さんはたぶん、サングラスをかけていたような気がしますが」

ふたりとも、これといって眼をひく格好ではなかったのだろう。

「水とか食料は」

「安里が用意してました」

「十一月十一日の午後一時すぎ、安里さんは『アラミス』に比嘉さんと川井を乗せて川平ヨットハーバーを出航した。そうですね」

「はい。そうです」

「その後、安里さんと連絡は」

「昨日の夜、電話がありました。奄美にいるって」

「いつ、着いたんですか。奄美に」

「十二日の夜だといってました」

「一日半、かかってますね」

「途中、宮古島と沖縄本島に寄って給油したそうです」

十一日の夜は本島の石川港に船を停めて仮眠をとり、十二日の朝、奄美に向けて出航した、と西銘はいう。

「奄美に着いたあとはどうしたんですか」

「給油をして、寝たんでしょう。あとは聞いてません」

「安里さんはまだ、奄美にいるんですか」上坂が訊いた。

「どうでしょう。いまは石垣に向かっているかもしれませんね」

「わるいけど、電話してもらえませんか」

「洋上だと、つながりませんよ」

海には基地局がないのだから、当然だろう。

西銘はスマホを出して発信キーをタップした。しばらく耳にあてていたが、

「圏外ですね」

「そうですか……」

今日は十六日だから、安里は石垣に向かっているのではなく、奄美大島沖の海域で——比嘉の言葉どおりなら——沈船探査の手伝いをしているのかもしれない。

「どうします、遼さん」上坂がいった。

「奄美に飛ぶしかないな」

「あの、叔父はなにをしたんですか」西銘が訊く。

「これはいうたらあかんのですけど、ちょっとした金銭トラブルです」

「そんなことで、大阪の刑事さんが石垣まで来られたんですか」

「そう、こんな足でね」上坂は黄色いサンダルに眼をやった。

「怪我をされたんですか」

「痛風ですねん」上坂は笑う。

「いや、どうもありがとうございました」

新垣は頭をさげた。「もうひとつお願いなんですけど、携帯の番号を教えていただきたいんです。西銘さんにかかってきた比嘉さんの番号と、安里さんの番号、それと念のために西銘さんの番号も」

「いいですよ」

西銘はまたスマホを出した。三つの携帯番号をいい、新垣はメモ帳に書きとって、

「我々はこれから奄美に行きます。比嘉さんと安里さんから電話があっても、我々が来たことは黙ってて欲しいんです」

「分かりました。いいません」

「なにかありましたら、こちらにお願いします」

名刺の裏に携帯番号を書いて西銘に渡し、石垣漁協をあとにした。

『名蔵荘』へもどり、支払いを済ませて荷物を車に載せ、石垣空港へ走った。空港内のレンタカ

ー出張所に車を返却し、チケットカウンターへ行くと、石垣島から奄美大島への直行便はなかった。那覇空港から奄美空港へは一日一便、十二時三十五分発のＲＡＣの直行便があるという。新垣と上坂は十七時三十分発のライトイヤー７４５便のチケットを購入し、沖縄本島へ飛んだ。

8

十一月十七日――。携帯のコール音で目覚めた。ナイトテーブルのスマホをとる。
――グッドモーニング・ディテクティブ・シンガキ。
――はい、はい。
――その声は、寝てましたね。
――そら寝るやろ。毎日、毎日、寝不足なんやから。
ナイトテーブルの時計は九時十三分を表示していた。
――なんで、そんなに元気なんや。足が痛いのに。
上坂のテンションが無駄に高いのは肥満による高血圧のせいかもしれない。
――腹が減って寝られんのです。七時ごろから、うつらうつらしてました。
――うつらうつらしてるときは寝てるんや。
――そういう説もありますね。
――なにが食いたいんや。

——ナーベラーチャンプルーとゆし豆腐とテビチそばなんか、どうですか。

——おれはそばだけでええ。

味噌をベースにヘチマを炒めたのがナーベラーチャンプルーだ。とろとろした食感で、ヘチマの味は瓜に似ている。親父の清朝がよく食べる。

——ほな、十分後にフロント集合です。

電話は切れた。新垣はベッドを出てトイレに行き、洗面所で歯を磨く。ひどい顔だ。無精髭はまだしも、眼のまわりが腫れぼったい。

昨日は松山の実家には帰らず、那覇空港に近い赤嶺のビジネスホテルにチェックインした。近くの沖縄料理店でビールを飲みながら晩飯を食い、ホテルにもどろうとすると、上坂がつきあってくれという。足が痛いんやろ——。いったが、聞きはしない。近くの居酒屋に行って飲みはじめた。居酒屋にはステージがあり、十時ごろから三線《さんしん》の歌い手が来て、飲めや踊れやの大宴会になった。よせばいいのに、上坂も踊る。けっこうサマになっていた。ホテルにもどったのは二時だった——。

フロントに降りると、上坂はソファにへたり込んでいた。顔が浮腫《むく》んでいるようだが、もともとがそんな顔だからはっきりしない。両足とも軍足に黄色いサンダルを履いていた。

「腫れてきたんか。左足も」

「歩きにくいんです。片方が靴やったら、踵《かかと》の高さがちがうから」

「痛みは」

「ロキソニンを服んだんですけどね。さっき」

「あほみたいに踊ったからや」

「あほみたいやない。楽しく、遊興したんです」

上坂は肘かけに手をついて立ちあがった。そろりと歩きだす。

「どこ行くんや」

「昨日の食堂に行きましょ。メニューにナーベラーチャンプルーがあったし」

「まだ九時半や。開いてへんやろ」

「あ、そうか……」

「これや。食いたいとなったら後先見んのやな」

ホテルを出ると、斜向かいに喫茶店があった。さっさと歩いて先に入り、窓際のテーブルに座ってモーニングをふたつ注文する。上坂も入ってきて、腰をおろした。

「朝、おっさんに報告しときました。昨日、石垣を出て沖縄本島にいてます、と」

「おっさん、どういうた」

「比嘉が遺骨収集なんぞするはずない、というてました」

「それで？」

「ほんまはなにが目的やと訊くから、そんなこと分かりませんといいました」

「身も蓋もない答弁やな」

「ちょっと怒ってましたわ。フダはとったから、引けるんやったら引けと、えらそうにいうてました」

「緊急性のない逮捕にフダなしはまずいぞ」

被疑者に逮捕状を提示しない連行は任意同行だ。あくまでも任意だから身柄を確保する強制力はなく、比嘉が同意しないと逃げられる恐れがある。また、既に発付されている逮捕状を所持しない逮捕は逮捕状の緊急執行として適法だが、これは起訴をする検察官が嫌がるし、公判時に弁護側からもつつかれる。だから、新垣としては比嘉を通常逮捕したい。そのためには比嘉の潜伏場所を特定し、逮捕状を所持した捜査員の到着を待って踏み込むのが理想だ。

「あとでトラブったりしたら、おっさんは逃げますね」

「そらそうやろ。担当の刑事が先走ったと、おれらのせいにするに決まってる」

「遼さん、〝お日さん西々〟で行きましょ」

「お日さん西々な……」

それが性格的にできないのだ。上坂もちゃらんぽらんに見えて基本はまじめな刑事だし、捜査手順にまちがいがない。そう、新垣は〝刑事・上坂勤〟を買っている。

トーストとプレーンオムレツ、ブレンドコーヒーが来た。上坂は箸を割ってオムレツを食う。新垣はコーヒーをブラックで飲んだ。

奄美大島――。上坂がキャリーバッグを引き、新垣がデイパックを背負って空港ビルを出たのはちょうど二時だった。那覇も暑かったが、奄美も暑い。機内で打ち合わせていたとおり、レンタカーを借りて奄美市の市街地に向かった。

ナビのルート検索をし、国道58号と県道79号を走って名瀬港《なぜこう》にほど近い鹿児島県警奄美警察署に入った。副署長に挨拶をし、比嘉慶章に対する告訴状受理と、その後の捜査の経緯を話すと、副署長は快く協力するといってくれたが、具体的な捜査依頼はしなかった。

「――しばらくは、我々で比嘉を追います。そのことを了解していただいたらありがたいです」

「じゃ、刑事課長にはそう伝えておきましょう」

「ありがとうございます。よろしくお願いします」

これで仁義は切った。一礼して、奄美署をあとにした。

「さて、給油所やな」

「どこから行きます」

「まずはフェリーターミナルに行ってみよ」

比嘉たちが沖縄本島から奄美へ来たとき、クルーザーの燃料タンクはほぼ空だったにちがいない。安里は給油所に寄って燃料を入れたと読んでいる。

奄美署から信号をひとつ南へ行ったところが名瀬新港フェリーターミナルだった。駐車場に車を駐めてインフォメーションへ行き、小型船舶の給油所を訊くと、ガソリンスタンドを兼ねた給油所が名瀬漁港にあるという。また車に乗って名瀬港湾最奥部の名瀬漁港へ走った――。

「――四十五フィートのクルーザーで、船名は『アラミス』です。ここで給油をせんかったですか」スタンドのスタッフに訊いた。

「クルーザーはめったに来ませんね。まして、四十五フィートというような大型クルーザーはこの二、三年、見たことがないです」

「奄美大島にヨットハーバーとかマリーナは」

「ありません」

「名瀬港に、ほかの給油所は」

「大隈と津郷《つごう》にあります」

「そうですか……」

大隈と津郷への道順を訊こうとしたが、

「電話をして訊きましょうか。知り合いだから」

「あ、それは助かります。お願いします」上坂がいった。

「ちょっと待ってください」

スタッフは事務所に入り、ほどなくしてもどってきた。黙って首を振る。

「名瀬港には寄港してないということか……」

上坂は独りごちて、「ほかにクルーザーが寄りそうな給油所はありますか」

「瀬戸内町じゃないですかね。古仁屋《こにや》港から周遊船が出てます」

「遼さん、行きましょ。古仁屋港」

「そうやな。ありがとうございました」

親切なスタッフに礼をいい、給油所を出た。

車に乗り、ナビを見た。瀬戸内町は奄美大島の南西に位置し、対岸は加計呂麻《かけろま》島だった。

「勤ちゃん、安里は古仁屋港で給油した。そんな気がするわ」

安里はクルーザーで沖縄本島から奄美大島に来た。島の北東部の奄美市より南西部の瀬戸内町のほうが沖縄に近い。

国道58号で南へ向かった。


古仁屋港――。給油所は周遊船の待合所の近くにあった。事務所から出てきたのは赤いキャップをかぶった若い女だった。紺色のウインドブレーカーに『吉留《よしどめ》』という名札をつけている。

「大阪府警泉尾署の上坂といいます」

上坂は手帳を提示した。「吉留さんはメジャーリーグを見はるんですか」

「はい？」

「いや、その帽子、レッドソックスですよね」

「あ、これはもらったんです。友だちに」

吉留は笑った。そばで見ると、かわいい。まだ二十歳前だろう。

「ちょっと教えて欲しいんですけど、この前の土曜日か日曜日、『アラミス』というクルーザーが給油をせんかったですか」

「しましたよ。日曜の朝」あっさり、いった。「白い大きい船ですよね」

「ビンゴ。当たりです」

　上坂は拳を振り、吉留は怪訝な顔をした。

「満タンにしたんですか」新垣は訊いた。

「はい、びっくりしました。千百リッターも入ったんです」

「何人、乗ってました」

「三人でしたね」

「人相とか、憶えてはりますか」

「船長は愛想のいいひとでした。まっ黒に日焼けして、にこにこして、石垣から来たといってました」あとのふたりは五十代から六十代だったという。

「そのふたりは、これですか」

　那覇アーバンホテルの防犯カメラに映っていた比嘉とパーカの男の画像のコピーを見せると、吉留は小さくうなずき、パーカの男に近くの煙草屋を訊かれ、周遊船の待合所に自販機があると答えると、クルーザーを降りて買いに行ったという。

「給油中、船長と話をしましたか」

「しました。石垣島から来たって」

「来た目的とか、いいましたか」

「いえ、なにも」

「ほかには」

「そうですね……」吉留は考えて、「食料の買い出しをしたいっていうから、『サンコープ』を教えました」

「旅館とかホテルは訊かんかったですか」

「訊かれてません」

比嘉たちはクルーザーで寝るつもりだったか。それとも、島内に知り合いがいて、そこに泊まるつもりだったのだろうか――。買い出しをするということは、海に出て沈船探索をする意思があったと考えられるが。

「『サンコープ』て、スーパーですよね」上坂がいった。「場所は」

「あれです」

吉留は港内の対岸を指さした。低い家並みの向こうに広告塔屋が見える。

「船長はクルーザーで買い出しに行ったんですね」

「そうです。給油が終わって」

「ガソリン千百リッターの支払いは現金で?」

「はい。現金です」

給油所を利用するのは地元の漁船だから燃料は軽油かA重油で、代金は月末のツケ払いがほとんどだという。

「すんません。ためになりました。『サンコープ』に行ってみます」

「あの、訊いていいですか」

「はいはい、なんでしょう」

「黄色いサンダルに白いソックスって、目立ちますよね」

「ああ、これね。痛風ですねん」

「痛風……。痛いんだ」

「馴れたらそうでもないんですけどね。つまりは食いすぎですわ」

上坂はハンカチで額の汗を拭き、吉留は黙って上坂の体形を見た。


『サンコープ』——。十三日の午前中にレジ勤務をしていた女性に写真を見せると、比嘉に見憶えがあるといい、段ボール箱三つ分のレトルト食品と冷凍食品、二リットル入りのペットボトルの水二ケースを買っていったと答えた。その食料の多さから、比嘉たちは島内に宿泊せず、沈船探索に向かったと考えられた。

新垣は店内の公衆電話から安里の携帯に電話をかけた。圏外だった。

「勤ちゃん、安里は石垣には帰ってへん」

「どこをうろうろしてるんですかね」

「分からん。想像もつかん」

「そもそも、沈船探索とか沈船探査てなんです。遺骨の収集てな話はマユツバやないんですか」

「マユツバやろ。比嘉と遺骨収集はイメージが合わん」

と、そのとき、フッとなにかが浮かんだ。「そうや、勤ちゃん、思い出した」

「なんです。なにを思い出したんです」

「週刊誌で読んだ憶えがある。沈船探索でも沈船探査でもない。沈船なんとかや」

「沈船なんとか……。沈船組ですか」

「それは会津藩お抱えの浪士隊やろ」

「沈船出納簿。沈船信託。沈船……」

「もうええ」

饒舌をとめた。空を仰いで考える。「──そう、沈船ビジネス。聞いたことないか」

「それって、沈没船がビジネスになるんですか」

「金貨や小判を積んでそうな沈没船を探して、潜っていって回収するんや。船ごと引き揚げることもあるらしい」

「トレジャーハンターや」

上坂は太股を叩いた。「『インディ・ジョーンズ』『ハムナプトラ』『トゥームレイダー』『ダ・ヴィンチ・コード』『パイレーツ・オブ・カリビアン』」

「それぐらいにしとけ。比嘉は沈船ビジネスに乗ったんとちがうか。そんな気がするわ」

「ほんまやな。胡散臭いですね。……ということは、比嘉といっしょにおるパーカの爺はブローカーですか」

「かもしれんな」

「遼さん、それ調べましょ。沈船ビジネス」

「どうやって」

「週刊誌、なに読んだんです」

「憶えてへん。喫茶店かラーメン屋で読んだんやろ」

「いつごろです」

「さぁな、二、三年前か……」

「つい最近やないですか。耄碌《もうろく》して」

上坂はいい、奄美大島の図書館を検索した。

名瀬古田町――。鹿児島県立奄美図書館は五階建、ガラス張りのロビーに陽光が射す新しい建物だった。カウンターの係員に沈船探査を調べたいというと、蔵書を検索して、月刊誌と週刊誌を持ってきてくれた。新垣と上坂はデスクに座り、二〇一〇年八月刊の『インサイド』のページを開いた。

《特別レポート　ロマン溢れるトレジャードリーム！　現代の「宝探し」とは？

例えば豊臣秀吉が秘匿した黄金、例えば徳川埋蔵金、はたまた昭和の山下財宝。お宝探しの物語は、ついつい人間のロマンを掻き立ててしまうもの。しかし、そんな荒唐無稽な風説の中に、リアルなビジネスチャンスを見出すトレジャーハンターが実在するのを、ご存じだろうか？

中でも有名なのは、アメリカの海底探査会社「プロメテウス・マリン」。この会社は、宝探しビジネスを世界の海で展開しており、２００７年５月、ポルトガル沖に２００年もの間沈んでいた難破船から、大量の財宝を引き揚げた。この船に隠されていたのは、銀貨50万枚と純金や骨董品等々が数百点。宝探しビジネスとしては最大規模となる約３億７０００万ユーロ（約５５０億円）を手にしたという。

このニュースは、世界中のトレジャーハンターたちに新たな夢を与えることとなった。ユネスコによると、現在、世界中に沈む未発見の難破船は約３００万隻。一攫千金を夢見る現代の山師たちが色めき立つのも無理はない。

同じ年、財宝探しはさらに新たな展開をみた。07年12月、沈没船引き揚げを国策とした中国が、広東省沖の海上シルクロードで大型貿易船の引き揚げに成功したのだ。船内にあった財宝は金銀製の装飾品や景徳鎮《けいとくちん》の陶磁器など１万点にも及び、中国当局によると、その総額は15兆円から20兆円にも評価されるという。まさにこれこそがトレジャードリームの実現であろう。》

「洒落にならんですね。むかしの沈没船を引き揚げたら二十兆円……。それも、未発見の難破船が三百万隻て、恐ろしいほどのお宝やないですか」

「海上シルクロード。中国の貿易船が琉球、奄美に寄って薩摩へ行く。ありそうなルートや」

「遼さん、比嘉は遺骨収集が目的やない。財宝が狙いですわ」

「パーカの爺は沈船引き揚げを騙《かた》る詐欺師か」

「ぼくはそう思いますね」

「しかし、サルベージにはものすごい費用がかかるぞ」

「水深が浅かったら船体を引き揚げる必要はないでしょ。ダイバーを雇うて、船の中から財宝をちょっとずつ回収するんです。網つきのクレーンで」

「クルーザーにクレーンは無理やぞ」

「比嘉と爺は沈船を探してるんです。見つけたら大きな船をチャーターするんです」

「そういうもんかな……」上坂の読みは単純すぎるような気がする。

「ほら、ここにサルベージの費用が載ってますわ」

上坂は『インサイド』の記事を指で押さえた。


《「当然サルベージには莫大な資金が必要です」

そう語るのは日本国内のサルベージ専門会社『セブンシーズ・サーチ・エンジニアリング』の高山哲夫《たかやまてつお》社長だ。

「沈没船がどこに沈んでいるか、場所と水深でまず大きく条件は変わります。さらに、引き揚げ作業にかかる際の天候や水温、海流など、不確定要素を考慮しなければならない。また、引き揚げ作業には相応の機器が必要になります。GPS、水中音波探知機、音波地層探知機、マグネットメーター、遠隔無人操作潜水艦などのリース代は概《おおむ》ね高額です。もちろん、ダイバーの雇用といった人件費も馬鹿にならない。すべてを合算していくと4億や5億はあっというまです。無事に引き揚げることが出来たとしても、その場所が外国であり、沈没船自体が外国籍の場合、権利関係が複雑になります。その後のトラブルを避けるためにも、関係国との事前の話し合いや契約が必要になり、ここにも費用がかかってきます」》

「勤ちゃん、おれは沈船ビジネスを甘《あも》う見てた。投資額が半端やない。話が大きすぎる」

「いや、遼さん、これはM資金ですわ。詐欺師と教祖の話は荒唐無稽なほどええんです」

「しかしな、比嘉が拐帯したんは億単位の金やない。模合で落札したんは、かりゆし会の百九十五万と島袋会の五百七十五万や」

比嘉の失踪から二十日以上すぎている。沖縄、宮古島、石垣島への逃避行で少なくとも百万円は使っているだろうし、川平のヨットハーバーでは安里に百万円を渡している。比嘉の所持金は五百万円を切っているはずだ。

「詐欺師は複数の人間を騙しのターゲットにします。比嘉のほかにも沈船をネタに騙されてる人間がおるはずですわ」

上坂は『週刊ディテール』を手にとり、目次を見てページを広げた。

《被害額20億円!?　沈没船引き揚げ詐欺の驚きの手口
沈没船引き揚げで、預けた金が半年で１・５倍になる——。その言葉を信じた者を待っていたのは、金を持ち逃げされるという結末だった。

沈没船引き揚げ事業を行う「サザンクロス」による詐欺事件の被害が拡大している。１988年に設立され、大阪市阿倍野区に本社を置くサザンクロスだが、今年5月までに同社に出資金を騙しとられたとして、複数の被害者が愛媛県警今治《いまばり》中央署に告訴状を提出。県警と今治中央署による合同捜査が始まり、大阪本社や関係各所への一斉家宅捜索も行われた。捜査関係者は記者の質問に、「現在、詐欺と出資法違反の両面から捜査中で、関係各所から押収した証拠品を精査し、年内の立件を視野に捜査を進めている」と語った。》

「勤ちゃん、おれが読んだんは、これかもしれん」

「へーえ、お堅い週刊誌も読むんですね」

「どういう意味や、え」〝ヘアヌード系〟しか読まないといいたいのか。

「感心してますねん。ぼくは漫画週刊誌しか読まんし」

「『美味しんぼ』やろ」

「あれは『ビッグコミックスピリッツ』です」

単行本は全巻揃っている、と上坂はいい、「そういや、那覇でモーニングを食うたきりですね。奄美にナーベラーチャンプルーて、あるんかな」

「チャンプルーはあとにせい」

つづきを読む――。

《告訴状を出したサザンクロスの会員のひとりであるＡさん（50代女性・愛媛県）が怒りもあらわに語る。

「友人に紹介され、今治市内のホテルのラウンジでサザンクロスの幹部を名乗る男性と会ったのは、２０１０年の春でした。すごく感じの良い男性で、その方に『ちょうど来週、大阪から社長が来るので、特別にＡさんを社長に紹介したい』と言われ……。とりあえず話だけ聞いてみようと思って、翌週その男性の案内でサザンクロスの支社を訪れました。そこの応接室で面会したのが、代表の富岡和子《とみおかかずこ》という60代の女性でした。沈没船から積荷の財宝を引き揚げるビデオ映像や、沈没船から引き揚げたという陶器を手にした富岡自身の写真を見せられたんです。それから自社株を1株50万円で取得する形で、この引き揚げ事業に出資すれば、半年後に25万円の配当を出す、と持ちかけられました」

　その後Ａさんは、すでに一部の財宝は引き揚げられ、海南島の倉庫に収納されていると説明を受けた。中国政府と契約が結ばれており、財宝は名目上、中国への寄付という形だが、実は中国側が買い取ることで話はついている。中国に美術館を造り、財宝を展示すれば、年間５億円が入ってくる、という触れ込みだった。今後も西沙諸島近海で引き揚げ事業を続けて、その作業のドキュメンタリー番組をイギリスのＢＢＣが製作し、世界中に配信、その放映権の一部もサザンクロスが持つ——という話だった。

　思わぬ儲け話に、Ａさんは５００万円で計10口を購入。しかし、半年どころか1年経ってもまるで配当がなく、最終的には会社の電話も富岡の携帯電話も通じなくなったという。

「富岡は、中国のお国柄で滞っているだの、金額に関して上乗せの交渉をしているだの、その都度言い繕っていました。それでも、この話は絶対にうまくいくんだと。今思えば、まったくのでたらめでしょう。結局、しびれを切らせて警察に相談し、他の被害者とともに告訴状を出しました」

今回の事件、出資者は約600人で、1人あたり350万円。20億円以上が集まったとされている。

沈船引き揚げ詐欺。事件は数10億、数100億という甚大な被害額を出しながらも、しぶとくモグラ叩きのようにときおり表面化する。この荒唐無稽ともいえる詐欺が根絶できないのは「宝探し」という夢と裏腹になっているからではないだろうか。》

「なるほどね。こういうことなんや」

独りごちるように上坂はいう。「この富岡いう婆さんは逮捕されたんですかね」

「されてるやろ。三年前の九月にガサが入ったんやから」

「サザンクロスの本社は大阪ですね。阿倍野区」

「登記はな。実質的には愛媛が詐欺の舞台で、被害者も四国に集中してるのとちがうか」

「サザンクロスで沈船詐欺の手口を憶えた連中が日本中に散らばったということですか」

「詐欺師にはみんなルーツがある。天下一家の会、豊田商事、和牛商法にオレオレ詐欺。世に騙しの種は尽きまじ、や」

「パーカの爺は詐欺師で、比嘉は騙られたんですね」

「そういうこっちゃ」まず、まちがいはないだろう。

「荒井の役割は」

「そこや。分からんのは」

「荒井はクルーザーに乗ってない。宮古島で姿をくらました。……詐欺師に殺《や》られたんですか」

「どうやろな。おれは詐欺師がそこまで手荒いことをするとは思えんけどな」

「詐欺は粗暴事犯やないですもんね」

「ま、そこはペンディングにしとこ」

立って、『インサイド』と『週刊ディテール』をカウンターに返却した。図書館を出る。陽光に晒され、まわれ右で玄関庇の下にもどった。

「なに食います」

「ま、待て」

スマホを出して泉尾署に電話をした。

──はい。宇佐美。

──新垣です。

捜査状況を手短に話した。宇佐美は黙って聞き、

──沈船引き揚げ詐欺な。新垣、ええとこに眼をつけたかもしれんぞ。

──それで、サザンクロス代表の富岡和子を調べて欲しいんです。

――理由は。

――詐欺師は業種ごとに棲み分けができてます。これは自分の勘ですけど、比嘉といっしょにおるパーカの男が富岡の周辺で動いてたような気がするんです。

――了解。愛媛県警にサザンクロス事件を照会する。

――係長に送ったパーカの男の画像を愛媛県警の担当者に送ってください。ひょっとしたら、サザンクロスの関係者と一致するかもしれません。

――しかし、雲をつかむような話やな。

――可能性は薄いかもしれんけど、頼みますわ。

――分かった。いうとおりにしよ。

――ありがとうございます。

――このあとはどうするんや。

――しばらく、この島で比嘉を追います。

――な、新垣、こっちも忙しいんや。上坂にもいうとけ。比嘉みたいな小物にばっかりかかずろうてる暇はないんやぞ。

――あと二、三日、時間をください。ここまで来たら、比嘉を引きたいんです。

――好きにせい。あと二日や。

電話は切れた。

「勤ちゃん、恩に着せられた」

「そういう男ですわ。上には媚び諂《へつら》い、下にはやたら偉そうにする」

「しかしな、偉そうにするために諂うのが男やろ」

「女は諂わんのですか」

「女は損得より感情や。こいつが嫌いとなったら、テコでも動かん」

「遼さん、それ当たってますわ」

上坂は大きくうなずいた。「むかし、ぼくが行ってたシナリオ学校の先生が三十五、六の独身で、モデルみたいにスリムな色っぽい女でしてん。それで、某放送局のドラマのプロデューサーに粉かけられたんやけど、ケンもほろろで見向きもせんのです。ちょっとは愛想したらええのに、とぼくがいうたら、鼻毛が白い、というんです。そう、プロデューサーの鼻毛。髪は染めても鼻毛までは染められんでしょ。ぼくがシナリオライターで、テレビ局の色っぽい女プロデューサーに言い寄られたら、いっぺんや二へんは無理にでもお相手しますわ。そうですやろ」

「ま、鼻毛の白い女はめったに見んけどな」

気の毒だが、上坂に言い寄る奇特な女もめったにいないと思う。

「知ってますか、遼さん。男は解決脳、女は共感脳です」

「どういうことや」

「悩みごとを相談されたとき、男はどうやったら解決できるかと筋道を考えます。女は大変やね、と共感はするけど、ほかは考えません」

「なるほどな」

「うちのおふくろもね……」

「勤ちゃん、分かった。飯を食お」

この暑いのに、喋らせておいたらキリがない。駐車場に向かった。

9

図書館近くの食堂で新垣《しんがき》は鰺《あじ》の干物定食、上坂《うえさか》は粕汁定食を食い、古仁屋《こにや》漁協をナビで検索して瀬戸内町にもどった。車を駐《と》めて漁協に入る。事務所には頭の禿げあがった六十すぎの男と、白髪の小柄な男がいて、コーヒーを飲みながら談笑していた。

「こんにちは。ちょっと教えてもらいたいんですが、よろしいですか」

上坂がいった。「ぼくら、大阪府警の刑事で、上坂と新垣いいます」

「大阪市大正区の泉尾《いずお》署です」新垣は手帳を提示した。

「あれ、大阪の刑事さん……。なんで、奄美に」

「詐欺横領事案の参考人を捜しにきたんです」と、上坂。

「犯人ですか」

「いえ、参考人です」

「名前は」

「すみません。それは差し障りがあっていえんのです」

「その犯人は漁師ね？」

「あの、なんべんもいいますけど、犯人やないんです。重要参考人です」

もう逮捕状が発付されているのだから被疑者といってもいいのに、上坂は拘《こだわ》る。

「失礼ですけど、組合長さんですか」新垣は訊いた。

「そうです。有村《ありむら》といいます」

「東《あずま》です」もうひとりがいった。

「参考人はいま、クルーザーで奄美大島近海の沈没船を探索してると思われます」

新垣はつづける。「教えていただきたいのは、そのクルーザーで、船名は『アラミス』。船体は四十五フィートで、色は白です。漁協の漁師さんに、そんなクルーザーを見かけたというひとはおられませんかね」

「白いクルーザーですか。そういう話は聞いてないや」

「念のため、漁師さんに訊いてもらえんですか。明日にでも」

名刺を渡した。「もしおられたら、携帯に電話していただけるとありがたいです」

有村は名刺を見ながら、「沈没船というのは、鋼船ですか」

「コウセン……？」

「鉄の船」

「いや、木造の交易船やないかと思います。中国から琉球、奄美を経由して日本と行き来してた船が奄美大島近海で難破したのを、参考人はクルーザーで探索してると思うんですけど」

「難破船ね……。ときどき、聞くやー。底引き網に中国の壺や皿がかかるというのは」

「そう、それです。どのあたりの海域で揚がるんですか」

「島の東側かな」喜界島《きかいじま》近海で揚がることが多いという。

「沖縄から来る船は大島と喜界島の海峡を通って北へ行くことが多いやー」

東がいった。「屋久島や種子島に寄って、鹿児島や福岡に行く」

「それはむかしの交易船もですか」

「航路はいまもむかしも変わらんどー」

「喜界島の海域は船が難破しやすいんですか」上坂が訊いた。

「このあたりの海はどこも同じどー。なにせ、潮が速いし、暴風雨はしったすごいど。百トンや
二百トンの木造船なら、あっちゅうまに浸水、転覆するど」

「そうか、台風情報なんかない時代ですもんね」

「港に避難するにもエンジンがない。帆をたたんで海神さまに祈るだけど」

天候を見るのと航海術だけが頼りだっただろう、と東はいう。

「交易船の積荷て、なんですかね」

「さぁ、なにかいやー」

「金貨とか銀貨も積んでたんやろか」

「そういうもんなら、わんも引き揚げたいやー。底引き網で」

さもおかしそうに東は笑った。下の前歯が二本抜けている。

「いや、ありがとうございました」新垣はいった。「話は変わりますけど、南西諸島の交易に詳しい郷土史家とか、ご存じないですか」

「郷土史家……」有村がいった。「歴史を勉強してるひとですな。このあたりの」

「そうです」

「誰か、いたかいやー」有村と東は顔を見合わせる。

「そういや、名瀬《なぜ》の南高におったな……。誰やった」

「わしは知らん」

「名瀬南高校ですか」

上坂がいった。有村がうなずく。

上坂はスマホを出して検索した。

「遼《りょう》さん、電話してください。0997・52・12××」

新垣は腕の時計を見た。四時五十分──。五時前だから、ひとはいるだろう。上坂のいう番号に電話をかけた。

──名瀬南高校です。

──新垣といいます。つかぬことをお尋ねしますが、南西諸島の歴史を研究してられる先生がそちらにおられると聞きました。代わっていただけないですか。

──松元《まつもと》でしょうか。社会科の。

──そう、松元先生です。

――あの、おたくさまは。

――新垣です。古仁屋漁協の組合長さんから先生のことをお聞きしました。

――お待ちください。

しばらく待った。電話が切り替わった。

――松元です。

――突然の電話で失礼しました。大阪の新垣といいます。いま、古仁屋漁協におります。

学校へ行き、南西諸島の交易について教えてもらいたいことがある、といった。

――いいですよ。社会科の準備室におります。

松元はこちらの身分を訊かなかった。

電話を切り、有村と東に礼をいって漁協を出た。

「勤《きん》ちゃん、松元先生は女や」

「へーえ、女の郷土史家……。イメージに合わへん」

「声は若かった。四十代とちがうか」

「そら、楽しみですね」

上坂は車に乗って、「松元先生は九州大学の文学部で南西諸島の古代史を専攻してたんです。フィールドワークで奄美に通ううちに、松元いうひとと知り合《お》うて、結婚しようということになった。松元先生は奄美で職を得ようと鹿児島県の教員採用試験を受けて、社会科の教諭になったんです」

「ようそこまで妄想できるな。郷土史家が女というだけで」

「遼さん、シナリオライターは一を聞いて十を盛るんです」

「大したもんや」エンジンをかけた。


名瀬真名津町《まなづ》――。名瀬南高校の玄関先に車を駐めた。三階建の校舎の左奥がグラウンドなのだろう、クラブ活動の生徒の声が聞こえる。

校舎内に入った。靴を脱いでスリッパに履き替え、事務室の窓口へ行く。男が立って、こちらに来た。

「社会科の松元先生にお会いしたいんですが」

「あ、さっきの電話の方ですね」

社会科準備室を教えてくれた。

廊下を右へ行った。部屋のプレートを見てドアをノックし、返事を聞いて中に入った。松元先生は五十をすぎているようだが、色白で眼もとの涼しいきれいなひとだった。

「大阪府警泉尾署の新垣と申します」一礼した。

「同じく、泉尾署の上坂です」

「あら……」松元は驚いたように、「大阪の刑事さんが奄美にいらしたんですか」

「捜査上のことで詳細はいえんのですが、電話でいいましたように……」

「南西諸島の交易史ですよね」

「交易のルートとか、交易船の積荷について教えていただきたいんです」

「おかけください」

「ありがとうございます」

傍《かたわ》らの椅子を引いて腰かけた。失礼します、と上坂も座る。

「あの、なにからお話ししていいのか、分かりかねるんですが……」

「トレジャーハンターです」上坂がいった。「ぼくらが捜査してる人物がクルーザーに乗って、奄美大島近海の沈没船を探索してるという情報を得たんです」

「そういえば、ときどき耳にしますね。古い宋銭や磁器の欠片《かけら》が海から揚がったって」

「そう、それです。金貨や銀貨が揚がることもあるんですか」

「金貨とか銀貨はどうでしょう。中国の交易船の積荷は、時代にもよりますが、絹織物や陶磁器が主なので、沈没船のトレジャー……財宝といえるのは中国陶磁器じゃないでしょうか」

「中国陶磁器……。不勉強で知らんのですけど、具体的にはどういうもんですか」

「その前に、中国と日本の貿易史を簡単に説明します」

「はいはい、よろしくお願いします」

上坂が膝に両手をおき、松元先生の講義を拝聴する姿勢をとったから、新垣も同じようにした。

「南西諸島の交易史なので、古代は省略して中世からはじめます。いいでしょうか」

「はい、先生、高校生にもどったような気分です」

「室町時代、十四世紀ごろから、琉球国は日本、明《みん》、東南アジアを中継する琉球貿易で栄えました」松元は話しはじめた。

——明の開国以降、琉球国は朝貢を頻繁に行うことで関係を深めていった。明が海禁政策をとっていたことが幸いし、中継貿易の拠点として繁栄が訪れる。琉球貿易では、琉球を中継点として、日本から輸入した刀剣、東南アジアからの輸入品である胡椒や象牙などが明にもたらされ、明からは陶磁器や鉄器などが輸出されていた。

琉球の朝貢には回数制限がなかったため、明からの輸入品を転売することで巨額の利益をあげることができた。琉球は、高麗《こうらい》王朝や日本の博多・堺の商人など、他の朝貢国とも交易をした。

一方、十五世紀後半の応仁の乱後、日明貿易の主導権は室町幕府から西国大名の大内氏、細川氏、堺や博多の商人に移っていったが、十六世紀中ごろの大内氏の滅亡により日明貿易は終焉を迎えた。

「——ちなみに、琉球国とは琉球諸島を中心にした国の呼称で、一四二九年、第一尚氏《しょうし》王統の尚巴志《はし》王の三山《さんざん》統一によって琉球国が成立したとされています。最盛期には、奄美群島と沖縄諸島、先島《さきしま》諸島までを統治しました」

「ほう、奄美大島も琉球国やったんですか」

「外交的には明の冊封《さくほう》を受けていましたが、一六〇九年に薩摩藩の侵攻を受けて首里城を開城し、その支配下に入りました。ただし、その後、大陸を統治した清《しん》にも朝貢をつづけて、薩摩藩と清への両属という体制をとりながら、対外的には独立した王国として一八七九年の廃藩置県布達まで存在しました」

「あの、サクホウてなんですか」

「中国の天子が臣下や諸侯に冊……つまり、詔《みことのり》をもって爵位を授けることです」

「要するに、子分になれということですね。中国の親分の」

「そうですね」松元は小さく笑った。

「トレジャーハンティングの観点から考えると、つまりはこういうことなんですかね」

上坂はつづける。「奄美大島近海の沈没船から引き揚げて値打ちのあるものは、明と清の陶磁器やと」

「だと思います。わたしは」

「どんな陶磁器ですか」

「官窯《かんよう》のあった景徳鎮窯で焼かれたものが主だったと思います」

「景徳鎮……。聞いたことあります」

「地名です。江西省の景徳鎮。唐の時代に昌南鎮窯としてはじまり、北宋時代の景徳年間に景徳鎮窯と改称されました。当初は青磁や白磁、元代になって青花《せいか》、明代には青花や釉裏紅《ゆうりこう》や赤絵、豆彩、五彩、清代には粉彩磁器も焼成《しょうせい》されました」

「すごいですね、先生。美術品にもお詳しい」

「南西諸島の交易史の研究に中国陶磁は不可欠です」

松元はいって、書棚から大判の図鑑を持ってきた。『中国陶磁　宋・明・清』をデスクにおいて広げる。「これらが明代と清代のものです」

青磁──明・龍泉窯梅瓶。清・尊式瓶。

染付──明・前期　龍文天球瓶。明末・山水文水指。明末清初・蜜柑水指。

色絵──明・豆彩壺。明・五彩尊。明・金襴手瓢形六角瓶。清初・南京赤絵角皿。

「なんと、まぁ、みごとですね」

たぶん、分かってはいないのだろうが、上坂は感嘆の声をあげた。

「中国陶磁は、特に官窯のものは高麗や日本の焼きものとはちがって完璧を求められます。細い線の歪み、釉薬の発色、口縁や高台の欠け、焼成の甘さ、ほんのひとつでも瑕《きず》があれば躊躇なく廃棄されます。日本の茶人が愛でた鄙《ひな》びた味といったものは、近世の中国陶磁にはありません」

「たとえば、これがオークションに出たら、どれくらいの値がつきますか」

上坂が指さしたのは『明・永楽　景徳鎮窯　青花龍濤文天球瓶』だった。瓶の全体に波濤文が描かれ、龍の形が白抜きになっている。

「重文ですね」松元はうなずいて、「五億円……いえ、それでも買えないかな」

「なんと、こんな壺が五億円……」

上坂はいい、図鑑のカバー写真に眼をやって、「ほな、この茶碗は」

「静嘉堂文庫の曜変天目……」松元は笑った。「お眼が高いですね」

「いや、茶碗の中がキラキラしてるから」

「この天目茶碗は南宋建窯です。日本に伝世する中国陶磁の至宝です」

「いくらですか」

「予想もつきません」

「十億円ですか」

「その五倍、十倍でも買えないと思います。……もし売り立てに出れば、ですが」

「遼さん、ぼくは眼が高いみたいです」

「そらよかった。おめでとう」

「要するに、こういうことですか」

上坂は松元に、「明王朝、清王朝の沈没船から陶磁器を引き揚げたら、十億円単位の儲けになるんですね」

「それは分かりません。陶磁器は割れものです」

「欠片を継いだらどうなんですか」

「さっきもいいましたが、中国陶磁は完品を求められます。侘び寂びの文化はありません」罅《ひび》が一本入っているだけでも値打ちは大幅に落ちる、という。

「一億円のもんが百万円になってもええんやないんですか」

「それはおっしゃるとおりです」

「さっき、古仁屋漁協の組合長から聞いたんですけど、陶磁器が揚がるのは、この島の東側が多いそうですね」

「北側も多いと思います。交易船は黒潮に乗って琉球から奄美に来ましたから」

黒潮は東シナ海を北上してトカラ海峡——奄美大島と屋久島のあいだ——から太平洋に入るが、

海峡は水深が浅くなるため流れが速くなり、奄美大島の東側で渦を巻く。ここへ暴風雨が来れば船は容易に難破する、と松元はいった。

「先生のご意見、さっきの組合長とほとんどいっしょですわ」

「航海のプロと同じだと、うれしいですね」

「先生もプロです。琉球の交易史から中国陶磁まで。いや、ためになりました」

もう訊くことはないか、という顔で、上坂は新垣を見た。

「ありがとうございます。今後の捜査に生かします」新垣はいった。

「ちなみに、先生は九州大学を卒業されたんですか」上坂がいう。

「あ、はい……」

「やっぱりね。そうやと思いました。フィールドワークで奄美に来られたんでしょ」

「いえ、わたしは奄美の生まれです」

「そうですよね。ぼくは大阪生まれで、大阪が好きですねん」

「大阪のどちらですか」

「千林。スーパーダイエーの発祥の地です。ダイエーは潰れましたけど」

「叔母が此花《このはな》区にいます。USJがオープンしたときに行きました」

「はいはい、二、三年前に『ハリー・ポッター』のエリアができました。楽しいですよ。来てください」

「いいですね、『ハリー・ポッター』シリーズ」

「ハリー・ポッターのダニエル・ラドクリフはおとなになってブサメンになったけど、ハーマイオニー役のエマ・ワトソンはきれいになって、いろんな映画に出てますわ」

「わたし、映画はよく観ます。名瀬にシネコンがあるんですよ」

松元先生は意外に話し好きだった。上坂も映画となると、とまりそうにない。

「勤ちゃん、先生はお忙しいんや」

失礼します――と、頭をさげ、上坂を立たせて準備室を出た。

車に乗り、エンジンをかけてサイドウインドーをおろした。煙草に火をつける。

「比嘉《ひが》は島の東か北におりそうやな」

「どうします」

「まず、漁協や。この島の漁協をあたってみよ」

「見てみますわ」

上坂はスマホを出して、奄美大島の漁協を検索した。「――名瀬から北東へ行った龍郷《たつごう》湾に龍郷支所がありますね」

「行くか」

「行きましょ」

シートベルトを締めた。

奄美漁業協同組合龍郷支所で職員に、最近、沖合で白い大型クルーザーを見かけた組合員はいないか、と訊いた。徳重《とくしげ》という新垣たちと同じ年頃のひとのよさそうな職員は数人の組合員に電話をかけてくれたが、めぼしい情報はなかった。

「沈船の探索ですよね。だったら、その海域を大きくは動かないから、眼にとまるはずですが……」港に眼をやって、徳重はいった。

「遠い沖合で探索してるんですかね」

「島から離れると水深が深くなります」プレジャーボートに装備しているような精度の低い魚探で沈船を見つけるのはむずかしいだろうという。

「このあたりの海域で、壺とか茶碗とか、交易船の積荷が揚がることはありませんか」

「聞いたことはないですね。底引き漁はしませんから」

「島の東側はどうですか」

「東ですか……」

喜界島の周辺は水深が浅い、と徳重はいい、「喜界島漁協に訊いてみましょう」

「ありがとうございます」大阪では考えられない親切な対応だ。

徳重は喜界島漁協に電話をしてくれた。

「──あ、そうですか。白いクルーザーね。──四十五フィートです。──船名は。──分かりませんか。いえ、いいんです。──海域は。──まだ、いますか。──はい、了解です。すみません」

徳重は電話をおいた。

「一昨日の昼ごろから沖にいて、今朝も見かけたそうです」

「場所はどのあたりですか」

「奄美空港と喜界湾の中間です」

空港と喜界湾は三十キロほど離れており、クルーザーはフェリーの航路から十キロほど南西の海域にいる、と徳重はいった。

「ということは、奄美空港の岸から望遠鏡で見えるんですかね」上坂がいった。

「たぶん、無理だと思います。地球は丸いから」

水平線は意外に近く、浜辺から双眼鏡を覗くと、沖へ出て行く船の姿は五キロ先で消える、と徳重はいった。

「ほな、管制塔から見たらどうですか」

「分かりません。天候がよければ見えるかもしれませんね」

「なるほどね……。そうですか」

上坂はいい、「いや、ほんまに、徳重さんにお会いしたことは幸運でした。大感謝です」深々と頭をさげた。

新垣も丁寧に礼をいって、龍郷支所を出た。

「遼さん、奄美空港の管制塔にあがれますかね」

「そういうことを考えるのは勤ちゃんだけや」部外者が管制室に入れるわけがない。

「しかし、この眼で見たいやないですか。比嘉が海上でなにをしてるか」

「あのな、勤ちゃん、仮に管制塔にあがれてもや、クルーザーは白いゴマ粒や」

「フェリーで渡りますか。喜界島に」

「渡っても、安里《あざと》は喜界島に寄港せんやろ」

「海上保安庁に連絡して、『アラミス』を拿捕《だほ》してもらいますか」

「おもしろい。ええ案や。おっさんに頼んでみい」

「鼻で笑われるのがオチですわ」

「給油所やな。網を張ろ」比嘉たちが沈船探索を終えたあと、『アラミス』は燃料を補給して石垣島に帰るはずだ。「安里はまた古仁屋港の給油所に寄るような気がする」

「レッドソックスのキャップの子ですよね。誰やったかな」

「吉留《よしどめ》さんやろ」

「そうそう、吉留さんや。鄙には稀なプリティーな子」

「タイプか、勤ちゃんの」

「ちょっと若すぎますかね。ぼくは三十すぎの……」

「分かった、分かった。スレンダーで乳の大きいのがええんやな」

「乳にはこだわりません。ぼくは脚フェチやし」

「脚がきれいやったら、あとはどうでもええんか」

「それはない。気立てのええ子がいちばんです」

「気立てがええて、どんなんや」いまや死語だろう。

「優しいて、健気で、気づかいができて、愛想がようて、笑顔のかわいい子です」

「そんな奇特な子が世の中におるんか」

「いてませんかね」

「おらんやろ」

車に乗った。宇佐美《うさみ》に電話をする。

——はい、二係。

——新垣です。

——どうした。

——比嘉の尻尾《しっぽ》をつかみました。奄美大島と喜界島の海峡です。

状況を話した。宇佐美は褒めるでもなく、

——確認したんか。

——船を仕立てて沖へ出たら確認できます。

——そんな捜査費はない。

——それで、古仁屋港の給油所で比嘉を引こうと思います。

——よっしゃ。逮捕状《フダ》が要《い》るな。稲葉《いなば》に持って行かそ。

明日、午前中の飛行機に稲葉を乗せる、と宇佐美はいった。

——もうひとり、つけてくれんですかね。給油所は古仁屋港だけやないし、比嘉といっしょにおるパーカの男も任同したいんです。

――稲葉だけにせい。こっちも手いっぱいや。

――了解です。できるだけ早《は》ように稲葉さんを寄越してください。

――今日はどこに泊まるんや。

――まだ決めてません。古仁屋に泊まろと思てます。

島の全部の給油所に手配かけとけよ。

――もちろん、そのつもりです。

いつものことだが、宇佐美の横柄《おうへい》なものいいは癇《かん》に障る。

――サザンクロス事件、どうでしたか。

――照会した。愛媛県警にな。今治《いまばり》中央署にも画像を送っといた。

まだ、照会に対する回答はないという。

――ほな、我々はこれから給油所の手配にかかります。

――二部屋はとるなよ。

電話は切れた。

「勤ちゃん、一部屋で寝ろといいよったぞ」

「そういうセコいやつですわ。宇佐美のおっさんは座布団が小さい」

だから、いずれはこける、と上坂はいう。

「座布団にも大小があるか」

「綿の詰まってないスカスカの座布団は何枚重ねても高うならんでしょ」

「卓見《たっけん》やな」

「しかし、稲葉の黒ウサギが来ても戦力にならんですよ」

稲葉はいちおう、主任だ。階級は巡査部長。泉尾署捜査二係ではいちばんの古手で、一を指示されたら一しかしない。宇佐美は持て余している。

「ほんまにね、二係でまともな仕事ができるのは遼さんとぼくだけですわ」

新垣はシートにもたれて大あくびをした。

奄美警察署へ行き、刑事課長に会って、島内の給油所に『アラミス』が現れたら通報を受けるよう手配してもらった。そして、古仁屋港へ走る。午後六時半――。周遊船待合所近くの給油所はまだ開いていた。

「どうも、吉留さん」上坂がいった。

「あ、刑事さん」

「ここ、何時までですか」

「七時です」

「朝は」

「九時からです」

漁師の朝は早い。明け方に出港して昼すぎには帰港するから、三時、四時ごろが忙しいという。

「ほな、明日の朝から、ここに詰めさせてもらえんですかね。迷惑やけど」

「いいですよ、わたしは」

「ありがとうございます」

「クルーザーが来るんですか」

「その可能性あり、ですねん」

「逮捕するんですか、船長を」

「さぁ、どうですやろ」

「おもしろそう。刑事ドラマみたい」

「本物の手錠をかけるとこ、見たいですか」

「見たいです」

「刑事ドラマみたいに抵抗する被疑者はめったといてません。逮捕状を読みあげたら、みんな黙って、おとなしいに手を出しますわ」

そう、暴れるのは薬物を食っているやつだ。ほかはまるで抵抗しない。

「あの、スマホで撮影とかせんとってくださいね。人権があるし」

「そうか、ダメなんですね」

そのつもりがあったのかもしれない。

「それともうひとつ、この近くにホテルとかないですか。リーズナブルで、朝飯の旨《うま》いとこ」

「叔母の家が民宿をしてます」

「教えてください」

「いいですよ」

吉留は電話番号を教えてくれた。上坂はメモをして、

「ついでに、レンタルビデオの店て、ありますかね」

「あります。『サンコープ』の並びに」

「ぼく、映画を観ながらでないと寝られんのです」

「そうなんだ」

「勤ちゃん、行こ」

上坂のお喋りをとめて、車に乗せた。

10

朝、スマホのコール音で目覚めた。稲葉からだった。

——いま、関空や。九時二十五分発の飛行機に乗る。

奄美空港着は十一時十五分だという。

——空港から、シャトルバスがあったら乗ってください。我々は瀬戸内町にいてます。

近くまで来たら電話するよう、いった。

——よっしゃ。そうする。

電話は切れた。

「稲葉や」上坂にいった。「十一時十五分、空港着。こっちに来るのは昼すぎやろ」

「観光気分でしょ。ええ息抜きやと」

上坂は布団の中から、こちらを向いた。「八時半か。よう寝ましたね」

「寝すぎや。十時間も寝た」

上坂がレンタルしてきたＤＶＤの一枚――。『ボーダーライン』をいっしょに観ていたが、途中で頭に霞がかかった。

「エミリー・ブラント。ええ女やったでしょ」

「また、夢の中で押し倒してたんか」

「それがね、レイチェル・マクアダムスと海の底を歩いてますねん。『きみに読む物語』、あれはよかった」

「大したもんや。誰かれかまわずデートできて」

「ときどきね、息をとめてるんです。海の中やし。……あきませんわ。ぼく、無呼吸症候群とちがいますかね」

「かもしれんな。ちょっとは痩せろや」

「あれって、ひどうなったら、酸素マスクつけて寝んとあかんみたいですな」

「先が思いやられるな。夜は酸素マスク、昼は痛風で松葉杖や」

すべては肥満が原因だといった。上坂は堪《こた》えるふうもなく、

「遼さん、行きましょ。朝飯」と、布団から出た。ＤＶＤデッキからディスクを抜いて、ケース

に収める。「これ、返却せなあかんし、給油所へ行く前に、レンタルショップに寄ってください」

「それ、みんな観たんか」ディスクは三枚ある。

「そら観るでしょ。もったいない」

「何時に寝たんや」

「二時すぎです」

上坂はきっと、大阪にいてもこの調子なのだ。年に二百本は映画を観るというから。

新垣も布団から出てワイシャツに腕をとおし、ズボンを穿いた。


十分で朝食を済ませた。民宿を出てビデオショップに寄り、古仁屋港の給油所に着いたのは九時ちょうどだった。事務所には吉留ともうひとり、五十すぎのずんぐりした黒縁眼鏡の男がいた。男は栄《さかえ》といい、給油所の経営者だといった。

「昨日《きのう》、この子から聞きましてね、大阪の刑事さんが張り込みをすると。なにか手伝いできることがあったら、いってください」

「わざわざ、ありがとうございます。そしたら、お言葉に甘えて、上っ張りを貸してもらえませんか」給油所のスタッフがスーツ姿では不自然だろう。

栄はロッカーから紺色のウインドブレーカーを出してきた。上坂とふたり、上着を脱いで着替える。

「帽子もかぶりますか」

「そうですね、お願いします」

上坂は帽子を借りた。カーキ色の〝セミとり帽〟ともいわれるクルーハットだ。上坂は目深にかぶって、似合いますか、と訊くから、新垣は黙ってうなずいた。上坂の丸い顔に丸いハットはまるで似合わないが。

漁船が岸壁に近づいてきた。栄が舫《もや》い綱をとってビットにつなぐ。吉留が給油ホースを伸ばして船員に渡した。

「遼さん、稲葉のおっさんが来る前に『アラミス』が来たら、遼さんとふたりで比嘉を引かんとあきません。比嘉はともかく、パーカの爺が抵抗しよったら、ややこしいことにならんですか」

「しかしな、奄美署に応援要請するのも、あとあとめんどいやろ」

「大阪府警は自前で犯人《ホシ》を引けんのかと笑われますか」

「笑われるのはかまへんけど、宇佐美のおっさんがぶちぶちいうわな。なんのためにオレ詐欺の捜査を抜けさせて、沖縄、宮古島、石垣島、奄美大島へ遣《や》ったんやと」

「そういや、南西諸島の主立《おもだ》ったとこをひとめぐりしましたね」

「松元先生の講義を受けて、琉球国の歴史も勉強した。おれは沖縄で生まれ育ったのに、知らんかったこともいっぱいあった」

明の冊封、薩摩藩による侵攻、薩摩藩と清への両属、黒船来航、明治政府による琉球処分、太平洋戦争による甚大な被害、戦後のアメリカによる基地化、日本復帰、やまぬ米兵の犯罪、基地に依存する経済の立ち遅れ――。沖縄問題はなにひとつ解決されず、いまも受難の歴史をたどっている。

「ま、ここは稲葉を待と。あれでも多少の足しにはなる」

ポケットから煙草を出したが、給油所だと知ってポケットにもどした。栄は漁船の船員と立ち話をし、吉留は給油をしている。上坂はスチール椅子にもたれて、大あくびをした。


十一時二十分に稲葉から電話があり、昼すぎに姿を現した。稲葉は空港から『しまバス』に乗って瀬戸内町へ来たという。稲葉はバッグを床におき、肩にかけていたダスターコートを上坂に預けて、栄と吉留に名刺を差し出した。

「稲葉と申します。新垣と上坂の同僚です」

「責任者の栄といいます」

「吉留です」

「やっぱり温《ぬく》いですな、こっちは。大阪は小雨が降ってたし、コートを着てきたんやけど、要らんもんになりましたわ」

「どうぞ、かけてください。飲み物は」

「すんません。ほな、コーヒーを」稲葉はソファに腰をおろした。

「みぃちゃん、コーヒー淹れてくれるか。五つ」

吉留は奥の部屋へ行った。そこへ軽トラックが来て、栄も事務所を出ていった。

「かわいい子やな。愛想がええ」稲葉はソファにもたれて脚を組んだ。

「逮捕状、持ってきてくれましたよね」上坂がいう。

「ガサ状《フダ》もな」

捜索差押許可状――。『アラミス』の船内を捜索するための令状だ。

「ほんまに、ここに来るんかい。クルーザーが」

「そう読んだんです。今日か、明日か、明後日か。……昨日の朝、喜界島の漁船員が奄美空港と喜界湾のあいだの海域におるクルーザーを目撃してます」

「船名まで見たんか」

「四十五フィートの白いクルーザーです」新垣はいった。「『アラミス』でしょ」

「んなとこで、なにしとんのや。マグロ釣りか」

「マグロやカジキ釣りなら、高速で走ってますわ。同じ海域にはおらんでしょ」

大丈夫か、こいつは。なにがマグロ釣りや。捜査状況を把握してんのか――。いつも、こうだ。稲葉は弛《ゆる》い。

「ひとつ土産や。愛媛県警から、照会した〝サザンクロス事件〟の回答が来た」

稲葉はメモ帳を出した。「サザンクロス代表の富岡和子《とみおかかずこ》の右腕とされた河本展郎《こうもとのぶお》という男が、比嘉とつるんでるパーカの爺に酷似してる」

富岡和子は詐欺と出資法違反で四年の実刑判決を受けたが、河本は証拠不十分で不起訴となり、サザンクロス解散後の消息は不明だと、稲葉はいった。

「河本展郎。昭和二十九年一月、大分県別府市で出生。高校卒業後、大阪市西区のネジ製造加工会社に就職。三年で辞めたあとは物販関係の会社を転々としてる」

昭和六十三年に偽計業務妨害。平成三年に公文書偽造、有印私文書偽造。平成十二年に業務上横領。平成二十年に詐欺、業務上横領。これらの罪で有罪判決を受け、計六年の懲役歴がある——。「こいつの前科はみんな金がらみや。骨の髄からの詐欺師やで」

「やっぱりね、沈船引き揚げ詐欺なんや」上坂がうなずいた。

「詐欺師が憶えた手口はな、頭がパクられても残党が引き継ぐんや。そうやって、ますます巧妙になる。どもならんで」稲葉はいって、煙草を出した。

「先輩、ここは車のガソリンも売ってますねん」

「吸うたらあかんのかい」

「そら、あかんでしょ。灰皿、ありますか」

「ないな……」稲葉は周囲を見まわす。

「着替えてくれますか」新垣はいった。「給油所のスタッフがその格好ではまずいし」

見るからに安物のダサいスーツに縒《よ》れたレジメンタルタイ。ワイシャツの襟もへなへなだ。いまどき、角刈り頭のオヤジも珍しい。

給油を終えた栄がもどってきた。ウインドブレーカーを借りて稲葉に渡すと、上着を脱がず、ネクタイもとらずにはおった。野放図な男だ。フルネーム、稲葉俊通《としみち》。本人は戦国武将、稲葉良通《よしみち》の末裔だというが、知らない。稲葉の家は近鉄南大阪線の駒ケ谷《こまがたに》にあり、市内の大正区まで片道一時間はかかると、毎年のように異動願いを出しているが、引き取り手がない。定年まであと四年は泉尾署だろう。

吉留がコーヒーを淹れてきた。五つのマグカップをテーブルにおく。酸味の利いた旨いコーヒーだった。


そして二時間——。刑事さん、と吉留がいった。防波堤の沖を指でさす。

白い船体が見えた。ブリッジが高く、マストが低い。漁船ではない。

新垣は双眼鏡を借りた。船首に《ARAMIS》とある。

「勤ちゃん、来た」

いうと、上坂はクルーハットをかぶり、稲葉はウインドブレーカーのジッパーをあげた。

『アラミス』が近づくのを待って、上坂は事務所を出た。吉留とふたり、岸壁に立つ。

「稲葉さん、令状」

「おう」稲葉はバッグから封筒を出す。

『アラミス』は速度を落とし、岸壁に横づけした。安里だろう、ワッチキャップの男がブリッジから出てロープを投げる。上坂が拾ってビットに括《くく》りつけた。満タン——。男は吉留にいった。

栄を残して、新垣と稲葉は事務所を出た。吉留は船から離れる。

「安里さん？」声をかけた。

「えっ……」男の訝しげな顔。白のナイロンパーカに黄色のショートパンツ、素足に布製のデッキシューズを履いている。

「警察です」上坂がいった。「大阪府警。泉尾署。捜査二係。……比嘉さんは」

「比嘉さん？　いませんよ」

「それはない。キャビンですか」

「いや、いません。ぼく、ひとりです」

とぼけているふうではない。新垣、上坂、稲葉と、『アラミス』に乗り移った。ブリッジからデッキの下のキャビンを覗く。ドアは開いていて、ふたつの寝台とテーブルが見えた。ひとはいないようだ。

「おたく、安里さんですよね」男に訊いた。

「はい、安里だけど……」

「比嘉慶章《けいしょう》に逮捕状が出てます。この船は捜索差押許可状の対象になってます」

稲葉から令状を受けとって安里に提示した。安里は視線を落とす。上坂はキャビンに降りて、小さくかぶりを振った。

「どういうことです」つづけた。

「なにが……」

「比嘉と、もうひとり乗ってたでしょ。川井《かわい》と名乗る男が」

「なんで、そんなことを知ってるわけ」

「…………」石垣漁協の西銘《にしめ》から聞いたとはいえない。

「昨日、内海《うちうみ》でふたりを降ろしました」ぽつり、安里はいった。

「昨日……？　何時です」

「昼すぎです」

「なんで、降ろしたんですか」

「刑事さん、そういう咎《とが》めるような言い方はやめてくれん。それにまず、ぼくの名前を聞いたら、自分の名前もいうべきでしょう」

「失礼。つい、気が逸《はや》りました。大阪府警、泉尾署の新垣といいます」

手帳を見せた。稲葉も見せる。上坂もキャビンからあがってきて、クルーハットをとり、上坂です、と一礼した。安里は刑事三人を前にしてたじろぐふうもなく、

「比嘉さんはいったい、なにしたわけ」

「わるいけど、いえんのです」

「まさか……」

「いや、安里さんを疑《うたご》うてるとか、そんなんやない。比嘉に頼まれて石垣島から奄美に来たことは、よう分かってます」

「それって、調べたわけ」

「調べて、被疑者の足どりを追うのが我々の仕事です」

「なんか、気味がわるいな」

「で、内海というのは」

「ここから北東へ三十マイルほど行った住用《すみよう》湾の奥の入江です」

内海には奄美体験交流館や奄美市役所住用総合支所があり、そこからバスに乗って名瀬を経由し、奄美空港へ行ける、と安里はいった。

「比嘉と川井は飛行機に乗ったんですか」上坂がいう。

「乗ったんでしょう。そういってたから。十五時十五分発かな」伊丹空港へ飛ぶ便だといった。

「安里さんはそのあと、どうしたんですか」

「寝ましたよ。毎日、毎日、夜明けから日暮れまで島の周辺をうろうろさせられて、くたくただったから」

昨日は内海に停泊した船内で眠り、今日の昼前に出港して古仁屋に来たという。

「しもたな……」上坂は頭に手をやった。「漁協と給油所にしか手配要請をしてなかった……」

「しっかりせぃよ、おい」

稲葉がいった。「どう始末をつけるんや」まるで、ひとごとだ。

「指を詰めて詫び入れますかね」

上坂もムッとしたのか、じっと稲葉を見た。稲葉は黙って横を向く。

クルーザーはゆらゆら揺れる。

「座って話しましょか」

新垣は安里の背中を押してキャビンに降りた。上坂と稲葉も降りて作り付けのシートに座った。

一本脚のテーブルのそばにカップラーメンや冷凍食品、ペットボトルの水を詰めた段ボール箱と、空き容器を放り込んだ箱が積みあげられている。

「比嘉の連れはこの男ですか」

上坂が画像のプリントを見せた。安里はうなずいた。

「名前は」

「川井です」

「河本とか、いうてなかったですか」

「それは聞いてませんね。比嘉さんは川井さんと呼んでました」

おたがいに、さん付けではなく、川井は比嘉を呼び捨てにしていたという。

「川井は六十二で、比嘉は五十七……。目上と目下の関係ですか」

「いや、そういう感じではなかったですね」

川井が比嘉に指図をし、比嘉はいわれたとおりにしていたという。「──親しくはない。プライベートなつきあいはなさそうでした」

「川井は職業をいうてましたか」新垣は訊いた。

「サルベージ会社の役員だといってました。嫌味なやつでした」

「どう、嫌味なんですか」

「ものをいわないんです。目付きがわるくて、いつも不機嫌で、ぼそぼそと喋るのは比嘉さんとだけでね。初めはヤクザじゃないかと思いましたよ」

「ヤクザではなかったんですか」

「あれはちがいますね。刺青《ほりもの》は入れてないし、指もそろってました。ヤクザ者の口調でもない」

安里は組んだ手を膝においた。「でも、分かるんです。ぼくは不動産業界でいろんな人間を見てきました。……そう、川井はまともな稼業じゃない。裏社会を歩いてきた男です」

「そう思た理由《わけ》は」

「サルベージです。沈没船探索と引き揚げに関してはやけに詳しかった。なのに、川井の会社は調査船もクレーン船も持っていない。怪しいじゃないですか」

「サルベージ会社の社名は」

「『OTSR《オーツ》』。オーシャン・トレイドシップ・リサーチです」

なるほど、怪しい。〝トレイドシップ〟は交易船だろうか。

「──あ、そうだ。名刺をもらったんじゃないかな」

安里は立って、ライティングデスクの抽斗《ひきだし》を開けた。ライトブルーの名刺を出してテーブルにおく。名刺は横書きで、

《株式会社OTSR　ocean. tradeship. research
取締役　川井啓治郎
大阪市浪速区難波南1－14－2　保栄《やすえ》なんばビル205　TEL06・6635・12××　FAX06・6635・12××》とあった。携帯番号はない。

「勤ちゃん、難波南はどのへんや」訊いた。

「府立体育会館の南裏とちがいますか」

「ああ、あのあたりか」

ミナミの中心街からは離れていて、古い小さい雑居ビルが多く集まっている。比嘉を逮捕できなかったいま、大阪に帰ったら、いちばんに行ってみないといけない。

新垣はメモ帳を出した。上坂も出す。稲葉は船窓から外を覗いている。

「石垣島を出てからの経緯を話してくれませんか」安里にいった。

「ちょうど一週間前ですね。十一日の昼すぎに川平《かびら》のヨットハーバーを出ました」

安里は話しはじめた。ときおり、上坂が短い質問をはさんで事情を聴取する。

十一月十一日――。午後一時すぎ、安里は比嘉と川井を『アラミス』に乗船させて石垣島・川平ヨットハーバーを出港。途中、宮古島で給油。沖縄本島へ向かう。
十二日――。未明、沖縄本島に着き、石川港に停泊して仮眠をとる。
十二日――。朝、石川港で給油をし、奄美大島へ向かう。夜、瀬戸内町着。大湊《おおみなと》に繋船《けいせん》し、船内で眠る。
十三日――。朝、古仁屋港周遊船待合所近くの給油所で給油。奄美大島北側海域の探索に向かう。風が強く、波が荒い。比嘉は船酔いのせいか、ベッドに横になっている。川井はほとんどキャビンにいて酒を飲み、たまにブリッジにあがってきて魚探を見る。ほんとうに沈船を探索しているのだろうか、と安里は思った。夜、龍郷湾沖、今井崎灯台近くの入江に停泊し、船内で眠る。
十四日――。島の北端、笠利《かさり》崎を迂回して島の東側にまわり、喜界島沖へ向かう。川井は熱心に魚探を見はじめた。夜、喜界島西側の入江に投錨し、眠る。

十五日――。朝、喜界島から西へ行き、奄美・明神崎《みようがん》の沖二マイルの海域で海中岩礁を発見。水深三十メートル。GPSで測位し、岩礁の位置を記録する。昼すぎ、内海へ行き、川井はスマホで誰かと連絡をとった。夜、内海に車が来て、川井と比嘉はキャリーバッグを受けとる。バッグは五つもあり、どれも重そうだった。

十六日――。記録した海域へ走る。安里はキャビンに入るよう指示されたが、ブリッジにあがってようすを見ていると、ふたりは後部デッキから海中になにかを撒いていた。夜、内海にもどって眠る。

十七日――。昼すぎ、比嘉と川井は船を降りた。

十八日――。安里は給油のため、内海を出て古仁屋港に来た。

安里は話を終えた。新垣は書いたメモを見ながら、

「いくつか訊きたいことがあります。よろしいか」

「どうぞ」安里はうなずく。

「まず、比嘉と川井の話の中に、荒井《あらい》という名前は出んかったですか」

「荒井……。男ですか、女ですか」

「男です。荒井康平《こうへい》」

「聞かなかったですね」

荒井はやはり殺されたのだ。おそらく、宮古島で。だから、ふたりは話題にしなかったか、安

里の前では口にしなかったのだろう。

「荒井の名前は出んかった……。ほかに、ひとの名前は」

「そうですね……」安里は少し間をおいて、「聞いてません。さっきもいったように、ふたりが話す声は聞きとれないんです」世間話もしなかったという。

「内海でふたりが船を降りたとき、金をもらいましたか」

「もらいました。一週間も拘束されて、こき使われましたからね。比嘉が五十万円くれました」

「それは、口止め料込みですか」

「だと思います。みんな忘れてくれ、と川井がいいました」

「脅迫は」

「脅迫……」

「喋ったら捕まるとか、なんらかの危害がおよぶ、とか」

「そういうのはなかったけど、分かりますよ。喋ったら、いいことはないと。川井はまっとうな人間じゃないんだから」

「十五日の夜、内海に来た車と、キャリーバッグを運んできた人間は憶えてますか」

「車はシルバーかガンメタのワゴンです。男がリアハッチをあげて、キャリーバッグをおろしました」比嘉と川井が五つのバッグを後部デッキに積み込んだという。

「男の人相は」

「見えなかったですね。突堤は暗いから」男は黒っぽい服装で、キャップをかぶっていたという。

「どんなバッグでした」

「ファスナーで蓋を閉じるソフトタイプです。五つとも同じ型で、新品でした」

「大きいバッグですか」

「けっこう大きかったですね。これくらいかな」

安里は腕を広げた。六、七十センチはありそうだ。「船に載せるとき、そうとうに重そうでした」

キャリーバッグは大型で重い。だから車で運んできたのだろう。いずれにしろ、川井には共犯がいると分かった。

「バッグの中身は」

「知りません。訊いてもいません」

「十六日に、ふたりがバッグの中のもんを海に撒いたんですよね。見んかったんですか」

「ちらっと見ただけです。あれはたぶん、皿とか花瓶の欠片じゃないかな」色は白いものが多く、白地に青や赤が混じったものもあったという。

「なるほどね。GPSで測位した海域に陶磁器の欠片を撒いたということですか」

パズルのピースがそろってきた。もうまちがいない。パズルの完成図は、フロッグマンが海中から景徳鎮の陶片を回収してきて、海上の船にいる〝沈船引き揚げ詐欺の客〟に見せる場面だ。客は景徳鎮を手にとって感嘆の声をあげるだろう。そうして、川井のいうがままに数百万、数千万の金を投資する——。

大がかりな詐欺だ。元手がかかっている。だから、騙《だま》しとる金も大きい。

「キャリーバッグは後部デッキにあるんですか」上坂が訊いた。

「ありません」安里はいった。「内海に帰る途中、海に捨てたんでしょう。キャスターの重みで沈むから」

「なにからなにまでプランどおり、いうやつか……」上坂は舌打ちする。

「その、景徳鎮とかいうのは値打ちもんかいな」稲葉がいった。

「欠片は二束三文ですわ」と、上坂。

「そんなもんを、なんで海に撒くんや」

「先輩、それはあとで説明します」

さも面倒そうに上坂はいって、安里に、「いや、ほんまに、ええお話を聞かせてもらいました。ありがとうございます。気ぃつけて石垣島に帰ってください」

「もう、いいんですか」

「これ、ぼくの電話番号です」

上坂は名刺の裏に携帯番号を書いて安里に渡した。「なにか、思い出したことがあったら、いつでも電話してください」

新垣は丁寧に礼をいい、稲葉を立たせてキャビンを出た。

事務所にもどった。逮捕はしないんですか、と栄が訊く。

「被疑者がおらんのです」上坂がいった。「けど、事情は聴取しました」

「給油してもいいんですね」

「どうぞ。お願いします」

栄と吉留は事務所を出た。船上の安里にホースを渡して給油をはじめる。

「どういうことや。分からんことがいっぱいあったぞ」

稲葉はソファに腰をおろして、逮捕状をひらひらさせる。

「いろいろあったんです」

上坂はウインドブレーカーを脱ぎ、スチール椅子に座った。「ほんまにね、がっくりですわ。最後の最後に網の底が抜けてましたわ」

「わしは飛行機が怖いんやぞ。それを無理して飛んできたら、これや」

「先輩、遼さんもぼくも靴底すり減らして苦労したんです」

「おまえ、靴なんぞ履いてへんやないか」

稲葉は上坂の黄色いサンダルに眼をやった。「また、痛風か」

「南西諸島の暑さにやられたんです」

「ビールばっかり飲んでたんやろ」

「あのね、ぼくの痛風は体質と食いすぎですねん」

「もうええ」新垣は上坂をとめた。稲葉に向かって、「最初は那覇です。ホテルの訊込みをして、比嘉と河本の尻尾をつかみました――」

これまでの捜査を、時系列にそって説明し、稲葉はソファにもたれて聞く。二十分ほどかかって話は終わった――。

「――そうか、何億もの値打ちがあるんか。中国の陶磁器いうのは」

「せやから、欠片を海に撒いたんです」上坂がいう。「河本が魚探を覗いてたんは、沈没船を探したんやのうて、水深の浅い海中岩礁を見つけようとしてたんです。岩礁を沈没船に見立てて、そこから中国陶磁を引き揚げて見せるイリュージョンです」

「なんとなぁ、詐欺師というやつは、想像もつかんことを考えるんやの」

「河本は沈船詐欺師にまちがいないけど、分からんのは比嘉との共犯関係です。……比嘉はいつから沈船詐欺に加担したんか。模合《もあい》で騙しとった七百数十万の金は沈船詐欺のための資金にしたんか。比嘉ははじめ、河本に騙された被害者で、それがあるときから河本の共犯者になったという可能性も、なきにしもあらずです」

「分からんことだらけやな、え」

「いちばんの謎は宮古島で消息を絶った荒井康平です。河本と比嘉が荒井を殺して死体を遺棄したんなら、ふたりは詐欺師であると同時に殺人犯ですわ」

「動機はなんや、荒井殺しの」

「仲間割れ……ですかね」

「なんで仲間割れしたんや」

「そんなこと、いまの状況で分かるはずないやないですか」

「最初《はな》は横領犯やった比嘉が殺人犯に昇格かい。所轄の手に負えんぞ、この事件《ヤマ》は。府警本部の縄張りや」

「うちの係長はともかくとして、西村《にしむら》課長は府警の一課に丸投げしますわ。殺しの線が濃厚になった時点で戦線離脱、リスク回避です」

「そのとおりや。宇佐美も西村もミスが怖い。とことん行ったる、いう刑事《デカ》の性根がない」

そういうあんたはどうなんや。宇佐美や西村をとやかくいえるんか。おれはあんたの刑事根性をいっぺんも見たことないで——。新垣は嗤《わら》った。

「で、どうするんや、これから」稲葉はいう。「帰るんか、大阪に」

「まだ帰れんでしょ。することがあります」

「なんや」

「内海にバッグを持ってきたキャップの男です。重たいバッグを五つも飛行機に載せてきたとは思えませんわ」フェリーの客を調べたら男を特定できる、と上坂はいう。

「それや。わしもそれをいおうと思てた」

「勤ちゃん、奄美空港にも行こ。搭乗者名簿や」

比嘉と河本がまだ島内にいる可能性もなくはない。

新垣はウインドブレーカーを脱いでハンガーにかけた。上坂と稲葉もかける。

事務所を出た。吉留がこちらを向く。

「失礼します。お世話になりました」

「ありがとうございました。事件が片づいたら、吉留さんにお手紙書きます」

上坂とふたり、足を揃《そろ》えて低頭し、車に乗った。

11

奄美空港——。十一月十七日十五時十五分奄美発大阪着の航空便は、ライトイヤー753便だった。カウンターのグランドスタッフに事情をいい、当日の搭乗者名簿のコピーを借りてロビーの椅子に座り、比嘉と河本らしき人物を調べる。

前川義夫《まえかわよしお》(55)、川路和郎《かわじかずお》(60)という搭乗者がいた。〝前川〟と〝川路〟は比嘉と河本がANAで那覇空港から宮古島へ飛んだときの偽名だ。

「くそっ、ふたりとも奄美にはいてませんわ」上坂がいう。

「手配やな」

新垣は泉尾署に電話をした。宇佐美が出た。

——おう、なんや。

——比嘉と河本が大阪に飛びました。昨日の十五時十五分、奄美から伊丹です。

——どういうことや。給油所で張ってるというから、稲葉を遣ったんやぞ。

——クルーザーは捕捉したんです。比嘉も河本も乗ってなかったんです。

今朝からの経緯を話した。宇佐美の顔が歪むのが分かる。

——それで、比嘉と河本が立ち寄りそうなとこに張りをかけて欲しいんです。恩加島東《おかじまひがし》の比嘉工務店と難波南の『ＯＴＳＲ』に。

——『ＯＴＳＲ』の住所をいえ。

安里から受けとった名刺を出した。住所と電話番号、ファクス番号をいう。

——河本の肩書と名前は〝取締役　川井啓治郎〟です。

——張りはええとして、もう一件はどうなんや。

——もう一件とは。

——兎子《うね》組の荒井康平や。……荒井はほんまに殺されたんか。物証《ブツ》もないのに決めつけられるんか。

——荒井は宮古島のヴィラに泊まった十一月七日以降、ぷっつり消息を絶ってます。宮古島から島外へ出た形跡もないんです。

——おまえがいうてんのは状況証拠だけやないか。

——せやから、比嘉を逮捕して叩くんです。比嘉は吐きますわ。荒井の死体を遺棄した場所を。比嘉は根っからの詐欺師ではない。河本に引きずられて加担しているような気がする。

——おまえは甘い。比嘉を引いて河本が飛んだらどないするんや。元も子もないぞ。

——重要参考人として二十四時間の張りをつけたらええやないですか。比嘉が吐いた時点で逮捕するんです。

——ようういうた。おまえと上坂で二十四時間、張るんか。こっちはオレ詐欺で手がいっぱいなんやぞ。

——ほな、どうしたらええんですか。

——それはわしが考える。

——了解です。張りはかけてください。

電話を切り、上坂を見た。

「どえらい機嫌がわるかった」

「そら、そうですやろ。もっと早ように応援を寄越してたら、比嘉をパクって河本を任同してたのに」しれっとして上坂はいう。

「読みが甘いんや。おっさんはいつでも後手《ごて》にまわる。尻拭きをするのはわしらやぞ」

さっきまで新垣と上坂に嫌味をいっていた稲葉が宇佐美を責める。

「張りをかけるとはいうてましたわ。比嘉工務店と『ＯＴＳＲ』に」

「そんなもん、どこまで本気や分からんぞ。たった六人でまわしてるのに」

そう、泉尾署刑事課捜査二係は係長の宇佐美をふくめて六人の捜査員しかおらず、その半数の三人がいまは奄美大島にいる。

「ゴマすり坊主の西村が頼母子《たのもし》の告訴状なんぞ受けんかったらよかったんや。くそめんどいのは分かってんのにな」

「けど、めんどいから受けんというのは警察の本分にもとるでしょ」上坂がいった。

「ほう、そうか。ほな、おまえらふたりで比嘉と河本を引けや」

「先輩、我々はチームです」

「上等や。チームワークは大事にせんとな」

稲葉は煙草をくわえ、搭乗者名簿を上坂に渡した。「行くぞ、ほら、フェリー乗場や」

さっさと立ちあがってロビーを出る。


名瀬――。名瀬港フェリー発着場に着いた。奄美と鹿児島を結ぶアトムラインの責任者に事情を話し、コンピューターに記録されている乗船申込書を見せてもらう。11月14日22時・志布志《しぶし》港発名瀬港行きの往路乗船、11月15日22時・名瀬港発志布志港行きの復路乗船の〝なにわナンバー〟の車に疑いをもった。利用した個室の等級はA寝台で、支払い方法は現金。車名は『ボルボ・ワゴン』、ナンバーは『なにわ300　さ　48－××』、申込者に同行者はなく、その住所、氏名は『大阪市中央区生玉《いくたま》町1－2－13（株）タナカ水産　新井康一（31）』だった。生玉町は中央区ではなく、天王寺区にある。

「午後十時に志布志を出たフェリーは、何時に名瀬に着くんですか」

責任者に訊くと、朝の九時だといった。

「朝の九時に奄美に着いて、その日の夜の十時に発《た》つ……。たった十三時間でトンボ返りする水産会社の車て、珍しいことないですか」

「そうですね、翌日か翌々日に復路乗船されるお客さまが多いです」

「この乗船者ですけど、申込みのときに免許証の提示を求めることはあるんですか」

「それはありません」

「偽名でもかまわんのですね」

「あ、はい……」

「いや、どうも、ありがとうございました」

記録をメモして事務所を出た。待合室の喫煙所に行って、稲葉とふたり、煙草を吸いつける。

「新井康一、アライコウイチ、三十一歳。齢《とし》もいっしょや。勤ちゃん、これはどういうことや」

「荒井康平ですか」

「まさかな……」荒井が宮古島から大阪に飛び、陶片を用意して奄美に来たとは思えない。

「偽装工作ですかね」

「おれはそう思うな。偶然の一致ではない」

ストレートに〝荒井康平〟としなかったところが余計に怪しい。河本が共犯者に指示したのだろう。〝新井康一（31）〟でフェリーに乗船しろ、と。

「もうまちがいない。荒井はやっぱり死んでますわ」

上坂はメモ帳を開き、スマホのキーに触れた。「——あ、すんません。お仕事中ですよね。泉尾署の上坂です。——いえ、新しい情報はないです。——ひとつ、お訊きしたいんですけど、荒井さんから連絡ありましたか。——そうか。そうですよね。——了解です。なにかあったら、報告します」

上坂は電話を切った。「ナシのつぶてですわ。荒井に電話をしても、不通のままです」

「誰や」稲葉が訊く。

「金子さつきさん。荒井の彼女です。まじめな保育士さん」

「組員とつきおうてるような女が保育士てか」

「きれいですよ。色が白《しろ》うて、ぽっちゃりしてて。パソコンもできるし」

「おまえはレベルが低い。自分より年下やったら、小肥《こぶと》りでもメロンパンでも、どんなんでもきれいに見えるんや」

「そんな映画、ありましたね。グウィネス・パルトローの『愛しのローズマリー』。けど、いうときますよ。ぼくは女優マニアで、審美眼はAですねん」

「それはちがうな」稲葉は鼻で笑い、天井にけむりを吐いて、「噂になってるぞ。おまえやろ、交通課の黒川ゆきに映画のキップを渡してデートに誘うたんは」

「ほんまか、勤ちゃん」知らなかった。確かにレベルが低すぎる。

「へへっ」上坂は舌を出した。「朝、免許更新のカウンターの前を通るでしょ。眼が合うんです。愛想ええんですよ」

「そらおまえ、あれで愛想がわるかったら〝ギネスなんとかのローズマリー〟も真っ青やろ」稲葉がいう。

「ぼく、聞きましたよ。先輩の奥さんもたいがいメロンパンやないんですか」

「やかましい。若いときは痩せてたんや」

「しかし、仁義のない女やな。要らんことを喋りよって」上坂は怒る。

「誘われたことがないからうれしいんや。ひとりに喋ったら百人に広がるんやぞ」

「ひとの口には戸が立てられん、いうやつですね」

「心しとけ。女は喋るんや」

「男はもっと喋るやないですか」

「それはおまえやろ。のべつまくなしに喋り散らして」

「ぼくはね、先輩、トークと愛敬《あいきよう》が売りですねん」

新垣は呆れた。なんと低次元なのか、この会話は――。

ふたりを無視して電話をした。

――はい、二係。

――いま、名瀬のフェリー発着場です。奄美に陶片入りのキャリーバッグを運んできた男の車を特定しました。ボルボのワゴン。ナンバーは〝なにわ300　さ　48-××〟。乗船者は生玉町のタナカ水産、社員の新井康一、三十一歳です。

――待て。もういっぺんいえ。

ナンバーと氏名、住所を復唱した。宇佐美は確認して、

――新井いうのは、荒井か。

――別人ですわ。たぶん。

偽装工作説をいったが、意見はなく、

――どうするんや、これから。

——今日の飛行機はないです。明日のライトイヤーで帰ります。

——また、泊まるんか。

——そうせんとあかんですね。

——フェリーの発着場におるんやろ。船に乗らんかい。

——名瀬から鹿児島まで十一時間です。明日の朝に着いて、鹿児島からは新幹線ですか、飛行機ですか。

直行便のほうがずいぶん安くつくといったら、宇佐美は、それでええ、といって電話を切った。

「おっさん、どういうてました」上坂が訊く。

「今日は泊まりや」

「ラッキー」

上坂は跳ねた。痛っ、と顔をしかめる。

「奄美の名物料理はなんや」稲葉がいった。

「鶏飯《けいはん》が旨いらしいです。地鶏のスープをかけて茶漬けふうに食うんです」

「それや。旨い店を予約せい」

「訊いてきますわ」

上坂は発着場のインフォメーションへ行き、新垣はスマホで明日のライトイヤー753便のチケットを三枚購入した。

十一月十九日土曜――。ライトイヤー753便は定刻から十分遅れて、十六時四十分に伊丹空港に着陸した。手荷物を受けとり、空港ビルを出たときは、かなり強い風が吹いていた。

「寒いな、大阪は」

稲葉はコートに袖をとおして、「しかし、ええ保養になった。鶏飯も旨かった」

「焼酎も泡盛も、本場物《ほんばもん》はやっぱりちがうでしょ」キャリーバッグを引きながら、上坂がいう。

「よかったのう。一週間も公費で旅行して。わしもあやかりたいわ」

そう、新垣と上坂が関空から那覇に発ったのは十一月十一日の金曜だった。

「いやいや、どの島も楽しかったですね。気候は温暖、景色はパノラマ、人情は厚い。石垣島をドライブしたときは、雲ひとつない青空の下に緑一色のサトウキビ畑が広がって、白い山羊《や》が椰子《し》の木陰でメェーと鳴くんです。永住しようかと思いましたわ」

嫌味たらしく上坂はいう。「稲葉さんはオレ詐欺捜査に復帰ですね」

「それをいうな。うっとうしい。気が重いわ」

叩いても叩いても被害が出る。モグラ叩きのようだと稲葉はいい、「どないするんや。今日は」

「署に帰って復命します」

「わしもいっしょか」

「そら、そうでしょ」

「めんどいな。わしはお疲れやぞ」

「ほな、いうときましょか。稲葉先輩は体調不良で伊丹から駒ヶ谷に直帰しました、と」

「おっさんがぶちぶちいいよるわ。あれは部下を管理統括せんと気が済まんのやから」

「ええやないですか。組織いうのは、そういうもんです」

「おまえやろ。口腹別夫は」

「達観してますねん」

上坂はバス乗場に並んだ。


空港バスで大阪駅、ＪＲ環状線で大正駅、市営バスに乗って泉尾署へ。刑事部屋にあがり、宇佐美に帰着の挨拶をした。宇佐美は案外に上機嫌で、ご苦労、といい、大阪運輸支局にボルボ・ワゴンの所有者を照会した、といった。

「村上哲也《むらかみてつや》。住所は大阪市淀川区宮原五－十二－六－一三〇七。生玉のタナカ水産いう会社は実在せん」

「新井康一も実在せんのですね」

新垣はメモをして、「村上哲也の犯歴は」

「ない。きれいなもんや」免許停止の交通前科が二回あるが、そのほかに個人データはとれなかったという。

「宮原へ行くのは明日でよろしいか」

「いや、今晩行って、当該の人物が居住してるかどうか確かめとけ」

「ぼく、荷物があるんですけど」上坂がいう。

「そうか。ほな、宮原へ寄ってから直帰せいや」

「お心遣い、感謝します」

「そのサンダルはどうした」

「痛風です」

「そんなことをいうてるんやない。なんで黄色なんや」

「黄色しか売ってなかったんです」

「次からは黒にせい」

「了解です」

「行け。解散や」

宇佐美は小さく手を振り、稲葉は素知らぬ顔で自分のデスクにもどった。


新垣はデイパックを肩にかけ、上坂はキャリーバッグを引きずって署を出た。

「なんですねん、あれ。サンダルの色なんか、どうでもええやないですか」

「ま、黄色は目立つわな」

「遼さんまで、それをいいますか」

「稲葉がいうてたやろ。管理統括やと」

「ほんまにね、明日、フェルトペンで黒に塗ったろ。ぐちゃぐちゃに」

「嫌がらせか」

「ささやかな抵抗です」

キャリーバッグが街路樹の縁石にあたって倒れかけた。上坂もバランスをくずしてヒョエーと叫んだから、新垣は笑ってしまった。

「そんな重たい荷物を持って歩くからや」バッグははち切れそうに膨らんでいる。

「遼さん、ぼくは汗かきですねん。着替えがぎょうさん要るし、夜はお肌の手入れをして、朝はお化粧もせんといかんでしょ」

「ようゆうた。バッグが重いのは泡盛をいっぱい詰めてるからやろ」

奄美空港で四、五本は買ったはずだ。

「あのね、重いのはシークヮーサーの原液です」

「大阪でも買えるやないか」

「それをいうたら身も蓋もない。ハワイではアロハシャツを買い、韓国ではキムチセットと高麗人参を買うんです」

「台湾やったら、なにを買うんや」

「台湾バナナです」

「フィリピンは」

「パイナップルです」

「なるほどな」よく口がまわると感心した。

「遼さん、限界ですわ。タクシー、乗りましょ」ジャンケンです、と上坂は拳をかまえる。

上坂はグー、新垣はパーだった。上坂は黙ってタクシーを停め、トランクにキャリーバッグを積んだ。

淀川を渡り、新大阪駅をすぎた。新御堂筋《しんみどうすじ》の側道におりて北へ行く。

「この辺ですね。宮原五丁目」

上坂は運転手にいい、タクシーは交差点を左折する。ワンブロックほど行ったところに『ドミール東三国』という高層マンションがあり、新垣はタクシーを車寄せに誘導して車外に出た。玄関ガラスドアからエントランスが見透せる。エレベーターからひとが降りてこちらに来たから、入れちがいに中に入った。左のメールボックスを覗くと、〝1307〟に《村上》と、プラスチックのプレートが挿されていた。

玄関にもどって手招きした。上坂は気づいてタクシーを降り、新垣は玄関ドアのロック解除ボタンを押す。上坂がエントランスに入ってきた。

「村上哲也はこのマンションにおる」

「どうします」

「さぁな……」村上が部屋にいるとしても、接触するには早い。

「出直しますか」

「ヤサはつかんだ。明日から内偵やな」

下手に追い込んで飛ばれたら元も子もない。尾行して行動確認をすれば、比嘉を逮捕するチャンスもある。

「勤ちゃん、明日、八時にここへ来てくれ。おれは署に行って、車とカメラを借りてから来る」

「すんませんね。めんどいのに」

「おれはサンダル履かんでもええからな」

外に出て、タクシーに乗った。駐車場にまわってください、と上坂がいう。

タクシーは地階におりた。駐車場を徐行する。〝B12〟の区画にダークシルバーのボルボ・ワゴンが駐められていた。ナンバーは〝なにわ300　さ　48－××〟だった。


新垣は新御堂筋でタクシーを降り、上坂と別れた。デイパックを背負い、桜川のアパートに帰ろうと東三国駅へ歩きかけたとき、咲季《さき》のマンションが江坂《えさか》にあることを思い出した。スマホを出してキーに触れる。電話はすぐにつながった。

――あ、新垣さん、こんばんは。

――電話してもよかったかな。

――そんなの大丈夫。うれしい。

――おれ、いま、東三国におるんやけど。残業、終わって。

――そうなんや。お疲れさま。……ごはんは。

――いや、それが、食いそびれた。

――じゃ、来る？　焼き魚と、お味噌汁やけど。

——かまへんか。

——いいに決まってるでしょ。

——ほな、歩いて行く。ごめんな。

電話を切った。咲季は優しい。優しすぎる。

咲季と出会ったのは去年のいまごろだった。淀川区の還付金詐欺の被害者から事情を訊いて遅くなり、直帰の連絡を入れて曾根崎《そねざき》のおでん屋から近くのライブハウスに寄ったとき、隣の席にいた三人連れと言葉を交わしたのがきっかけで、彼女たちは黒崎町の病院の看護師と管理栄養士といい、その日出演したバックコーラスのうちのひとりが同じ職場の友だちだといった。仕事を訊かれたから正直にいうと、三人は驚き、話が弾んだ。ライブは十一時ごろに終わり、新垣は三人とメールアドレスを交換して帰ったが、次の日、管理栄養士の咲季にメールをした。また会えますか、と。返事はすぐに来て、その週末、阪急東通で食事をし、堂山《どうやま》のゲイバーに行った。咲季はゲイバーは初めてだといい、よろこんだ。咲季は岡山の高校を出て栄養医療専門学校に入学し、卒業後、地元の醸造会社に就職して三年の実務経験を積み、試験を受けて管理栄養士免許を取得した。黒崎町の『東出記念病院』の面接を受け、大阪に来てから二年が経つという。

その日はゲイバーで三時まで飲み、江坂に送って行ったが、部屋にあがれとはいわれず、その次のデートで部屋に誘われた。咲季から電話がかかることはなく、半月に一回くらいメールが来る。お元気ですか、と文面は素っ気ないが、そこに新垣は咲季の健気さを感じるし、新垣のわがままで会うことに気が咎めるときもある。玲衣《れい》はどこまでもドライだが、咲季はおとなしい。自分を表に出さない。会話はどこかしら他人行儀で、部屋に泊まったことも、桜川のアパートに招いたこともない。咲季とのつきあいは距離があり、新垣もその距離を詰めようとは思わない。玲衣も咲季も新垣にとって都合のいい女か――。問われると、そのとおりかもしれないし、玲衣にとっては、都合のいい男かもしれない。新垣独りの勝手な思いだが。

集中インターホンの暗証番号を押してマンションに入り、１０５号室のドアをノックした。すぐに開いて、

「あら、それ……」咲季はデイパックに眼をやった。

「南西諸島に行ってた。その帰りなんや」

「お仕事で」

「そう。観光旅行やない」

来る途中、酒屋で買ったワインの袋を差し出した。咲季はオフホワイトの膝丈のスカートに白のカットソー、ピンクのカーディガンをはおり、慌てて化粧したのか、口紅だけを塗っている。髪をアップにしているのは風呂あがりなのだろう。

部屋にあがり、リビングのソファに腰をおろした。テーブルに皿が並んでいる。焼き魚は鯵の開き、大根おろし、卵焼き、豆腐、ホウレンソウのお浸し、ワカメの味噌汁、キュウリとナスの浅漬け――。観光旅館の朝食だ。

「すごいな」

「ごめんね、ありあわせで」

鯵と卵はいま焼いた、と咲季はいい、ポットの湯を急須《きゅうす》に注ぐ。膝小僧がかわいい。

新垣は味噌汁をすすり、豆腐に箸をつけた。

「旨い」出汁《だし》が利いている。

咲季はほほえんで、

「南西諸島って、沖縄？」

「沖縄、宮古島、石垣島、奄美大島……。一週間も出張した」

「新垣さん、ひとりで？」

「いや、痛風持ちの相棒とふたりで行った。ＬＣＣで」

咲季に上坂の名をいったことはない。「沖縄は暑いから、相棒は痛風発作を起こして、サンダル履きで訊込みをした。なかなかの珍道中やったわ」鯵の開きを食う。

「実家には寄ったの。那覇の」

「松山の店に泊まった。兄貴が飲みに連れてってくれた」

「お兄さん、よろこんでたでしょ」

咲季は急須の茶を湯呑に注いでテーブルにおく。「でも、大阪の刑事さんが沖縄で訊込みをしてもいいの」

「それはかまわんけど、地元の警察署に挨拶せんとあかん。こんな捜査をしてます、と」

「テレビの刑事ドラマは、好き勝手にしてるよね」

「刑事ドラマにリアリティーは求められてへん。……たとえば捜査会議の場面で、ホワイトボードに容疑者の写真を貼ったり、人物の関係図を描いたりしてるのは嘘なんや。記者クラブの連中に見られたりしたら始末書もんやからな」

顔をあげると、咲季は新垣を見つめていた。新垣は箸をおき、茶を飲んだ。「――な、こっちにおいでや」

咲季は立って隣に来た。新垣は引き寄せる。咲季は眼をつむった。

唇を重ね、膝から内腿に指をすべらせた。

12

朝、スマホが鳴った。六時――。

トイレに行き、顔を洗い、手早く身支度をしてアパートを出たのは二十分後だった。バスに乗り、泉尾署へ。鑑識課で望遠レンズつきのカメラを借り、イプサムを運転して駐車場を出た。大正通から千日前通、なにわ筋を北上して新御堂筋から宮原。『ドミール東三国』に着くと、上坂は車寄せの植栽の陰に腰をおろしてコンビニのサンドウィッチを食っていた。

おはようさん――。ロックを解除した。上坂は助手席に乗る。黒のスーツにグレーのダッフルコート、黒いスポーツシューズを履いている。

「どうした、サンダルは」

「腫れは退いてないけど、痛いのはましになりました」

痛風の痛みは三、四日で忘れたように軽減するという。「おっさんに黒塗りのサンダルを見せたろと思てたのにね」

「よかったやないか。常人にもどれて」

「常人ね。もとが変人みたいやないですか」

上坂はサンドウィッチの空容器をポリ袋に入れ、トマトジュースを飲む。「遼さんは朝飯食うたんですか」

「食うてへん」

「おにぎり、ありますよ。昆布と梅干」

「すまんな」

昆布のおにぎりとペットボトルの日本茶をもらった。包装をとって食う。旨い。

「昨日はまっすぐ帰ったんですか」

「帰った。よう寝た」

一時に咲季のマンションを出て桜川に帰り着いたのは一時半だったから、睡眠時間は四時間ほどだ。頭の芯がまだ重い。

「どうする。ここで張ってても、どいつが村上哲也か分からんぞ」

村上を特定するにはマンション内に入り、１３０７号室を見とおせる廊下で張るか、地下駐車場でボルボ・ワゴンを遠張りするしかない。

「二手に分かれましょ。ぼくは十三階にあがりますわ。遼さんは車の中からボルボを張ってください」

「まだ足が痛いんやろ。勤ちゃんが地階へ行け」

「事故したら怖いやないですか」アクセルとブレーキをちゃんと踏めないという。

「分かった。勤ちゃんは上や。おれは下へ行く」

ちょうど、そこへ玄関ドアからコート姿の女が出てきた。

「ほな、ぼく、マンションに入りますわ。誰か出てきたら」

いって、上坂は車を降りた。ひょこひょこと玄関へ歩いて行く。

新垣は地下駐車場に降りた。〝B12〟の区画にボルボ・ワゴンは駐まっていた。少し離れた空き区画の〝A03〟にイプサムをバックで入れ、カメラを傍らにおいてシートを倒す。長い遠張りのはじまりだった。


車のエンジン音がして、ハッと我に返った。軽自動車がスロープに向かっている。ボルボ・ワゴンはもとのままだ。

インパネの時計は十時半――。二時間以上も寝てしまったらしい。

上坂に電話をした。

――勤ちゃん、ようすはどうや。

――出てきませんね。

十三階の階段室から1307号室を見張っているという。

――ボルボも駐まったままや。

――部屋にはいてると思います。電気のメーターがまわってたから。

――分かった。このまま張る。

また眠ってしまってはいけないと、シートを起こした。カメラをかまえてボルボを撮る。モニターを確認すると、きれいに映っていた。


十二時五分前、電話――。男と女が1307号室から出た、と上坂がいう。

――いま、エレベーターの前です。

――装《な》りは。

――男は黒い革のジャケット、ジーンズ。女はフードつきの赤いコートにグレーのパンツです。

――よっしゃ。勤ちゃんもつづけて降りてくれ。電話は切るな。

村上哲也は一階か地階で降りるはずだ。一階ならエントランスから外に出る。地階ならボルボに乗るはずだ。新垣はカメラを膝上におき、シートを倒した。

――乗りました。エレベーター。

――ふたりが、か。

――ぼくが乗ったんです。

ふたりは先に降りたという。

――いま、ロビーです。ふたりはいてません。

――地階やな。

と、エレベーターホールのガラスドアが開き、男と女が現れた。男が先に立ってボルボのほうへ歩く。新垣はカメラで連写しながら、

――勤ちゃん、車寄せでおれを待て。拾うから。

――了解です。

男がジャケットのポケットからキーを出し、ボルボのロックを解除した。男は運転席、女は助手席に乗り込む。新垣は撮影を終え、ハンドブレーキを解除する。

ボルボが走り出した。少し間をおいて新垣も発進する。

ボルボにつづいてスロープをあがった。新垣はマンションを迂回して車寄せへ。上坂が立っていた。

上坂を乗せてマンションのゲートを抜けた。前の道路は左行きの一方通行だ。

外へ出ると、ボルボのリアランプが小さく見えた。右のウインカーを点滅させている。

アクセルを踏み込んで距離をつめた。ボルボが右折する。新垣も右折した。

ボルボはバス通りから新御堂筋の側道に出て南に向かった。新垣もつづく。

「どこ行くんですかね」

「女連れや。飯でも食うんとちがうか」

「くそっ、生意気な」

なにが生意気なのか分からない。女といっしょ、というのが気に食わないのか。

ボルボは新大阪駅の手前で新御堂筋にあがった。右のウインカーを点《つ》けて本線の車に合流する。新垣はミニバンを挟んで追尾した。

「あいつら、いっしょに住んでるんですかね」

「さぁな……。女がときどき泊まりに来てるんかもしれん」

「女の齢は」

「村上より上かな」三十代半ばに見えた。

「どんな顔でした」

「見てみいや」

いうと、上坂はカメラをとり、画像を再生した。

「なんや、こいつ。きれいやないか」

女優の誰それに似ているというが、新垣は知らない。

「ぼくも独り暮らししようかな。そしたら同棲できるし」

「勤ちゃん、相手が要るんや、同棲には」

「遼さんにはいてるんですか」

「いや……」首を振った。「おれは他人が同じ家におることが堪えられん。それに、この稼業ではすれ違いになることが分かってる」

ボルボは梅田出口を降り、直進して御堂筋に入った。六車線の道路を南へ走る。

「このごろ、ごみ屋敷とか汚部屋《おべや》いうのが流行《はや》ってるの知ってますか」

「テレビで見た。半端な量やなかった。あれは〝捨てられない症候群〟というらしいな」

ジュース類のペットボトルや弁当の空容器が部屋の天井近くまで積みあがり、ごみのすり鉢の底で女が寝ていた。

「その症候群、七割が女です」

汚部屋は若い女の独り暮らしがほとんどだという。「そんな子の職業は、なにがいちばんやと思います？」

「水商売か」

「ちがいますね。キャバクラ嬢でも風俗嬢でもないです」

「学校とか塾の教師」

「ブブーッ。当たったら、昼飯ごちそうしますわ」当たらなかったら奢ってくれという。

新垣は考えた。あえて職業というからには一般事務ではなさそうだ。ＩＴ関連か。ぴんと来ない。介護職、でもなさそうだ。疲れ切って部屋に帰り、片付けをする時間もない職業とは——。

「はい、あと十秒ね。九、八、七……」

「分かった。ナースやろ」

「しもた。当たってしもた」

「そうか、ナースは重労働やな」

「深夜勤務とか、オペ室担当とか、ストレスがたまるみたいです」

ボルボは中央大通をすぎ、長堀通《ながほり》に差しかかった。車線をひとつ右にとる。

「おれは勤ちゃんの部屋を見てみたいな。映画DVD、何本ほどあるんや」

「千本あたりまでは数えてましたけどね、いまはもう増殖するに任せてますわ」八畳の和室にDVDの塚がいくつもあり、畳の見える隙間には万年床が敷いてあるという。

「それを汚部屋というんやろ」

「ぼくはね、食いもんを腐らせたりしてません。せやから、ゴキブリもいてません」

「特大のゴキブリがおるやないか」

「ああ、ぼくのことね」

「昼飯はなんや。ステーキか、まわらん鮨か」

「あっ、曲がりますよ」

上坂は前方を指さした。ボルボは道頓堀橋を渡って南詰の交差点を右折する。新垣もつづいた。

ボルボは道頓堀通を西へ行き、大黒橋《だいこく》の信号を左折して市営パーキングに入っていった。新垣はパーキングの入口をすぎてゼブラゾーンにイプサムを停め、シートを倒して村上たちが出てくるのを待つ。

ほどなくして、村上と女がパーキングから出てきた。並んで道頓堀通へ歩いていく。

新垣と上坂は車外に出た。ふたりを追う。

村上と女に周囲を警戒するふうはなく、道頓堀通を東へ歩いて御堂筋の横断歩道を渡った。人通りが多くなり、中国人や韓国人の観光客が声高に喋りながら行き違う。尾行には好都合だ。

ふたりは太左衛門《たざえもん》橋で道頓堀川を北に渡り、宗右衛門町《そうえもんちょう》に入った。

「どこへ行くんや。とろとろ歩いて」

上坂が怒る。ふたりのゆっくりした歩き方は、目指すところがあるようには見えない。

村上と女は鰻《うなぎ》屋の前で立ちどまり、立看板の品書きに眼をやってから暖簾《のれん》をくぐった。

「遼さん、鰻なんか食いますよ。生意気な」

「おれらも食うか」勤ちゃんの払いで。

「それはない。勘づかれるやないですか」

鰻屋から離れた。たこ焼き屋の行列の後ろに並ぶ。

「たこ焼きなんか食うんですか」

「小腹が空いた」

「しゃあないな。奢りますわ」

上坂はダッフルコートのフードをかぶった。


一時間ほど経って、鰻屋から村上と女が出てきた。新垣と上坂はたこ焼き屋の行列にまぎれる。

ふたりは宗右衛門町通を西へ歩き、心斎橋筋で分かれた。女は戎《えびす》橋から南へ、村上は御堂筋へ向かう。

新垣と上坂も分かれた。新垣は村上を追い、上坂は女を尾《つ》ける。

村上は御堂筋を渡り、ボルボを駐めたパーキングにもどった。新垣はイプサムのフロントガラスに貼られた駐禁ステッカーを剝がして車に乗る。署にもどって車両係に事情をいえば、中央署の交通課に連絡をとるだろうから、駐車違反に問われることはない。

ボルボがパーキングから出てきた。村上はイプサムを見ることもなく、南へ走って千日前通を左折する。新垣もつづいた。

ボルボは御堂筋を南進し、国道25号に入った。元町二丁目の交差点をすぎ、次の一方通行路を左折する。府立体育会館裏で速度を落とし、コインパーキングに入った。

付近の住所表示は〝難波南〟だ。難波南の〝保栄なんばビル〟には河本展郎の沈船詐欺の拠点、『OTSR』がある。

村上がボルボから出た。革ジャケットの襟を立て、コンビニ横の通りに入っていく。少し遅れて新垣は車を降り、村上を尾ける。

村上はこぢんまりしたビルに入った。新垣はゆっくり歩きながらビルを眺める。四階建、敷地は五、六十坪か。薄汚れた白いタイルのところどころにクラックが走っている。玄関庇《ひさし》に《保栄ハイツ》と切り文字がある。

これが〝保栄なんばビル〟か――。想像していたビルとはまるでちがっていた。ただの古ぼけた賃貸マンションだ。一階にテナントは入っていないし、各階の窓のカーテンを見れば満室でもなさそうだ。

新垣は次の角まで歩き、電柱の陰に立って上坂に電話をした。

――勤ちゃん、いまどこや。

——裏なんばです。

——そんなとこでなにしてるんや。

——女はエスニックの料理屋に入りよったんです。

店名は『チャクリ』。女は二階の店に入ったが、五分後に階段を降りてきた。黒いエプロンをつけ、路上に立看板を出したという。

——客やない。従業員でしたわ。

——裏なんばの『チャクリ』な……。

裏なんばはこのところ脚光を浴びているミナミの人気スポットだ。北は千日前から南はなんさん通り、東は黒門市場から西は高島屋あたりまでの地域をいい、メイン通りから一歩入った界隈に小さな飲食店が密集している。

——どうしましょ。女はたぶん、夜まで店にいてますわ。

『チャクリ』のラストオーダーは十一時だと上坂はいう。

——合流しよ。おれは難波南や。『ＯＴＳＲ』を張ってる。

——それって、どういうことですか。

——村上は道頓堀から難波南に来た。保栄ビルの『ＯＴＳＲ』に入りよったんや。ボルボはコインパーキングに駐めてるから、長居はせんと思う。

——了解です。そっちへ行きますわ。歩いて十五分ぐらいですかね。

——体育館の南裏や。

電話を切った。一陣の風が電柱に吹き寄せられた枯葉を舞い散らす。足もとが冷たい。近くの自販機を探してホットの缶コーヒーを二本、買った。

午後二時前――。上坂がダッフルコートの肩を丸めて右足を庇《かば》うように歩いてきた。缶コーヒーを放ると上坂は両手で受けて、

「すんませんね。……村上は」

「そのビルに入ったままや」顎で示した。

「なんですねん、これ」

上坂は『保栄ハイツ』を見やって、「しょぼくれたマンションやないですか」

「〝ハイツ〟よりは〝ビル〟のほうが通りがええわな」保栄という名称があれば郵便物はとどくだろう。

「村上が出てきたらどうします」

「さぁな……。どうせボルボのところにもどるやろし、おれはここで『OTSR』を張りたい」

「ほな、ぼくが村上を尾けましょか」

「村上のヤサは確認した。今日のとこは『OTSR』を張ろ。比嘉が現れる可能性もあるしな」

いまはとにかく内偵だ。比嘉慶章の逮捕状はあるが、河本展郎のそれはない。

「村上の女、名字だけは分かりましたわ」

「なんやて……」

『チャクリ』に入ったんです。テーブルが七つの小さい店でした。あの女がレジのところにおったから、来週の日曜日、午後六時からふたり分を予約したいといいましてん」

上坂は山本《やまもと》と名乗り、予約のあと、念のために、と相手の名前を訊いた。正木《まさき》です、と答えたという。「店長さんですか、と訊いたら、ちがいます、と笑《わろ》うてました。色が白うて、口もとにほくろがあって、えらいきれいな子でしたわ」

「予約をしたんはかまへんけどやな、取り消さなあかんぞ」

「明日、電話をして取り消します」

上坂は缶コーヒーのプルタブを引き、口をつけた。

そうして三十分──。村上がマンションから出てきた。上坂を残して、新垣が村上を尾ける。村上は府立体育会館裏のコインパーキングまでもどり、ボルボに乗って走り去った。

新垣はイプサムを運転して上坂のところにもどった。上坂が近づいてきて、どうします、と訊く。

「中に入ろ。『OTSR』を見たい」

シャッターをおろした倉庫の前に車を駐め、上坂とふたりで『保栄ハイツ』に入った。エントランスといえるような空間はなく、左奥に階段室とエレベーターが一基あるだけだった。壁はライトグレーのペイント塗り、床は合成タイル張りで、ガムだろう、ところどころに汚れがこびりついている。

階段で二階にあがった。狭い廊下を挟んで両側に三つのドアが並んでいる。一室が1DKくらいの間取りだろう。

205号室の前をゆっくり歩いた。ドアに《OTSR》と刻まれた小さなプレートが貼ってあり、電気メーターはまわっている。部屋に出入りする人間を写真に撮りたいが、適当な隠れ場所がない。

「張り、できませんね」

「こんなとこではな」

このビルは四階建だが、二階にあがるにはエレベーターより階段を使うことが多いだろう。居住者でもない見知らぬふたりの男が階段室にいると目立つし、奇異に思われる。

「しゃあない。外から張ろ」

『保栄ハイツ』を出た。ちょうど筋向かいにスレート屋根の三階建集合住宅があり、外階段と外廊下がついている。

車からカメラを出して肩に掛け、コートで隠した。集合住宅の階段をあがる。二階と三階のあいだの踊り場が、『保栄ハイツ』の二階と同じ高さだった。

踊り場の壁の陰からカメラの望遠レンズを覗いた。『保栄ハイツ』205号室は左からふたつめの部屋だ。ベランダにエアコンの室外機と引き戸のロッカー、鉢植えがいくつか並んでいるが、どれも枯れている。掃き出し窓にはブラインドがおりていて、その隙間から天井照明が見える。

「勤ちゃん、蛍光灯が点いてる」

「ひとがおるんですね」

「いや、見えるのは蛍光灯だけや」

「こんなくそ寒いとこで、日が暮れるまで遠張りするんですか」

「日が暮れるまでやない。日が暮れても張るんや」

ああ……。上坂は長いためいきをついた。

「日暮れまではここで張ろ。交代でな。夜になったら外が暗くなるし、車の中からでも明かりが見えるやろ」

「すまじきものは宮仕えやな」上坂はカクッと首を折る。

「オレ詐欺の捜査を外れて、沖縄旅行やとガッツポーズしてたんは、どこの誰や」

「ほんま、遼さんは刑事の鑑《かがみ》ですわ。ボーッとやる気がないように見えて手抜きもせんと、捜査手順はきっちり押さえてる。ぼくはそこが好きなんやけど」

「褒めてんのかどうか、分からんな」

「基本、優秀ですねん。せやけど、マイペースで上の顔色を見んから体育会系の警察業界では出世がしにくい。そういうコース外れのタイプの人間て、いっぱいいてますよね」

「勤ちゃんもその口か」

「ぼくはもともと周回遅れで、コースもないんです。外れようがないやないですか」

周回遅れ――。上坂が前に〝瑕物〟といったのはこれだろうか。本来は大手柄であるべき拳銃発見のせいで和歌山県警に島送りになり、あげくは相棒が依願退職に追い込まれて、上坂は本部薬物対策課から泉尾署に左遷されて昇進の道は閉ざされた。当然、葛藤はあっただろう。警察を辞めようとも思っただろう。だが、それを抑えて恨み言はいっさい口にせず、日々、冗談ばかりいってまわりを煙に巻いている。上坂に映画という玩具がなければとっくに崩壊していただろう。

「周回遅れでも走りつづけてるのはなんでや」

「そこですねん。ぼくも考えたんやけど、理由はおふくろですかね。母ひとり子ひとり。ぼくが辞めたら、おふくろが悲しみますわ」

「親孝行や。おれは逆立ちしても勤ちゃんの真似はできん」

「おおきに、ありがとうございます。お褒めにあずかりまして」

「日暮れまで四時間やな」時計を見た。「張りは二時間交代にしよ。どっちが先や」

「そら、先輩でしょ」

「普通は後輩からやぞ」

ジャンケンをした。新垣が負けた。

「ほら、車ん中で寝とけ。ヒーターかけて」

「昼間から寝られますかいな。年寄り爺さんでもないのに」

スマホで映画を観ると上坂はいい、外階段を降りていった。

205号室のようすに変わりはなかった。午後四時半に遠張りを交代し、新垣はイプサムに乗って仮眠をとった。

六時半、上坂が車に乗ってきた。新垣は車を移動させて、『保栄ハイツ』の見える郵便局の前に駐めた。205号室のベランダにブラインド越しの明かりが洩れている。

「部屋におるんは河本ですかね」

「ま、河本やろな」

「いつ出てくるんですか」

「あの部屋が『ＯＴＳＲ』の事務所とは限らん。自宅やったら、二日や三日は出てこんかもしれんぞ」

愛媛県警に照会した〝サザンクロス事件〟の回答によると、河本展郎の年齢や犯歴は判明したが、現住所と家族関係は不明となっている。

「めんどいですね、詐欺師というやつは」

「オレ詐欺のクソどももそうやろ」

オレオレ詐欺のチームメンバーはおたがいのプライバシーを知らない。本名はおろか、年齢、住まい、家族、友人を教えあうことはなく、酒、薬物、女、博打《ばくち》はもとより、個人の銀行口座を作ることまで徹底して禁じられている。〝詐欺師は透明であるべし〟――警察の摘発を受けないための命題と思考が骨がらみで染みついているのだ。

「遼さんは刑事になるとき、どこを希望したんですか」

「希望はしてへんけど、盗犯には行きたかったな」

「泥棒が好きですか」

「あのな、泥棒を捕まえるのが好きなんや」

泥棒は狙う対象や手口や盗品の売りさばきにパターンがあり、刑事は盗犯捜査のプロがそろっている。そのノウハウに興味があった。

「強行犯はどうでした」

「殺しとか強盗はあかん。血みどろの死体なんぞ見たら気絶する」

「ぼくはスプラッターとかホラー映画、好きですけどね」

「映画で腐敗死体の臭いは分からんやろ」

「そらそうですよね。……ぼくはマル暴がよかったけど、生安から薬対ですわ」

そう、上坂は登美丘《とみおか》署の生活安全課から本部薬物対策課に異動し、覚醒剤売人の家宅捜索に入って、不運にも和歌山の銀行副頭取射殺事件に使用されたいわくつきの拳銃を発見してしまったのだ。

「なんでマル暴がよかったんや」これは初めて聞いた。

「『仁義なき戦い』。日本映画の金字塔ですわ」監督の深作欣二はもちろんだが、脚本の笠原和夫が最高だと上坂はいう。

「あれはシリーズやろ。一本だけ観たな」ヤクザの抗争よりも広島弁が印象に残っている。

「全部、観てくださいよ、五本とも。いま観ますか、スマホで」

「またにするわ」上坂の趣味はときどき分からない。刑事がヤクザ映画を観てどうおもしろいのだろう。

午後七時――。205号室の明かりが消えた。

「勤ちゃん……」カメラの電源を入れた。『保栄ハイツ』の玄関に焦点を合わせる。

待つ間もなく黒いスーツの男が現れた。連写する。白のワイシャツにグレーのネクタイ、齢は六十前で、短髪、頭頂部が薄い。ぎょろっとした眼とえらの張った四角い顔は沖縄で入手した河本の画像と合致した。男は革のアタッシェケースを提げている。

河本は西へ歩いた。新垣は距離をとって追う。ときどき車を左に寄せて後ろの車を先に行かせた。

河本は四つ橋筋に出た。信号が変わるのを待って横断歩道を渡る。新垣も交差点を渡って右折し、車を停めた。河本は南のほうを見やってタクシーを停めるような素振りだ。

「タクシーに乗るいうことは、家には帰らんのですね」

「そうやろな」どこか行くところがあるのだ。

河本はタクシーを停めて乗った。タクシーは新垣たちの脇を北へ走りすぎる。新垣はすぐ後ろについた。

タクシーは四つ橋筋を北上した。信濃橋から肥後橋、中之島をすぎて渡辺橋北詰の交差点を右折する。百メートルほど行って左のウインカーを点滅させ、『ホテル・インペリアルフローシャム』の車寄せに入った。

「同伴ですかね」

「うっとうしいな」このホテルは北新地《きたしんち》のホステスとの待ち合わせに使われることが多い。

河本はホテルに入っていった。上坂が車を降りて追う。新垣は近くの路上に車を駐め、小走りでホテルに入った。上坂はロビーにいた。

「河本は」

「ラウンジです」

「やっぱり、同伴か」

舌打ちした。夜が長くなりそうだ。

ロビーのシートに腰をおろした。ラウンジは別室だが、中のようすは入口から見える。河本は奥の四人がけのソファで煙草を吸っている。

「還暦すぎた爺が、あの不細工な顔で新地のホステスと同伴て、腹立ちませんか」

「勤ちゃん、爺は金持ってるんや」

「あいつの原資はなんですねん。詐欺やないですか」

「なにで稼ごうと、金は金や」

「冷めてますね」

「年寄りが金を使わんと、いまの世の中はまわらん」

そう、逮捕したオレ詐欺の連中がいう。老い先短い年寄りから金を引っ張って、おれらが使う、どこがわるいんや、と。

七時半――。薄茶色のジャケットにグレーのズボン、白髪の男がラウンジに入った。河本は立って深々と頭をさげる。白髪は河本に向かいあってソファに腰をおろした。

「なんや、同伴やないですね」

「商談か……」

河本と白髪はそう親しくないようだ。河本はウェイトレスを手招きし、なにか注文した。白髪は煙草をくわえ、河本は灰皿をとって白髪の前におく。

「遼さん、ぼくらも入りませんか。あいつらの話を聞きたい」

「そうやな……」

新垣と上坂はラウンジに入った。河本がこちらを見る気配はない。ふたりは隣の席に座り、水を持ってきたウェイトレスにコーヒーを頼んだ。

河本は腕の時計に眼をやり、白髪に話しかけた。すんません、もうちょっと待ってください――、そう聞こえた。まだ誰か来るらしい。

そうして五分――。黒いブルゾンに白いオープンシャツ、鼈甲縁《べっこうぶち》の眼鏡をかけた五十がらみの男がラウンジに入ってきた。いや、遅れました――。いえ、いえ、大丈夫です――、河本は立って、ま、どうぞ――と、鼈甲を座らせた。なにがよろしいか――。ビールにしますわ――。河本はウェイトレスを呼び、ビールを注文した。

「早速ですが、……の……の結果です」

河本の声が低くなった。ところどころが聞こえない。河本は傍らのアタッシェケースを開いて透明ファイルを出し、白髪と髑甲の前においた。ふたりはファイルから十枚ほどの紙片を出して広げる。しばらく無言で紙片に眼を落としていた。

「どうですか」と、河本。

「よろしいな」髑甲がいう。こいつは声が大きい。

「森野《もりの》さんは」河本は白髪を見る。

「サンプルはあるんですか」白髪がいう。

河本はうなずき、アタッシェケースから小さなビニール袋を出して白髪に渡した。

「明朝景徳鎮窯の……です」

「ほう……」白髪の顔がほころび、袋の中の陶片をじっと見る。

「写真でお分かりのように、あとは海の中です。泥を……たら、完品も……できます」

「川井《かい》さんの目算としては、なんぼほどになります」髑甲がいった。

「……してみなければ分かりませんが、……で五億、わたしは十億を期待しています」

「そら、すばらしいわ」髑甲が笑う。「わし、銀行に金を借りてでも投資しますわ」

「森野さんはどうされます。増資されますか」河本は白髪に訊く。

「そうですな、二、三日、考えさせてください」

「森野さんの分、わしが増資してもよろしいで」と、髑甲。

「いや、そこは森野さんのご意向もあるでしょうから」

「いつから引き揚げにかかるんですか」

「来年の三月を予定しています。……をチャーターして、ベテランの……マンを集めないといけません」

「早ようせんと、ほかにバレまっせ」

「これからは水温が低くなりますから」

「そうか、作業効率がわるいんですか」

「できるかぎり、リスクは……したいんです。わたしも五十パーセントを投資するわけですからね。考え得る最上の……と……で引き揚げにかかりたいんです」

「了解ですわ。川井さんにお任せします」

「承知しました」

河本はいって、「ごめんなさい。資料をお返し願えますか」

「あ、ほかに洩れたら困りますわな」

鼈甲は紙片を透明ファイルにもどして河本に返した。白髪もファイルとビニール袋の陶片を返して、河本はアタッシェケースに入れた。

それから三人は雑談をし、八時に席を立った。河本が近くの料理屋を用意しているようなことをいっていた。

レジで河本が支払いをし、三人はラウンジを出ていった。新垣と上坂も精算して出る。コーヒー代はふたりで二千四百円もしたが、宇佐美のしかめっ面を思うと請求は諦めた。

三人は新地本通を西へ歩いて割烹《かっぽう》店に入った。新垣と上坂は花屋の前で立ちどまる。

「森野とかいう爺さんと鼈甲眼鏡のおやじは沈船詐欺のターゲットですね」上坂がいう。

「そうやろ」新垣はうなずいて、「しかしな、ふたりともがターゲットとは限らんで」

「どういうことです」

「鼈甲おやじのものいいや。調子がよすぎる。妙にハッタリ臭かった」

「すると、あのおやじは……」

「河本とグルで、森野をたきつけるサクラとちがうかな。おれはそんな気がするんや」

「そうか。いわれてみたら、そんな感じでしたね」

「おれの深読みかもしれんけどな」

「どっちにしても、今日はとことん尾けんとあきませんね」

「勤ちゃんは河本を尾けて、ヤサを割ってくれ。おれは森野を尾けて、接触してみる」

「ええんですか。手の内を明かすことになりますよ」

「やむをえん。ここで踏み込まんと、新たな情報がとれん。比嘉がどこまでかかわってんのか、そこを知りたい」

「そら、ま、そのとおりやけど……」

「おれに任せてくれ。このまま行くと、森野が被害にあう」

「了解です。遼さんのええようにしてください」

そこへ、冷たいものが額を打った。

「雨や……」

「今日は夜から降るというてましたわ」

上坂はダッフルコートのポケットから折りたたみ傘を出した。

「えらい用意がええな」

「天気予報ぐらい見てください」

上坂は傘を差したが、新垣には知らん顔だ。

「嫌いか、相合い傘」

「遼さんが女の子やったらかまわんのですけどね」

「親切やな」

近くのコンビニに走ってビニール傘を買った。


三人が割烹店から出てきたのは十時すぎだった。見送りに出た和服の女性が各々にビニール傘を渡す。これからまたどこかに寄るようだと厄介だと思ったが、河本と鼈甲は本通りを東へ、森野は西へ歩きはじめた。上坂は河本と鼈甲、新垣は森野を尾行する。

森野は四つ橋筋に出た。横断歩道で立ちどまる。反対車線にタクシー乗場が見えた。

「ちょっと、すみません」

声をかけた。森野が振り向く。「——わたし、こういうもんです」

手帳を提示した。森野はすぐには分からないようだった。

「大阪府警です。泉尾署の捜査二係で、新垣といいます」

「刑事さん……」

「そうです。びっくりされたでしょ」

「そらびっくりやけど、どうかしましたか」

「いや、職質とかやないんです。……我々はいま、沈船詐欺を捜査してます」

「ほう……」森野の反応は鈍い。

「沈船詐欺というのは、沈没船の財宝を引き揚げるという名目で出資を募って、その金を騙しとるんです。実をいうと、さっきまでいっしょにいてはった『ＯＴＳＲ』の川井啓治郎こと河本展郎が捜査対象なんです」

「ほんまですかいな。あの川井さんが……」やっと理解したようだ。

「奄美大島沖で沈没した交易船から明朝、清朝の陶磁器を引き揚げる……。川井はそんな話をして、投資を持ちかけてきましたよね」

「はい、いわはるとおりです」

「詐欺です。沈船詐欺」

「なんと……」森野は長いためいきをついた。

「お時間、よろしいか。こんな雨の中で立ち話もなんやし」

近くのスターバックスに誘った。森野は黙ってついてきた。

森野を座らせて、コーヒーをふたつ、席に運んだ。新垣も座る。

「改めまして。新垣と申します」

名刺を差し出した。森野は受けとって、固まったように見つめる。

「あの、よかったら名刺をいただけますか」

「あ、失礼」森野も名刺を出した。

《FRUITS　MORINO
森野青果株式会社　代表取締役会長　森野浩三《こうぞう》
　本社　大阪市福島区野田1丁目2　大阪市中央卸売市場西棟18号棟
　支店　大阪市中央区三津寺3丁目5－23》とあった。

「果物の卸《おろし》をしてはるんですか」

「福島の中央市場です。三津寺のほうは小売ですねん」

「わたしの父親は那覇で昆布とか塩干物の卸をしてます」

「卸というとこは同業ですな。……沖縄ですか」

「大学がこっちでした。遊びがすぎて、どこも内定をもらえんかったんで、大阪府警の採用試験を受けました」

「いやいや、近ごろの警察の試験は難しいと聞きます。ぼくの孫が去年、試験を受けて落ちましたんや」森野は話し好きのようだ。

「それは残念です。……失礼ですが、お齢は」

「七十一です」

「そうは見えませんね」

「おおきに。ありがとうございます」森野はコーヒーにミルクを落として口をつける。

「まずはじめにお願いなんですが、今日、わたしに呼びとめられたことは誰にも口外せんと約束していただきたいんです。でないと、今後の捜査に著しい支障をきたします」

「それは心配せんでください。約束しますわ。女房にも喋りません」

「ありがとうございます」

頭をさげた。メモ帳を出す。「まずはじめに、川井啓治郎を知ったのはいつですか」

「夏ですわ。今年の夏。……ぼくは青果の組合の役員をしてるんですけど、その仲間のひとりが、森野会長、おもしろいひとがいてます、と話をもってきたんです」

その話というのは、いわゆる〝トレジャーハンター〟で、〝現在、世界中の海に三百万隻の難破船が沈んでいる。これらを発見して積荷の財宝を回収し、換金するビジネスがある。最近だと、ポルトガル沖で二百年前に沈没したスペインの帆船が発見され、約六百億円の銀貨や金製品が回収された。またひとつは中国の広東省沖で交易船が引き揚げられ、その財宝と陶磁器は日本円にして十五兆円とも二十兆円とも評価された〟というものだった。

「いやぁ、たまげましたね。二十兆円ですよ。天文学的な儲けやないですか。それがただの与太《よた》話やない。ほんまのことやと知って、またたまげましたわ」

「その話はわたしも知ってます。いっとき、週刊誌や月刊誌にも載りました」

新垣はうなずいて、「その、組合のお仲間が川井を紹介してくれたんですか」

「いや、直接に紹介してくれたんやないんです。その仲間の知り合いが川井さんを知ってて、ぼくは仲間といっしょに川井さんに会《お》うたんが初めてでしたわ」

「差し支えなかったら、お仲間の名前を教えていただけませんか」

「松尾《まつお》です。松尾健治《けんじ》。中央市場で薬物の卸をしてます」

松尾は詐欺師ではないようだ――。

「松尾さんに川井を紹介したんは誰ですかね」

「橋川《はしかわ》さんです」松尾が薬物を納入している料理屋の主人だと、森野はいった。

「川井と初めて会うたんはどこですか」

「『ホテル・アイリス』のバーでしたね。高麗橋の」

「そのときは、森野さんと松尾さんのふたりでしたか」

「いや、あと三人、いてましたで。そのうちのひとりが、さっきまでいっしょにおった三根《みね》さんです」

「三根さん……。フルネームは」

「さぁ、どうやったやろ。名刺はもろたような憶えがあるけど」

「その名刺を探してもらえんですかね」

「たぶん、市場の机の抽斗に入ってると思いますわ。捨ててなかったら」

「ぜひ、お願いします」

三根の名刺を見つけたら新垣の携帯番号にかけてくれるようにいった。「――それで、森野さんや松尾さんたち五人は『アイリス』のバーで、川井から〝トレジャーハンター話〟を聞いた。……つまりは勧誘ですよね。沈船探査と引き揚げの出資を募る」

「ま、簡単にいうたら、そういうことでしょ」

「どんな感想をもちましたか、川井の話を聞いて」

「夢、ですな」

「夢、ですか」

「宝くじみたいなもんですわ」小さく、森野は笑った。「それに、川井さんのいうことは荒唐無稽やない。探すのは宋とか明の時代に沈んだ中国の交易船で、海域は琉球列島の沖合に絞ってました。それも何百億、何千億という財宝やないんです。対象は陶磁器。完品が多かったら十億ほどにはなるでしょう、と大風呂敷は広げんのです」

「なるほど。リアルですね」

「ぼくは夢を買うつもりで、五百万円ほど投資しようと決めました」

「それって、川井に渡したんですか」

「いや、いや」森野はかぶりを振った。「ぼくも商売人やし、そのへんは甘うない。まずは探査ですわ。それで川井さんが交易船を見つけたら金を出しましょと、そういうことですねん」

「ほっとしました。よかったです。まだ被害がなくて」

「礼をいうのはこっちですわ。新垣さんに会うて、ほんまによかった」

森野は顔をあげた。「いつから、ぼくを尾けてたんですか」

「森野さんを尾けてたんやない。川井を張ってたんです。『インペリアルフローシャム』から」

ラウンジで隣の席にいたというと、まるで気がつかなかったと、森野は笑った。

「川井から資料をもろて見てはったでしょ。どんな内容でした」

「交易船が沈んでる場所です。奄美大島沖の。深さは三十メートル。経度と緯度を書いてたけど、ちゃんと読んでません」奄美空港の管制塔を背景とする付近の海域と海中のカラー写真が多く貼付されていたという。

「写真は沈船を撮ったもんですか」

「なんかしらん水が濁ってて、船の輪郭とかは分からんです。海底のライトのあたってるとこだけ、砂のあいだから白い壺とか皿みたいなもんが見えてましたわ」

「陶磁器はたくさんあったんですか」

「けっこう、ぎょうさん写ってましたね」

「その海中写真は、奄美大島沖やないと思います。大阪湾とか和歌山沖に壺や皿を沈めて、それらしく撮った偽装写真ですわ」

「なんと、えらい手が込んでますな」

「川井は近いうちに奄美大島へ行こうとはいわんかったですか」

「いうてました。来年の三月です。ほかの出資者もいっしょに、十人以上のツアーを組むというてましたわ」

「ツアーには三根さんも参加するんですか」

「そう、参加します」

「三根さんは乗り気でしたか」

「えらい前のめりでしたな。三千万も出資するとかいうてました」

「その前のめりは、初めて会うたときからですか」

「いわれてみたら、そうですな。このひと、大丈夫かいなと思たぐらいです」

三根はサクラで河本の一味だ。まちがいない。三根という名もデタラメだろう。

「森野さんは川井の周辺で、比嘉慶章という男を見たことはないですか」

「比嘉ね……。知りませんな」

「齢は五十七で、背は低いけど、がっしりしてます。石垣島の生まれで、大正区で比嘉工務店という解体屋をやってます」

「いやぁ、聞いたことないですね。たぶん、会うたこともないと思います」

「これが比嘉です」

メモ帳のあいだから比嘉の写真を出して見せた。森野は黙って首を振った。

「じゃ、この男はどうですか」

荒井康平の逮捕写真を見せた。森野は一瞥《いちべつ》するなり、

「ああ、このひとは『ＯＴＳＲ』のスタッフですわ」

「えっ……」思わず、森野の顔を見た。

「さっきいいましたよね。『アイリス』のバーで初めて川井さんに会うたとき、連れてきたんがこのひとですわ」

「名前、聞きましたか」

「いや、知りませんね」名刺はもらってないという。

「なんで、スタッフやと知ったんですか」

「川井さんの鞄持ちみたいな感じで、資料を配ったり、ぼくらの飲み物をオーダーしたりしてました」川井から『OTSR』のスタッフだと紹介されたわけではないという。

「川井はこの男を荒井と呼んでなかったですか」

「そんな名前やなかったですね。田中とか山田とか、ようある名前やったような気がしますわ」

「荒井を見たんは一回だけですか」

「そう、一回だけです」

「難波南の『OTSR』に行ったことは」

「ないです。沈船探査の機器や資料で足の踏み場もないと、川井さんがいうもんやから」

川井は部外者に資料を見られたくないのだろうと思っていた、と森野はいう。「——しかし、あの川井さんが詐欺師とはね。ひとは見かけによらんですな」

「詐欺師はみんなそうですわ。初めて会うたときから、十年来の友だちみたいにフレンドリーで、息つくまもなく喋りますよ」

「ほんまにね、新垣さんのいうとおりですわ」

もう出資はやめる。金輪際、川井には会わない、と独りごちるように森野はいった。

13

十時四十分――。スターバックスを出た。森野を見送ってから上坂に電話をする。

――勤ちゃん、どこや。

――天神橋筋商店街です。河本と鼈甲眼鏡は新地からタクシーに乗りよったんです。

ふたりは大阪天満宮の大鳥居前でタクシーを降り、商店街の『わがまま』というスナックに入ったという。

――今日は日曜やし、新地のスナックは休みやったんやと思いますわ。

――どこで張ってるんや。

――『わがまま』の斜《はす》向かいのコンビニです。

――分かった。おれは四つ橋筋におるから、そっちへ走る。

――大鳥居から一筋、東に入ってください。

電話を切り、『インペリアルフローシャム』の近くに駐めたイプサムに向かった。

天神橋筋に車を駐め、大鳥居をくぐった。商店街のアーケードの下、『わがまま』から少し離れたコンビニの喫煙所で、上坂は煙草を吸っていた。ダッフルコートの背中が丸い。

「寒そうやな」

「そら寒いですわ。あと十日で十二月なんやから」

「一年てなもんは、あっというまやな」

「月日は百代《はくたい》の過客《かかく》にして、しかももとの水にあらず、です」

「待て。それは奥の細道か、方丈記か」

「わっ、遼さんてインテリや。いままで指摘されたことはいっぺんもないですよ」

「百代の過客のあとは、ほんまはどうつづくんや」

「行きかう年もまた旅人なり」

「インテリやな、勤ちゃん」

「隠してますねん」さも得意そうに、上坂は煙草のけむりを吹きあげる。

「河本と三根は何時に入ったんや、スナックに」

《わがまま》という電飾看板が店先に出ている。

「十時半かな」上坂はいって、「ミネいうのはなんです」

「鼈甲眼鏡の名前や。三つの根。四つ橋筋で森野を捕まえて、スタバで詳しい話を聞いた」

事情をかいつまんで話した。「――まちがいない。三根も沈船詐欺の一味や」

「――しかし、荒井康平が河本の鞄持ちいうのが分からんですね」

「そこや。荒井は我々が思うてる以上に沈船詐欺に関与してる」

「宮古島で消息を絶ったというのは、どういうことです」

「分からん。殺されたんはまちがいないやろ。河本と比嘉にな」

「村上も嚙んでるんですかね。荒井殺しに」

「それはないやろ。村上が宮古島に渡ったという確証はない」目撃証言もない。

「荒井、村上、河本、比嘉……。遼さん、これはけっこう奥が深いですよ」

「宇佐美のおっさんはこれからどうすると思う」

「証言と資料を積みあげて、キリのええとこで一係に丸投げするんとちがいますか」

「そうかな。おれは刑事課長や署長に報告して、本部一課に丸投げするような気がする」

「そっちのほうがおっさんの手柄ですか」

「署長の手柄にもなるわな」

「なんかねぇ、気がわるいわ」

上坂は嘆息して、「どえらい苦労して沈船詐欺をここまで割ったんは、遼さんとぼくですよ」

「しゃあない。現実は映画のように行かへん」

「おっさんが丸投げしたら、ぼく、怒りますよ」

「荒井が殺された確証を得るか、死体が出るまでは、なんぼおっさんでも上には報告できんやろ。かえって、捜査の不備を責められるからな」

「一蓮托生というわけですか、あの茶坊主と」

「けどな、勤ちゃん、こいつは考えようによってはまたとない大事件や。ふたりで最後まで仕上げようや」

　煙草をくわえた。ライターを擦る。

「寒い。なにか飲も」

　上坂はガラス越しに店内を見た。「遼さんはなんです」

「ホットの冷やし飴」

「飴湯ですよね。あるんかな」

　上坂は煙草を消してコンビニに入っていった。


　飴湯と甘酒で暖をとりつつ遠張りをし、十二時をすぎて『わがまま』のドアが開いた。河本と三根が現れる。ふたりが分かれたときは、上坂が河本、新垣が三根を尾けると決めて、あとを追った。

　河本と三根は天神橋筋に出た。信号は青だが渡らず、北から来る車を見ている。タクシーを停めるようだ。

　新垣と上坂は大鳥居の陰からふたりを張った。新垣が駐めたイプサムは横断歩道の南側にある。

　河本が手をあげて空車を停め、ふたりは乗った。タクシーは発進し、新垣と上坂は走って車に乗る。エンジンをかけるなり、走りだした。

「あいつら、ヤサが同じということはないですよね」

「それはないやろ。どっちかが片割れを落としてから帰るんや」

「河本のヤサは『保栄ハイツ』ですか」

「分からん。おれはちがうと思うけどな」

タクシーは天神橋筋から大川、土佐堀通を渡って松屋町筋を南下し、下寺町の交差点を右折して千日前通に入った。堺筋をすぎて難波から御堂筋に入り、国道25号を南へ走って元町二丁目の交差点をすぎ、次の一方通行路を左折する。

「まさか、『保栄ハイツ』……」

「その、まさかや」

府立体育会館裏でタクシーは速度を落とした。『保栄ハイツ』の近くで停まる。降りたのはアタッシェケースを提げた河本ひとりだった。

上坂はシートベルトを外して車外に出た。三根の乗ったタクシーは発進し、新垣は追う。


タクシーは国道26号を南下し、花園北の交差点を右折して国道43号に入った。西へ走って木津川を渡り、大正区に入る。泉尾の交差点を左折し、大正通を南へ走る。

これはどういうことや。このまま行ったら恩加島東やないか――。そう、恩加島東には比嘉工務店がある。

が、タクシーは区役所前の交差点を右折した。そのまま二百メートルほど直進して北村の公団住宅に入る。新垣は住宅の敷地内には入らず、ガードレールの脇にイプサムを停め、ライトを消した。

タクシーはA棟の玄関前で停まり、車内灯が点いた。料金を払っているようだ。

三根はタクシーを降り、玄関に入っていった。A棟は十一階か十二階建で、正面東向きの各階に外廊下がある。

ほどなくして、四階の外廊下の手すり越しに人影が見えた。三根は右へ歩いて立ちどまり、姿を消した。そうして、格子窓の明かりが点く。新垣は窓の位置を確認して、イプサムを降りた。

A棟の玄関はオートロックではなかった。新垣はエレベーターを使わず、階段で四階にあがった。足音をひそめて外廊下を右へ行く。三根が入った部屋は409号室だった。ドアの横に付けられたプレートには黒地に白で《美濃聡》と刻まれている。新垣はそのまま右へ行って北側の階段から一階に降り、外廊下をもどって玄関から外に出た。

車に乗った。上坂に電話をする。

――はい。どこです。

――大正や。北村の公団。A棟の409号室。三根の名前は美濃聡《みのさとし》。

――やっぱり、偽名でしたか。

――ここから恩加島東の比嘉工務店は二キロもない。美濃は比嘉とズブズブやぞ。河本が比嘉に指示して、美濃に部屋をあてがったのかもしれない。比嘉と美濃が同じ大正区に居住していれば、なにかと便利だろう。

――で、河本はどうなんや。

――『保栄ハイツ』に入りました。河本のヤサですわ。

——勤ちゃん、いよいよおもしろいことになってきたぞ。

——ほんまですね。

——今日はどうする。解散か。

——ぼく、腹減ってますねん。

——なんぞ食うて帰れや。牛丼でもラーメンでも。

——また、そういう冷たいことをいう。つきおうてくださいよ。

——あのな、もう一時やぞ。おれは帰って寝たいんや。

——身体が凍《こご》えて行き倒れそうです。至急、救助を要請します。

わざとらしいくしゃみと咳が聞こえた。

——なかなかの演技や。

——千林商店街にね、白菜とニラと梅肉の餃子を食わせる店があるんですわ。あっさりしてて、これがめちゃくちゃに旨い。遼さんに食うてもらいたいんです。

千林……。上坂の家がある。送って行け、ということだ。

——それは奢りか。勤ちゃんの。

——あたりまえやないですか。ぼくの地元なんやから。

電話は切れた。新垣はヘッドランプを点けて走り出した。

14

朝、宇佐美に昨日の行動を復命した。宇佐美は労いの言葉のひとつもいわず、

「ミノサトシの字は」

「美濃は斎藤道三《どうさん》の美濃。聡は聡明の聡です」

美濃聡に犯歴があれば、生年月日がなくてもデータがとれるかもしれない。

「美濃を説明するのに斎藤道三はないやろ、え」

「係長やったら、当然、知ってはると思たんです」

「そら知ってる。道三の娘は濃姫《のうひめ》いうて、信長の正室や」

「へーえ。それやったら、道三は信長の義理の親父ですね」上坂がいう。

「道三は長男の義龍《よしたつ》に討たれた。義龍の息子の龍興《たつおき》は信長に滅ぼされた。それぐらい常識やろ」

さも得意気に宇佐美はいう。歴史小説を読むのが、この男の自慢なのだ。

「引き続き、美濃聡と河本展郎の周辺捜査をすすめます」新垣はいった。

「おう、それでええ」

宇佐美は椅子にもたれて新垣と上坂を見る。「ただしや、なにかの拍子に比嘉慶章を見つけても逮捕状は執行するな。河本、美濃、比嘉、村上……。こいつらは河本を頭目とする沈船詐欺グループの一味として一斉検挙する」

「荒井康平殺しはどう見ます」上坂がいった。

「荒井は殺されたと決まったわけやない」

「荒井は宮古島の『ヴィラ　サザンコースト』の近くに埋められてるような気がするんです」

「大阪から宮古島に飛んで、砂浜を掘り起こすんか。そういうのは本部一課の仕事や」

一味を逮捕して個別に叩けば、死体を埋めた場所を吐く、と宇佐美はいう。「分《ぶん》を知れ、分を。わしらの捜査は殺しやない。比嘉の模合落札金騙取《へんしゅ》と沈船詐欺やということを忘れるな」

宇佐美はデスクの抽斗から紙片を出した。「今日はそれを洗え」

新垣は紙片を手にとった。殴り書きのような字で、

《老松《おいまつ》通り　古美術『まつなが』　06・6346・30××》とある。

「なんです、これ」

「一昨日から手配してたんや。奄美の沖で河本と比嘉が陶片を撒いたやろ。わしは大阪で買い集めたとみて、大阪美術倶楽部に照会してた」

宇佐美にしては上出来だ。たまにはまともなことをする。

「この『まつなが』が売ったんですね、景徳鎮の陶片を」

「陶片てなもんは十把《じっぱ》一絡《ひとから》げで売り買いしてるんやろ。ほら、行ってこい」

宇佐美はまた椅子にもたれてインスタントコーヒーを飲む。

そんなもんが旨いか――。新垣と上坂はデスクを離れた。

北区西天満《にしてんま》――。梅田新道《うめだしんみち》沿いのコインパーキングにイプサムを駐め、老松通りへ歩いた。画廊や古美術店が軒を並べる老松通りは〝骨董通り〟とも呼ばれ、すぐ南に大阪高裁と大阪地裁の合同庁舎があるため、法律事務所と司法書士事務所も多く集まっている。

「ね、遼さん、ここいらの弁護士は毎晩のように新地を飲み歩いてるんですよ」

老松通りから御堂筋を西へ渡ると、そこは北新地で、近ごろのクラブやラウンジの上客は消費者金融の過払い請求で潤っている弁護士や司法書士が多い、と上坂はいう。「こないだ、聞いたんです、知り合いの弁護士に。妻子持ちの検事が大阪に単身赴任してきたら、誰ぞ紹介してくれと同期の弁護士とかにいうて、半年もせんうちに愛人をつくるんですて」

そういえば、新垣も某全国紙の司法担当記者に聞いたことがある。大阪地検のなんとか検事は新地の某ラウンジに、なんとか検事はミナミの某スナックに特定の女がいて、いっしょにその店に飲みにいったこともある、と。彼らは司法に携わる人間であるにもかかわらず、愛人の存在を隠そうとはしない、と記者は笑っていた。

「そういうのは大阪だけの風潮か」

「どうですやろ。ちんぽこには大阪も東京もないでしょ」

「弁護士も検事も怖いもんはないんか」

「遼さん、女遊びは法に触れんのです」

「世間を舐めてるんとちがうか。ちょっと試験に受かっただけで」

玲衣と咲季の顔が浮かんだが、なにかしらん腹が立つ。

「その司法試験が難しすぎるんです。若いときに死ぬほど勉強した反動で遊びまくるんとちがいますか」

「遊ぶのは勝手や。けどな、検事が警察官をゴミみたいに扱うのはどういうわけや」

「せやから、彼らは司法試験を通ったんです。被疑者を起訴するのもせんのも、検事の専権事項です」

「専権事項な……」

検事調べで、被疑者を大阪地検に連行することがある。手錠腰縄姿の被疑者とふたり、待機所で何時間も待たされる。待機所がいっぱいのときは廊下で待つ。そうして担当検事の部屋に通され、被疑者の腰縄を椅子に固定するのだが、検事や事務官に慰労されたことは一度としてない。腰縄の括り方がわるいと投げるようにいわれたこともある。そう、この国において起訴権を一手に握っている検事は警察官にとって絶対的な存在であり、特捜部の検事や主任クラスの検事が大阪地検、大阪高検に着任したときは歓迎会に知事が同席するという。

「遼さん、法務省は検事が牛耳る検事の省ですわ。それも東大法学部卒の〝赤レンガ組〟のね。刑務所長も拘置所長も検事には頭があがらんのです」

刑務所長以下、組織の中核となる高等幹部の事実上の人事権、懲戒権をもつのは法務省矯正局長であり、刑務所長と拘置所長は所在地の地検トップである検事正の直属の部下といってもまちがいではない、と上坂はいう。「悲しいかな、日本は科挙の国ですわ。人格がどうあろうと、試験さえ受かったら国家権力を手にできるんです。警察庁のキャリア連中もそうやないですか」

「医者も公認会計士もそうか」

「資格試験がむずかしいほど、後々の人生が保証されるんです」

「しかし、なんでそんなに詳しいんや。勉強したんか」

「勉強なんかするわけない。……調べたんです。オレ詐欺の捜査を指揮する検事を主人公にしたシナリオを書こうかなと思て」

「そら、おもしろいかもしれんな」

「それがね、リアルすぎて華がない。途中でやめました。やっぱり、エンターテインメントはポリスディテクティブが活躍せんとね」

ポリスディテクティブ——。刑事のことだろう。

「巡査部長はなんていうか知ってますか、英語で」

「サージェントか」

「正解です。ほな、警部は」

「ルテナント」

「それは警部補です。……刑事コロンボ。吹き替えでコロンボは警部さんと呼ばれてますけど、ほんまは警部補です」警部はキャプテンとかチーフインスペクターだという。

「なんでもよう知ってるんやな。下世話なことは」

「アメリカの刑事映画で観てないもんはないです」

「いちばんはなんや」

「一概にはいえませんね。『ブリット』『ダーティハリー』『フレンチ・コネクション』『48時間』『ミスティック・リバー』『トレーニングデイ』『16ブロック』……。星の数ほどあります」

「おれも腰を据えて映画を観るか。勤ちゃんお薦めのポリスディテクティブものから」

「いっしょにレンタルショップに行きますわ。これはこんな映画で、出来はAやとかBやと解説します」

「評論家がついてたら心強いな」

「ただし、アート系の映画はさっぱりです」

あれこれ話しているうちに、老松通りに入った。


『まつなが』は大阪古美術館の向かいにあった。左右をビルに挟まれた瓦葺《かわらぶ》きの町屋はこぢんまりとして間口もそう広くない。自動ドアの左にショーウインドーをしつらえ、赤い毛氈《もうせん》を敷いた床《とこ》に乳白色の壺を飾っている。その店構えは〝一見客《いちげん》お断り〟というふうだ。

店内に入った。黒縁眼鏡をかけた店主は着流しの和服で、でっぷりと肥っている。茶の宗匠か生花の家元といった風情だ。

「さきほど電話しました、泉尾署の新垣です」

「同じく、上坂です」

上坂は警察手帳を提示した。店主は見ようともせず、

「松永です。どうぞ、おかけください」

「失礼します」上坂と並んでソファに腰をおろした。

「――陶片のことを調べてはるそうですな」

松永はテーブルのシガレットケースから煙草をとってくわえた。

「清朝、明朝の景徳鎮です」上坂が応じた。

「売りました。大小あわせて五百点ほど」

「陶片に需要はあるんですか」

「ありますな。陶芸家や研究者が買いはります」釉薬や焼成技法を調べるための資料、サンプルにするのだという。

「ちなみに、値段は」

「ものによってちがいます。官窯みたいな出来のええ陶片で、それなりの大きさがあるもんは一点売り。小そうて雑多なもんは量り売りで値付けさせてもろてます」松永は値をいわなかった。

「買《こ》うた客、分かりますか」

「木村さんです」フルネームは知らないという。

「名刺は」

「すんません。もろてませんねや」

木村は在野の陶芸史研究家だといった、と松永はいい、「携帯の番号は知ってます」

「それ、教えてもらえますか」

「はい、はい」

用意していたのだろう、松永はテーブルの下からアドレス帳を出した。「――よろしいか。090・9824・31××です」

上坂は番号をメモ帳に書きとって、

「なんで、携帯の番号を知ってはったんですか」

「そらあんた、陶片が用意できたら木村さんに知らせるいうことで番号を聞いたんですわ。百五十キロもの陶片は、あちこちに声かけて集めんといかんさかいね」

「百五十キロ……。確かにかなりの量ですね」

「木村さんに売ったんは初めてやない。二回目ですわ」

「ほう……。一回目は」

「一昨年《おととし》です。七月か八月やったかな」

そのときは百キロの陶片を売ったという。

「で、二回目が今年の十一月……。何日でした」

「十二日です。土曜日でしたな」

木村はキャリーバッグを五つ持ってきた。陶片を三十キロずつに分けてバッグに収め、ひとつずつ転がして運び去った――。

「バッグは車に載せたんですよね。見ましたか、車」

「いや、見てませんな。どこか近くの駐車場に駐めてたんとちがいますか」

車を見ても車種の判別がつかない、と松永はいう。

「それで、その百五十キロの陶片の値段は」

また、上坂は訊いた。少し間があったが、

「キロ、八千円ですわ」さも面倒そうに松永は答えた。

「八千円が百五十キロ。百二十万円ですね」

「ま、珍しいお客ですわ。そやさかい、よう憶えてるんやけどね」

「支払いは現金で？」

「そう。現金です」

「木村はいつもひとりでしたか。連れと来ることはなかったですか」新垣は訊いた。

「ひとりでしたな。無口で愛想のないひとです」

「この男が木村ですか」

村上を撮影してプリントした写真を見せた。

「ああ、このひとです」松永はあっさりうなずいた。

「木村から連絡があったり、店に現れたときは電話してもらえますか」

名刺を渡して、「お忙しいとこ、ありがとうございました」

上坂を見た。上坂は膝に手をおいて腰をあげる。新垣も立ちあがった。

「刑事さん」

「なんです」振り返った。

「値段のこと、ほかにはいわんとってください」

「もちろんです。松永さんも我々のことは口外せんようにお願いします」

頭をさげて『まつなが』を出た。

「どうや、勤ちゃん」

「なかなかに油断のならんオヤジですね。骨董屋て、みんな、あんなんですか」

「海千山千や。ゴミみたいな磁器の欠片をキロ八千円で売るんやからな」

盗犯の刑事から聞いたことがある。骨董屋の仕入値は売値の五分の一や十分の一だと。テレビの鑑定番組で百万円と鑑定された焼きものや掛軸が、いざ売るとなると十万円、二十万円の世界なのだ。

「所詮はマニア同士の売り買いなんですね」

「おれらには一生、縁がないやろ」

刑事の給料で骨董は買えない。


上坂がコーヒーを飲みたいといい、コインパーキングにもどる途中のカフェに入った。カウンターに腰をおろしてブレンドを注文する。

宇佐美に電話をした。

――はい。二係。

――新垣です。いま『まつなが』を出ました。一昨年の七月か八月に陶片を百キロ、今年の十一月十二日に百五十キロを売ってます。買い手は村上哲也でした。

写真で確認したといった。

——それはなんや、河本展郎は一昨年の夏にも陶片をばらまいたということか。

——海域は分かりません。

少なくとも、河本は一昨年の夏から沈船詐欺を働いている、といった。

——どうしようもない腐れやな、え。

——根っからの詐欺師ですわ。

——さっき、回答が来た。美濃聡の犯歴データ。河本に輪をかけたワルや。

美濃聡——。昭和四十年四月二十五日、三重県津市で出生。五十一歳。昭和六十二年、傷害。昭和六十三年、覚せい剤取締法違反。平成二年、傷害。平成四年、窃盗……。宇佐美は長々と美濃の犯歴をいった。

——交通前科を除く前科前歴、八犯。平成二十年六月から二十二年九月まで高松刑務所におったけど、これが河本展郎の服役と一年半ほど重なってる。

——美濃は河本と高松刑務所で知り合うたんですか。

——同房やったんかもしれんな。

ふたりは懲役仲間だったのだ。

——美濃の組関係は。

傷害や覚醒剤がそうだ。

——昭和六十三年から平成十七年ごろまで、尼崎《アマ》の川坂会《かわさかかい》系矩義会《かねよし》の準構成員やった。矩義会は平成二十三年に解散してる。

――どっちにしても粗暴なやつですね。

――根っからの詐欺師やない。河本に誘われて、ええように使われとんのとちがうか。

宇佐美は投げるようにいって、

――いま、どこにおるんや。

――老松通りですけど。

――コーヒーでも飲んでるんやろ。

――いや、その、煙草吸いたかったし。

――飲んだら、兎子組へ行け。荒井の情報《ネタ》をとるんや。

――ええんですか。荒井の失踪をいうても。

――頃合いや。兎子組に触らんわけにはいかん。

――しかし、兎子組に荒井の消息を訊いたら、比嘉や河本や『ＯＴＳＲ』のことをいわんわけにはいかんですよ。

――荒井は兎子の組員や。兎子の連中も荒井を捜してる。

――了解です。行きますわ、兎子組。

――荒井がつきおうてる保育士がおったやろ。先に確認してから行くんやぞ。

宇佐美はいうだけいい、電話は切れた。

「兎子組に行くんですか」上坂がいう。

「しゃあない。おっさんの命令や」

「高松刑務所、いうのは」

「美濃と河本の服役期間が重なってるんや」美濃の犯歴を伝えた。

「川坂の枝の準構成員……。美濃が荒井康平を殺したんですかね」

「どうかな。宮古島に美濃の痕跡はなかった」

ブレンドがカウンターにおかれた。ブラックで飲む。酸味の勝った旨いコーヒーだった。


イプサムに乗り、金子さつきの携帯に電話をかけた。出ない。十回ほどコールして、切ろうかと思ったときにつながった。

——はい、もしもし。

——お仕事中ですよね。すみません。泉尾署の新垣です。

——あ、刑事さん……。

——その後、荒井さんから連絡ありましたか。

——ありません。刑事さんは。

——いや、こっちも消息をとれてないんです。携帯のＧＰＳも反応なしで。

——いったい、どうしたんですか、あのひと。

——正直、分からんのです。

金子の言葉はない。沈んだようすが眼に浮かぶ。

――旭ハイツは。

――先週、覗いてみました。変わってません。

部屋に荒井が帰ってきた跡はない、と金子はいった。

――そうですか。……ごめんなさい。なにかあったら連絡します。

電話を切った。駐車料金の精算をした上坂が助手席に乗る。

「どういうてました」

「落ち込んでた」

「あんなまじめな子がヤクザとつきおうたらあかんわ」

「まじめすぎるんや」

シートベルトを締め、エンジンをかけた。


港区夕凪《ゆうなぎ》、兎子組の事務所に着いた。車寄せにアルファードとレンジローバーが駐められている。近ごろのヤクザはミニバンやSUVに乗るらしい。

アルファードの隣にイプサムを駐めた。

「遼さん、これからの込《い》みはぼくに任せてもらえませんか」

「ああ、それはかまわんけど、なんでや」

「考えがありますねん。それを確認したいんです」

上坂はメモ帳を繰り、「組長は佐々木寛《ささききひろし》、五十八。若頭は横山裕治《よこやまゆうじ》、五十三」

独りごちるようにいって車外に出た。新垣も降りる。上坂がインターホンを押した。

——はい。どちらさん。

——泉尾署の上坂です。先日はどうも。

上坂はレンズに向けて手帳をかざした。

——なんですか。

——ちょっと話がありますねん。できたら、佐々木さんに。

——おやっさんは留守ですわ。

——ほな、横山さんに。

——用件は。

——荒井さんのことでね。

——待ってください。

声が途切れた。相談しているようだ。

しばらく待って、ドアが開いた。生白い顔の痩せが顔をのぞかせて、

「どうぞ」

事務所に入った。相も変わらず雑然としている。

ソファに男がふたり座っていた。左はこの前に会った米田《よねだ》とかいう舎弟頭で、右の男が、

「横山です」

座ったまま、いった。短髪、薄く茶色がかったレンズの縁なし眼鏡、ダークスーツにボタンダ

ウンのワイシャツ、広げた両膝のあいだに腕をだらりと垂らしている。顔つきも身なりも典型的なヤクザだ。

「おたくさんは」

「泉尾署捜査二係の新垣です」

ふたりに向かいあって腰をおろした。上坂も座る。

「飲み物は」

「けっこうです」

「そうでっか」

横山は小さく手を払った。瘦せは一礼して奥の部屋に消えた。

「荒井のことで、なにか？」

横山はソファにもたれて脚を組んだ。ピンストライプの靴下にスエードのローファーが気障《きざ》ったらしい。肘掛けにあてた左手の小指が欠損していることに新垣は気づいた。

「最近、組に顔出しましたか、荒井さん」上坂が訊いた。

「いや、見てへんねや。かれこれひと月やで」

「連絡も」

「ないな」

「組の構成員がひと月も連絡なしいうのは、おかしいですね」

「せやから、わしらも捜しとんのや」ヤクザに特有の粘りつくようなものいいだ。

「アパートに行ってみたんですか。弁天町の旭ハイツ」

「若いもんがな。誰もいてまへん」

「おたくさんが資金を融資した比嘉工務店には」

「行きましたで。荒井を見てへんか、と」

「それは比嘉の奥さんに訊いたんですか」

「そう、比嘉は飛びよったからね」

「飛んだら捜すでしょ」

「そら、捜しまんがな。金を貸しとんやから」

「荒井さんが比嘉を追い込んだということはないですか」

「金を返さんやつを追い込むのはあたりまえやで。ちがうか」

「比嘉は兎子組に追い込まれて模合の金を拐帯《かいたい》した。我々はそう読んでるんですけどね」

「刑事さんよ、比嘉がなにをしようが知ったこっちゃない。借りた金は、腎臓売っても首吊っても返さなあかんねや」

「比嘉と荒井さんはいっしょやないんですか」

「なにをいうてまんねん、あんた。おもろいな」

横山の口調と素振りから感じとれるものはない。そもそも表情に乏しいのだ。

「荒井さんは航空券を買いました。関空発沖縄行きのね。ふたり分ですわ」

「初耳やな。ほんまかい」

「刑事はね、めったなことでは嘘つかんのです」上坂はにやりとした。

「沖縄でなにしとんのや、荒井のボケは」

「トレジャーハンターです」

「なんでんねん、それ」

「沈んだ船から金目《かねめ》のものを引き揚げるんです。金貨とか古い陶磁器を」

「そんなシノギがおまんのか」

「実際の作業はしません。引き揚げると称して投資を募るんです」

「あほみたいな与太話でんな」

「沈船詐欺。それにひっかかったんが荒井さんかもしれんのです」

「ちょっと待ちぃな。荒井が詐欺にひっかかった……。極道の名折れやで」

「『OTSR』いう会社、聞いたことないですか」

「知らんな」横山は首を振る。

「オーシャン・トレイドシップ・リサーチです」

「なんや、それ。ウイスキーでっか」

なにがおかしいのか、横山は笑い声をあげた。眼は笑っていない。

「荒井さんが『OTSR』に出入りしてたというような話は」

「あんた、わしをおちょくってんのか」

「そんなつもりはないです」

「荒井がどこでなにをしてようが、んなことは荒井のシノギや。極道はな、我《わあ》が才覚で稼がんといかんのやで」

組が荒井に課しているのは週に一回の組当番と毎月の会費《ギリ》で、それさえ守っていれば余計な口出しはしない、と横山はいった。

「その『OTSR』とかいうのは、どこにありますねん」

それまで黙っていた米田が訊いた。

「ミナミです。事務所は」

「わし、聞いたことがある。荒井がいうてました。比嘉の知り合いがオーシャンなんとかいう会社をやってて、行ってみるとか」

「そう、それですわ。『OTSR』の代表者の名前は」

「さぁ、いちいち聞いてませんな」

「荒井さんは『OTSR』に出入りしてたんやなくて、ようすを見に行ったんですね」

「いや、確かなことは知らんね。だいたい、あいつはなにを訊いても生返事やし」

「米田さんが『OTSR』のことを聞いたんは、その一回だけですか」

「ああ、そうですわ」米田は小さくうなずいた。

「横山さんは、矩義会の美濃聡いう男を知ってますか」上坂はつづける。

「矩義会……」横山は視線を窓に向けた。「あったな。川坂の枝や。潰れたはずやで」

「そう。五年ほど前に解散しました。知りませんか、美濃聡」

「知らんがな」横山はいって、「それでやな、荒井は沖縄におるんかい」

「分からんのです。我々は大阪府警で、沖縄県警の縄張りを荒らすわけにはいかんし」

「警察にも縄張りがおまんのか」

「当然です。日本にはＦＢＩがないんです」

「不自由やな」横山はせせら笑う。

「我々の目的はあくまでも比嘉慶章の逮捕です。荒井さんの行方が分かったら比嘉の尻尾もつかめる。つまりはそういうことですわ」

「分かった。荒井から連絡があったら、比嘉といっしょか訊いとく」

「すんませんね。ぜひ、連絡してください」

上坂は名刺を出してテーブルにおいた。

「いや、ありがとうございます」

新垣はいった。「また進展がありましたら寄せてもらいます」

「な、刑事さん、ここはわしらの城なんや。城に顔出すときは、先にアポをとるのが常識やで」

「いわはるとおりです。次からはそうさせてもらいます」

「けど、あんたら、四課の刑事とはちがうな」

横山は組んでいた脚をほどいた。「まっとうや。ちゃんとタメの話ができる」

「横山さんもね」

「茶も出さんでわるかったな」

「お気遣いなく」

上坂をうながして、新垣は腰をあげた。


車に乗り、上坂が運転して走りだした。

「どうです、遼さん」

「狸やな。若頭を張ってるだけのことはある」

ヤクザからアポという言葉を聞くとは思わなかった。

「沈船詐欺のこと、知らんかったみたいですね」

「あの口ぶりでは、そうやな」

「米田も、とぼけてるふうではなかったですね」

「あの男にそんな芸はないやろ」

米田は貸金の取立で荒井を使っていた。だから荒井から『ＯＴＳＲ』という会社の存在は聞いたが、沈船詐欺のことまでは聞いていなかっただろう。「――しかしな、横山はひとつ嘘をついてる。……兎子組は比嘉が逮捕される前に貸した金を回収せんとあかん。せやから、比嘉が荒井といっしょに沖縄に飛んだことも知ってたように思うな」

「そこは遼さんと意見がちがいます」

「どうちがうんや」

「横山がふたりの沖縄行きを知ってたら、組員を遣って追い込みかけますわ」

荒井は沖縄行きを組には報告していなかった――。上坂はそういって、「ぼくの見立てをいいましょか」

「ああ、聞かせてくれ」

「まず、荒井の尻《ケツ》を掻いたんは比嘉ですわ。比嘉は沈船引き揚げを餌に、模合で落札した金を投資したら、七百五十万の元金が三千万にも四千万にも膨らむと、荒井を唆《そそのか》したんです」

――兎子組への返済に苦しんでいた比嘉は大口模合にも参加して七百五十万円を手に入れ、荒井とともに沖縄へ飛んだ。ふたりは那覇の『那覇アーバンホテル』に宿泊し、そこへ河本が来て、三人は宮古島へ飛んだ。そうして保良《ぼら》の『ヴィラ　サザンコースト』に投宿したが、荒井は十一月四日から六日まで三泊。比嘉と河本は八日まで五泊して、九日に石垣島へ飛んだ――。

「――この宮古島で、いざこざが起きたんです。荒井は河本が詐欺師で、沈船を引き揚げる気なんかさらさらないと知った。荒井は河本と比嘉を脅して、バッグに詰めた比嘉の金を奪《と》った。比嘉が黙って、それを見てるわけはない。比嘉は隠し持ってたバールで荒井を殴りつけた。荒井は昏倒し、比嘉と河本は気を失った荒井を保良の浜に運んで生き埋めにしたんです」

「なんか、見てきたような講釈やな。バールはどこで用意した」

「あらかじめ、ホームセンターで買うといたんです」

「車のホイールレンチやったら買わんでもええぞ」

「そう、ホイールレンチで殴ったんです。荒井の頭を」

「返り血は」

「拭いたんです。タオルで」

「部屋に飛び散った血はどうするんや。カーペットに染み込んだ血は」

「せやから、ヴィラの外でやりよったんです」

「荒井を埋めたシャベルは」

「ホームセンターで……」

「分かった。よう分かった」

上坂の饒舌《じようぜつ》を遮った。「森野青果の森野が、荒井のことを『ＯＴＳＲ』のスタッフというたんはどういうわけや」

「それはさっき、米田がいうたやないですか。比嘉の知り合いがオーシャンなんとかいう会社をやってて、荒井が見に行く、と。荒井は沈船詐欺の客やないから、スタッフのふりして河本の説明会に出たんです」

「なるほどな。そこは辻褄が合う」

煙草をくわえた。サイドウインドーをおろす。「荒井がどう死んだかは分からんけど、宮古島でトラブったんは勤ちゃんのいうとおりかもしれん」

「どうですか、ぼくの見立て」

「どっちにしても、まだ材料が足らん」推論がすぎる、とはいわなかった。

イプサムはみなと通から国道43号に入った。

「遼さん、美濃聡のヤサて、公団住宅でしたよね」

「ああ、そうや」大正区北村の団地のA棟だった。

「あの住宅は分譲ですか、賃貸ですか」

「分譲やろ。築二、三十年という感じやった」

住宅は十一、二階建でA棟からD棟まであった。府の住宅供給公社やUR都市機構の賃貸住宅ならもっと規模が小さいし、築年数が浅い。

「美濃は買うたんですかね、409号室を」

「なにがいいたいんや」

「金の出処《でどころ》ですわ。刑務所を出たり入ったりの美濃にまとまった金があるとは思えません。なんぼ古うても北村の公団住宅やったら一千万はするでしょ」

河本が美濃のために金を出したとは思えない、と上坂はいう。「そこを確かめたいんです」

「なるほどな。金の出処か」

「登記簿を見ましょ。法務局で」

「大正区に法務局はないぞ」

「調べてください。スマホで」

「はい、はい」上坂は人使いが荒い。

15

北区西天満──。大阪法務局の出張所に行った。窓口で大正区北村の公団住宅の地番とA棟409号室の家屋番号を訊き、『登記事項要約書・閲覧申請書』を書く。手数料の四百五十円は新垣が払った。

当該の部屋の所有者は河本展郎でも美濃聡でもなく、『桜井清孝《さくらいきよたか》』という人物だった。桜井は昭和六十二年二月に所有権登記をしている。

「これはどういうことや」

「この桜井いうやつも、沈船詐欺の一味ですかね」

「ちがうやろ。登記が古すぎる」二十九年も前だ。

「遼さん、不動産屋に行きましょ」

「なんやて……」

「桜井は409号室を貸してるんです。きっと」

上坂は登記書類をメモ帳に挟んで立ちあがった。

大正区──。JR大正駅近くの『サンエリア』に入って警察手帳を提示し、登記書類を見せて仲介斡旋をしなかったかと訊いた。スタッフはパソコンのキーを叩いて調べてくれたが、当該の取引はないと答えた。

『サンエリア』を出て、『エンブル』に行った。女性スタッフは住所と部屋番号を入力し、「――はい、お取引がありました」

「ああ、そうですか……。いつでした」

「一昨年の二月のご入居ですね」

公団住宅北村A棟４０９号室の所有者は桜井清孝、入居者は美濃聡だという。

「つまり、桜井さんが美濃さんに部屋を貸したんですね」上坂がいう。

「おっしゃるとおりです」スタッフはうなずいた。「集合住宅で、オーナーさまが部屋を改装して賃貸に出されることはよくあります」

「連帯保証人は」

「比嘉慶章さまです」

「比嘉が……」

「比嘉さまのご住所は大正区恩加島東……」

「いや、それは分かってます」

上坂はいって、「比嘉さんがここに来て、入居の申込みをしたんですか」

「いえ、そこまでは……」

「北村まで案内したんですよね。比嘉さんか美濃さんを」

「そうだと思います」オーナーからキーを預かり、部屋を見せてから入居契約するのが普通だとスタッフはいう。

「案内したんは」

「わたしではないです。……お調べしましょうか」

「ありがとうございます。いまはけっこうです」上坂は小さく手を振った。

『エンブル』を出た。上坂はイプサムの運転席に座って、

「比嘉は一昨年の二月以前から美濃や河本とつるんでた……。これはどういうことですか」

「比嘉は前々から河本が詐欺師やと知ってた。比嘉の模合落札は沈船引き揚げに投資するのが目的やない」

「やっぱり、荒井康平は比嘉に騙されたんです。沈船詐欺の一味である比嘉に」

「荒井は沖縄まで行って、宮古島で殺された……。河本と比嘉の動機はなんや。勤ちゃんは宮古島でいざこざが起きたというたけど、おれはもっと根が深いように思うな」

「現段階で動機までは分からんですね。内偵捜査に予断と先入観は禁物でしょ」

「ほう、勤ちゃんの見立てては予断とちがうんか」

「そういうニュアンスもあります。河本と比嘉は端《はな》から荒井を殺す肚《はら》やったんです」

「六十二の詐欺師と五十七の工務店経営者がヤクザの荒井を殺した……。詐欺と殺人では犯罪がちがいすぎるぞ」

「宮古島に第三の男がおったと考えたらどうですか」

「それはなんや、美濃聡か」

「美濃は矩義会の準構成員でした。傷害やシャブでなんべんも服役してます」

上坂の推論を反芻《はんすう》した。ありえない話ではないが、リアリティーに欠ける。

「勤ちゃん、ヤクザが身体を張るのは抗争や。詐欺師に唆されてひとを殺すかな」

「詐欺師とヒットマンいう組み合わせは映画にもないですね」あっさり、上坂はうなずいた。

「どうする、これから。署に帰るか」

腕の時計を見た。午後二時前——。宇佐美に兎子組でのやりとりを復命し、南西諸島での捜査経過を報告書にして出張費の精算もしなければいけない。書類仕事が山ほどある。

「遼さん、まずは飯を食いましょ」

「牛丼か、うどんか、ラーメンか」

「朝から外を出歩いて、ファストフードは気が向きませんね」

上坂は考えて、「ステーキとか焼肉はどうですか」

「このあたりに小マシなステーキ屋はないぞ」

「鶴橋に行きましょ。七輪の炭火で焼く店。そこ、テールスープが絶品ですねん」

「大正から千林から鶴橋まで、ほんまに守備範囲が広いな」

「昨日の千林の餃子、ぼくがごちそうしましたよね」

「どういう意味や」

「せやから、鶴橋は遼さんの払いでお願いします」

「酒も飲めんのに焼肉を食うか」

「遼さん、ビールの一杯ぐらい飲んでも罰《ばち》は当たりませんわ」

上坂の企《たくら》みは分かる。地元の大正は顔が差すが、鶴橋ならビールが飲める。そういうことだ。

「ジャンケンしましょ」

「なんでや」

「勝ったらビールが飲めるんです」

「ほな、負けたほうが勘定を持つんやな」

「遼さん、ぼくは餃子代を出したんです」

ジャンケンをし、鶴橋に向かった。


焼肉は旨かった。テールスープも冷麺もさっぱりした味で、旨かった。上坂は生ビールを一杯、新垣は烏龍茶を飲んだ。

勘定を払ったところへ、宇佐美から電話があった。

――新垣です。

――どこにおるんや。

――大正です。西天満の法務局出張所から大正の不動産屋にまわって、美濃聡の部屋の賃貸状況を調べてました。

――それで、どうやったんや。

――北村の公団住宅A棟４０９号室の所有者は桜井という人物です。

桜井は貸主、美濃は入居者で、ふたりのあいだに特段の関係はない、といった。

――これから署にもどります。

――まあ、待て。尼崎に寄れ。

――なにか、あったんですか。

――出屋敷《でやしき》のコンビニのATMで比嘉の口座から金が引き出された。おろしたやつが比嘉かどうか、確認するんや。

尼崎市南竹谷町二丁目の『セブンデイ出屋敷駅前店』。午前十時ごろ、比嘉名義の大同銀行の普通預金口座から上限額の五十万円が引き出されたという。

――了解です。……ちょっと気になるんですけど、美濃がおった矩義会は尼崎ですよね。

――競艇場の近くや。事務所は道意町《どいちょう》二丁目にあった。道意町から東へ三百メートルほど行ったとこが阪神電車の出屋敷駅や。

――美濃は出屋敷近辺に土地勘があるんですね。

――比嘉は美濃の手引きで尼崎に潜伏してる可能性がある。ヤサを特定せい。

電話は切れた。

「比嘉が出屋敷駅前のコンビニで金をおろしたんやと。ヤサを特定せいといいよった」

「むちゃいいますね。警察に追われてる犯罪者が潜伏場所の近くで金をおろしますか。そもそも、比嘉にヤサがあるとは思えませんわ」

「しかしな、比嘉は尻尾を出しよった。比嘉が大阪近辺におることはまちがいない」

紙エプロンを外して焼肉屋を出た。

阪神高速神戸線の武庫川出口を下り、国道43号を東へ二キロほどもどった。南竹谷町は商業施設や集合住宅が混在する繁華な街だった。

『セブンデイ出屋敷駅前店』のパーキングにイプサムを駐めた。出入口自動ドアの右上に、パーキングに向けた防犯カメラが設置されていることを確認し、店内に入る。ATMコーナーはカウンターの左側にあった。

お忙しいとこ、すみません──。カウンターのスタッフに手帳を提示し、身分と名前をいった。

赤い制服のスタッフはうなずいて、

「泉尾署から電話をいただいてます」

だったら、話は早い。

「金をおろしたんは男ですよね」

「いえ、憶えてないんです。見かけたとは思いますけど」

ATMを利用する客は一日に百人以上いるという。

「防犯カメラは」

「あります」

「見せていただけますか」

「こちらです」

スタッフはカウンターを出て、冷凍食品ケース横のドアを開けた。新垣と上坂も入る。スタッフは防犯カメラのデッキのそばに立ち、映像の再生方法を教えてくれた。自分たちで調べろ、ということだ。

新垣は礼をいい、モニターの前に腰かけた。なにかあったら呼んでください、とスタッフは事務室を出ていった。

映像を早戻しした。9：40から再生し、二倍速で見ていく。

10：02――。白いマスクの男がATMの前に立った。黒いブルゾンにグレーのオープンシャツ、鼈甲縁の眼鏡をかけている。新垣は映像を一時停止した。

「勤ちゃん……」

「比嘉やないですね」上坂が覗き込む。

「美濃や」まちがいない。マスクはしているが、オールバックの短髪と眼鏡、黒のブルゾンに見憶えがある。

念のため、十時二十分まで再生した。九時四十分から十時二十分のあいだにATMを利用した客は五人だったが、美濃のほかに、比嘉と思われる人物はいなかった。

宇佐美に電話をした。

――新垣です。いま、出屋敷のセブンデイです。

防犯カメラの映像を確認したといった。

――今日、十一月二十一日の午前十時二分から三分にかけて、美濃聡と思われる男が金をおろしました。時間的に符合するかどうか、大同銀行に照会してください。

――分かった。金をおろしたんは美濃にまちがいないんやな。

――比嘉らしき人物が店内に入った形跡はないです。

――美濃はどうやってコンビニに来たんや。車か。

――それはこれから調べます。

――比嘉は車に乗ってて、美濃に金をおろさしたんかもしれん。そこを確認せい。

――了解です。確認します。

いちいち、うるさいやつだ。駆け出しの刑事に指示するようなことというな。

電話を切った。上坂が事務室を出て、さっきのスタッフを連れてきた。

「なんべんもすみませんね。パーキングの防犯カメラを見たいんですけど、お願いできますか」

いうと、スタッフはモニターの映像を二分割し、パーキングのそれを拡大した。

新垣は9：50から映像を再生した。

10：01――。白の軽自動車がパーキングに入ってきた。前輪を車どめにあてて停まる。運転席からマスクの男が出てドアをロックし、店内に入る。

「ひとりですね」

「そうやな」

美濃はひとりで金をおろしに来たのだ。

映像を一時停止し、軽自動車のプレートナンバー〝大阪５９９　ら　８７－××〟をメモ帳に書いた。

10：04――。美濃は軽自動車に乗り、パーキングを出て行った。宇佐美に電話をした。

――美濃は車でコンビニに来ました。ひとりです。車は白の軽自動車です。

プレートナンバーを伝えて所有者を照会するよういった。

――車種はなんや。

――ちょっと待ってください。

軽自動車の大半は車高の高いミニバンタイプだから、新垣には見分けがつかない。

「勤ちゃん、軽四の車種、分かるか」スマホを上坂に向けた。

「そんなん、分かるわけないやないですか。マニアでもないのに」

――と、いうてます。

――分かった。ヤサの特定はええから、帰ってこい。

電話は切れた。

店内でUSBメモリを買い、スタッフに映像記録をコピーしてもらって、『セブンデイ出屋敷駅前店』をあとにした。


泉尾署に帰着したときは日暮れが近かった。車両係にイプサムを返却して刑事部屋にあがる。宇佐美に手招きされ、デスクの前に立った。

「コンビニの映像記録です」USBメモリを宇佐美に渡した。

「軽四はダイハツのミラや。所有者は美濃聡。登録は一昨年の三月。大正の中古車ディーラーから買うてる」

「北村の公団住宅に入居した、すぐあとですね」

「たぶん、河本が買うてやったんやろ」

「大同銀行の回答はどうでした」上坂が訊いた。

「十時二分、比嘉の口座から五十万円が引き出された。残高は八万三千円」

「美濃が比嘉のキャッシュカードで金をおろした……。どういうことですかね」

「カードを預かって、暗証番号を聞いたんやろ」椅子にもたれて宇佐美はいう。

「比嘉が美濃にキャッシュカードを預けたんですか。……それとも、美濃は比嘉に無断で金をおろしたんですか」

「なにがいいたいんや、え」

「比嘉と河本が十七日に奄美から伊丹に飛んだあと、比嘉の行方が不明です。比嘉はどこにいてるんですか」

「それが分からんから捜査してるんやないか」

「河本は保栄ハイツにもどったのに、比嘉の消息は途切れたままです。沖縄、宮古島、石垣島、奄美大島と、いっしょに行動してた河本と比嘉が、大阪にもどった途端、別行動になった。ぼくはそこが不自然やと思うんです」

「比嘉は模合の落札金拐帯で手配されてるけど、河本はちがう。比嘉が潜伏するのは当然とちがうんか」

「それは、ま、そうですけど」

「上坂、おまえ、まさか比嘉も荒井と同じように……」

「殺されたとはいいません。けど、その可能性もあるんやないかと思うんです」

「あほなこといいえ。連続殺人やないか」

宇佐美は鼻で笑った。「荒井は宮古島で姿を消して、比嘉は伊丹からあと所在不明。……消息が途絶えたら殺人か。推理小説やないぞ。頭を冷やせ」

「係長の本音はどうなんですか。比嘉はともかく、荒井は生きてると思てるんですか」

「その心証を得たいから捜査をしとんのやろ」

宇佐美は本心をいわない。いつもそうだ。それが管理職の心得とでもいうように。

「そろそろ勝負をかけたらどうですか」

「なんの勝負や」

「河本の事情聴取です。比嘉の模合落札金横領の参考人として」

「はい、わたしは比嘉と行動をともにしてました、と河本が喋るんか。おまえは甘い。河本を引くときは沈船詐欺容疑でないとあかんのや」

宇佐美は上坂をじっと見据えた。「沈船詐欺を立証するには被害者が要る。被害届もないのに河本を調べ室に入れることはできん」

宇佐美の言説には一理ある。被害の実態はあっても届のない詐欺容疑は立件がむずかしい。

「被害届をとれ。河本の事情聴取はそれからや」

宇佐美はつづけた。上坂は黙っている。

「それともひとつ、比嘉工務店に行け。比嘉のよめに会うて、比嘉の潜伏場所を知ってるかどうか探ってこい」

「しかし、よめに会うたら多少のことは喋らんとあきませんよ」

「こっちのネタを小出しにして相手の顔色を見るのが刑事の芸やろ」

「ま、そのとおりですけどね……」

「ほら、行ってこい」

「あの、車、返したんですけど、車両係に」

「歩いても行けるやろ。恩加島は」

「歩いてね……」二十分はかかる。

デスクを離れた。


ガレージに降りて、また車を借りたいといったら車両係に笑われた。フィットを新垣が運転して恩加島東に向かう。

「ほんまに、あのおっさんだけは一分たりとも好きにさせませんね」

「なにごとも管理せんと気が済まんのや」

「それって、小心やからですか」

「小心かつ横柄。おれは誰よりも仕事ができると、勘違いしてる」

「トップは少々ボーッとしてるほうが、組織としては成果があがるんやないんですか」

「おっさんはトップやない。ピラミッドの底辺の小番頭や」

「その小番頭に追いまわされてる丁稚《でっち》が、遼さんとぼくですか」

「勤ちゃん、〝お日さん西々〟でやってたら、お給金はもらえるんや」

「その割にはまじめやないですか。やる気もあるし」

「公務員としてはな」

恩加島東の交差点を左折した。


比嘉工務店はシャッターが開いていた。資材置場の自転車のそばに白いダウンパーカの女がいる。女は化粧が濃く、ヴィトンのバッグを斜めがけにしていた。

「こんばんは。奥さん、いてはりますか」

上坂がいった。女は小さくうなずいた。

「泉尾署の上坂といいます」

「母は事務所です」女は階段に眼をやった。

「これから、お出かけですか」

「はい。ちょっと……」

勤めに出るのかもしれない。自転車で通勤できるミナミあたりの飲食店だろうか。

「お父さんのこと、お聞きですよね」

「あ、はい……」

「お父さんにお会いしたいんですけど、連絡先とか聞いてはりませんか」

「父は出ていったきりです。もう長いこと電話もありません」

「娘さんからは」

「かけました。電源が入ってません」

「ご心配ですね」

「でもないです。父はわるいことをして逃げてるんです」

「お父さんが立ち寄りそうなとこ、心あたりはないですか」

「ありません」

父親から連絡があったら、警察へ行くようにいうつもりだと、娘はいった。その応対は自然で、嘘をいっているようには見えなかった。

「あの、もういいですか」

「あ、すんません。気をつけて行ってください」

娘は自転車を押して資材置場を出ていった。電動自転車だった。

新垣と上坂は階段をあがった。足音で気づいていたのか、比嘉たまみは奥のデスクから立って、こちらに来た。勧められて、新垣たちはソファに腰をおろした。

「いま、下で娘さんに会いました。かわいいひとですね」

「主人に似てるでしょ」

「ご主人にはお会いしたことないんですわ」新垣がいった。

「あら、そうでしたか」

「ずっと後追《あとお》いしてます。ご主人の」

「主人はいったい、どこにいるんですか」

「それを知りとうて捜査してます」

「石垣島ではないんですよね」

「それは……」

「石垣島に行かれたんでしょ。主人の甥から電話がありました」

「西銘さんですか、石垣漁協の。……西銘さんはどういいました」

「主人の携帯に電話をしてもつながらない、と」

「西銘さんからご主人のようすを聞かれましたか」

「甥は船を持っているひとを紹介したんですよね。それで、主人は船に乗って奄美大島へ行ったとか……」

「奄美に行った目的は」

「遺骨の収集でしょ」

「ご主人は『巽丸《たつみまる》遺族会』と関係があったんですか」

「知りません。そんな話は聞いたことがないです」

「西銘さんからの電話はいつでした」

「先週です。水曜か木曜でした」

「なるほどね」

新垣と上坂が石垣漁協で西銘に会ったのは水曜日だった。西銘は比嘉に告訴状が出ていると知って、たまみに電話をしたのだろう。

ひとの口に戸は立てられない——。そう実感した。

「新垣さんは奄美に行かれたんですか」

「行きました。ご主人は奄美から伊丹に飛んでます」

「じゃ、いまは大阪にいるんですか」

「そのはずなんですけど……」

たまみの口調に淀みはない。比嘉を庇っているふうもない。

「奥さんはご主人から河本というひとの名前を聞いたことはないですか」

上坂が訊いた。「サンズイの〝河〟に〝本〟。河本展郎です」

「河本さん……。知りません。主人は、仕事のつきあいのことはいわないんです」

「でも、工務店の経理は奥さんが……」

「請求書くらいは作りますけど、帳面は税理士の先生にお任せしてます」

「三根というひとは、ご存じないですか。三つの〝根〟」

「知りません」

「美濃聡というのは」

「そのひとなら知ってます。解体の職人さんです」

比嘉が北村の公団住宅を紹介して、入居の際の保証人になったという。

「美濃さんが解体の仕事をしたことは」

「あります。主人が請けた現場で」

「美濃さんは重機を使えるんですか」

「さぁ、それは知りません」たまみが解体現場に行くことはないという。

美濃が解体作業をしていたのはほんとうだろう。美濃は河本の沈船詐欺にからみつつ、比嘉の仕事の手伝いもして収入を得ていたのだ。

「奥さんは美濃さんに会うたことがあるんですか」

「あります。現場の帰りに、ここへ寄ったことが」

「どんなひとでした」

「おとなしいというか、無口なひとでした。でも、気難しいという感じやないです」

矩義会の準構成員だった顔は見せなかったようだ。宇佐美に聞いた犯歴データでは、美濃は刺青を入れておらず、指も欠損していなかった。

「奥さんはご主人から、沈船引き揚げの話を聞いたことはないですか」

上坂はつづける。「古いむかしに沈没した中国の交易船から金貨や骨董品を引き揚げて、オークションに出したりするんです」

「そんな話は知りません。主人は解体業です」

たまみは顔をあげて上坂と新垣を見た。「主人を見つけたらいってください。大事なお金を預けてくれた模合のひとたちに迷惑をかけたんやから、ちゃんと謝って弁償しなさいと」

「そう、奥さんのいわはるとおりです」

「貸しビル業の知念《ちねん》さんは、主人が大阪に出てきたころからの知り合いです。主人が心から反省して、お金を弁償したら、告訴は取りさげてもらえますよね」

「かもしれません」上坂は笑った。

「とにかく、主人を早よう見つけてください」

このよめは考えが甘い。金を返しさえすればいいのなら、世に警察は要らない。

「どうも、長々とすんませんでした」

上坂はいって、「ご主人から連絡があったら、ぼくの携帯に電話してください。真夜中でもかまいません」腰を浮かした。

「お願いします」

新垣も立って階段を降りた。資材置場から外に出てフィットに乗る。

「勤ちゃん、あのよめはどうや」

「能天気です」

「嘘はいうてへんな」

「嘘もほんまも、あのとおりですわ」

「だんなに逮捕状が出てるとはいえんかったな」

シートベルトを締めた。


泉尾署にもどり、宇佐美に復命をした。宇佐美は簡単なメモをとったあと、

「出張の報告書は」と訊いてきた。

「まだです」上坂がいった。「今週中に書いて出します」

「君らが奄美から帰ってきたんは土曜日やろ。今日は月曜やぞ。なにをしてたんや」

「あの、ぼくらは日曜も休まずに仕事してました。朝の七時から東三国へ行って『ＯＴＳＲ』の村上哲也のマンションを張って、いっしょに出てきた村上と女を尾行して、その女が正木いう名前で裏なんばの『チャクリ』いうエスニック料理屋に勤めてるのを特定して、それから『保栄ハイツ』を遠張りして、出てきた河本を尾行して北新地から天神橋へ行って、沈船詐欺の共犯者の美濃聡を北村の公団まで尾行して、今朝の一時になって、ようやく解散したんです」

「口でそれだけいえるのは大したもんや。その報告書も書いて提出せい」

「そらもちろん、書きますけど……」

「提出は明日や。今晩、残業やな」

「家でやったらあきませんか」

「君らは警察官や。職務を自宅に持ち帰るのは就業規定に反するやろ」

「家で下書きします。明日、パソコンに入力してプリントします」

「そんなに帰りたいか、家に」

「別に帰りとうはないけど、家におったら、酒飲みもってぼちぼちやれるやないですか」

「君は酒好きか」

「一年のうち四百日は飲んでますね」

「分かった。帰れ」

宇佐美はいって、「明日は、沈船詐欺の被害届をとれ」

「誰です、被害者」

「それを調べるのが君らの仕事やろ」

宇佐美は小さく手を振った。


珍しく、七時前に署を出た。大正通のバス停でバスを待つ。

「なんですねん、あのおっさん。残業手当も出んのに、残業せいはないでしょ」

「就業規定に反する、いうのはおもしろかったな」

「気は確かですかね。刑事に就業規定を求めるのは、映画監督に脚本を変えるな、AV女優に裸になるな、相撲取りに髷《まげ》を結うなというのと同じことやないですか」

「勤ちゃん、髷のない力士はただのデブや」

「AV女優がパンツ脱がんかったら、タダでも観ませんけどね」

論点がずれている。あえて訂正はしないが。

「おっさんは簡単にいうたけど、沈船詐欺の被害届て、どうやってとります」

「それや。おれも考えた。森野青果の森野はどうや」

「あのひとはまだ出資してないんでしょ。被害におうてないやないですか」

「明日、森野に会お。河本の説明会に出た中に被害者がおるはずや」

「被害者はおっても、森野が名前を知ってますかね」

「どうやろな。とにかく会うてみよ」

バスが来た。乗る。ふたりとも座れた。上坂は大正駅から地下鉄長堀鶴見緑地線で谷町六丁目へ行き、谷町線に乗り換えて千林大宮へ。新垣はバスで桜川まで行き、自宅に帰る。上坂は約五十分、新垣は二十分の通勤だ。

「遼さんはＡＶとか観るんですか」

「観るもなにも、おれはビデオ屋に行かへん」

「ぼくもＡＶは観ません。ストーリーがないし」

「映画の判断基準てなんや」

「そら監督でしょ。コーエン兄弟、タランティーノ、リドリー・スコット。ひとむかし前やと、サム・ペキンパーなんか好きですね」

タランティーノ、コーエン兄弟は聞いたことがある。ほかは知らない。

「こないだ、刑事ものの映画を勧めましたよね。いっしょに行きますか、大正駅前のビデオショップ」『Ｌ・Ａ・コンフィデンシャル』を観て欲しい、と上坂はいう。

「レンタルのカード、持ってないんや」

「ぼくのカードで借ります。ついでに『ブリット』と『セブン』も」

「観るのはかまへん。報告書はどうするんや」

「そんなもん、適当に書いたらよろしいねん。ふたりで半分ずつ」

しつこく勧められ、大正駅でバスを降りた。いっしょにレンタルビデオショップに入り、上坂がバスケットにＤＶＤを放り込んでいく。あっというまに十枚を超えた。一度に十点以上を借りると返却期限が二週間後になるらしい。

上坂がＤＶＤを選ぶあいだ、新垣はスマホを見た。メールが入っている。玲衣だった。

《退屈　☎して》――。愛想の欠片もない。

アドレス帳を出して発信キーに触れた。

――おれ。

――あ、生きてたん。

メールを寄越していながら、生きてたん、はないだろう。

――仕事で沖縄に行ってた。玲衣に会うてから、一日も休みなしや。

――わたしね、お腹すいてるねん。

――ああ、それで。

――レストランやんか、ふたりで。

玲衣は食い物にうるさい。イタリアンやフレンチに行っても、味が気に入らないとひと口つけただけで店を出る。もったいないから残さず食べるという考えがない。そのくせ、回転鮨やラーメンは平気で食う。玲衣はたぶん、高い料金をとってそこそこの料理を出す、えらそうな店が嫌いなのだ。

――ね、遼ちゃん、考えてる？　どこ行くか。

――エスニックはどうや。

――いいよ、それでも。

――裏なんばの『チャクリ』。八時や。

――そんな店、知らんわ。

――ネットで見いや。

ついでに予約してくれといい、電話を切った。

上坂が来た。旧作ばかり十五点を選んだという。

「レンタル料はぼくの払いにするし、みんな観てくださいね」

「ごちそうさん。腹いっぱいになりそうや」

「いちばんのお勧めは『L・A・コンフィデンシャル』。次は『ノーカントリー』、その次は『悪の法則』です。『仁義なき戦い』の第一作と『殺人の追憶』『スモーク』も入れときました」

上坂は観る順をいったが、まるで頭に入らなかった。

十五枚のDVDを入れた布バッグを手にショップを出た。

「さて、なにか食いますか」

「いや、帰ってビデオを観る」

「よろしいね。寝不足にならんように」

上坂は地下鉄の駅へ歩いていった。

タクシーで裏なんばへ行った。道具屋筋の近くで降り、路地に入る。『チャクリ』の場所を訊くと、すぐに分かった。

煉瓦敷きの階段を上り、店に入った。そう広くはない。内装はこれといった趣向のないアジア風で、テーブル席が七つ並んでいる。玲衣は来ていなかった。

「ご予約ですか」

頭にバンダナ、胸に〝Ｃｈａｋｒｉ〟と染め抜いたダークグレーのＴシャツに黒いエプロンとジーンズの女が訊いてきた。昨日、東三国から道頓堀、宗右衛門町と尾行した、正木とかいう女だ。色白で口もとにほくろがある。えらいきれいな子でした、と上坂がいっていたが、化粧をとったら別人になりそうだ。齢は三十代半ばで、落ち着いた印象がある。

「八時に小林《こばやし》か新垣いう名前で予約してませんかね。ふたりです」

「小林さま……」

女はレジのファイルを広げて、「ございませんね」新垣という名でも予約はないという。

「お席はとれます。どうぞ」

窓際の席に案内され、おしぼりと水をもらった。隣の席は若い男女の四人連れだ。会社の飲み会らしい。

灰皿がないから煙草も吸えず、ワインリストを手にとった。ボトルは三千円から七千円だから、そう高くもない。玲衣が選ぶだろう。新垣はビールを頼んだ。

八時半になって、ようやく玲衣が現れた。コートとマフラーを預けて席に来る。白い薄手のオフショルダーニットに花柄のフレアスカート、ショートブーツを履いている。

「きれいな、相変わらず」

「遼ちゃん、相変わらず、はあかんわ。いつもながらに、といわな」

「きれいや。いつもに増して」

「ありがとう」玲衣は前髪を払う。

「予約したか」

「するわけないやんか」

とりあえず裏なんばに来て、煙草屋で『チャクリ』の場所を訊いたという。新垣と同じだ。

「なに食べる」

「なんでもいいわ。適当に頼んで」

玲衣はどこの店に行っても、面倒だといって料理のメニューを見ない。だから新垣が選ぶ。

前菜代わりの生春巻きとサラダ、トムヤンクン、カレー風味の鶏の炒めもの、ワタリガニのパスタ。玲衣はワインリストを見てフルボトルのボルドーワインを注文した。

「ね、なにしてたん。半月もほったらかしにして。電話もくれんと」

「出張や。南西諸島。玲衣の声聞いたら会いとうなるやないか」

沖縄本島から宮古島、石垣島、奄美大島へ飛んだといった。「――日々、黙々と被疑者の跡を追うた」

「ひとりで？」

「ふたりや。後輩と」那覇にいたときは松山の実家に泊まった、といった。

「どんな捜査」

「沈没船詐欺。トレジャーハンター」

職務の内容を一般人に話すのはいけないが、玲衣から洩れる恐れはない。

「それって、沈んだ船から宝物を探すわけ」

「ほんまは探さへん。沈没船から金貨や陶磁器を引き揚げると称して投資を募るんや」

交易の歴史や沈船探査の実態を手短に話した。なにごとにもしれっとしている玲衣が黙って聞いていた。

「――ふーん、おしゃれな詐欺やね」

玲衣は興味深げに、「けど、大昔の帆船とか軍艦が金貨を積んでるて、ほんとなん」

「帆船も軍艦も乗組員がおる。たとえば幕末にアメリカの蒸気船が日本に来て水や食料を補給しても、その代金をドルで支払えるか。世界共通の決済手段は金と銀だけや」

「そうか。大きな船は宝の箱に金貨とか金の延べ棒を入れてるんやね」

「交易船は交易のための積荷で決済できるけどな」

「遼ちゃんて、経済学部？」

「いちおうはな」近畿経済大とは大きな声でいえない。

「それ、なに」玲衣はテーブルの布バッグに眼をやった。

「DVDや。大正のレンタルビデオショップ」

玲衣の前にバッグをおいた。玲衣はジッパーを引く。ディスクのケースを一枚ずつ手にして、

「すごい。『スモーク』と『バグダッド・カフェ』。趣味がいいやんか」

「おれが借りたんとちがうんや」いっしょに南西諸島へ行った相棒が無類の映画フェチでシナリオを書いているといった。

「『セブン』は怖い。『アンタッチャブル』はショーン・コネリーがかっこいいねん」

玲衣も映画好きなのを思い出した。上坂と話が合いそうだ。会わせる気はさらさらないが。

生春巻きと赤ワインが来た。ウェイターはコルク栓を抜き、玲衣と新垣のグラスに注ぐ。

「ちょっと、ごめん」

ウェイターにいった。「あのレジのとこにいるひと、正木さん？」

「あ、はい……」ウェイターはうなずいた。

「やっぱりや。高校のひとつ先輩ですわ」

「正木は徳島の高校ですよ」

「そう、ぼくも徳島」

「呼びましょうか」

「いや、知らんことにしといてください。また来るし」

いうと、ウェイターは怪訝《けげん》な顔もせず、ボトルをおいて離れていった。

「なに、いまの」玲衣がいう。「遼ちゃんは沖縄の高校やんか」

「話を合わせたんや」

「なんか、変」

「名前を確認したかった。それだけや」

捜査の一環だといった。玲衣は首をかしげる。

「そのために、こんな店に来いというたん」

「ごめん。そう怒るな」

「あほらし。怒ってへんわ」

玲衣はワインを飲み、生春巻きをつまんだ。


『チャクリ』を出て近くのショットバーに流れ、ブッカーズとコルドンブルーの水割りをふたりで十杯は飲んだ。玲衣はつまみもなしにハイピッチでグラスを空け、新垣が膝に手をやると、腰を寄せて内腿のほうに誘った。

タクシーをとめて玲衣の部屋に帰り着いたときは零時をすぎていた。コーヒー淹れて――。玲衣はソファに横になり、新垣は豆を挽いてフィルターをセットし、沸騰させた湯を注ぐ。マグカップにコーヒーを注ぎ分けてリビングにもどると、玲衣は寝息をたてていた。

新垣はテレビの電源を入れた。レンタルビデオショップのバッグから『L・A・コンフィデンシャル』を出してDVDデッキに挿し、リモコンであれこれ操作するが、映像が出ない。元来、機械ものが苦手なのだ。

――と、玲衣の手が股間に伸びてきた。ズボンのジッパーを引き、ブリーフをずらしてペニスを口に含む。

あっというまに勃起した。玲衣のブラジャーのホックを外して、スカートをたくしあげる。玲衣は起きあがり、パンティの紐をほどいてまたがってきた。

16

朝――。上坂と地階の食堂に行った。自販機で新垣は無糖のレモンティー、上坂はミルクコーヒーを買い、テーブルに座る。交通課や地域課の連中もいた。

「眼が赤いですね。寝不足ですか」

「三時間ほどしか寝てへん」

四時すぎに桜川に帰り、シャワーを浴びたあと、倒れるように寝た。

「ビデオ、観てくれたんですね。『L・A・コンフィデンシャル』」

「いや、観てないんや」

いうと、上坂はがっかりした顔をした。

「『スモーク』いうのは観た」

「どうでした」上坂はよろこぶ。

「おもしろかった。淡々としてた」

チャクリで玲衣がディスクを見ていたとき、この中でいちばん論評しやすいのはどれかと訊いたら、『スモーク』かな、といった。ストーリーは淡々として起伏が小さく、雰囲気のいい映画だというから、俳優と役柄を聞いた。

「煙草屋のおやじがよかったな」

「ハーヴェイ・カイテルね。ジャガイモみたいな顔がぴったりでしょ」

「女優もよかった」

「ストッカード・チャニング。アシュレイ・ジャッド」

原作はポール・オースター。脚本も書いたという。「『ブルー・イン・ザ・フェイス』も観てください。『スモーク』の姉妹編で、同じようにおもしろい。ミラ・ソルヴィノが好きですねん」

「ようそこまで俳優の名前から原作まで、すらすらといえるな」

「別に憶えるつもりはないんやけど、好きなもんは忘れんのです」

「あっ……」思い出した。

「どうしました」

「なんでもない」玲衣を起こさないように部屋を出たから、『L・A・コンフィデンシャル』をデッキに挿したまま帰ったのだ。あとで玲衣に電話しないといけない。

「それで、今日の予定やけど、家を出る前に『森野青果』に電話しときました。中央市場の卸は朝が早いでしょ」

上坂は森野に協力を依頼し、九時に会社へ行くと伝えたという。「そろそろ出んとあきません」

「そうやな。車で行こ」

レモンティーを飲みほして、腰をあげた。


大阪市中央卸売市場、西棟一階18号棟の3号が『森野青果』の仲卸店舗だった。午前の配送は一段落した、と森野はいい、新垣と上坂を帳場に入れて大粒の葡萄を房ごと出してくれた。

「こんな立派な葡萄、はじめてですわ」上坂がいう。

「ピオーネです。種なしのニューピオーネ」

「ぼく、果物では苺と葡萄がいちばん好きですねん」

上坂はピンポン玉のような大きい粒をつまんで口に入れた。「旨い。ジューシーです」

「そら、よかった。新垣さんもどうぞ」

「いただきます」

ピオーネをつまんだ。新垣は葡萄より梨が好きだ。

「新垣さんには詐欺にひっかかりそうなとこを助けてもらいました」

森野はコーヒーをすすって、「なんなりと訊いてください」

「上坂も話したと思いますけど、被害届が欲しいんです。河本の逮捕状をとるためにも」

「そうそう、それでしたな」

森野はカップをテーブルにおいた。「ぼくの知るかぎりでは『ＯＴＳＲ』に投資したひとがおらんさかい、こないだお話しした松尾さんに今朝、電話してみたんですわ」

「松尾さん……。葉物の仲卸をしてはるひとですね」

「そしたら調べてくれて、松尾さんの知り合いの、中学の校長先生が『ＯＴＳＲ』に七百万ほど投資して、ババにされたんやそうです。校長先生は退職金を騙しとられたいうて、えらい怒ってるみたいです」

「ちょっと整理させてください。校長先生は定年退職しはったひとですか」

「そうです。大阪市立の中学の校長さんでした」

「名前は」

「畑中《はたなか》さん」

「畑中さんを河本に紹介したんは松尾さんですか」

「いや、松尾さんの馴染みの料理屋の主人が、畑中さんに河本を紹介したみたいです」

「料理屋のご主人は」

「前にもいうた橋川さん。北堀江で『はし乃家』いう割烹をやってます」

森野の話は分かりにくい。新垣はメモ帳に関係図を描いた。

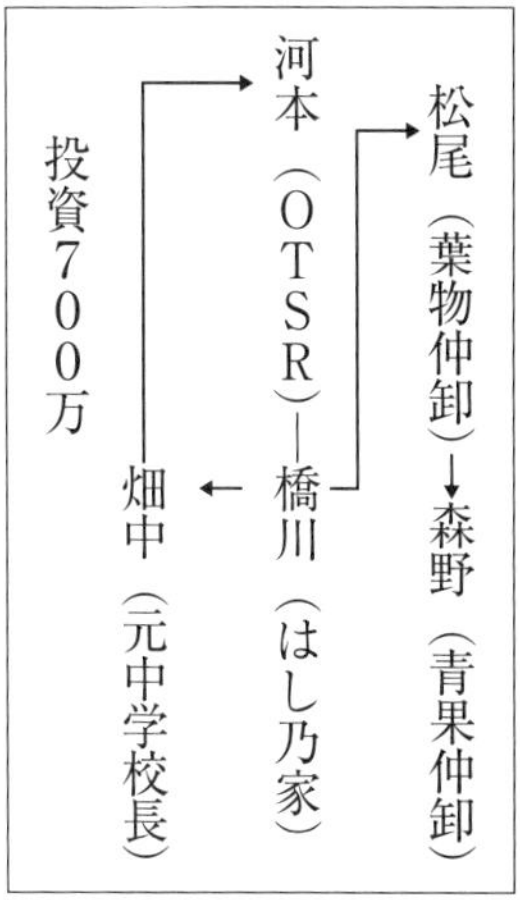

橋川は沈船詐欺の手先か——。松尾や畑中のほかにも複数の客を河本に紹介しているのなら、その可能性があるが。

ここはぜひとも畑中に会って話を聞き、被害届を書かせる必要がある、と新垣は思った。

「畑中さんの連絡先、分かりますか」

「ぼくは知りません。松尾さんに訊いてください」

松尾の仲卸店舗は東棟三階の16番通りにある、と森野はいった。「松尾さんにはいうときました。泉尾署の刑事さんが、そっちに行くかもしれんと」

「ご丁寧にありがとうございます」頭をさげた。森野は親切だ。

「森野さんは橋川さんと面識がおありですか」上坂が訊いた。

「面識というほどのもんやないけど、『はし乃家』に行ったことはあります。松尾さんに連れられてね」

「どんなひとですか」

「ま、よう喋るひとです。料理人には珍しい」

「これは森野さんの意見をお伺いしたいんですけど、橋川さんは河本の意を受けて、畑中さんや松尾さんに『OTSR』を紹介したんですかね」

「それはつまり、橋川さんが河本の詐欺の仲間ということですか」

「はい。端的にいうたら」上坂は食べた葡萄の皮を小皿におく。

「そこんとこはどうですやろ。そんなわるいひとには見えんかったけど……。そら、河本から紹介料というか、多少のキックバックみたいなもんはもろてるかもしれませんわな」

「松尾さんは投資してへんのですね」

「するわけない。あのひとはよめさんが怖いくせに、小金をもったら競輪、競艇に行って、すっからかんにやられますねん」

松尾は森野より年上だが、毎日のように外で酒を飲む。それも野田阪神界隈のホステスのいるラウンジやスナックに行くから、年中、小遣いがないと嘆いている、と森野は笑った。

「羨ましいですね。そうやって七十すぎても遊び暮らせるのは」

「定年のない商店主の利点ですわな。ぼくもちょっとは見習わんとあかんなと思てますねん。松尾さんの、子供がそのまま爺さんになったような、あっけらかんとしたとこ」

「いや、どうも、ありがとうございました。松尾さんに会うてみます」

新垣はいい、ピオーネをつまむ上坂を促して『森野青果』をあとにした。

「なんか、飄々《ひょうひょう》とした、ええひとですね」

上坂は東棟へ歩く。「あんなひとが河本みたいな詐欺師にひっかかったらあかんわ」

「けど、欲はあるんや。せやから、森野は何百万もの金を投資しようとした。おれが新地で声をかけんかったら、森野はまちがいなくやられてた」

詐欺の本質は〝欲〟だ。沈船詐欺も還付金詐欺も騙しとられる額が一桁ちがうだけで、その構造は同じだろう。


東棟三階にあがった。西棟と同じく、天井の高い広大なスペースに仲卸店舗が並んでいる。《16》の表示を横に見て通りに入ると、《松尾商店》はすぐに見つかった。白菜、キャベツ、ほうれん草、水菜、ブロッコリーといった葉物の段ボール箱が店内いっぱいに積まれている。

「松尾さん、いてはりますか」紺色の作業服の男に訊いた。

「おたくさんらは」

見慣れぬふたり連れを、男はじろりと見る。

「新垣といいます」

手帳を提示すると、男は奥に入ってすぐに出てきた。

案内されて、帳場に入った。デスクの向こうの三畳の畳に、白髪、色黒、眼がぐりっとしたネズミ顔の男があぐらをかいていた。

「森野はんから聞いてます。ま、どうぞ」

靴を脱ぎ、縁側から座敷にあがるように畳にあがった。高さは三十センチほどだ。座布団を勧められて座った。

「すんまへんな。狭いですやろ。冬はほれ、ここに電気炬燵《こたつ》をおいて昼寝しますねん。それが楽しみでね。近くのオヤジ連中も集まって将棋したりするんですわ」

「おもしろいですね。こういうレイアウト、はじめて見ました」

「日本人は畳ですわ」

こともなげに松尾はいって、「泉尾署の刑事さん?」

「申し遅れました。捜査二係の新垣といいます」

名刺を差し出した。上坂です――。上坂も名刺を出す。

「ご苦労さんですな。ビールでも飲みますか」

「いえ、勤務中ですから」

「あ、そうでしたな」

松尾は凝った肩をほぐすように頭を左右に振って、「それで、話というのは」

「我々はいま、『OTSR』の河本を調べてます」

上坂がいった。「松尾さんにご協力願いたいのは……」

「いやいや、前置きはよろしいわ。ことのあらましは森野はんから聞いてます。とんでもない食わせ者《もん》ですな、河本とかいうやつは」

「ごめんなさい。いまは内偵中なんで、沈船詐欺のことは……」

「喋ったりしませんがな。わしはこう見えても口が固いんでっせ」

「ほな、すんません。気に障ることも訊くかもしれませんけど、そこはご容赦ください」

上坂はつづける。「松尾さんは『ＯＴＳＲ』いう会社をいつ知りました」

「一昨年の春ごろかな、『はし乃家』に顔出したとき、カウンター越しに聞いたんですわ。橋川からね。沈没船を見つけて宝物を回収する会社がある、と」

「橋川さんは、『ＯＴＳＲ』に投資するのを勧めるような口ぶりでしたか」

「いま思たら、そうかもしれませんな。なんせ、百万の金が一千万、一億になるというふうな太い話やったしね。わしはなんの気なしに、その話を森野はんにいいましたんや。そしたら森野はんは、いっぺん『はし乃家』に連れてってくれというさかい、組合の集まりのあとやったか、いっしょに行きましたんや。森野はん、むかしの中国の船が沖縄あたりにぎょうさん沈んでるとか、橋川の講釈を聞いてましたわ」

さっきの森野の話と少しちがう。森野は松尾に誘われたのではなく、自分から橋川にかかわったようだ。

「それはいつのことですか。森野さんが『はし乃家』に行ったんは」

「さあ、いつやったやろ。夏ですわ。今年の夏。盆の前でしたな」

「で、そのあとは」

「よう知りませんねや。わし、『はし乃家』にも顔出してへんし」

今朝、森野から電話があって、沈船詐欺のことを聞いたときはびっくりした、と松尾はいった。

「――けど、よかった。わしのせいで森野はんが被害におうたりしたら、寝覚めがわるいもんな。あのひとはわしとちごて、博打もコレもせんさかいね」

松尾は小指を立てて、ひとりで笑った。

「元中学校長の畑中さんは」新垣は訊いた。

「ああ、畑中さんは、うちの娘が教員をしてた学校の校長さんですわ」

「娘さんは中学校で教えてはるんですか」

「小さいときからピアノをしててね、音楽の先生になりましたんや」

娘は二年前に早期退職をした、と松尾はいって、「娘が辞める前、畑中さんに世話になったというもんやから、ほな、わしが礼をしようと、『はし乃家』に連れていったんがきっかけですわ。そのあと、畑中さんは馴染みになったみたいですな。……今朝、森野はんから話を聞いて、すぐに思い浮かんだんが畑中さんですわ。それでわしは畑中さんに電話した。案の定、やられてましたな、七百万も」森野にはすぐ、畑中のことを伝えたという。

「なるほど。そういう事情でしたか」

うなずいた。「畑中さんの連絡先、教えていただけますか」

「はいはい、書いときましたで」

松尾はブルゾンのポケットから紙片を出した。受けとる。

《畑中一郎《いちろう》　西区新町北3-19-2-803　06・6534・75××》とあった。

「それ、どうぞ」

「ありがとうございます」

「『はし乃家』には二度と行きませんわ」

「そうですね。それがええみたいです」

紙片をメモ帳に挟んだ。上坂を見る。小さく首を振った。

松尾に礼をいい、畳から降りて靴を履いた。

「同じ人種ですね。森野と松尾」

東棟を出て、上坂がいう。

「同じ仲卸や。個人商店の経営者で、齢も近い」

「会社の事務所に畳を敷くやて、いまどきの個人事業主にはない発想ですわ」

「確かに変わってる。松尾は」

「けど、ひと苦労でしたね。小金をもったら博打をする、野田阪神界隈のラウンジやスナックに通う、娘がピアノをしてて音楽の先生になった……。畑中の連絡先を訊くだけで、えらい回り道をしましたわ」

「勤ちゃん、むだ話につきあうのも仕事のうちや。おかげで橋川いうやつの身辺事情がよう分かった」

「橋川は河本のパシリですかね」

「おれはそう思うな。いま、橋川に込みをかけたらあかん」

駐車場に駐めていたフィットに乗り、松尾からもらった畑中一郎の番号に電話をした。

──はい。畑中でございます。

年輩の女の丁寧な応答だった。畑中の妻だろう。

──泉尾署の新垣といいます。ご主人はご在宅でしょうか。

──刑事さん？

──そうです。

──あの、主人が、なにか……。

──すみません。内容はいえんのですが、我々がいま捜査してる事案に関して、ご主人にお話をお伺いしたいんです。

──それって、沈没船の……。

──その疑いがあります。

畑中の妻は夫の一郎から話を聞いているようだった。

──主人はいま、図書館にいると思います。

西区の中央図書館だという。

──携帯はお持ちでしょうか。

──持ってますが、番号は……。

──承知しました。中央図書館に行ってみます。

一郎の風貌と服装を訊き、電話を切った。

新なにわ筋を南下し、十分後に大阪市立中央図書館に着いた。近くのコインパーキングに車を駐め、図書館の閲覧室に入る。畑中の妻から聞いた、白髪、長身、紺色のセーターにグレーのズボンの男はすぐに分かった。男も妻から知らされていたのか、新垣と上坂を見て、小さく頭をさげた。

「どうも。泉尾署の新垣といいます」

「泉尾署の上坂です」

上坂は警察手帳を提示した。男は一瞥して、

「畑中です。ついさっき、家内からメールが来ました」

「ここ、よろしいか」

「あ、どうぞ」

畑中を挟んで、椅子に腰かけた。テーブルには大判の写真集が十冊ほど積まれている。『日本の野鳥』『干潟の鳥』『四季の鳥２０１５』『ビューティフル・バード』――。畑中は新垣の視線に気づいたのか、

「バードウォッチングです。同好の仲間と会を作って野鳥の写真を撮ってるんですが、いつか写真集にできないかと思って……。自費出版ですが」

「けっこうな趣味ですね」上坂がいった。「ぼくの大学のときの先生も、毎冬、釧路湿原に行っ

てタンチョウヅルを撮ってますわ」

「それは羨ましい。悠々自適ですな」

「先生もそうやないですか」

「いまどきの年金暮らしの高齢者に悠々自適はないでしょう」

笑うでもなく、畑中はいう。「――で、家内のメールには、沈没船云々《うんぬん》とあったんですが……」

「そう、その件です。先生は『ＯＴＳＲ』の川井啓治郎をご存じですよね」

「知ってます」

「新垣とぼくは沈船詐欺の捜査をしてます」

「沈船詐欺……」

「南西諸島海域に沈んでる中国の交易船から、明朝、清朝の陶磁器を引き揚げると称して出資を募る、『ＯＴＳＲ』の川井啓治郎こと河本展郎を首謀者とする詐欺グループに対する内偵捜査で、被害者である先生のことを知りました」

「待ってください。あの男は川井じゃないんですか」

「本名は河本展郎です」

「川井は『ＯＴＳＲ』の取締役で、河本は代表取締役じゃないんですか。ぼくはそう理解してましたが」

「川井と河本は同一人物です。沈船引き揚げの契約を出資者と交わす際に川井啓治郎という偽名では契約が無効になるから、そういう一人二役を演じてるんです」

「なるほど。そうでしたか……」

畑中の口ぶりは、そう驚いたふうでもない。「写真集は諦めるしかないですね」

「いえ、河本を逮捕したら先生の出資金も回収できるかもしれません」

「刑事さん、ぼくは六十八です。元教育者という立場にありながら詐欺師の口車に乗ってしまったのは、ある意味、自業自得でしょう。なのに、河本から金を取りもどせるような甘い考えはもってませんよ」

「失礼ですが、先生の出資額は」

「七百万円です」

「どういった経緯で出資されたんですか」

「知人から聞いたんです。沈没船引き揚げのプロジェクトがあると」

「知人というのは」

「それは……」畑中は口ごもる。

「先生、我々は刑事です。訊込みの協力者に迷惑をかけるようなことは絶対にしません」

上坂は小さくいって、「『はし乃家』の橋川ですよね。先生に河本を紹介したんは」

「おっしゃるとおりです」

「その経緯は」

「橋川さんから聞いたんです。さっき、刑事さんがいわれた交易船の話を。……それで、『OTSR』の河本を紹介してもらいました」

「説明会とかに行かれたんですか。『ＯＴＳＲ』の」

「行きました」

今年の八月、桜宮の『プラザホテル』の一室で開催された説明会には二十人ほどの客がいた、と畑中はいい、河本はプロジェクターを使って沈船探査や陶磁器引き揚げの光景を見せながら投資を勧誘した――といった。「引き揚げた壺や皿がいくつか会場に飾ってあったんですが、それはもうみごとなものでした。明朝陶磁、清朝陶磁の図鑑と瓜二つなんです。壺はひとつが五百万円、皿は一枚が三百万円という鑑定書がついていたものだから、こちらは催眠術にかかったように熱くなってしまって……。あとでよく考えたら、鑑定書なんて簡単に偽造できるし、その壺や皿もオークションに出したわけじゃない。でも、ぼくは河本の詐欺トークを真《ま》に受けてしまったんです」

「それで、先生は出資契約をしてしもたんですか」

「その説明会のときは二百万円の契約でした」

「あとの五百万は」

「説明会の翌週でしたか、河本に招待されました」

堂島の『ホテル・インペリアルフローシャム』のラウンジで河本に会い、北新地の割烹で食事をしたという。

「フローシャムのラウンジに、同席したひとはいましたか」

「河本のほかに三人いました。三人とも説明会に来ていたひとでした」

「そのうちのひとりは三根という男やなかったですか。鼈甲縁の眼鏡をかけた、五十がらみの」

「三根さん……。いましたね」

「三根は三千万を超える契約をした上に、追加の出資を申し込みましたよね」

「はい、そうです。ひどく乗り気でした」

森野の勧誘と同じパターンだ。説明会で出資契約をした客には追加出資を募り、出資しそうな客には契約を迫る――。

「先生は申し込んだんですね。五百万円の追加出資を」

「どうかしてたんです。冷静になって考えるべきでした」

畑中は河本と契約書を交わし、翌日、河本の指定する『ＯＴＳＲ』の銀行口座に七百万円を振り込んだという。

「八月から今日まで三カ月……。先生はなんで騙されたと思たんですか」

「不安になったんです。沈没船は見つかるのか、陶磁器は引き揚げられるのか、それが高値で売れるのか」

「しかし、そのリスクは河本から聞いたんでしょ」

「聞いてました。一攫千金のトレジャーハンティングには失敗の可能性もあると」

「それやったら、河本に任せるしかないやないですか」

「改めて契約書の約款《やっかん》を読んだんです。そしたら、プロジェクトの性質上、出資者の都合により契約解除を申し出た場合はこれを無効とする、という文言《もんごん》がありました」

「詐欺の常道ですわ。そういう約款を小さい字でこそこそと書いてるのは」

「だから、そこを突いたんです。当事者の一方にだけ不利な条件を課する契約こそ無効だと」

「河本の反応は」

「のらりくらりです。電話には出ますが、誠意がない。来年の三月か四月には奄美大島沖で沈船探査をするから、いっしょに現地へ行きましょうと、そればっかりです」

　河本の手口が読めた――。かたちだけの沈船探査はする、陶磁器の引き揚げもする、しかし陶磁器は欠片ばかりで完品がなく、オークションに出品しても換金はできない――。そんなからくりで出資者の追及をかわし、詐欺事件に発展するリスクを回避するのだ。

「先生、写真を見てもらえますか。憶えのあるやつを教えてください」

　新垣はいい、メモ帳を出した。挟んであった、河本、美濃聡、村上哲也、荒井康平、比嘉慶章の写真を畑中の前に並べる。畑中は荒井と比嘉の写真を見て首を振り、河本を指さして、川井です、といい、美濃をさして、三根です、といった。

「こいつはどうですか」

　村上の写真を指で押さえた。「説明会に出てなかったですか」

「出てました。『ＯＴＳＲ』のスタッフです。名前は分かりません」

「なにをしてました」

「資料を配ったり、プロジェクターをセットしたりしてました」

　説明会のときはスーツを着ていたという。

「ほかに『ＯＴＳＲ』の社員はいてなかったですか」

「いなかったですね。プラザホテルの女性スタッフがふたり、テーブルにコーヒーを運んだりしてましたが」

これで『ＯＴＳＲ』の陣容はつかめた。河本、美濃、村上だ——。

「先生、河本を叩きましょ」

上坂がいった。「河本展郎は川井啓治郎と偽って沈船詐欺をしてます。当然、契約書もでたらめです。河本を逮捕したら出資金を回収できます」

「でも、全額は無理でしょう」

「半額でも、もどってきたらええやないですか。そのために先生にお願いしたいのは、被害届を出していただきたいんです」

「被害届ね……」

「河本を逮捕するには、先生の被害届が不可欠なんです」

「それは、書くことにやぶさかではないですが、どんなふうに……」

「書面はこちらで用意します。書き方もお教えします」

新垣はいった。「ご足労ですが、泉尾署に来ていただけませんか」

「承知しました」畑中はうなずいた。「しかし、河本をほんとうに逮捕できるんですか」

「できます。それはまちがいない。我々は河本だけではなく、沈船詐欺グループの全員を一斉検挙すべく準備してます」

「青天の霹靂とは、こういうことをいうんですかね。まさか、この齢で詐欺事件に巻き込まれるとは思いもよらなかった」畑中はためいきをつく。

「先生、オレオレ詐欺の被害者は先生と同年配のひとばっかりですわ」

畑中を手伝って写真集を書架にもどし、閲覧室を出た。

泉尾署――。畑中を刑事課会議室に入れ、二時間がかりで被害届を作成した。

《被害届　大阪府警察泉尾警察署長殿

届出人住所　大阪市西区新町北3丁目19番2号　新町レジデンス803

氏名　畑中一郎　（電話　06・6534・75××）

次のとおり詐欺被害がありましたのでお届けします。

被害者の住所、氏名　同・届出人。

被害者の年齢　68歳

被害者の職業　無職（元大阪市立中学校校長）

被害の年月日時　平成28年8月8日

被害の模様　私は平成28年8月1日に『株式会社OTSR（ocean．tradeship．research）』の取締役である川井啓治郎が『桜宮プラザホテル』で開催した中国の交易船引き揚げプロジェクトの説明会に参加し、その席上において同川井啓治郎により、交易船引き揚げプロジェクトに出資すれば、引き揚げた中国明朝、清朝の陶磁器等を美術品オークションに出品して得た金員《きんいん》のうち、出資額に応じた額を配当するとの由《よし》、勧誘され、この勧誘に基づいて川井と出資契約を結び、8月8日、川井の指定する『ＯＴＳＲ』の大同銀行難波支店の普通預金口座に700万円を振込み、入金しましたが、後日、川井のプロジェクトが怪しいと考えるに至り、川井に対して契約解除を申し出ましたが、川井は言を左右にして契約解除に同意するようすがありません。よって私は川井の沈没船引き揚げプロジェクトが不特定多数を勧誘して出資金を集めるための詐欺的なものであると考え、被害届を提出いたします。
※以上本人の依頼により代書した。大阪府警察泉尾署　司法警察員巡査部長　新垣遼太郎》

被害届には署長宛の付帯事項を添付した。


《みだしのことについては、次のとおりであるから報告する。

当該の川井啓治郎という名は偽りであり、本名は河本展郎（62）で、同人には沈没船引き揚げ詐欺の前歴があるとの事実がある。

河本には偽計業務妨害、公文書偽造、有印私文書偽造、業務上横領、詐欺、業務上横領等の犯罪歴があるため、これら詐欺事犯の常習者であると推知される。また同人は平成25年に愛媛県警が摘発した『サザンクロス事件』（沈没船引き揚げ詐欺事件）で逮捕された富岡和子（詐欺・出資法違反で4年の実刑）のグループの一員でもあった。

『ＯＴＳＲ』には河本の他に美濃聡（52）、村上哲也（32）がおり、この2名は河本の意を受け

て詐欺事犯に協力していると思料される。》

畑中を自宅に送りとどけて被害届に印鑑を押してもらい、車にもどったときは午後二時をすぎていた。腹が減った、と上坂がいう。

「口をあけたら、飯やな。欠食児童か」

「欠食児童は三食、食わんでしょ」

「食うたんか、朝飯」

「卵焼き、鰯の丸干し、ジャガイモとタマネギの味噌汁。いつもやったらごはんを三膳は食うんやけど、遅刻したらあかんから二膳で我慢したんです」

「そういうのは我慢やない。腹いっぱい食うたというんや」

「遼さんは食うてないんですか」

「おれは勤ちゃんとちごて、やもめの独り暮らしや」

「ぼくもやもめですよ。妻のおらん男」

「意味合いがちがうやろ。勤ちゃんには料理、洗濯、朝起こしてくれる母親がおる」

「母親よりはよめさんのほうがええんですけどね。夜のお相手もしてくれるし」

上坂は小指を立てた。「遼さん、ほんまはいてるんでしょ、これ」

「おったら、いう。正直にな」

ふたりいる、とはいえない。すごいな、と上坂は笑うだろうが、嫌われる。

「なにを食うんや」

「粉もんはどうです。お好み焼きとか」

立売堀《いたちぼり》のあみだ池筋沿いに『いすゞ』という老舗のお好み焼き屋があるという。「焼きそばもいけますわ。もっちりした太麵で、自家製ソースのからみが絶品ですねん」

「分かった。おれは焼きそばを食お」

コインパーキングを出た。


上坂は海鮮ミックス焼き、新垣は焼きそばを注文したところへスマホが鳴った。発信は〝090〟からはじまる番号だが、登録はしていない。通話キーに触れた。

──はい。

──新垣さん？

──そうですが。

──比嘉です。比嘉たまみ。

──あ、どうも。

そう、比嘉の妻には名刺を渡していた。

──おたく、兎子商事のひとに主人のこと喋ったんやね。

責めるような口調だ。

──兎子商事がどうかしましたか。

——どうもこうもないわ。ダンプとショベルカーを売れ、いうてきたんやで。

——誰が来たんです。兎子商事の。

——横山と関根《せきね》とかいう、ヤクザみたいなふたり組やんか。

ヤクザみたい、ではない。正真正銘のヤクザだ。

——いったい、どういうこと。主人は告訴されたかもしれんけど、家族は関係ないでしょ。警察が迷惑かけていいわけ。

——いや、そんなつもりはないし、ご主人は……。

——すぐに来て。いますぐ。

——ふたりがいるんですか。そこに。

——ついさっき帰ったわ。二度と来んようにして。

——分かりました。とりあえず、おたくへ行きます。

——とりあえず、やないでしょ。いますぐ来て。

電話は切れた。

「誰です」

「比嘉のよめや。えらい怒ってた」

事情をいった。上坂は聞いていたが、

「——そら無理もない。比嘉と荒井が沖縄に飛んだんを横山に喋ったんは、ぼくらなんやから」

「おれらが喋らんでも、横山は知ってたやろ。荒井が組に黙って飛ぶわけないんやから」

「そこは、泉尾署の新垣と上坂に聞いたと、比嘉のよめはんにいいよったんです」

「どうする、お好み焼きと焼きそば。テイクアウトにしてもらうか」

「遼さん、お好み焼きは鉄板でジュージューいうてるのを食うもんです」

上坂はあくびをした。

17

恩加島東《おかじまひがし》――。比嘉《ひが》工務店のシャッターをくぐり、資材置場を抜けて奥の階段をあがった。

比嘉たまみはソファに座って煙草を吸っていた。

「遅いやないの」そう怒っているふうでもない。

「すんません。市外で訊込みしてました。……よろしいか」

断って、ソファに腰をおろした。上坂《うえさか》も座る。

「奥さんはご主人が兎子《うね》商事から金を借りてたことを知ってはったんでしょ」

「そら、知ってます」

「ほな、兎子商事がどんな稼業やというのも……」

「街金《まちきん》でしょ。主人は、ヤクザではないというてたけど」

「利息や返済金の集金に来てたんは荒井《あらい》と米田《よねだ》ですよね」

「名前なんか知りません。この事務所に上げたことないし」

比嘉はふたりが来ると、近くの喫茶店に行っていたという。

「で、今日は」

「借用証書と返済明細を見せられたんです。……残金が三百四十万。びっくりしたわ」

「そんなに借りてるとは思てなかったんですか」

「もちろんです。百万もないと思てました」

「利率は」

「書いてません」借りた額と毎月の返済額は書いてあったという。

「借用証書の署名と印鑑は」

「それは主人のものでした」

「しかし、利率の記載もない金銭貸借契約は無効ですわ」

「新垣《しんがき》さんからそういうてください。兎子商事に」

「警察は民事不介入です」

「そんなん、無責任でしょ」

「まぁ、待ってください」笑ってみせた。「横山《よこやま》は不正な借用証書を盾に返済を迫った。ダンプカーとショベルカーを売れというたんですね」

「車検証と委任状と印鑑証明を預けたら、三百四十万円で売ってくる、といいました」

八トン積みの中型ダンプカーとクラッシャーを搭載したショベルカーは比嘉慶章《けいしょう》名義で、木津川近くの駐車場に駐《と》めている、とたまみはいった。

「二台で三百四十万というのは妥当な額ですか」

「あほな。五百万でも安いです」

「了解です。ご主人と兎子商事の金銭貸借契約は違法であり、なおかつ、横山は比嘉工務店の所有するダンプカーとショベルカーを売ってやると強要した。……ここはぼくが介入しますわ。横山に会《お》うて話をします」

「あんなやつ、逮捕してください」

「強要罪が成立するかどうか、判断します」

これは微妙だ。横山はダンプカーとショベルカーを奪ったわけではないが、暴対法と暴排条例には抵触するだろう。「強要に対する中止命令は出せると思いますけど、貸借関係が消滅するわけやない。そこは頭に入れといてください」

「三百四十万いうのはでたらめです。主人が借りたんは百五十万とか二百万のはずです」

「元利合計が現時点で三百四十万ですよね。貸借契約書のコピーとかは」

「もらってません。ちらっと見ただけです」

たまみは煙草を消して灰皿に捨てた。「あのひとは、どこでなにをしてるんですか」

「それを知りたいから、こうして捜査をしてるんです」

「ほんまにもう、めちゃくちゃやわ。街金は来るし、支払い先は来るしで」

たまみの言葉と表情に嘘はないと感じた。この女はほんとうに比嘉の行方を知らないし、比嘉はたまみに連絡をとっていないのだ。

「新垣さん、兎子商事が二度と顔出さへんと約束してください」

「横山には会います。強要はするなと約束もさせます。しかし、いまいうたように、ご主人と兎子商事の金銭貸借関係は……」

「さっきは介入するというたやないですか。えらそうに」

「えらそうにはいうてません」

ムッとした。顔には出さない。「兎子商事の残金については交渉できるような気がします。たぶん、二百万、三百万の違法な利息をご主人は払《はろ》うてるはずですから」

「それを交渉してくださいよ」

「せやから、金額的な交渉まではできんのです。弁護士に相談してください」

「そんなん、弁護士なんか縁がないし。お金も要《い》るやないですか」

「奥さん、警察はサラ金や街金の無料返済相談所やないんです」

「ほな、紹介してくださいよ、安い弁護士」

「あのね、それこそが民事不介入ですねん」

いい加減、いやになる。この女につきあっていたら日が暮れる。

辟易《へきえき》した新垣の顔を見たのか、

「横山はほかに、なにかいいましたか」上坂がいった。

「しつこうに訊いてましたわ。主人はどこにいるんや、と」

「それで」

「知るわけないでしょ」

横山は、また来る、と吐き捨てるようにいって帰ったという。

「奥さんもお困りですね。兎子商事については、ぼくと新垣が対処します」

「弁護士は」

「最近、サラ金の過払い金返済請求を代行してる弁護士事務所があちこちにありますわ」

「でも、高いんでしょ。料金」

「安うはないみたいですね」

「そこを交渉してくださいよ」

「できんのです。警察官はね」

「警察は市民の味方とちがうんですか」

「我々は法の執行者です」

ぽつり、上坂はいった。


午後四時──。刑事部屋に入った。宇佐美《うさみ》が手招きする。

「どうやった」

「とれました」

畑中一郎《はたなかいちろう》の被害届をデスクにおいた。宇佐美は手にとり、じっくり読んで、

「よっしゃ。これでええ。比嘉、河本《こうもと》、美濃《みの》、村上《むらかみ》の逮捕状《フダ》と、各人の自宅、『OTSR《オーツ》』の

捜索差押許可状《ガサ》をとるから、報告書を書け。今日中や」

「今日中ですか……」上坂がいう。

「なんや、その顔は。今日中に書きますと、昨日《きのう》、いうたんとちがうんか」

「けど、逮捕状を請求するための報告書は神経使いますよ。一言一句、微に入り細にわたり書かなあかんし」

「それはどういう意味や。普段、書いてる報告書は神経使《つこ》うてないんか」

「使うてますよ。公文書なんやから」

「ほな、書かんかい。微に入り細にわたり、集中して」

被疑者比嘉慶章については従前の逮捕状を廃棄して新たな逮捕状をとりなおす。被疑者河本展《のぶ》郎《お》、美濃聡《さとし》、村上哲也《てつや》については詐欺罪を罪名として通常逮捕状を地裁に請求する、と宇佐美はいった。「引致《いんち》すべき場所は泉尾署《いずお》。逃亡の恐れがあるから一斉検挙や」

「けど係長、いまのところ、比嘉の所在がつかめてません」新垣はいった。

「つかみ次第、逮捕する」

「はし乃家の橋川《はしかわ》は」

「任同や」共犯関係を追及するという。

「人員と分担は」

「二係の全員でかかる。あと、一係と三係、四係にも応援を要請して、二十人以上を四カ所に配置する」

「大がかりですね」

「今年いちばんの大捕り物や」

勢い込んで宇佐美はいう。一斉検挙の陣頭指揮はこの男の晴れ舞台なのだ。「――河本らを引いて、荒井康平《こうへい》殺しと死体を埋めた場所を吐かすんや」

宇佐美は死体を、埋めたと決めつけている。宮古島の沖に沈んでいる可能性もなくはないのだが――。

「模合《もあい》の落札金拐帯《かいたい》から沈船《ちんせん》詐欺、あげくに殺人ですね」上坂がいった。

「滅多なことはいうなよ。千丈の堤も蟻の一穴《いっけつ》から崩れるんやからな」

崩れるのは堤ではない。手柄を横取りされるのが嫌なだけだろう。

「兎子組はどうするんですか」新垣は訊いた。

「河本の供述をとって横山を引く。米田とかいう荒井の兄貴分もな」

「容疑はなんです」

「兎子組のシノギは闇金やろ。出資法違反でも利息制限法違反でも、なんでもええ」

「比嘉のよめさんがよろこびますわ」

「なんやて……」

「さっき、比嘉工務店に行ったんです。よめさんがいうには、横山に比嘉の借用書を見せられて、ダンプとショベルカーを売れと強要されたそうです」手短に事情を話した。

「ヤクザの強要は恐喝や。それも引きネタになる」

椅子にもたれて、宇佐美は新垣と上坂を見た。「ほら、報告書を書け。逮捕状とガサ状の請求書に、そのままでも転記できるような立派な捜査報告書をな」

「了解です」

新垣は一礼して、デスクを離れた。


新垣が鉛筆で下書きをし、それを上坂がパソコンに入力して報告書にまとめた。そうしてプリントした書面をふたりで検分し、洩れと不備がないかを確認して、また打ち直す。

宇佐美がいった〝立派な捜査報告書〟が完成したのは夜の十時だった。宇佐美は八時すぎに帰宅して、刑事部屋の二係のシマには新垣と上坂しかいない。

「──もうあきません。へろへろですわ」

「隈ができてるぞ」

「ほんまですか」上坂は眼の下を擦る。

「嘘や、嘘や。これから飲みに行きます、いう顔してる」

「それって、お誘いですよね」

「いやか」

「いやなわけないやないですか。一年四百日、飲むひとやのに」

「どこ行く。ミナミか」

「ゲイバーですね。この時間やと」

「飯は」

「焼肉が食いたい気分かな。へろへろやし」

上坂は報告書をクリアファイルに挟んで、「去年の夏やったかな、これと同じようなシチュエーションで、ひとりで残業してるとき、地域課の中瀬《なかせ》が顔出しよったんです。腹減った、つきあえ、いうてね」

「ほう、それで」おもしろい話が聞けそうだ。

「ふたりで千日前の焼肉屋に行ったんです。そしたら、小あがりの隣の席に三人連れの若い子がいて、焼酎飲みながら、キャピキャピ、肉食うてる。三人のうちひとりはぼくに似たふっくらすぎる系やったけど、あとのふたりはかわいいんです。ほんで、こっちも飲んだり食うたりしてるうちに眼が合《お》うて、中瀬、とっぽいでしょ、いっしょに飲みませんか、と声かけよったんです」

「で、合コンになったんやな」

「三人とも二十代かな、若い子はよう食いますわ。そのうちに、ふっくら系が終電やいうて帰ったから、残るはかわいい系がふたりです」

「二対二のカップルになったわけや」

「こっちは期待するやないですか。電車もなくなったし、あとはどうするか」

「警察官とは思えんな」

「中瀬もぼくも独身です」

「そういう問題やない」

「そうこうするうちに、ひとりがしんどそうに気分わるいといいだしたんです。飲みすぎですわ。大丈夫？　ともうひとりがいうて、トイレに連れてったきり、待てど暮らせどもどってこんのです。三十分ほど、中瀬とふたりでボーッとしてましたかね。痺れを切らして店員に訊いたら、お連れさんは帰られました、とこうですわ。そこでやっと気がついたんです。ふたりのバッグがないことに」

「そら、トイレに行くときはバッグ持つわな。……伝票は」

「二枚で四万円。ミスジやら特上ロースやら、食い散らかしてました」

中瀬は一万円しか持っていなかったから、上坂が三万円をカードで支払ったという。

「あれって、新手《あらて》の食い逃げですかね」

「正気にもどったんやろ。トイレで」

立って、上着を肩にかけた。

十一月二十三日——。朝、宇佐美に報告書を提出した。宇佐美は十分ほどもかけてじっくりと読み、

「よう書けとるやないか。上出来や」

「ありがとうございます」

「よっしゃ。これで課長に逮捕状と捜索差押許可状を請求してもらう」

罪名は詐欺、被疑者は河本展郎、美濃聡、村上哲也、比嘉慶章。兎子組の横山裕治《ゆうじ》、米田克美《かつみ》、

荒井康平に対しては、出資法違反と利息制限法違反容疑で港区夕凪《ゆうなぎ》の組事務所のガサに入る、と宇佐美はいった。

「ガサは何カ所ですか」上坂が訊いた。

「まず浪速区難波南の『ＯＴＳＲ』や。河本の自宅にもなってる。あと、大正区恩加島東の比嘉工務店、大正区北村の美濃の自宅、淀川区宮原の村上の自宅……。兎子組の事務所を入れて、全部で五カ所やな」

「はい、それで洩れはないと思います」

「洩れ云々は君が判断することやない」眉をひそめて宇佐美はいう。

「令状はいつとれますか」新垣は訊いた。

「さぁな、三、四日はかかるやろ」

まず刑事課長に報告する。課長が副署長と署長に報告して判断を仰ぐ。それでＯＫとなったら刑事課長が地裁に対して令状請求をする、と宇佐美はいった。「――しかしな、気になるのは比嘉や。比嘉は奄美から大阪に飛んだあと、消息が途切れた。自宅に寄りついた気配もない。どこでなにしとんのや」

「そう、そこですねん」上坂がいった。「一昨日の午前十時すぎ、出屋敷《でやしき》のコンビニで比嘉名義の大同銀行の口座から上限額の五十万円が引き出されてます。比嘉のキャッシュカードを使うて金を引き出したんは美濃聡。そこがぼくには解せんのです」

「また、はじまった。比嘉は殺されたとでもいいたいんか」

「いいたいわけやないです。その可能性もあるんやないかと……」

「あのな、上坂、絵空事もたいがいにしとけ」

宇佐美は肘掛けに寄りかかって、「もうええ。君らは令状がおりるまで『ＯＴＳＲ』を張れ。比嘉が出入りするかもしれん」

「了解です」

上坂は一礼し、新垣もつづいて宇佐美の席を離れた。


駐車場に降りてフィットに乗った。新垣が運転して署を出た。

「なんですねん、あのおっさん、くそ横柄《おうへい》に。これから課長や副署長のＯＫもらうんやったら、なにもぼくらが必死のパッチで報告書を書くことなかったやないですか」

「手柄は欲しいくせに責任はとりとうない。おっさんなりの保険をかけとんのや」

「情けない。上の顔色ばっかり見よってからに」

「出世したいんや。おっさんはな」

「五十が近いのに、まだ警部補でっせ。定年前に警部になるのが関の山や」

「警部補のままで定年になるよりはマシやろ」

定年時の階級は再就職と天下りに大きく影響する。警部補はともかく警部ともなれば、府警の警務課が率先して再就職先を斡旋してくれるのだ。「――部下は上司を選べん。それが組織社会の現実や」

「上司がぼんくらでも、その上司のボスが主流派の切れ者《もん》やったらマシやないですか。その点、うちの署はどうです。宇佐美のおっさんも刑事課長の西村も、先の見えた茶坊主ですわ」

「なにがいいたいんや、勤《きん》ちゃん」

「ぼくは瑕物やから、どうでもええんです。けど、遼《りょう》さんはまじめで優秀です。早《は》よう異動して、まともな上司についてください」

「な、勤ちゃん、刑事稼業は上司より相棒や」

そう、この男が捜査二係に来て、嫌な思いをしたことは一度もない。

「なんと、涙が出そうなお言葉ですわ。うれしいです」

「いうたことなかったけど、前の相棒はおれより五つ先輩で、仕事はできた。それまで経験のなかった二係の捜査の勘どころも教えてくれたし、上にゴマをすることもなかった。けど、叩いたらカツンと音のするような堅物で、とにかく性格が暗かった。おれは前の相棒といっしょにいて、笑うことがなかった」

「それって、鈴木さんですよね。ぼくと入れ替わりに花園署に行った」

「今年の昇任試験に受かったらしい。警部補や」

「花園署の水が合うたんや」

「たぶんな」

燃料計の警告灯が点《つ》いた。「──勤ちゃん、空や。ガソリン」

「三軒家《さんげんや》の交差点の手前のエネオスです」

「カードは」

「要《い》らんでしょ」

泉尾署が給油契約をしているスタンドだと、上坂はいった。

難波南――。『保栄《やすえ》ハイツ』を見とおせる四つ角のそばに車を駐めた。『ＯＴＳＲ』が入居する２０５号室のベランダに、見慣れぬ観葉植物の鉢がおかれている。

「鉢植、替えよったんですかね。こないだはみんな枯れてたでしょ」

「水をやらんからや。どうせ、あれも枯れるやろ」

「あの扇子みたいな葉っぱは椰子《やし》ですか」

「鉢植えの椰子いうのは聞いたことないな」

「ほな、蘇鉄《そてつ》ですか」

「蘇鉄には見えんで」

「遼さん、ぼくが知ってる植木は、松、梅、桜、藤、菖蒲《しょうぶ》、牡丹、萩、薄《すすき》、菊、楓、柳、桐です」指を折りながら、上坂はいった。

「それ、花札やな」

「一月から順にいうたんです」

上坂の前任は薬物対策課だからマル暴関係に詳しい。賭場《とば》のガサ入れにも加わったことがあるといっていた。

「賭場にイカサマはつきものか」

「札事《ふだごと》には多いですね。バッタ撒き、カブ、手本引」

胴師の手業で札をすり替えるのは常道で、仕掛札には、役札に薬品で目印をつける〝ひかり〟、札の角に毛髪を仕込んで指で察知する〝ツノがん〟、札の真ん中を上下に折り返してちがう目を出す〝屛風札〟などがあるという。

「あんまりイカサマが多いもんやから、札事は廃れて骰子《さいころ》になったみたいですね。ぼくがガサに入った賭場はサイ本引だけでしたわ」

「賭場とカジノのテラ銭はどっちがきついんや」

「どうなんやろ。サイ本引のテラは一勝負あたり平均して五パーセント、ルーレットのテラは五・三パーセントやから、似たようなもんとちがいますか。競輪、競艇やパチンコに比べたら良心的ですわ」

「良心的はないやろ。公営博打《ばくち》は一日に十二レース。賭場は一晩で百回は勝負するはずや」

「ルーレットは二十四時間で三、四百回は勝負します。デジスロは半日で、千回、二千回はまわるでしょ」

「客はすべて、テラ銭負けするということやな」

「負けると知っててかかっていくのが博打です」

そう、新垣も大学生のころは一端《いっぱし》のパチンコ依存症だった。バイトの金も仕送りの金もパチンコに注ぎ込み、ひどいときは寝ても覚めても銀色の玉が頭の中をぐるぐるまわっていた。三回生のころに競馬を憶え、ほとんど毎週、馬場に通ったが、ちょうどそのころに同学年の女子とつきあいはじめて、どうにも金がつづかなくなり、ギャンブルから足が遠のいた。サラ金の借金、五十万円は母親に訳をいって詰めてもらった。

つきあった女子はまじめだった。島根から出てきて東大阪の学校近くのアパートに下宿していた。新垣はそのアパートに入り浸って、いやというほどセックスをした。子供ができた、といわれたときは、悩んだ末に、堕ろしてくれといった。が、彼女は妊娠しておらず、あとで考えれば、新垣の気持ちを確かめたのだと思う。そんなこともあって彼女とは別れ、バイト先のコンビニで知り合った三十代の人妻とつきあいはじめたが、その人妻が飲み会に連れてきた女友だちとも関係をもった。人妻とは新垣が警察官採用試験に合格して警察学校に入校してからもつづいていたが、その年の盆をすぎて連絡が途絶えた。理由は分からない。彼女には新垣のほかにも男がいるような気配があった――。

「ぼく、思うんやけど、高校のホームルームの時間に、一回でもええから、パチンコと公営博打と消費者金融の仕組みを教えるべきやないんですかね。道徳よりも、そっちのほうがよっぽど有用でしょ」

「賛成や。あとひとつ、男子にも詳しい避妊の方法を教えんといかん」

「教えるのはええけど、実践がね……」

上坂はそこで言葉を切り、「大学三年のころですわ、『ロッキー』の向こうを張って、ボクサーが主人公のシナリオ書いてたんです。遼さんみたいにしゅっとしたモテ男のボクサー。それがボクシングジムのひとり娘と理《わり》ない仲になって、新人王戦が二日後に迫った夜、打ち明けられたんです。妊娠した、と。……それで、新人王戦に優勝したら、いっしょになろ、と」

「優勝せんかったら？」

「結婚はせんけど子供は産む、と強い決意です」

「ボクサーの齢《とし》は」

「二十歳《はたち》です。ジムの娘は二十三。……ボクサーの本心は結婚も子供も要らんのです」

「二十歳なら、それが普通か」

自分のことをいわれたような気がした——。「しかし、ボクサーは食えんぞ。日本チャンピオンになっても」

「結婚したら、ジムを継げるやないですか」

「となると、ボクサーは新人王戦に優勝せないかんのやな」

「ところが、決勝戦で負けたんです。二十歳で結婚はしとうないという迷いが生じて」

「そこはリアリティーがある」追従《ついしょう》でいった。

ボクサーは試合会場を抜け出して街をさまようが、ふと入ったスナックのママがボクサーの傷だらけの顔を見て手当てをしてくれた。ボクサーは誘われるままにママのマンションに行き、朝を迎える——。

「で、そのあとは」

「ああでもない、こうでもないと、つづきが書けんのです。これはどうも経験がないせいやなと思いあたって、シナリオ研究会の後輩といっしょに福原へ行きましてん」

「福原……。ソープ街やないか、神戸の」

「ぼくも後輩も筆おろしですわ。後輩には経験豊富いう顔してたけど」

「上坂勤《つとむ》、二十一歳にして童貞喪失。シナリオはどうなった」

「キッチンでコーヒーを淹れてるママの後ろ姿。瞼の腫れたボクサーの顔にカーテン越しの日が射すとこでエンドロールが出るんです」

「要するに『ロッキー』の向こうを張ったドラマと勤ちゃんの筆おろしは関係ないんか」

「あとで考えたら、プロットとキャラクター設定に無理があったんですね」

「そうやろな」聞いて損をした。なんと安直なシナリオだろう。

「飲み物、買《こ》うてきますわ」

上坂はシートベルトを外した。「なにがよろしい」

「野菜ジュース。一リッターの」

「お買い上げ料金は五百円です」

上坂が広げた掌《て》に、新垣は五百円玉をおいた。


交代で遠張りをした。午前中は新垣。午後は三時まで上坂。ふたりでする遠張りは寝る時間があるからいい。『保栄ハイツ』に出入りする人間は多いが、見知った人物はおらず、注意をひく人物もいなかった。

午後四時すぎ――。白の軽自動車が『保栄ハイツ』の玄関先に停まった。どこかしら憶えがある。ダイハツのミラだ。プレートナンバーは〝大阪５９９　ら　８７－××〟。

勤ちゃん――。肩を叩いた。上坂は目を覚ましてシートを起こす。

ミラのハザードランプが点いた。ドアが開き、マスクをした黒いブルゾンの男が車外に出る。オールバックの短髪と鼈甲縁《べっこうぶち》の眼鏡、美濃だ。

美濃はリモコンキーでロックをし、ビルに入っていった。

「ハザードランプを点けてる。すぐに出てきますね」

「どうする」

「遼さんは尾行してください。ぼくは残ります」

上坂は車を降りた。新垣はシートベルトを締める。

美濃は五分後に出てきた。ミラに乗り、発進する。府立体育会館裏の一方通行路を西へ行き、元町三丁目北の交差点を右折して国道25号を北へ向かった。新垣はミラを追う。

ミラは難波の交差点を右折して千日前通に入った。新垣は車線を変えてすぐ後ろにつく。美濃は携帯を耳にあてて運転している。

ミラは日本橋《にっぽんばし》一丁目から堺筋に入った。道頓堀川を越えたところで右折する。島之内《しまのうち》か――。付近はミナミの盛り場から少し外れた、ラブホテルやマンション、テナントビルが建ち並ぶ商業地区だ。マンションの住人はクラブやスナックに勤める女性が多いと聞く。

ミラは東横堀川の手前の信号を左に折れた。美濃は携帯を離さず、一方通行路をゆっくり走る。

目的地が近づいたようだ。新垣は徐行して距離をとった。

ミラはウインカーを点滅させてコインパーキングに入った。新垣は三叉路の手前で車を停める。美濃が尾行に気づいたふうはない。

少し待ったが、美濃はパーキングから出てこなかった。

まさか、裏口があるんか――。

新垣はフィットを降りた。コインパーキングに近づき、料金ブースの陰から中を見ると、パーキングの裏は民家でフェンスの切れ目はなく、十数台分の区画に五台のミニバンやセダンが駐められている。美濃のミラはいちばん奥の区画に駐まっているが、フロント部分が通路にはみ出していて、車体の下のロック板があがっていない。美濃も車内にいる。

パーキングに入って車を駐めんとは、どういうことや――。

誰かと待ち合わせてるんか――。誰かをここに呼んでミラに乗せ、次の目的地へ行くつもりなのだろうか。

新垣は車にもどった。上坂に電話をする。

――はい、はい。どこです。

――島之内や。東横堀川から一筋西。美濃はコインパーキングに入って、じっとしてる。誰かを待ってるようや。

状況を説明した。

――その誰かが比嘉やったらおもしろいですね。

――ま、手間が省ける。

――こっちは変わりなしやけど、なんやしらん、空が暗いですわ。

――そらそうやろ。もうすぐ日が暮れる。

――スマホで天気予報見たんです。夜は雨やて。

――おれは車や。濡れへん。

――そういう問題ですかね。

――どこにおるんや。

――こないだの集合住宅です。

『保栄ハイツ』の筋向かいの集合住宅、外階段の踊り場にいる、と上坂はいう。

――２０５号室のようすは。

――明かりが点いてます。さっき、人影が見えました。

――河本か。

――ブラインドがおりてるし、はっきりとは見えんのです。

――分かった。また連絡する。

電話を切ったとき、パトカーがフィットの横をとおった。コインパーキング前を徐行し、十メートルほど行って停止した。

パトカーのバックランプが点いた。後退してくる。パーキングの入口で切り返して、頭から中に入っていく。回転灯は点いていない。

新垣は車外に出た。コインパーキングへ歩く。

パトカーがミラの前方を塞ぐように停まり、ひとりの制服警官が運転席に声をかけていた。サイドウインドーがおりて、美濃が顔をのぞかせる。話は聞こえないが、そのようすで府警パトロール隊の職務質問だと新垣は判断した。コインパーキングの区画に入らず、不自然な駐め方をしていたミラを不審に思ったのだろう。

警官は美濃に車から出るよう指示したが、美濃は首を振って従わない。

パトカーからもうひとり、年かさの制服警官が降りた。ふたりで美濃を説得する。免許証を提示してくれといっているようだ。

新垣はパーキングに入った。ミニバンに近づいて、これから車を出すふりをする。警官も美濃も新垣に注意を払うようすはない。

これからバックするとこやったんや――。美濃は声を荒らげた。

ハンドブレーキを引いたままバックするんですか――。年かさの先輩警官は冷静だ。

免許証、お持ちですよね――。あたりまえやないか――。じゃ、見せてください――。断る――。それはないでしょ。おたく、車に乗ってるのに――。しつこいぞ、こら――。おたくの名前が分かって、なにもなかったら、終わりやないですか――。退《ど》けや。わしはこれから約束があるんや――。だから、名前だけでも教えてください――。なんの権利があって、えらそうにいうとんのや――。協力してもらえませんか――。やかましい――。

警官と美濃のやりとりを見たのか、野次馬が集まってきた。新垣には好都合だ。パトロール隊の職質の第一の目的は覚醒剤の摘発と使用者の検挙であり、美濃が抵抗すればするほど容疑は深まる。そう、美濃には覚せい剤取締法違反の犯歴がある。

押し問答は十分ほどつづき、美濃は諦めたのか、キーを抜き、スマホを持って車外に出た。先輩警官の求めに応じて免許証を渡す。後輩警官が免許証を持ってパトカーにもどり、無線のマイクを手にした。応援要請と犯歴照会だ。

新垣は上坂に電話をした。

――勤ちゃん、妙なことになった。美濃がパトロール隊の職質にひっかかって、いま調べを受けてる。

――ほんまですかいな。

――おっさんに連絡してくれ。このままやと、美濃は所轄に持っていかれる。

――遼さんはどこです。

――さっきいうたコインパーキングや。

――ほな、管轄は横堀署ですね。

――たぶん、そうなる。

――美濃が身柄《ガラ》をとられたら、まずいことになるんやないんですか。

――そら、まずいわな。こっちは一斉検挙でかまえとんのに。

――了解です。とにかく、おっさんに連絡します。

電話は切れた。新垣はミラに近づく。

応援要請と犯歴照会を終えたのか、後輩警官はパトカーを降りてミラのそばにもどった。先輩警官に耳打ちする。

美濃聡さんにまちがいないですね──。先輩警官は訊いた。美濃は不貞腐《ふてくさ》れている。

お住まいは──。そこに書いてあるやろ──。いうてもらえますか──。大正区北村五の六の二、A409──。ありがとうございます。持ち物を見せてもらえますか──。

好きにせいや──。美濃は両手をあげた。先輩警官はブルゾンからズボンを触って、ポケットの中のものを出してください──。

美濃は舌打ちして、ポケットから札入れ、煙草、ライター、スマホを出した。警官は受けとって、ひとつひとつ検分する。

危ないもんはないようですね──。あたりまえじゃ。もうええやろ──。車の中を調べてもいいですか──。おまえら、ええ加減にせいよ──。ドアを開けてもらえますか──。いややな──。お願いしますよ──。うっとうしい。弁護士、呼ぶぞ──。どうぞ、呼んでください──。

美濃はミラのリア近くにかがんでスマホを耳にあて、誰かと話しはじめた。弁護士を呼ぶというのは薬物使用者の常套句だから、警官も馴れている。

ほどなくして、パーキングにまた一台のパトカーとシルバーのカローラが入ってきた。カローラは入口近くに停まって、スーツの男がふたり、車外に出る。後輩警官が男たちのそばに行って状況を報告しはじめた。ふたりの男は横堀署薬物対策係の刑事だろう。

美濃は電話を終えた。刑事のひとりが話しかける。美濃は横を向いて返事をしない。

令請や——。振り向いて、刑事はいった。ミラの車内を捜索し、美濃の強制採尿をするための捜索差押許可状を地裁に請求するのだ。もうひとりの刑事がカローラに乗ってパーキングを出ていった。美濃はかがんだまま動かない。

こら、あかんな——。新垣はパーキングを出てフィットに乗った。

難波南にもどった。コンビニの駐車場に車を駐め、缶入りの飴湯をふたつ買って『保栄ハイツ』へ歩く。集合住宅の外階段をあがると、上坂は二階と三階のあいだの踊り場にいた。飴湯を放ると上坂は受けて、

「美濃、引かれたんですか」

「薬対の刑事《デカ》が令請した。美濃の言動を見てたら、シャブを食うてるのはまちがいない」

「アメ村や島之内とか、ミナミの周辺地域は薬物の重点警戒エリアですわ。美濃はコインパで売人を待ってたんでしょ」

上坂は府警本部の薬物対策課にいたから覚醒剤摘発のプロだ。「——いまどきの日本は少なめに見ても三十人にひとりが薬物経験者です」

「シャブか、それは」飴湯のプルタブを引いて口をつけた。甘味に生姜が利いている。

「シンナーと大麻、危険ドラッグが多いですね」

覚醒剤やコカインは心証がわるいため、初犯でも起訴されて有罪判決がおりるという。

「美濃はアウトやな」階段に腰をおろした。尻が冷たい。

「実刑ですわ。前歴もあるし、二、三年はもらうでしょ」

「おっさんはどういうてた」

「焦ってます。美濃が引かれたら、横堀署の薬対と話をする肚《はら》です。こっちは沈船詐欺で引く寸前やったと。シャブの調べが終わったら、引き継ぎでこっちの調べをするんとちがいますか」

「身柄《ガラ》はとるんか」

「とらんでしょ。横堀署においとったほうが便利やし」

「どっちにしても急展開やな」

「思わぬハプニングです」

「美濃には、ええ迷惑や」

「こっちにも迷惑です。……美濃を詐欺で引く。調べの段階でシャブが発覚する。シャブは不問にしたるから河本を売れ、という取引ができんようになってしまいましたわ」

「なるほどな。ものは考えようや」

煙草を吸いつけた。「勤ちゃんはそういう取引をしたことあるんか」

「なんべんもありますわ。中津で売人のハコにガサかけたら、シャブといっしょに改造ＣＡＳカードが三千枚も出てきてね、カードには眼をつぶったるからシャブの卸元《おろしもと》を吐けというたら、泣き泣き喋りました。ぼくは調書をまいてから後輩に引き継いだんです。ＣＡＳカードを叩けと」

「それ、騙《だま》しやな。取引やない」

「売人と取引してどないしますねん。根っからの犯罪者やのに」

「優秀や。勤ちゃんは」

飴湯を飲みほして灰皿にした。

18

午後七時――。雨が降りはじめた。踊り場の階段に座っていると身体が冷える。新垣は立って足踏みをした。

「寒いですか」

「寒い。ウチナンチューにはな」

「ぼくは大丈夫ですわ。尻の肉が厚いから」

無駄に大食いしてるわけやないんです、と上坂はいう。「コンビニでカイロを買《こ》うてきたらどうですか」

「カイロな……」コンビニへ行くのが面倒だ。

そこへ、スマホが振動した。宇佐美だ。

――新垣です。

――美濃の尿からシャブが検出された。覚醒剤使用や。

――やっぱり、売人を待ってたんですね、島之内のコインパーキングで。

——売人が来る前にバンかけたんや。パトロール隊が。

ミラの車内に未使用の注射器《ポンプ》があったが、覚醒剤は発見されなかったという。

——それでや、横堀署の薬物担当が美濃に立ち会いさせて、北村の自宅のガサにかかる。君らもいっしょに入ってくれ。

——大丈夫ですか。我々も行って。

——横堀署の刑事課に話をとおした。こっちは詐欺容疑で美濃を内偵してたとな。薬物担当の庄野《しょうの》いうのが現場に行くから挨拶せい。

——庄野さんの携帯、分かりますか。

——いうぞ。……090・9273・85××。

メモ帳に書いた。

——何時からです、ガサは。

——もうすぐ署を出るそうや。八時ごろやろ。

——了解です。北村で合流します。

——それともうひとつ、刑事課の課長にも頼んどいたけど、美濃の携帯の通話記録や。庄野にも記録をもらえるように確認しとけ。

——分かりました。確認します。

電話を切った。

「勤ちゃん、美濃はこれや」

左右の手首を合わせた。「八時に横堀署が美濃のヤサのガサに入る」

「遼さんとぼくも？」

「そういうこっちゃ」

「しかし、横堀署はいやがるでしょ。いきなりのお邪魔虫」

「そら、まちごうても歓迎はされんわな。……けど、おっさんがあたふたしてたわけが分かった。おれと勤ちゃんをガサに便乗させよと思てたんや」

「他人の褌《ふんどし》で相撲をとる。おっさんの考えそうなことですわ」

上坂は立って、「河本は知ってるんですかね、美濃が引かれたこと」

「美濃は職質を受けたとき、電話をしてた。相手は河本のような気がする」

「となると、河本は弁護士を手配してるんですかね」

「おれが河本やったら美濃をほったらかしにはせん。弁護士をとおして、美濃に余罪の黙秘をさせる」

「そうか、詐欺師の根本はリスクヘッジなんや」

「その用心深さで、河本は生き永らえてきた」

今夜、河本が動くことはないだろう。新垣と上坂は踊り場をあとにした。

北村に着いたのは七時半だった。公団住宅のA棟409号室のベランダに明かりはない。

さっき聞いた庄野の番号に電話をした。

――はい。

――横堀署の庄野さんですか。わたし、泉尾署の新垣といいます。

――ああ、泉尾署のね。課長から話は聞いてます。

――いま、どちらですか。

――湊町です。

――美濃は。

――後ろの車に乗ってますわ。

――我々はふたりです。新垣と上坂。北村に先着しました。

――で、段取りは。

――美濃の見てる前で合流するのは避けたいんです。できたら、庄野さんたちがガサに入ったあとで、部屋に入りたいんですが。

――分かりました。玄関の錠はかけんようにしときます。

――ご迷惑は重々承知してますが、よろしくお願いします。

――おたがい、刑事やないですか。うちの署の応援要員という顔で捜索してください。

――そういうていただけるとなによりです。

礼をいい、電話を切った。

「庄野は協力的や」

声の感じでは四十代か。長身でがっしりした刑事を想像した。

「よかったやないですか。向こうさんは何人です」

「たぶん、五人やろ。前の車に庄野とドライバー。後ろの車にドライバーと、リアシートに美濃を挟んでふたり」

「美濃はヤサにパケがあると吐いたんですか」

「どうやろな。それは聞かんかった」

新垣は車を移動させた。A棟の玄関側にまわって、ゴミ集積場のそばに駐めた。


八時――。二台のセダンが公団住宅の敷地内に入ってきた。A棟の玄関先に停まって、五人の捜査員と美濃が車外に出る。捜査員のうちひとりはグレーのブルゾンに黒いパンツのスレンダーな女だ。美濃はミラの車内に載せていたのか黒っぽいコートをはおっていて、遠目にも前手錠をかけられているのが分かる。すぐ横にスーツ姿の男が付き添っているのは、腰縄を持っているのだろう。六人は人目を避けるようにA棟に入っていった。

新垣と上坂は五分待って車を降りた。A棟に入り、エレベーターで四階にあがる。外廊下を歩き、布手袋をはめて409号室のドアを引くと、抵抗なく開いた。

美濃のヤサは汚部屋《おべや》だった。大小のビニール袋や潰れた段ボール箱が狭い玄関の下駄箱の上に積みあげられ、廊下にもゴミが散乱して足の踏み場がない。黴《かび》のような臭いもする。新垣は靴を脱ぎ、ゴミを蹴散らして奥へ行く。左のドアをこじ開けると、そこはダイニングキッチンで、テーブルのまわりだけはゴミがなく、薄汚れたフローリングが見えた。美濃の姿はなく、ふたりの捜査員が立っていた。

「すんません、新垣です」

小さくいうと、ひとりが振り向いた。

「ご苦労さん。庄野です」

庄野は長身だが、痩せていた。頭は短いスポーツ刈り、セルフレームの眼鏡をかけている。齢は四十すぎか。色黒で目付きが鋭い。

「泉尾署捜査二係の上坂です。よろしくお願いします」上坂も頭をさげた。

「横堀署薬物担当の野村です」

もうひとりも一礼した。こちらは新垣と同年配で、背は低いが、がっしりしている。

新垣は奥の部屋に眼をやった。美濃はコートをはおったままベッドに座り、三人の捜査員が室内を捜索している。

「はじめにお願いがあるんですけど、美濃の携帯を押収《おうしゅう》されましたよね」

「はい、スマホを押収しました」

「通話記録は」

「依頼してます。ドコモに」

「その記録をいただけたらありがたいんですが」

「それは課長からも聞いてます。データをもろたら連絡しますわ」

「ありがとうございます」

頭をさげた。「それともうひとつ、美濃の所持金はいくらでした」

「所持金ね……」

庄野は野村に向かって、「ノムちゃん、美濃の財布、なんぼ入ってた」

「四万円ほどでしたかね」野村は答えた。

一昨日、出屋敷のコンビニで美濃は上限額の五十万円をおろした。それが今日は四万円になっている――。いったい、どこで使ったのか。比嘉に渡したのか。もしそうなら、比嘉は生きていて、出屋敷近辺に潜伏しているのか……。

「ここ、2DKですか」上坂が訊いた。

「そうですわ。この部屋と、寝室と和室」

庄野はいって、「美濃に会うたことは」

「ないんです。尾行はなんべんかしましたけど」

「それやったら、美濃と顔を合わせんほうがよろしいな」

「そうしてもろたらありがたいです」

「どこでも調べてください。ただし、物品を押収したいときはいうてもらえますか」

「もちろん、庄野さんに報告して了承を得ます」

上坂はうなずいて、「美濃はゲロしたんですか。パケやポンプの隠し場所」

「いや、なにも喋りませんねや」

美濃は尿検査も拒否していたから令状をとり、横堀署で強制採尿した、と庄野はいい、「沈船詐欺いうのは聞きました。どういう事案です」

「南西諸島近海の沈没船から金貨とか明《みん》朝、清《しん》朝の陶磁器を引き揚げるという名目で数百万から数千万円の投資を募るんです。いちおう、船をチャーターして引き揚げはするようですが、揚がるのは二束三文の陶磁器の欠片《かけら》だけです」

引き揚げ作業と陶磁器の欠片を投資者に見せることで、訴訟やトラブルを回避している、と上坂はいった。

「初めて聞きましたわ。新手の詐欺ですな」

「ぼくらも初めて知ったんです。手口はむかしからあるみたいやけど、事件になったことは少ないですね」

「美濃は、その沈船詐欺の頭《あたま》ですか」

「いや、一味のひとりです」

「そうですやろな。シャブ中が詐欺師の頭目いうのはイメージが合わん」

庄野はそれ以上、沈船詐欺には触れず、「ま、どうぞ。なにかあったらいうてください」野村に指示して、奥の左の部屋に入っていった。

「さて、勤ちゃん、どこからはじめる」

ダイニングキッチンを見まわすだけでうんざりする。壁際にはビール缶、ペットボトル、カップラーメン、コンビニ弁当の空容器といったゴミが堆《うずたか》く積もっている。流し台のシンクもゴミでいっぱいだ。

「美濃にはゴミ出しの習慣がないんですね」

「というより、清潔という概念がないんとちがうか」

ラーメンのカップには干からびた麺、弁当の容器には食べ残し、飲みさしのペットボトルも多くある。これが夏場なら食い物が腐って、ひどい異臭がするだろう。

「そういや、勤ちゃんの部屋も汚部屋やったな」

「あのね、ぼくはゴミぐらい捨てます。片付けはできんけど」

上坂はいって、「いっぺん見せてくださいよ。勤務時間とストレスの多い刑事稼業をしてはる遼さんの部屋」

「それはちょっと都合がわるいな。ほのかちゃんがおるから」

「ほのかちゃん……」上坂は眼を剝《む》いた。「同棲してるんですか」

「昨日は白の体操着に紺のブルマを穿いてたな」

「あほくさ。白のハイソックスも穿いてるんでしょ」

「よう知ってるな」

「ラブドールやないですか」

「今度、紹介する。連れて帰ってくれ」

油を売るのはやめて捜索にかかった。ゴミを避《よ》けて、上坂は流し台、新垣はガラス扉のダイニングボードを調べる。グラスや皿はうっすら埃《ほこり》をかぶっていて使われた形跡がない。抽斗《ひきだし》を開けると、中はほとんど空っぽで、ゴキブリの糞が点々と染みになっている。隅に細長い小豆《あずき》のようなものがついているのはゴキブリの卵鞘《らんしょう》だ。

流し台の扉の中を覗き込んでいた上坂が「ワッ」と、あとずさりした。

「どうした」

「蜘蛛です。どえらい大きい」上坂は両手の親指と人さし指で輪をつくった。

「アシダカグモやろ。ゴキブリの天敵」

「天敵ね。そら、ええ蜘蛛や」

上坂はまたかがんで、流し台の下から段ボール箱を出す。蓋をあけると、今度はゴキブリが飛んだといって、箱を放り出した——。


ダイニングキッチンの調べは十分で終了し、上坂は洗面所、新垣はトイレの捜索にかかった。ここは思いのほかゴミが少なく、トイレットペーパーの芯やティッシュの空き箱がころがっているだけだ。便器のタンクの蓋を外してみたが、なにもなかった。

「どうや、そっちは」上坂にいった。

「ないですね。なにも」

上坂は振り向いて、「そもそも、ぼくらはシャブを探しにきたんやないでしょ」

「勤ちゃんはベテランやないか、薬対の」

「シャブのガサに入ったとき、こみいったとこにパケやポンプを隠してるやつはおらんですね。いつでもすぐに打てるように、リビングのテーブルの上とか、化粧ポーチの中とか、手もとにおいとくんです」

男と女が暮らしている家だと、まず寝室を探す、と上坂はいう。「チェストの抽斗とかベッドの下です。すぐに見つかりますわ」

「インターホンを鳴らして、警察です、いうたら、シャブを便器に流したりせんのか」

「不思議とそういうのはいてませんね。なけなしの金で手に入れた虎の子のシャブやないですか。中には慌てふためいてトイレに走るやつもいてるけど、パケもポンプも便器に浮いてますわ」

「荒井のアパートに行ったとき、抽斗ん中に秤と空パケしかなかったんはなんでや」

「売人はブツを隠しますねん。天井裏とか他人名義の車のトランクにね」

「なるほどな。いちいちもっともや」

うなずいたところへ、庄野が来た。寝室を捜索していた捜査員がパケと注射器の入ったペンケースを見つけたという。

「パケを突きつけて試薬検査をしたら、吐きましたわ。シャブもポンプも自分のものやと」

「そらよかった。お手柄です」

「で、見て欲しいもんがあるんやけど、よろしいか」

「もちろんです。なんですか」

「通帳ですわ」

庄野はいって、踵《きびす》を返した。

新垣と上坂は庄野につづいて奥の和室に入った。野村がテレビ台のそばにかがみ込んでいる。

和室の広さは六畳ほどだが、テレビと箪笥《たんす》、電気炬燵、ボックス棚、ハンガーラックのあいだに、くしゃくしゃの服、下着、靴下、漫画雑誌、スポーツ新聞、ビール缶などが散乱している。美濃は炬燵に寝ころがってテレビを見るのだろう、三枚重ねの座布団を枕にしたような跡がある。

庄野は炬燵の上においた箪笥の抽斗から銀行通帳を取りあげた。

「これ、どういうことですかね。名義がちがうんですわ」

庄野が差し出した通帳を、新垣は見た。表紙に〝比嘉慶章様〟とある。

「大同銀行大正支店です。この名義の人物に心あたりはないですか」

「あります。比嘉慶章は沈船詐欺の一味です」

「美濃との関係は」

「詳細をつかむまでにはいたってませんが、共謀者であることは確かです」

「ということは、美濃がこの通帳を持ってることに……」

「事件性はないと思います。盗んだとか騙しとったというのは」

美濃が比嘉から預かったのだろうと、庄野は黙ってうなずいた。

「ちょっと、すいません」

上坂がいった。「それ、押収しはるんですよね」

「そのつもりです」

「ほな、撮ってよろしいか、携帯で」

「かまわんですよ」

庄野は通帳を上坂に渡して、「撮るんやったら、美濃の通帳もありますわ」と、抽斗を指さす。

「ありがとうございます」

上坂が手にとったのは三協銀行大正橋支店の通帳だった。名義は美濃聡。上坂は手早く繰って、

「二百万も入ってますわ」

「詐欺で稼いだ金ですな」と、庄野。

「美濃はその金でシャブを買うてたんや」どうしようもないやつでっせ、上坂はいう。

「いま、なんぼですか、シャブの値段」新垣は訊いた。

「売人によってちがうけど、グラム六万が相場ですな」

美濃のような常習者は一回あたり〇・一グラムは打つだろう、と庄野はいう。「月に三十回打って十八万。シャブは耐性ができるから量も増える。年に二百万、三百万もの金を使うて廃人の道まっしぐらいうのがシャブ中ですわ」

大麻、危険ドラッグ、MDMA、MDA、ヘロイン、コカイン――。いまの日本は薬物が蔓延《まんえん》していると、庄野はどこかひとごとのようにいい、野村を呼んで和室を出ていった。

「勤ちゃん、気を利かしてくれた。このあとは泉尾署で捜索せいということや」

「男前やないですか、庄野さん」

「借りができたということや」上坂に座布団を放って炬燵の前に座った。

比嘉の通帳を一ページずつ、スマホで撮影しながら検分した。これは工務店の経理とは関係ないようで、金の出入りが少なく、十一月二十一日に現金五十万円が引き出されたあとの残高は八

万三千円になっていた。

　美濃の通帳を開いた。こちらは金の出入りが多い。家賃、電気、ガス、水道料金、NTTなどの引き落としのほかに、毎月、五、六回の入出金があり、現在の残高は二百三万円だった。

「金の入りと出がバラバラやな」

　企業、法人からの振込みは一件もなく、日付に規則性はない。美濃は月に一、二回、十万円から二十万円ほどの現金を入金し、月に三、四回、五万円から十万円を出金している。

「この入金の原資は河本ですね」

「まちがいない。美濃は河本のパシリや」

「パシリはもうひとりいてますわ」

「村上哲也か」村上は表向き、『OTSR』の社員という役回りだ。

「比嘉も河本のパシリですか」

「そこはどうかな。パシリというよりは共犯者やろ」

「美濃はいつからパシリをしてるんですかね」

「さぁな、一年や二年いうことはないと思うけどな」

　美濃の通帳は今年の六月に記帳機で繰越されたもので、それ以前の繰越済みの通帳は抽斗の中になかった。

「勤ちゃんはこれを撮ってくれ。おれはほかを調べる」

　新垣は立って、簞笥のそばに行った。

上から順に抽斗を引いて、中を見ていったが、壊れた電卓やデジタルの腕時計、使い捨てライター、透明ファイル、買い置きのトランクスや靴下といった雑多なものがあるだけで、めぼしいものはなかった。

いちばん下の抽斗をあけた。黄ばんだスポーツ新聞をとると、週刊誌大のパンフレットがあった。《宮古島観光ガイド》とある。

パンフレットを手にとった。縦に一本、折ったり広げたりした皺がある。発行は宮古島観光協会、見開き一ページが宮古島の全体地図だった。

島の南東端、保良泉《ぼらがー》ビーチに眼をやった。『ヴィラ　サザンコースト』が載っている。その地点をボールペンや鉛筆で囲ってはいないが、美濃がこのパンフレットを持ち歩いていたことはまちがいない。

「勤ちゃん、美濃は宮古島に行ってる」

パンフレットを見せた。「これは空港インフォメーションでもろたんやろ」

「それって遼さん、証拠物件ですよ、けっこう重要な」

「勤ちゃんの見立ては、宮古島でのいざこざやったな。河本、比嘉、荒井の」

荒井がバッグに詰めた比嘉の金を奪《と》った。比嘉は隠し持っていたバールで荒井を殴りつけた。河本と比嘉は昏倒した荒井を保良の浜に運んで生き埋めにした——。それが上坂の読みだったが、

「——保良のヴィラにはもうひとり、美濃がおったんや」

「河本が美濃を呼んだんですか。荒井を始末せい、と」

「河本と美濃は懲役仲間や。美濃はシャブ中で前科八犯。河本が美濃をヒットマンに仕立てても不思議はない」

「確かにね、シャブは人格を変えます」

上坂はうなずいて、「これで決まりですね。荒井は保良の浜に埋まってますわ」

「早よう掘り起こさんと、白骨になってしまうぞ」

「そのほうがよろしいわ。腐乱死体は見栄えがわるい」

「見たことあるんか、そういうの」

「あるわけないやないですか」

「死体は何日ぐらいで骨になるんや」

「それって、法医学の教科で習いましたよね」

「おれは忘れた。気色わるいから」

「地上死体は夏場やと早ようて半月からひと月、通常は一年。土中死体は三、四年でしたかね」

「埋めた死体はそんなに長持ちするんか」

「長持ちするから、ゾンビになって墓の下から這い出てくるんです」

「なんでもよう知ってるんやな、法医学からゾンビまで」

「ジョージ・A・ロメロの『ナイト・オブ・ザ・リビングデッド』、不朽の名作ですわ。ロメロはブードゥー教のゾンビに、噛まれたら感染するというヴァンパイアのキャラを混ぜて、生ける屍《しかばね》を創ったんです」

低予算のＤ級ホラー映画にゾンビものが多いのは、眼のまわりに墨を塗ってよろよろ歩かせれば、それだけでゾンビになれるからだと上坂はいう。「まともな製作費を使うても『バイオハザード』シリーズとか『ワールド・ウォーＺ』みたいな、めったやたらに走りまわるゾンビは邪道です。あほみたいな顔でボーッとしてるのがゾンビです。ぼくのお勧めは『死霊のえじき』と『プラネット・テラー』ですね」

話が完全に逸れている。上坂が映画を語りだしたら我を忘れるのだ。

「勤ちゃん、通帳、撮ったんか」

「あ、そうですわ」

上坂はまたスマホをかまえた。

新垣は和室の捜索を終えた。《宮古島観光ガイド》のほかにめぼしいものはなかった。

庄野にガイドを持ち帰って指紋を採取したいと申し出たら、あっさり了承して押収品目に加えてくれた。新垣と上坂は礼をいい、４０９号室をあとにした。

「遼さん、あの子の顔、見ましたか」

「誰や、あの子て」

「隣の部屋におったやないですか。庄野さんの部下」

「ああ、あれな。スタイルはよかった」

「ぼく、撮ったんです。チラッと」

「盗撮か」

「あのね、スカートの中を撮るのが盗撮です」

Ａ棟を出て車に乗った。上坂が画像を再生する。横堀署刑事課の女性刑事は庄野と話をしている横顔しか映っていなかった。

「耳が大きいな」

「鼻筋がとおってます」

「胸は小さい」

「Ｃカップです」

「Ｃカップは標準やろ」

「せめて、Ｅカップはないとね」

「勤ちゃんが吸うたれ」

「なんと、やらしいこといいますね、泉尾署の新垣刑事は」

「盗撮のほうがあかんやろ」

薬指の指輪に、上坂は気づいていないようだった。


上坂が運転し、新垣は宇佐美に捜索の経緯を報告した。

――宮古島の観光ガイドを持って帰ります。空港インフォメーションのスタッフの指紋か、ひょっとして河本と比嘉の指紋が付着してたら、美濃が宮古島に飛んだ物証になると思います。

――河本と比嘉と荒井が宮古島におったんはいつや。

――十一月四日から九日です。『ヴィラ　サザンコースト』の二棟をとって、五泊しました。部屋割は河本と比嘉が七号棟、荒井が八号棟です。

――ほな、美濃が宮古島に飛んだんは。

――十一月六日やと思います。荒井の泊まってた八号棟は、七日の夜と八日の夜、明かりが消えてたと、フロントマンから聞きました。

――つまり、荒井康平は六日の夜に殺されたということか。

――そう仮定して、まちがいはないと思います。

――十一月六日か……。もう二週間以上経ってるな。

パンフレットの指紋が検出できるか、と宇佐美はいう。

――係長、紙類の指紋残留期間は長いです。

――んなことは知ってる。講釈してる暇があったら帰ってこい。

――了解です。

電話を切った。

「勤ちゃん、おっさんは腹の立つことしかいえんのか」

「なにをいうたんです」

「おれの意見は講釈やと」

「それはちがいますね。遼さんは講釈師やない。どっちかいうたら聞き上手ですわ」

「そうか、おれは聞き上手か」

「上坂、喋る。新垣、笑う。そういう図式ですかね」

車は大正通に出た。雨は本降りになっている。

署にもどった。宇佐美に宮古島の観光ガイドを渡し、比嘉と美濃の通帳を撮った画像を見せて復命する。

「美濃の通帳の入金はすべて現金です」

「河本が美濃に対して振込みをせんかったんは、足がつくからやと思います」と、上坂。

「よほど用心深いの」

「根っからの詐欺師ですわ、河本は」

「美濃の通帳はこれだけか」

「そうです。繰越済みの通帳は捨てたみたいです」

「美濃の部屋はゴミの山なんやろ。そのゴミの中にあるんとちがうんか」

「あの部屋を徹底的にほじくり返すのは、二日や三日では無理ですわ」

「で、比嘉の通帳はどうなんや」

「残高は八万三千円です。金の出入りも少ない。比嘉が模合で落札した金は預金せんと、現金で持ち歩いてたと思われます」

「そもそも、美濃がなんで比嘉の通帳を所持してたんや」

「それが分かったら、比嘉の生死が分かります。美濃が比嘉を殺して通帳を奪ったんか、比嘉に頼まれて出屋敷のコンビニで五十万をおろしたんかが」

「美濃を尋問せんかったんか、北村で」

「横堀署が家宅捜索してるのに、そんなことできませんわ。庄野さんの顔を潰すことになるやないですか」現場で美濃とは顔を合わせていない、と上坂はいった。

「この指紋を採ってください」

新垣は観光ガイドを指さした。「河本か比嘉の指紋が出たら、三人の共犯関係が立証できます」

「んなことは、いわれんでも分かってる」

宇佐美は椅子にもたれてふたりを見あげた。「さっき、鑑識にいうといた。真鍋《まなべ》が待ってるから持っていけ」

「了解です」観光ガイドを手にとった。

「河本、村上、兎子組の一斉検挙はいつになるんですか」上坂が訊いた。

「そいつはペンディングやな。美濃が横堀署に引かれて情勢が変わった」

「どう変わったんです」

「わしは美濃を尋問しよと思てる。カチ込みはそれからや」

「えらい慎重ですね」

「君らにいうとくぞ。我々の職務は拙速より巧緻《こうち》や。犯罪捜査というやつは可能な限りの情報と物証を得た上で最後の詰めにかからんといかんのや」

「美濃を尋問したら吐くんですか。荒井を埋めた場所を」

「可能性はあるやろ」

「可能性ね……」

「なんや、その顔は」

「尋問は係長がしはるんですよね」

「そういうのはな、直接の担当者がするもんや。わしは横堀署に話をとおす」

「ありがたいですね、係長の後方支援」

「分かったら行け、鑑識に」

そのあとは帰ってもいい、と宇佐美はいった。


刑事部屋を出て鑑識部屋に行った。真鍋は自分のデスクでパソコンを眺めていた。

「よう、ご苦労さん。宇佐美さんに聞いた。ガサの手伝いに行ってたんやてな」真鍋は上体を起こして伸びをする。

「手伝いやないんや。探し物がちがう。横堀署はシャブで、こっちは詐欺事案のブツや」

観光ガイドをデスクにおいた。「この指紋を採って欲しいんや。狙いは美濃のほかに、比嘉慶章と河本展郎と荒井康平」

「こいつらの前科は」

「美濃と荒井はヤクザ者や。河本も複数の犯歴がある。比嘉の指紋は、この前、ヘアブラシと湯呑茶碗を預けたよな」

「ああ、比嘉の指紋は採ってデータにした」

右手の全指と左手拇指《ぼし》の指紋が採れた、と真鍋はいって、「急《せ》いてるんか」

「いや、急いてない」

「ほな、照合結果は明日か明後日でええな」

「すまんな。ありがとう」

「今日はどうするんや」

「帰る」壁の時計を見た。十一時前だ。

「なんぞ食うて帰るか」

「おまえと食うたら、日付変更線をまたぐことになる」真鍋は酒好きだ。量も飲む。

「ええやないか。たまにはつきあえ」

「それやったら、ミナミに出ましょ」上坂がいった。「裏なんばの道具屋筋の近くに旨《うま》いおでんを食わせる店があるんです。スジとこんにゃくと大根は絶品ですわ」

「おでんな。こういう雨の夜にはぴったりや」真鍋は観光ガイドを抽斗に入れた。

なにがぴったりなのか分からないが、ふたりはその気になっている——。

19

十一月二十四日――。宿酔《ふつかよい》のまま『ＯＴＳＲ』の遠張りをした。車のヒーターを入れ、上坂と交代で眠る遠張りは骨休めになった。河本は外出せず、部屋を訪れる人物もいなかった。

十一月二十五日――。朝、刑事部屋に入ると、宇佐美が手招きした。

おはようございます、デスクの前に立った。

「これ見ぃ」

一枚のクリアファイルを受けとった。

《指紋鑑定報告　大阪市大正区北村５－６－２　Ａ４０９号室より押収したる物品の指紋採取及び照合

○上記依頼の件につき以下の指紋が検出され、照合の結果、以下の事項が判明したので報告する。大阪府警察泉尾署刑事課鑑識係長　警部補保田圭一《やすだけいいち》

○宮古島観光ガイド　全８ページ

○検出された指紋に該当する者は　美濃聡　河本展郎

○なお上記依頼の比嘉慶章、荒井康平その他について、指紋は検出せず》

「美濃はやっぱり現場におったんですね。宮古島の『ヴィラ　サザンコースト』」

「いや、あかん。美濃が宮古島の空港でパンフレットを入手したことにまちがいはないけど、河本の指紋が宮古島で付いたとは証明できん」

美濃は河本のパシリだから、美濃が宮古島から大阪にもどったあと、河本に会う機会はある、と宇佐美はいう。「比嘉と荒井の指紋も付いてたら、こっちのもんやったけどな」

「要するに、北村のガサは空振りですか」

「ま、そういうこっちゃ」

「美濃を尋問したらどうですか、パンフレットをつきつけて」

「それはあかん。昨日、美濃に私選弁護士がついた」

「やっぱりね……。河本が手配しよったんや」

「下手に尋問してみい。別件の取調べや、と弁護士がゴネる。おまけに弁護士から河本に報告が行ったら、我々の捜査がバレてしまう」

宇佐美が舌打ちしたところへ上坂が現れた。新垣を見て、こちらへ来る。

「おはようございます。おふたりで鳩首《きゅうしゅ》会談ですか」

「なんや、キュウシュいうのは」と、宇佐美。

「鳩の首ですよね」

「朝っぱらから、寝ぼけたこというな」

宇佐美はレターボックスから、また紙片を出した。「横堀署からファクスが来た。美濃のドコモの通話記録や」

紙片の字は小さい。びっしりと数字が並んでいる。

「暗号みたいですね。絵解きをしてください」上坂がいう。

「美濃の発信と着信の相手は主に四人。……ひとりは河本、ひとりは女、あとのふたりは契約者不詳や」

「契約者不詳いうのは」

「飛ばしの携帯やろ」

飛ばし携帯とは、他人の名義や架空の名義を使って契約された携帯のことをいう。

「それがシャブの売人ですか」

「たぶんな」

「女は……」新垣は訊いた。

「宮地《みやじ》沙織《さおり》。三十二歳。尼崎市出屋敷東三－五－十八－二〇二」

「データ、とったんですか」

「照会はした。交通前科だけや」

四年前、速度違反で三十日の免許停止処分を受けているという。

「出屋敷いうのがひっかかりますね」

そう、美濃は出屋敷のコンビニで比嘉の預金口座から五十万円を引き出した。

「今日は尼崎《アマ》に行け。宮地沙織を洗うんや」

宇佐美はメモ用紙に女の携帯番号と住所を書き、新垣は受けとってデスクを離れた。

新垣がカローラを運転し、署を出た。

「遼さん、美濃は出屋敷のコンビニでおろした金を宮地沙織にやったんやないですかね」

「それはある。全額やのうても、十万や二十万はやったかもしれん」

「となると、宮地は美濃のこれですか」上坂は小指を立てる。

「かもしれんな。おれは水商売みたいな気がする」

「ええ女ですかね」

「たぶんな」

「齢は三十二。数えでいうたら厄年ですわ」

「ええ女と厄年が関係あんのか」

「おかんから聞いたことありますねん」上坂は笑って、「厄年の女はなんとなしに気の迷いが生じる。そんなときに優しいしたら仲良うなれるて」

「思いあたるふしがあるんか」

「いやね、おふくろの田舎の笠岡に後厄《あとやく》の従妹がいてますねん。前田《まえだ》ひとみ。小肥《こぶと》りで、色が白《しろ》うて、乳が西瓜みたいにでかいんです」

「従妹の胸が西瓜とかメロンとか、いちいち見るか」

「それがね、中学二年の夏休みやったか、おふくろに連れられて田舎に帰って、北木島《きたぎしま》で海水浴したんです。ひとみが磯から飛び込んだ拍子にぽろっと西瓜が出てしもて、あれが若い婦女子のナマ乳を見た初めての経験でしたね」

「なにごとにも、初めてはあるわな」

「その日の晩、海岸で花火したんです。ひとみは苺模様の浴衣を着てたんやけど、ぼくは昼間に見た乳が瞼に焼きついて離れへん。それでつい、手が伸びてしもたんです。乳、触らして、と」

「ほう、よう伸ばした」

「あほ、と線香花火を振りよったんです。そしたらあの赤い玉がぼくの足に落ちて、アチチチッと飛び跳ねたのに、線香花火の赤い玉て足の指にひっついたまま、まだ星を散らしてますねん」

「中学二年の上坂勤は従妹の乳を見て足の先から火花を飛ばしたか」

「おまけに、ひとみがぼくのおふくろにいいつけたもんやから、どえらい怒られて、次の夏休みからは海水浴も花火もなしです」

「ひとみちゃんはどうしてんのや」

「岡山の小学校で体育の先生してます。あれは一生、いかず後家ですね」

「今年が後厄なんやろ。たまには岡山に帰って合コンでもしたらどうなんや」

「合コンね。遼さんが企画してくださいよ」

「おれはあかん。勤ちゃんみたいに話がおもしろうないし、当てもない」

もし合コンをしたら、玲《れい》衣の友だちはみんな派手だろう。遊び馴れているから安い店には連れて行けないし、そもそも警察官相手の合コンなどに参加はしない。咲《さ》季《き》の友だちは看護師が多いと思うが、母ひとり子ひとりで身のまわりのことはなにひとつしない映画オタクの上坂と波長が合うだろうか――。ま、どちらにしろ玲衣と咲季を上坂に見せることはないが。

大正通から国道43号にあがり、尻無川《しりなし》を渡った。月末の金曜日、安治川《あじ》大橋をすぎたあたりから渋滞しはじめた。


出屋敷東――。ナビに誘導されて着いたマンションは、月曜に行った『セブンデイ出屋敷駅前店』から南東に一キロほどしか離れていなかった。六階建、敷地が五十坪あまりのこぢんまりした建物は築年数が浅いのか、植込みのカイヅカイブキが疎《まば》らで、白い外装タイルも玄関横の《エミネンス出屋敷》というプレートも真新しい。

車寄せにカローラを駐めて車外に出た。玄関ガラスドアは自動ロックで、集中インターホンにはレンズがついている。

「どうします」

上坂は玄関前で立ちどまった。「宮地は美濃が捕まったこと、知ってますよね」

「知ってるやろな」

「美濃がシャブをやってたということは、宮地もやってる可能性がある。我々が警察やと知ったら、中に入れよらんかもしれませんわ」

「そうやな、部屋の前まで行くか」

「はい、そうしましょ」

玄関前で待った。ほどなくして宅配のトラックがカローラの後ろに停まり、段ボール箱を抱えたドライバーが降りてきた。集中インターホンのキーを押す。返答があって、ドアロックが解除された。ドライバーは中に入り、上坂と新垣もつづいてエントランスに入った。エレベーターの向かいのメールボックスを見ると、各階に五室があり、202号室には《宮地》というプレートが挿されていた。

階段で二階にあがった。202号室の前に立ち、上坂がインターホンを押す。返答がない。留守か。

新垣は宮地の携帯に電話をした。コール音はするが、出ない。ドアに耳をつけていた上坂が振り返った。

「鳴ってますわ、電話。中で」

「そういうことか」

電話は切らず、ドアをノックした。すると、ようやく返事があった。

「どちらさん?」

「宮地さん、警察です。ちょっと出てもらえませんか」

「なんですか」

「美濃聡さん、知ってはりますよね。それで宮地さんにお訊きしたいことがあるんです」

「はい……」

それきり、応答がなかった。ドアが開くこともない。

「遼さん、こいつはやってますわ、シャブ」

「みたいやな」

慌てふためいてパケや注射器を隠しているのだろう。

電話を切り、三分ほど待ってから、またノックした。

「宮地さん、開けてください。我々は美濃さんのことを訊きたいだけです」

錠が外れる音がして、ドアが小さく開いた。チェーンがかかっている。

「宮地沙織さん？」

「そうです」

浅い茶髪の、ピンクのセルフレームの眼鏡をかけた小柄な女だ。化粧気はないが、すっぴんでもない。細い眉は描いている。

「泉尾署の新垣といいます」

手帳をかざして見せた。「ドア越しの話もなんやし、中に入れてもらうか、廊下に出てきてもらえませんかね」

「美濃さんの話って、どんなことですか」

「美濃さんが逮捕されたこと、ご存じですか」

「あ、はい……」宮地は曖昧にうなずいた。

「それは誰から聞かれたんですか」

「美濃さんです」

「本人から?」

「はい……」

「それ、一昨日の夕方の電話ですか」

「そうです」

美濃は島之内のパーキングでスマホを耳から離さなかった。河本と宮地にかけていたのだ。いま職質をされている、と。

「ということは、美濃さんがいま、横堀署に留置されてることも知ってはるんですね」わざとらしく、上坂がいった。

「声、大きいですね」

「すんません。地声ですねん」

「分かりました。入ってください」

宮地はドアチェーンを外した。新垣と上坂は中に入り、リビングに通された。

掃き出し窓の外はベランダ、壁際にソファ、その向かいにテレビとローチェスト、若い女にしては小物と飾り物の少ない殺風景な部屋だった。

「どうぞ、おかけください」

「ありがとうございます」上坂と並んでソファに座った。

「なにか、飲まれますか」

「いえ、お気遣いなく。勤務中ですから」

宮地の腕を見た。キャミソールにカーディガンをはおっているから注射痕は分からない。

「申し遅れました。泉尾署の上坂といいます」

上坂がいった。「失礼ですが、お仕事は」

「飲食関係です」

「この時間に家におられるということは、接客業かなにか？」

「そうですね」宮地はうなずいた。表情が乏しく、ものいいに抑揚がない。

「よかったら、教えてもらえますか、お店を」

「ラウンジです。曾根崎《そねざき》の」お初天神近くの『ラ・コンシエール』だという。

「美濃さんとのご関係は」新垣が訊く。

「だから、お店のお客さんです」

「いや、プライベートでもおつきあいされてるか、と」

「してません」宮地はかぶりを振る。

「宮地さんは河本という人物をご存じですか。『ＯＴＳＲ』という会社の代表者です」

「河本さん……。知りません」

「美濃さんは『ＯＴＳＲ』の仕事をして収入を得ていたという情報があるんですが」

「美濃さんからお仕事の話を聞いたことはないです」

これは嘘だ。宮地のいうとおり、美濃がラウンジの馴染み客だとしても、その職業を知らないはずはない。

「あの、わたしのことは……」

「美濃さんの携帯です。通話記録を調べました」

正直にいった。こちらも多少の経緯は明かす必要がある。「――比嘉慶章という人物はご存じですか」

「知りません」

「美濃さんは覚醒剤を使用してた……。そのことは知ってはりましたか」

「いったい、なにがいいたいんですか。知るわけないでしょ」

挑むように宮地はいった。芝居染みている。

「怒られついでにいいますわ」

上坂がつづけた。「ぼくの前任は府警本部の薬物対策課です。宮地さんがもし覚醒剤をやってたら、尿検査で陽性反応が出ます」

「なんやの、あんたら、ひとを犯罪者みたいに」

「覚醒剤が身体から抜けるにはひと月かかります。次は強制採尿の令状を持ってくるという判断もできるんです」

「それって、脅してるわけ。わたしを」

「協力してくれんですか。正直なとこ、薬物捜査は目的やない。ぼくらは美濃の交友関係を調べてますねん」

「せやから、なにを訊きたいんですか」

「河本展郎、比嘉慶章、荒井康平、村上哲也……。美濃から聞いた憶えはないですか」

少し間があった。宮地は下を向き、顔をあげて、

「美濃さんは刑務所に行くんですか」

「行きます。覚醒剤使用の再犯者が執行猶予になることは、万に一つもない。刑期は少なくても三年。美濃には傷害や窃盗の犯歴があるし、暴力団組織の準構成員やった時期もあるから、五年、六年の懲役をもらうかもしれません」

「そんなに長いんや……」

「はっきりいうて、宮地さんと美濃の縁は切れたんです」

「煙草、いいですか」

「どうぞ」

宮地はテーブルの下から煙草を出した。緑のパッケージのメンソール。細い煙草を真っ赤なマニキュアの指にはさんで吸いつけた。

「――河本さんは知ってます。会ったことはないです。美濃さんは河本さんの下で働いてましたけど、どんな仕事かは聞いてません」

ぽつり、ぽつり、宮地はいう。「比嘉というひとは工務店をしてて、美濃さんの大正区の家を借りてくれたそうです。荒井と村上いうひとは聞いたことないです」

「ありがとうございます。よう思い出してくれました」

上坂はにっこりして、「ほかには」

「ありません」

「どんな些細なことでもええんですわ。美濃のことなら」

「そういえば、ウィークリーマンションを借りました。美濃さんに頼まれて」

「それは……」

「十日ほど前です。美濃さんから電話があって、どこか安いアパートを借りてくれといわれたんです」

一カ月か二カ月の短期でいい、と美濃はいったが、アパートを借りるには敷金や連帯保証人が要る、と宮地はいった。だったらウィークリーマンションでいい、と美濃はいい、宮地は曾根崎に近い太融寺《たいゆうじ》のラブホテル街にある『マンスリー・グールドイン』というウィークリーマンションの一室を借りて、美濃にキーを渡した――。

「十日ほど前というのは確かですか」新垣は訊いた。

「先週の火曜日です」

毎週火曜日の午後三時、宮地は堂山町《どうやま》のヘアサロンを予約していて、梅田の地下街を歩いているところへ美濃からの電話がかかったという。「ヘアサロンを出たあと、太融寺に行って、ウィークリーマンションを探したんです」

先週の火曜日……。十一月十五日だ。新垣はメモ帳を出した。

《十一月十五日――。朝、河本と比嘉は喜界島《きかいじま》から西へ行き、奄美・明神崎《みようがん》の沖二マイルの海域で海中岩礁を発見した。昼すぎ、内海《うちうみ》へ行き、河本はスマホで誰かと連絡をとった。
十一月十六日――。奄美・明神崎沖の海域で、河本と比嘉は海中に陶磁器片を撒いた。
十一月十七日――。昼すぎ、河本と比嘉は船を降り、奄美空港へ向かった。》

新垣は立って、掃き出し窓のそばに行った。なにごとか、と上坂も来る。

上坂にメモ帳を見せた。耳もとでいう。

「この十五日の電話や。河本は美濃にアパートを借りるよう指示したんとちがうか。それで美濃は宮地に電話をした」

「時間的にも符合しますね」上坂も小さくいう。

「河本がアパートを借りたかった理由はなんや」

「模合の落札金拐帯で警察に追われてる可能性がある比嘉を匿《かくま》うんです」

「そう、そういうこっちゃ」

奄美から大阪に帰ったあと、比嘉の消息は途切れている。

「こいつはひょっとして、ビンゴですね」

「太融寺や。比嘉はそこにおる」

メモ帳を閉じた。宮地に向かって、「『グールドイン』の何号室ですか」

「705号室です」

「契約者は」

「わたしです」

「部屋代は」

「払いました。カードで」一カ月分、十三万八千円を立て替えたという。

「その精算は」

「してもらいました、美濃さんに」

「いつでした」

「月曜日です」

「時間は」

「昼前でした」

これでパズルが嵌まった。美濃は午前十時に『セブンデイ出屋敷駅前店』で比嘉の口座から五十万円を引き出し、その足で宮地に会って十三万八千円を渡したのだ。

「行くか、勤ちゃん」

「行きましょ」

掃き出し窓から離れた。振り返る。

「宮地さん、我々がここに来たことは誰にもいわんようにお願いしますわ」

「でないと、また来ることになりますねん」

上坂がいう。「強制採尿の令状持って」

宮地は黙ってうなずいた。

マンションを出た。上坂が運転し、新垣は電話をする。

——はい、宇佐美。

——いま、出屋敷です。宮地沙織の込みを終えました。宮地は十五日に太融寺のウィークリーマンションを借りて、キーを美濃に渡してます。

——それはなんや、美濃が泊まるためか。

——太融寺におるんは、比嘉やと思います。

手短に経緯を話した。宇佐美は『グールドイン』へ行けという。

——ただし、踏み込むのはあとや。比嘉の所在を確認し次第、ガサ状をとる。

——比嘉の逮捕状はあるやないですか。ガサをかけんでも、部屋から出てきたとこを引いたらどうですか。

——抜け駆けはやめとけ。比嘉を引くときは、河本と村上もいっしょや。

——分かりました。比嘉の所在を確認します。

電話を切った。

「勤ちゃん、おっさんは一斉検挙に拘《こだわ》っとる」

「そら、そうですわ。一世一代の晴れ舞台なんやから」

「舞台を設《しつら》えたんは、勤ちゃんとおれやのにな」

「縁の下の貧乏神は賽銭《さいせん》をもらえんのです」

そんなことわざがあったか――。ない。

「遼さん、鳴き廊下とか知ってますか」

「鶯張《うぐいすば》りとか忍び返しというやつか」

「こないだ、南北戦争の映画で観たんやけど、鳴き廊下はアメリカにもあって、英語で〝ナイチンゲールフロア〟というみたいです」

「看護婦さんか」

「テネシーの看護婦さんは廊下で鳴くんですか。……ちがいますねん。ナイチンゲールはスズメ目の小鳥で、日本やと〝夜鳴き鶯〟です」

「ほう、そうかい」

「日本語でも英語でも〝鶯〟というのはおもしろいでしょ」

上坂の話は晴れ舞台から鳴き廊下に飛び、南北戦争に飛ぶ。まるで脈絡がないが、本人は自覚していない。

太融寺町――。『グールドイン』をめざして車をゆっくり走らせた。盛り場に近い寺の多い町にラブホテルが多いのは、谷町筋の生玉《いくたま》界隈もそうだが、戦後、金に窮した寺や神社が敷地の一部を売り、そこにラブホテルやテナントビルが建てられたからだろう。
『グールドイン』は太融寺から一筋東へ行った浄光寺の隣にあった。新垣は玄関前に車を停め、上坂とふたり、中に入った。カウンターの向こうにベージュの制服の女性がいた。

「すんません。警察です。泉尾署の上坂といいます」

上坂は女性に手帳を提示した。「ちょっと、お訊きしたいんですけど、いま７０５号室には入居者がいてますよね。名前を教えてもらえませんか」

女性は小さくうなずいた。パソコンのマウスを操作して、

「宮地沙織さまです」

「年齢と住所は」

「三十二歳。尼崎市出屋敷東三－五－十八－二〇二です」

このフロントはちゃんと身分証の提示を求めたようだ。

「７０５号室に泊まってるのは本人ですか」

「それは分かりかねます」カードキーを渡したあと、客の出入りはチェックしないという。

「部屋の掃除とかはせんのですか」

「ホテルではないので特にルームケアはしません。お客さまが清掃サービスを依頼されたときは部屋に入りますが」

「防犯カメラは」

「各階にございます」

「それ、見せてもらえんですか。保存データを」

「あ、はい……」

女性は、すぐには見せるといわず、「もう一度、お名前をお聞きしていいですか」

「上坂勤です。泉尾署の刑事です」

「同じく、泉尾署の新垣です」

しっかりしとる——。新垣も手帳を見せた。ここで揉めると協力を拒まれる。

女性は上坂と新垣の階級、氏名、職員番号をメモして、カウンターから出てきた。

「モニターはこちらです」といい、右横のドアを開ける。そこは休憩室を兼ねているのか、長テーブルと折りたたみ椅子が五脚ほどおかれ、奥の壁際のデスクにパソコンが三台、並んでいた。モニターにはどれも人気《ひとけ》のない廊下が映っている。

女性はパソコンの前に座り、キーを押した。映像が次々に変わる。

「これが七階の映像です。三カ月をすぎると自動的に更新されます」

「操作はＤＶＤデッキといっしょですか」上坂が訊く。

「同じです」早送りと日付を指定するキーを教えてくれた。

「ありがとうございます。あとは我々がやります」

「なにかありましたら、お呼びください」

女性は一礼して出ていった。

「なんか、愛想のない子やな」上坂がいう。

「迷惑なんや。客でもないやつに愛想を振りまくことはない」

「けど、脚はきれいでしたね」

「顔はどうなんや」

「外角、低めいっぱいかな」

「なんや、それ」

「ぎりぎり、ボールやけど、振ってしまいますわ」

「バットを振るんか。ちんちん、振るんか」

「『グールドイン』の入居者のみなさん、気をつけてください。一階フロント横の控室にセクハラ男がいてますよ」両手をメガホンにして、上坂はいう。

「分かった。広報活動はええから、映像、見よ」

「先週の火曜日、十一月十五日の午後四時から見ましょか」

上坂は日付を指定し、再生キーを押した。

十一月十五日・十一月十六日――。705号室に入った客はいなかった。
十一月十七日――。十八時三十八分、黒い大型キャリーケースをひいたツイードジャケットの男がエレベーターを降り、廊下を歩いてきた。705号室のドアにカードキーをスライドさせ、入室した。男は比嘉慶章だった。比嘉は二十時三分に部屋を出て、翌日の零時四十四分、部屋にもどった。
十一月十八日――。十時二十九分、比嘉は部屋を出た。上着は前日と同じツイードジャケットだったが、ズボンは替えていた。比嘉は十二時十五分にもどり、十三時五十一分に外出。もどってきたのは二十三時三十七分だった。

十一月十九日――。比嘉は三回、外出し、最後に帰ってきたのは翌日の二時十分だった。

十一月二十日から十一月二十二日――。比嘉の外出と帰室にこれといった変化はなかった。一日に二回から四回ほど部屋を出て、夜、帰ってくる。夜の帰りが遅いときは酔った顔をしていることが多く、宮地沙織が勤める曾根崎のラウンジで飲んでいるのかもしれない。

十一月二十三日――。十八時四十六分、キャリーケースをひいた比嘉が部屋を出た。比嘉は黒いコートを着ており、それまでの外出とはようすがちがった。

十一月二十四日から十一月二十五日――。比嘉の姿を見ることはなかった。

「勤ちゃん、比嘉は飛びよったな」

「まちがいない。飛びましたね」

「美濃が島之内で職質におうたんは二十三日の午後四時四十分ごろや」

時間的に符合する。比嘉は河本から美濃が職質にあったと聞き、慌てて705号室を退去したのだ。

「くそったれ、また、すんでのとこで逃げられたんか……」

「比嘉を飛ばしたんは河本や。河本を引いたら、比嘉も引ける」

「おっさんがぐずぐずしてるから、こんなことになるんです。さっさと逮捕状をとって、河本を引いたらよかったんや」

「しゃあない。比嘉は飛んでも、河本は飛んでない。身柄はいつでもとれる」

控室を出た。フロントの女性に、

「705号室の入居者はキーを返しましたか」

「いえ、もらってませんが」

「彼は部屋を出て、もどってこんような形跡があるんです」

「契約されたのは女の方ですが……」

「部屋代は先払いでしたね」

「はい。一カ月分、いただいてます」

「その一カ月がすぎたとき、キーは」

「無効になります。設定が変わりますから」その変更は自動的になされるという。

「ということは、キーを返却する必要はない？」

「おっしゃるとおりです」

「分かりました。もし、705号室に誰かが入るようでしたら、面倒ですけど、連絡してもらえますか」

名刺を差し出した。「二十四時間、署には誰かが詰めてます」

「すんません。防犯カメラのモニターはそのままにしてます」上坂がいった。

「ありがとうございました。失礼します」

新垣はいい、『グールドイン』をあとにした。

車に乗り、署に電話をした。

――新垣です。比嘉が飛びました。

経緯を報告した。宇佐美の不機嫌そうな顔が眼に浮かぶ。

――それで、どうするんや。

――『ＯＴＳＲ』に行ってみます。

――行って？

――比嘉が部屋におるようやったら踏み込みます。

――待て。比嘉を見ても踏み込むな。まず、わしに連絡せい。

河本の逮捕状と『ＯＴＳＲ』の捜索差押許可状をとり、人員を揃えてからガサに入る、と宇佐美はいった。


難波南――。『保栄ハイツ』の見える郵便局の前に車を停めた。２０５号室のベランダの窓はブラインドが閉じている。

「遼さん、『ＯＴＳＲ』の電話番号、知ってますよね」

「ああ、分かる」

メモ帳を出して、挟んでいた名刺を抜いた。奄美大島古仁屋《こにや》港の給油所で、クルーザーに乗ってきた安里《あざと》からもらったものだ。「――０６・６６３５・１２××」

「その番号に電話してくれますか。十分後に」

「なにをするんや」

「河本は『ＯＴＳＲ』におらんような気がするんです」

そういうなり、上坂は車を降り、『保栄ハイツ』に入っていった。

十分、経った。新垣は非通知で電話をかけた。コール音は鳴るが、つながらない。

車を降りて近くのコンビニへ行き、のり弁当とヤキソバ弁当、ペットボトルの茶を二本買った。

あとで上坂に弁当を選ばせたら、きっとヤキソバのほうをとるだろう。

上坂が降りてから二十分後、また電話をした。やはり、つながらない。

それから十分ほどして、上坂はもどってきた。助手席に乗る。

「どうやった」

「あきません」

上坂はかぶりを振った。「部屋の前まで行って、ドアに耳をつけてたんです。遼さんのかけた電話の音が聞こえたきりで、物音はしません。電気のメーターはゆっくり動いてたけど、あれはたぶん、冷蔵庫と蛍光灯ですね」

「ひょっとして、河本も飛んだんか」

「ぼくはそう思います」

比嘉と河本はいっしょだろう、と上坂はいう。「――昨日、朝の九時から夜の七時まで、遼さんとぼくは『ＯＴＳＲ』の遠張りをしたけど、河本の姿は見てません」

「しかし、夜は部屋の明かりが点いてた」

「昼間からずっと点いてたんです」

「ということは、一昨日の夜、河本はあの部屋を出たんか」

「『グールドイン』を出た比嘉と、どこかで落ち合うたんです」

「ちょっと待て。河本は美濃に弁護士をつけたぞ」

「それは一昨日の夕方とちがいますかね。弁護士を手配してから、飛びよったんです」

「しかし、これから飛ぼうというやつが弁護士を選任するか」

「逮捕から七十二時間、留置場におる被疑者と接見できるのは弁護士だけです。河本は美濃がなにを喋りよったか、情報が欲しいんです」

「分かった。待て」

スマホを出した。発信履歴を見て、横堀署の庄野にかけた。

――はい。庄野です。

――泉尾署の新垣です。美濃聡のガサでお世話になりました。

――いやいや、おたがいさまですわ。捜査の足しになりましたか。

――ありがとうございます。いくつか、新たなネタが見つかりました。

――それはなによりです。

――迷惑ついでに、庄野さんにひとつ教えて欲しいんです。……昨日、美濃に私選弁護士がついたそうですけど、その弁護士を依頼したんは、美濃ですか。

――美濃から弁護士に連絡してくれという頼みはなかったですね。

――弁護士を依頼したんは、河本展郎という男ですか。

——そこは分からんですな。弁護士の守秘事項でしょ。

——弁護士は誰ですか。

——手嶋美幾《てしまみき》。事務所は分からんです。

——女ですか。

——そうです。

刑事事犯を扱う女性弁護士は珍しい。

——了解です。事務所に行ってみますわ。

礼をいい、電話を切った。

「勤ちゃん、手嶋美幾を調べてくれ」

「大阪弁護士会ね」

上坂はスマホを出して検索した。「——『片山・手嶋法律事務所』いうのがありますわ」

住所は西天満《にしてんま》四丁目だという。大阪高裁と大阪地裁の合同庁舎の近くだ。

「電話しますか」

「いや、本人に会お」シートベルトを締めた。

「さっきからソースの匂いがするんやけど、なんですかね」

「忘れてた。弁当や」

リアシートにおいていたコンビニの袋を上坂にやった。「どっちがええ」

「こっちにします」

上坂がとったのは、のり弁当だった。

「勤ちゃんはヤキソバにすると思たんやけどな」

「遼さん、冷たいヤキソバはもごもごして不味いんです」

上坂は箸を割って蓋をとる。不味いほうはおれが食え、ということか――。新垣は車を発進させた。

20

『片山・手嶋法律事務所』が入居するビルは老松《おいまつ》通りの骨董街にあった。先日、訊込みをした『まつなが』から、そう遠くはない。新垣は近くのコインパーキングにカローラを駐め、ビルへ歩いた。階段で二階にあがる。ドアをノックすると返答があり、中に入った。半透明のパーティションに遮られて事務所のようすは分からない。初老の男が現れた。

「泉尾署の新垣といいます」

手帳を見せた。「手嶋美幾弁護士にお会いしたいんですが」

「そちらさまは」

「上坂です。新垣の同僚です」

「ご用件は」

「手嶋さんがいま担当されてる事案について、お話をお伺いしたいんです」

「お待ちください」

男はパーティションの向こうに消えた。

「えらい警戒するやないですか」と、上坂。

「そら、するやろ。見も知らん刑事がふたり。弁護士にとっては招かれざる客や」

男がもどってきた。どうぞ、こちらへ――。

応接室に案内された。スチールキャビネットと長テーブル、スチールチェアがあるだけの安っぽい部屋だった。

ノック――。ドアが開き、女が入ってきた。思っていたより若い。四十代半ばか。長身で小顔、切れ長の眼、口もとが整っている。濃紺のスーツにライトグレーのブラウスもセンスはわるくない。

「はじめまして。新垣です」

上坂とふたり、名刺を差し出した。手嶋も出す。

《片山・手嶋法律事務所　弁護士　手嶋美幾》――。あとは住所と電話番号だけのシンプルな名刺だった。

「さっきのひとが片山さんですか」上坂が訊いた。

「片山は女性です。片山三喜子《さきこ》」

「珍しいですね。女のひとがふたりの弁護士事務所て」

「同じ大学のクラスメートです」

「へーえ、それは長いおつきあいや」

「司法試験は、片山のほうが一期、先輩です」

京大か阪大の法学部――、そんな気がした。

「で、わたしの担当事案というのは」

「覚醒剤使用と所持で逮捕された美濃聡です」

「でも、新垣さんと上坂さんは……」

「横堀署とちがいます。薬物担当でもないです」

上坂は小さく首を振って、「我々がお訊きしたいのは、手嶋さんに美濃の弁護を依頼した人物です」

「それはいえません」

「依頼した人物はこの事務所に来たんですか」

「来てません」

「ということは、電話がかかってきたんですよね。手嶋さんは依頼した人物と面識がおありでしたか」

「それもいえません」柔らかく否定する。

弁護士の中には〝先生〟と呼ばないと不機嫌になるのがいるが、手嶋はそうではないらしい。

「普通、ツテもない弁護士事務所にいきなり電話をして、覚醒剤使用者の弁護を依頼することはないと思うんですけどね」

「なにをおっしゃりたいんですか」

「手嶋さんは以前、その依頼者が逮捕されたとき、弁護をされたんやないんですか」

「だから、おっしゃっていることがよく分からないんですが」

「河本展郎です」

「はい……？」

手嶋の視線がわずかに揺れた。「――そのひとの前歴は」

「偽計業務妨害、公文書偽造、有印私文書偽造、業務上横領、詐欺……。有罪判決を受けたんは四回やけど、ほかにも逮捕歴は多々あると思います」河本の懲役は計六年、と上坂はいった。

「上坂さんのおっしゃるとおりなら、そのひとは……」

「骨の髄からの詐欺師ですわ」

「………」手嶋に反応はなかった。

「これからいうことは我々の内偵捜査にかかわることですが、河本はいま、沈船詐欺をしてます。沈船詐欺いうのは、金貨とか金塊、美術品を積んだまま沈没した商船や交易船を探索し、その積荷を引き揚げると称して何百万、何千万の投資を募るものです。当然ですが、沈没船に金貨や美術品はありません。河本は沈船詐欺の首謀者で、美濃はその仲間です。美濃はたまたま覚醒剤で逮捕されましたけど、河本を野放しにしてたら、沈船詐欺の被害者はどんどん増えていきます」

「………」手嶋はなにもいわず、窓の外に眼をやった。

「我々は河本の逮捕に向けて動いてます。ご協力願えんですか」

「上坂さん、わたしは弁護士です」

手嶋は向き直った。「職務上、依頼者の不利になることはいえませんし、その河本さんというひとの前歴も業務には影響しません。……もちろん、いま上坂さんがおっしゃった沈船詐欺についても、いっさい外には洩らしませんが」

「そうですか。そうですよね」

上坂は笑った。「手嶋さんは美濃に接見されましたか」

「しました。昨日の夜です」

「ひとつだけ教えてください。手嶋さんはその接見内容を依頼者に伝えましたか」

「伝えました」

「依頼者本人に会うたんですか」

「会ってません」

「電話で伝えたんですね」

「そうです」

「その電話は依頼者からかかってきたんですか、手嶋さんがかけたんですか」

「かかってきました」

「依頼者の電話番号は」

「お教えできません」

「依頼者はいま、どこにいるんですかね」

「聞いてませんし、知りません」

「次に依頼者から電話がかかったとき、我々に教えてもらえますか」

「ごめんなさい。協力はできません」

予想どおりだが、弁護士のガードは固い。

「失礼ですが、着手金は」新垣は訊いた。

「まだ、いただいてません」事務所の口座に振込みで入金される、と手嶋はいった。

これ以上、長居しても無駄だと新垣は思った。

「勤ちゃん、ええか」

「はい……」上坂はうなずく。

「どうも、ありがとうございました。失礼します」

新垣は腰を浮かした。

「お役に立ちましたか」手嶋がいう。

「手嶋さんに美濃の弁護を依頼した人物が河本展郎であるという心証は得ました」

「それはよかったです」

手嶋は笑うでもなく、同意した。

『片山・手嶋法律事務所』を出た。コインパーキングへ歩く。

「やっぱりな。弁護士は手強《てごわ》い」

「正義の味方やないですね」

「弁護士はな、金の味方や」

「いまどきの弁護士て、食えるんですかね」

「けっこう厳しいやろ。法律事務所の閉鎖とか統合いうのは、よう聞く」

「司法試験合格者は成績順に、裁判官、検事、弁護士になるんですか」

「その傾向はあるかもしれん」

成績順は大袈裟だが、司法修習生にとって裁判官任官はいちばんの〝狭き門〟といわれ、検事になるのも容易ではないらしい。

「けど、きれいでしたよ。頭もよさそうやし」

「ま、あほではないわな」

「公判廷で有利やないですか。新地《しんち》のちいママみたいなんが裁判長をじっと見て、無罪をおねだりしたら」

「そういうことを考えるんは勤ちゃんだけや」セクハラでもある。

喫茶店の前をとおりかかった。上坂に袖をひかれた。

「ひと休みしましょ」

「そうやな」

朝から、出屋敷、太融寺、難波南、西天満と動きまわって、ヤキソバ弁当も食っていない。

レトロなファサードの喫茶店に入った。ＢＧＭに『オリーブの首飾り』が流れている。店内はレトロというより古ぼけていて、壁は染みだらけ、床のフローリングは傷だらけ、チョコレート色のベンチシートはところどころが剝げて下地の布が見えている。額に収まった品書き、振り子のとまった柱時計、天井から吊るされたドライフラワー、カウンターにおかれた蓄音機、さすが骨董街の喫茶店といいたいが、どれもが埃をかぶったガラクタだ。

「なんか、臭いがしませんか」

「するな」コーヒーの匂いではない。

「猫の小便かな」

上坂は店内を見まわす。猫はいない。

「なに、しましょ」白い髭の店主がカウンターの向こうから訊いてきた。

「ぼくはホット」

上坂はいって、「遼さんはランチですか」

「いや、コーヒーでええ」腹は減っているが、このインテリアと臭いでは食えない。

上坂はホットコーヒーをふたつ注文し、煙草に火をつけた。新垣も吸いつける。

「遼さんは、犬と猫、どっちが好きですか」

「犬やな。おれが小学生のときに拾うてきて、高校を出るまでいっしょやった。柴犬みたいな雑種で頭がよかった。いつも散歩に連れていくおふくろに、いちばん懐いてたな」

背中が黒いので、セグと名付けた。セグは新垣が三回生のときに老衰で死んだが、知ったのは沖縄に帰省したときだった。おふくろはセグの写真を携帯の待ち受け画面にしている――。

「ぼくは猫ですね。高校三年のときまで家にいてました。オッドアイの白猫でした」

「オッドアイ……。なんや、それ」

「右と左の眼の色がちがうんです」

白猫には多い、と上坂はいう。「人間にもいてます。メジャーのサイ・ヤング賞投手のマックス・シャーザーとか」

「ほう、それで」

「終わりです」

「オチは」

「ないです」

拍子抜けした。上坂の話もたまにはスベる。

「それより遼さん、これからの捜査方針はどうします」

「捜査方針な……」

けむりを吐いた。「電話やろ。河本と比嘉の携帯」

横堀署から提供された美濃のスマホの通話記録だ――。「美濃の発信、着信の相手は主に四人。Aは河本、Bは宮地沙織、CとDは契約者不詳やけど、そのどっちかの携帯を持ち歩いてるのは比嘉のような気がする」

「携帯の位置情報ですか」

「そういうこっちゃ」

「けど遼さん、河本や比嘉が携帯のGPSを入れてるはずはないし、誘拐や殺人いう大事件ならともかく、まだ事件にもなってへん小悪党の沈船詐欺に、電話会社や通信業者が時間も人員もかかる位置検索に協力してくれますか。まして飛ばしの携帯は闇金やオレ詐欺の必須アイテムやから、電話会社には何千件という名義確認や位置情報の協力要請があります。そういう煩雑な要請にいちいち対応してたら、電話会社はパンクしますわ」

携帯電話を他人名義や偽名、架空名義で入手する目的はただひとつ、犯罪であり、通常は料金未納のため、一、二カ月で通話不能になる、と上坂はいう。「つまりは使い捨てですわ。電話機は騙しとられる、通話料金は未納、おまけに警察がなんやかんやいうてくるんやから、電話会社は踏んだり蹴ったりです」

「飛ばしの携帯は望み薄でも、河本の携帯は本人名義やろ。せやから、河本の携帯をマークするんや」

コーヒーが来た。ブラックで飲む。かなり不味い。砂糖とミルクを入れた。

煙草を吸い終えて、宇佐美に電話をした。

——新垣です。河本が飛びました。

——なんやと。

——比嘉と河本が飛んだんです。

——どういうことや。

——美濃がシャブで引かれた一昨日、河本は『片山・手嶋法律事務所』の手嶋美幾という弁護士に美濃の弁護を依頼しました。そのあと、河本は『ＯＴＳＲ』を出て、太融寺の『グールドイン』を出た比嘉と合流したと思われます。

――君らは昨日、『保栄ハイツ』の遠張りをしたんとちがうんか。

――しました。けど、河本の在室は確認してません。

――河本と比嘉はつるんで飛んだんか。

――みたいです。

――その弁護士事務所へ行け。河本がどこにおるか、訊くんや。

――いま、西天満です。手嶋に込みをかけました。河本の居場所までは知らんようです。

――それ、ほんまかい。

――手嶋は非協力的やけど、嘘はついてないと思います。

――そんなもんで引きさがったら、込みにならんやろ。

――河本は警戒してます。手嶋とも顔は合わせてません。

――くそっ、なにもかも後手《ごて》にまわっとるやないか。

宇佐美の舌打ちが聞こえた。

――ドコモに協力を要請してください。美濃の通話記録の相手です。その相手の位置情報がとれたら、河本と比嘉の潜伏先が割れます。

――待て。通話記録はともかく、位置情報は簡単にはとれんぞ。

――そこをなんとかしてください。係長の顔で。

——分かった。わしはこれから横堀署に行く。

——我々はこのあと、もういっぺん手嶋に会います。

——そうや。刑事の本分は粘りや。手嶋に電話をかけさせて、河本がどこにおるか訊け。

宇佐美は投げるようにいい、電話は切れた。

「また会うんですか、手嶋に」不服そうに上坂がいう。

「会わへん。おっさんの声を聞いて、やる気が失せた」

また煙草をくわえてシートにもたれかかった。「今日は夜までフリータイムにしよ」

「なんと、ナイスなサジェスチョンやないですか」

「腹減った。なにか食いたい」

「ヤキソバ弁当は」

「要らん」

「リクエストは」

「旨いもんや」

「ほな、天神橋筋商店街に『ふく井』いうてっちり屋がありますわ。フグは養殖やけど、大皿に身がてんこ盛りで、自家製のポン酢が絶品です」

「フグな……」食いたい。食いたいが、てんこ盛りとなると、ひとり一万円ではきかないだろう。

「割り勘か、払いは」

「先輩、それはないでしょ」

「分かった。てっちりでええ」

——と、踝《くるぶし》になにかが触れた。見るとテーブルの下に三毛猫がいた。

上坂が〝てんこ盛り〟といったのは嘘ではなく、てっさとてっちりだけで満腹になった。ポン酢も旨い。

「白子、食いたいですね」上坂がいう。

「やめとけ。口が腫れる」品書きの『焼き白子』は〝時価〟になっている。

「しゃあないな。雑炊しましょか」上坂は鍋の白菜をさらう。

「要らん。もう食えん」

「ほな、二人前にしときますわ」

「おれは食えんというてるやないか」

「ぼくが食うんです」

「それやったら三人前や。おれも食う」

「ほんまに、食い意地が張ってるんやから」

雑炊三人前——。上坂はマスターにいって、「フリータイムはなにして遊びます」

「さてな……。ボウリングかビリヤードでもするか」

「ボウリングは足がもつれる。ビリヤードは腹がつかえますねん」

「ま、そうやろな」上坂の体形をしげしげと見た。

「ボウリングとビリヤードの映画て少ないですね。ちゃんとしてるのは『ビッグ・リボウスキ』と『ハスラー』ぐらいかな」

「いうとくけど、今日は映画を観ぃへんぞ」

「寄席はどうですか。繁昌亭《はんじようてい》。ここから歩いて行けますわ」

「落語か……」気が向かない。「天王寺の動物園はどうや」

「動物園……。この寒いのに」

「ペンギンが見たい」

「変人やな、このひと」

そこへ、マスターが来た。鍋の出汁《だし》を少し減らして飯を入れ、とき卵と刻みネギを落として蓋をする。

「マスター、雑炊はやっぱりフグやね」上坂がいう。

「そら、いちばんですわな」

「マスターは落語と動物園、どっちが好きですか」

「なんですねん、それ……」

マスターは頭に巻いた手拭いに手をやって、「落語と漫才、動物園と水族館やったら比べようもあるけどね」

「繁昌亭とか、行かんのですか」

「前は通りまっせ。たまに」

「分かった。了解です」

上坂はこちらを向いた。「つきあいますわ、動物園」

午後五時、閉園時間――。動物園を出たときは、すっかり日が暮れていた。

「どうやった」

「いや、おもしろいですね、動物園。カバがあんなに大きいと、初めて知りましたわ」

上坂はブチハイエナの大きさも意外だったという。「見た目は犬やけど、猫の仲間やと案内板に書いてましたわ」

「屍肉を漁るいうのも嘘や。ハイエナは狩りが巧い。ライオンに獲物を横取りされることが多い」

「よう知ってるんですね」

「子供のころの愛読書は動物と昆虫と恐竜の本やった」

寄生虫の本もよく読んだ。カマキリを捕まえて洗面器の水に浸けると、尻の先からハリガネムシが出てくる。それがおもしろくて何匹も実験したとはいわなかった。

「さて、帰るか」

「晩飯は」

「フグ、食うたやろ」

コインパーキングへ歩いた。

泉尾署──。刑事部屋に入った。稲葉が缶コーラを飲んでいる。

「係長は」訊いた。

「出てったきりや」

「横堀署ですか」

「さぁな、聞いてへん」さも面倒そうに稲葉はいう。

「知ってますか、そのコーラ、角砂糖が十個も入ってるんですよ」と、上坂。

「それがどうした。わしはコーラが好きなんや」

「糖尿病になりますよ」

「痛風よりマシやろ」

「勤ちゃん、余計なお世話や。稲葉先輩はコーラ党なんやから」

「すんませんね。痛風で」

上坂は自分のデスクに腰をおろした。新垣も座ってパソコンの電源を入れる。業務連絡に類するメールはなかった。

上坂がユーチューブでブチハイエナを見ているところへ、宇佐美が帰ってきた。そばに来る。

上坂は慌てて映像をオフにした。

「ご苦労さんです。横堀署に行きはったんですよね」

「刑事課長に話をとおして、二係の主任とドコモへ行った。関西支社の総務部や」

宇佐美は椅子を引いて腰かける。「さすがに警察官がふたりも頭をさげて依頼書を出したら、向こうさんも粗略にはできん。位置情報を調べてくれた」

「美濃の通話相手ですね。河本と宮地と飛ばしの携帯がふたつ」

「河本の携帯は位置不明やった。電源を切ってるか、壊して捨てたかやろ」

そう、携帯電話の電源をオンにしていると、付近のアンテナ基地局を探すため、絶えず微弱電波を発信している――。

「宮地は出屋敷近辺から動いてへん。飛ばし携帯のうち、ひとつは美濃がシャブで捕まってから着信も発信もなし。位置情報もつかめんから、こいつの持ち主はシャブの売人で、携帯はたぶん、そこらの下水溝に沈んでる」

「もうひとつの飛ばし携帯はどうでした」

「位置不明や。電源を切っとる」

「つまりは、みんなアウトですか」

「ただし、この携帯にはなんべんか発信記録があった」

「それ、ひょっとして、相手は手嶋弁護士ですか」

「090・3391・87××。契約者は手嶋美幾や」

「河本は自分の携帯を捨てて、比嘉に持たせてた飛ばしの携帯を使うてるんですね」

「そういうことやろ」

「その携帯の最後の発信は」

「待て」宇佐美はメモ帳を開いた。「――昨日の十九時三十八分」

「そうか。その電話で、河本は手嶋から美濃の取調べの状況を聞いたんや」

「発信記録から位置情報はとれんのですか」新垣は訊いた。

「無理や。河本は知っとる。携帯の電源を入れっ放しにしてたら位置情報が洩れるとな」

河本は詐欺師だから、飛ばし携帯を入手するルートを知っている。手嶋に発信した携帯も、いまは廃棄されているかもしれない、と宇佐美はいった。

「わしに報告したあと、また、手嶋の事務所に行ったんやろ。どうやったんや」

「完黙《かんもく》です。いっさい協力する素振りはなしでした」

「押しが足らんのとちがうんか」

「押しても引いても、弁護士というやつはあきません」

「どんなおばはんや」

「ブサイクです」長身で小顔の、新地のちいママタイプだとはいわない。手嶋の話をつづけると動物園でサボっていたことがばれる。

「ひとつ提案があるんやけど、よろしいか」

上坂がいった。「比嘉慶章は十一月十七日、太融寺の『グールドイン』に入室したあと、二十三日に姿を消すまで、頻繁に部屋を出入りしてます。夜の帰りが遅いときは酔うた顔をしてたし、いっぺんやにへんは宮地沙織が勤めるラウンジで飲んだように思うんです」

「なにがいいたいんや、え」

「せやから、ラウンジに行って宮地に込みをかけたいんですわ。比嘉と河本の高飛びを聞いてるかもしれません」

「そう思うんやったら、行ってこい。君らの勝手や」

「領収書、持って帰ったら精算してくれますか」

「なにを眠たいことというとんのや。飲み代に捜査費を使えるわけないやろ」

「ほな、ネタがとれたら精算してくれますか」

「それはネタによるやろ。可否はわしが判断する」

「遼さん、行きましょ」

上坂は腕の時計を見る。「六時半……。ええ時間です」

「そうやな……」新垣は腰をあげた。

「可否はわしが判断する……。ええかっこいうてましたね。自分はしょっちゅう、署長や副署長のお供で飲み歩いてるのに」茶坊主の底が知れた、と上坂は怒る。

「勤ちゃん、身過ぎ世過ぎや」

泉尾署に転任してきたとき、経理担当の事務職員にいわれて印鑑をふたつ作らされた。ひとつは新垣が使っているが、もうひとつがなにに使われているかは知らないし、訊いたこともない。それに、月に一回は古手の事務職員が来て、あたりまえのようにデスクの上に白紙の領収書数枚と、その枚数分の住所、氏名が書かれたメモをおく。市販の領収書はどれも種類がちがっていて、金額欄には鉛筆で薄く一万円前後の数字が記されている。新垣はボールペンで金額を書き入れ、明細を〝捜査報償費〟と書く。筆跡を少しずつ変えた偽領収書。捜査報償費を受けとるべき情報提供者はもちろん架空の人物で、住所はでたらめだ。偽領収書の捜査費は裏金に化けて署長や副署長の裏給与となり、幹部連中の飲み食いにも使われる——。そう、新垣も上坂も偽領収書作りを拒否するほどの正義感はもちあわせていない。

バスでJR大正駅、環状線で大阪駅、歩いてお初天神通りへ行った。立ち食いうどんで腹ごしらえをし、お初天神近くの『ラ・コンシエール』を探す。北門の斜向《はす》かいの、ギリシャふうの飾り柱をかまえたレジャービルの地階だった。

階段を降りた。会員制——。寄木《よせぎ》のドアを引く。マネージャーだろう、黒いスーツの男が立っていた。

「いらっしゃいませ。おふたりですか」

「おふたりです」

「どちらさまの紹介でしょうか」

「宮地さんです」

「ありがとうございます。どうぞ」

フロアに入った。左に短いカウンター、奥にボックス席が五つ。席は三つが埋まっていてホステスが十人以上はいる。シルバーグレーのクロスの壁にダークグレーのカーペット、シートは黒

ブ中の美濃とのつきあいを考えると、この女もシャブをやっているにちがいないと読んでいたが、
宮地はドレスを着ていて両腕が出ている。それとなく肘の内側を見たが、注射痕はない。シャ
「じゃ、お店には、わたしのお客さんということにしておきます」

「プライベートです」上坂がいった。「曾根崎で飲んでみたかったんです」

「それってお仕事ですよね。お酒を飲んでもいいんですか」

「訊込みですわ」

「込みって……」

「ひとつは、飲み。ひとつは、込み」

「沙穂《さほ》です」愛想よくいう。「今日は……」

「沙織ちゃんでええんかな」

マネージャーはさがり、宮地が来た。眼が合ったが、表情は変わらない。

「承知しました」

「ほな、それ。十二年もの」

「マッカランがございます」

「スコッチ。シングルモルトの」と、上坂。

「お飲み物は」

といったが、もう少し広ければクラブの格だ。

の革張り。全体にモノトーンのインテリアで、けっこう金がかかっている。宮地は〝ラウンジ〟

まちがいだったのだろうか。注射ではなく、炙《あぶ》りをしていたのだろうか。いまとなっては、どちらでもいいが——。

ウェイターが来た。マッカランのボトルとグラス、ミネラルウォーター、炭酸水、アイスボックス、ナッツとチーズの皿をガラステーブルにおく。

新垣はロック、上坂はソーダ割り、宮地は薄い水割りを作ってグラスを合わせた。

「いやいや、びっくりしました」

上坂がいった。「めちゃんこ、きれいやないですか。マンションでお会いしたときは眼鏡かけてはったし、こうやってお化粧したら、ものすごい美人ですわ。お世辞やない。ぼくは思たことしかよういわんのです」

歯の浮くようなセリフだが、宮地は背筋を伸ばしてほほえんだ。マンションで見た固い表情はない。

「沙穂ちゃんはここ、長いんですか」上坂はアーモンドをつまむ。

「三年ですね。この十二月で」

「その前は」

「ミナミです。鰻谷《うなぎだに》のラウンジです」

「美濃と知り合うたんは、そのラウンジですか」

「そうですね……」

美濃聡は平成二十二年の九月に高松刑務所を出所している。そのあと、なにをしていたかは分からないが、宮地がミナミにいたころ、美濃は娑婆《しゃば》にいた――。

「誰かの紹介ですよね」

「馴染みのお客さんが連れてこられました」

「そのお客さんは」

「……………」宮地は下を向く。

「『ＯＴＳＲ』の河本展郎ですか」

「知りません。忘れました」

忘れた、という言葉は否定ではない。認めたということだ。

「沙穂ちゃんは三年前にミナミからキタに移った。馴染みのお客さんもこの店に移ったんですね」上坂はつづける。「美濃はどれくらいの頻度で飲みにきたんですか」

「……………」宮地は答えない。

「ぼくら、刑事です。職務権限でマネージャーに訊込みするのは簡単です。……けど、それをしたら沙穂ちゃんに迷惑がかかる。できたら沙穂ちゃんに答えて欲しいんですわ」

上坂はじわじわと宮地を追い込む。この押し引きは天性のものだ。

「月に二、三回です」小さく、宮地はいった。

「美濃の連れは」

「ひとりです。いつも」

「宮地さん、マネージャーにいうて、顧客名簿と売上伝票を見せてもろてもええんですよ」

「――河本さんと比嘉さんです」

「ふたりはいつも、いっしょですか。美濃と」

「たまに来られるだけです」

「美濃が逮捕されたあとは」

「来てません」

「連絡は」

「ありません」

「美濃が最後に飲みにきたんはいつですか」

「先週の土曜です」

十一月十九日――。美濃は比嘉とふたりで来たという。

「勘定は」

「比嘉さんです」

「現金で？」

「そうです」河本か比嘉がいるとき、美濃が金を出すことはないという。

「比嘉はそのあと、ひとりで来たでしょ」

「火曜日です、今週の」

二十二日だ――。

比嘉は酒が強い。女の子にも飲ませてボトルが空くと近くのスナックへ行き、カラオケをする、と宮地はいい、火曜日は誘われて二時ごろまでつきあった、といった。

「比嘉が『グールドイン』に泊まってると知ってたんですね」

「美濃さんにカードキーを渡したときに聞きました」

「比嘉は大正に家がある。工務店もしてる。そやのに、ウィークリーマンションに泊まるのはおかしいと思わんかったですか」

「だから、美濃さんに訊いたんです。比嘉さんは頼母子講《たのもしこう》のお金を持ち逃げしたって……」

「その告訴状を受理したんが泉尾署ですわ。ぼくらは比嘉を逮捕したいんです」

上坂はソーダ割りを飲み、宮地の眼をじっと見る。「――本題をいいますわ。比嘉は一昨日の夕方、キャリーケースを引いて『グールドイン』を出ました。どこに行ったか、聞いてませんか」

宮地は首を振った。上坂の視線を逸らして、しばらく考えていたが、

「石垣島かな……」ぽつり、いった。

「それは」

「スナックを出たとき、聞いたんです。そろそろ冬やな、南の島でのんびりするかって」

淋しそうにそういい、比嘉は背を向けたという。

「南の島ね……。はっきり、石垣島とはいわんかったんですね」

「比嘉さんの田舎、石垣島ですよね。だから、そう思ったんです」

「いや、ええ話を聞きました。宮地さんに会うてよかったです」

上坂は笑った。「遼さんは」

「充分や」洩れはない。

「以上、訊込みを終了します。さ、飲みましょ」

上坂は宮地のグラスにグラスをあてて、ソーダ割りを飲みほした。新垣も飲む。

宮地は上坂のソーダ割りを作り、ホールを見まわして手招きした。赤いドレスのホステスとピンクのワンピースのホステスが来た。

「初めまして。夏奈《かな》です」赤いドレスがいい、

「彩香《あやか》です。よろしくお願いします」もうひとりがいう。

「上坂さんと新垣さん」

宮地は頭をさげて立ちあがった。夏奈は上坂の隣、彩香は新垣の隣に座る。

「お初天神で飲むのははじめてですねん。夏奈ちゃんも彩香ちゃんもかわいいな。今日はほんまにハッピーや」

「お上手ですね。でも、うれしい」

夏奈はかわいいが、彩香はなんとも評しがたい。

「いつもは、どこで飲んではるんですか」

「千林商店街が多いかな。居酒屋か立ち飲み屋」

「そうですか……」

夏奈はどんな言葉を返していいか分からないようだ。

「今日はお仕事の帰りですか」彩香がいった。

「久しぶりにね、残業がなかったんですわ」

「どんなお仕事ですか」定番の質問を、夏奈はする。

「公務員です」

「先生ですか」

「一般事務です」

上坂は夏奈の脚に眼をやった。「ぼく、脚フェチですねん」

「いいですね……」夏奈は膝を閉じてポーチをおく。

「夏奈ちゃんは映画観る？」

「観ますよ。テレビで」

「どんな映画が好き」

「怖い映画です。なんか、テレビの中からお化けが出てきたりして」

「貞子ね。ホラーの大スター」

「詳しいんですね、映画」

「筋金入りですわ。部屋の畳がギシギシしてますねん。ＤＶＤとカセットで」

「すごい……」

「ホラーやったら『シックス・センス』とか『アザーズ』。ようできてます」

上坂は内容の説明をはじめた。夏奈は引いている。

「新垣さんも公務員ですか」彩香が訊いてきた。

「そう、公務員。勤めはきついけど」チーズをつまむ。

「お独りですか」

「独身です。上坂も」

「わたし、昼間は歯科医院です」

「歯科衛生士？」

「いま、勉強してます。保険請求とか」

「頑張り屋さんなんや」歯科衛生士ではなさそうだ。

「公務員はいいですね。安定してて」

彩香はポーチからスマホを出した。「携帯の番号とか教えてくれますか」

「はいはい」番号を交換した。

「今度、かけてもいいですか」

「ああ、いつでも」ほんとうにかけてきそうだ。

上坂は夏奈を相手に映画の話をして、とまる気配がない。

新垣は立って、トイレに行った。鏡に映る顔は、頬のあたりに陰りがある。そういえば、この五日ほど、髭を剃っていない。掌を濡らして髪をなでつけた。

21

十一月二十六日――。朝、宇佐美に復命した。

「――宮地は、比嘉が石垣島へ行ってるようなことをいうてましたけど、ぼくも遼さんも宮古島やと読んだんです」

「その理由は」

「荒井康平の死体です。美濃が逮捕されたことで、河本と比嘉は怯えた。美濃が口を割って荒井の死体が出たら、ふたりともアウトですわ」

「比嘉は二十三日の夕方、ウィークリーマンションを出てます」

新垣はいった。「二十四日に宮古島に飛んだんです」

「えらい自信やな、え」

「犯人は現場にもどる……。比嘉と河本は荒井の死体を掘り起こして、別の場所に埋めるような気がします」

「死体を隠すのは埋めるだけやない。重しをつけて海に沈めたかもしれんやないか」

「遠浅で水が澄んでる珊瑚礁の海に死体を遺棄したら、すぐに見つかります。沖まで運ぶ船が要ります」

「荒井の消息が途絶えた日、保良泉ビーチ周辺でプレジャーボートや水上バイクがチャーターされた形跡はないです」

　上坂がいった。「荒井康平は『ヴィラ　サザンコースト』の近くに埋められてると考えてまちがいないと思います」

「ほいでなんや、君らはどうしたいんや」宇佐美は椅子にもたれて上坂と新垣を見る。

「関空に行って、比嘉と河本が宮古島に飛んだ確証を得たら、宮古島に飛びたいんです」

「分かった。そこまでいうんやったら行け。関空や」

「それでですね、昨日の捜査費ですけど……」

「捜査費？　なんのこっちゃ」

「ラウンジです。『ラ・コンシエール』。宮地沙織に込みをかけました」

「なんぼや」

「二万六千円です」上坂はメモ帳のあいだから領収書を出す。

「おう、領収書を書け」

「これが領収書ですけど」

「そんなもんで飲み代が落ちるんか。まともな領収書を書けというとんのや」

　一万三千円が二枚。明細は〝捜査報償費〟。日付はなしで、受領者の住所と名前は適当に書け、と反《そ》っくり返って宇佐美はいった。


　大正駅からＪＲ環状線で天王寺駅、特急のはるかに乗って関西国際空港へ行った。国内線インフォメーションで河本と比嘉の写真を見せると、スタッフのひとりが、見憶えがあるといった。河本と比嘉は昨日の午後一時ごろインフォメーションに現れ、宮古島行きを希望したので、ＬＣＣのライトイヤーを紹介した——。

新垣と上坂は空港第二ターミナルのライトイヤーのカウンターへ行き、写真を見せた。比嘉と河本は〝小島《こじま》忠《ただし》〟〝川野《かわの》章《あきら》〟の名で二十五日十四時二十分発、那覇経由、十九時五分宮古着の便に搭乗していた。

「——宮古島行きの直行便てあるんですか」

「直行便は一日一便ですね」

ＡＮＡの十時二十分発——。もう搭乗はできない、とカウンターのスタッフはいう。

「ほな、そのあとは」

「当社ですと、十一時十分発のフライトがございます」

那覇経由、十六時十五分、宮古着だという。

「了解です。チケット二枚、お願いします」

上坂はいい、「遼さん、クレジットカード」

「また、おれか」

「カード払いやったら、偽領収書を書かんでもええやないですか」

涼しい顔で上坂はいった。

宮古島——。タラップから降り立った途端、南の島へ来たことを実感した。風が暖かい。海の匂いもする。

「着陸前に海を見てたんやけど、ほんまにきれいですね。珊瑚の砂は真っ白やし、あの透明度では、死体を沈めたりできませんわ」

「そうか。そらよかった」

那覇で乗り継ぎしたあとも、搭乗してシートベルトを締めたあとのことは憶えていない。目覚めたのは、床下でゴトゴトと車輪の出る音を聞いたときだった。

「なんべん乗っても飛行機は怖いな」

「怖いんやったら寝られんでしょ」

「怖いから寝るんや」

空港ビルに入った。インフォメーションへ行き、河本と比嘉の写真を見せて、宿泊施設の紹介をしなかったか訊いた。スタッフはふたりを憶えていなかった。

「どうします。宮古島署へ行って挨拶しときますか」

「副署長と刑事課長に会うたんはいつやった」

「日曜日やなかったですかね。先週の」

「半月前か。またぞろ、ひと探しに来ましたというたら笑われるな」

「笑いはせんやろけど、なにをとろとろしとんのや、とは思われるでしょ」

「分かった。保良へ行こ」

インフォメーションでレンタカーの申込みをした。

レンタカー会社は空港ビルを出たすぐ近くにあった。アクアをレンタルし、新垣が運転して保良に向かった。


『ヴィラ　サザンコースト』『ペンションヨン福里《ふくざと》』『保良ビーチハウス』『エメラルド保良』に河本と比嘉は宿泊していなかった。

「こらあきませんわ。あと一時間ほどで日が暮れる。島中の宿屋をまわってたら真夜中になりますよ」空を見あげて、上坂はいう。

「宮古島署に調べを要請するか」

「河本と比嘉が本名で泊まってるわけがない。それに、宮古島署が動いたら、追手が迫ってると気取《けど》られます」

「ほな、一晩中、ふたりで込みをかけるんか」

「いや、気ぃついたんですけどね、河本と比嘉の目的はなんです。死体を掘り起こして別の場所に埋め直すことやないですか。そのためにはなにが必要です」

「シャベルと、死体を包むブルーシートや」

「車も要るでしょ。死体を運ぶレンタカー」

「レンタカーを借りるには免許証が要る」

「比嘉は警察に追われてるけど、河本はそうやないでしょ。それに、ふたりとも指名手配されてるわけやない」

「仮にあいつらがレンタカーを借りたとしてもや、腐乱死体をリアシートやトランクルームに積むか。腐臭は染みつくし、車ん中が蛆虫だらけになるやろ」

「遼さん、レンタカーにはワンボックスカーやトラックもあるんです」

「えっ……」トラックという考えはなかった。レンタカーはセダンとワゴンとミニバンだと思い込んでいた。

「河本と比嘉は昨日の十九時五分に宮古島に来てます。……その日のうちに死体を移したとは考えにくい。そう、昨日は平良《ひらら》あたりのホテルか民宿に泊まって、今日、シャベルやブルーシートを用意した。そうして今日の夜中に荒井康平の死体を埋め直す肚ですわ」

「それやったら、なおさらぐずぐずしてられへんやないか」

「くそっ、もうちょっと早ように気ぃつくべきやった。空港にもどって、レンタカー会社に込みをかけましょ」

　上坂は助手席に乗る。新垣も乗ってエンジンをかけた。

『宮古レンタカー』にもどった。カウンターのスタッフに河本と比嘉の写真を見せたが、憶えがないという。ふたりの免許証で車がレンタルされた記録もなかった。

「ほかにもありますか、レンタカー会社」

「『カママレンタカー』と『下地《しもじ》レンタカー』です」

どちらも空港の近くだと、スタッフはいった。

ターミナルビルを出てすぐの交差点の手前に『カママレンタカー』があった。パーキングに駐められた三台の車はどれも白のフィットと白のイプサムで、フロントドアに《KAMAMA》と、赤地に白の丸いステッカーが貼られている。

事務所に入った。短いカウンターの向こうに女性がいる。いらっしゃいませ、と立ってこちらに来た。縁なしの眼鏡をかけ、紺の制服の胸に《砂川》という名札をつけている。

上坂が手帳を見せた。女性は小さく目礼した。

「大阪府警泉尾署の上坂といいます」

「同じく、新垣です」

「砂川《さがわ》さんでよろしいですか」

「すながわです」

「失礼しました」上坂は頭をさげて、「昨日か今日ですけど、こちらさんで河本展郎、または比嘉慶章という人物が車をレンタルしませんでしたかね」

「河本さん……。年輩の方ですか」

「齢は六十二です」

「さんずいの河に本ですよね」

「そうです。展郎は展覧会の〝展〟に一郎、二郎の〝郎〟です」

「はい、その方なら来られました。今朝の十時すぎだったと思います」

河本はトラックを借りたいといったが、店にはないため、ラゲッジスペースの大きいワンボックスカーのハイエースを貸したという。

「遼さん、やっぱりそうですわ。トラックを借りにきよったんです」

「当たったな」読みが当たった。もうまちがいない。河本は今夜、死体を移す。

「河本に連れはおらんかったですか」上坂はつづける。

「いえ、おひとりでしたけど……」

「返却予定は」

「明日の午前中です」

「すんません、河本の免許証をコピーされましたよね。見せていただけませんか」

「あ、はい……」砂川は傍《かたわ》らのキャビネットの抽斗を開けた。A4の紙片を出してカウンターにおく。運転免許証は、

《河本展郎　昭和29年1月22日生　大阪府大阪市浪速区難波南1－14－2－205》

だった。

「この住所は『保栄ハイツ』やな」

「『OTSR』の事務所です」

上坂はいって、砂川に、「ハイエースは何色ですか」

「白です」

「ナンバーは」

「あれです」

砂川はカウンター脇のホワイトボードに眼をやった。カママレンタカーが所有している車と各々のプレートナンバーが書かれている。〝ハイエース〟にはレンタル中を示すマグネットホックが貼りつけてあった。

「〝KAMAMA〟のステッカー、ハイエースにもついてますか」

「はい、ついてます」左右のフロントドアとリアハッチにも貼っているという。ステッカーは鮮やかな赤だ。直径が十五センチはあるから、かなり目立つ――。

「ハイエースにGPSとかはついてないですか」

「つけてません。ナビもないです」

「了解です」上坂はハイエースのプレートナンバーをメモ帳に書いて、「これはお願いなんですが、もし河本から連絡があったら、それとなく訊いてもらえんですか。いま、どこにいるかを」

「分かりました。訊いたら、刑事さんに連絡するんですよね」

「そうしてもろたら、ありがたいです」

上坂は名刺を出して裏に携帯の番号を書き、砂川に渡した。

改めて礼をいい、カママレンタカーを出た。

「どうします」

「ふたりで探す余裕はないな」

「行きますか、宮古島署」

「行こ」

宿泊施設をあたるわけではない。ステッカーを貼ったハイエースを探すのだ。

アクアに乗った。上坂に運転させて、新垣は宇佐美に電話をする。

――新垣です。

――おう、どうした。

――河本と比嘉の尻尾《しっぽ》をつかみました。

経緯を手短に報告し、いま、ふたりはレンタルしたハイエースに乗っている、といった。

――ふたりは今晩、荒井の死体を掘り起こします。そこで係長に確認したいのは河本の逮捕状です。

――逮捕状はとった。罪名は詐欺や。

――死体遺棄やないんですね。

――いまの段階で、そんな逮捕状がとれるわけないやろ。

――河本と比嘉が死体を掘ってたら、死体遺棄の現行犯で逮捕できます。

――待て。君らふたりで河本と比嘉を引くんやないやろな。

――もちろん、人員を要請します。宮古島署に。

――三人や四人ではあかんぞ。十人以上、要請するんや。

――応援を要請するには、河本と比嘉の殺人、死体遺棄について、宮古島署に知らせる必要があります。それは係長がしてくれるんですよね。

――要らん心配はするな。君にいわれんでも説明はする。

――応援は係長が要請してください。

――このあと、宮古島署に電話をする。河本と比嘉を引くときは君らの判断でやれ。

――了解です。これから宮古島署に行きます。

電話を切った。

「珍しい。おっさんにしてはもの分かりがよかった」

「手柄はわし、いうことにしたいんです」

「殺人犯の逮捕となったら、おっさん、肩で風切って歩きよるぞ」

「遼さんとぼくの活躍は陰に埋もれるんです」

「府警本部長賞くらいはもらえるかもな」

「間尺に合わんですね。遼さんとぼくは、もろても賞状一枚。おっさんはひょっとしたら警部に昇任ですわ」瑕物の自分が栄転することはまちがってもない、と上坂はいう。

「勤ちゃん、縁の下の賽銭箱に金は落ちんのや」

ふたりで笑った。

宮古島署――。副署長に会って事情をいうと、宇佐美から応援要請があったといい、すぐに刑事課長を呼んでくれた。新垣は詐欺容疑で逮捕状の出ている河本展郎と比嘉慶章が荒井康平の死体を掘り起こして別の場所に埋めるべく、カママレンタカーのハイエースをレンタルしたといい、プレートナンバーを伝えて、ハイエースを探してもらうよう依頼した。刑事課長は快諾し、至急、手配するといった。

署をあとにしたのは午後六時三十分、西の空が赤い。車の中で地図を広げた。

「どういうルートであたろ」

「起点は保良ですかね。そこから海岸沿いの道を西へ時計まわりに行きますか」

「おれは保良から東へ行きたいな。その方が人気のない海岸をまわることになるやろ」

そう、西へ行くとゴルフ場がふたつある。リゾートホテルも多い。東へ行くと突端は平安名埼《へんなざき》灯台で、海岸沿いに大きい宿泊施設はないようだ。

「こういうとき、ドローンがあったら便利ですね」

上坂はシートを少し倒して伸びをする。「上空百メートルから下界を探索するんです。白のワンボックスカーに赤いステッカー。すぐに見つかりますわ」

「ドローンて、航続距離は」

「せいぜい三百メートルでしょ」

「そんなに短いんか」

「というより、法律でね、目視できる範囲を超えて飛ばすことはできんのです。それに高さは百五十メートルまで。……せやから、操縦者が車で移動しながらやと、電池が切れるまで飛ばせると思いますわ」

「なんでもよう知ってるんやな」

「このごろの映画の俯瞰《ふかん》撮影は、みんなドローンです」

「目視が条件やったら、夜は飛ばせんぞ」

「そうですねん。宮古島署にドローンがあっても、使いもんにはなりませんわ」

「さっきは便利やというたやないか」

「ぼくはね、遼さん、思いつきでものいいますねん」

「はい、はい」

シートベルトを締めて走りだした。


宮古空港近くから国道390号を南下し、与那覇《よなは》湾沿いを走って下地、仲原《なかはら》、皆福《みなふく》を経由し、保良の浜に着いたときはほとんど日が暮れていた。

「腹、減ったな」

「コンビニで弁当でも買うたらよかったか」

「弁当なんぞ、悠長に食うてる暇はないです」

「なんと、勤ちゃんからそういうセリフを聞けるとはな」

「おにぎり、食いたいな。おかかとたらこ」

「おれは昆布とシャケやな」

「そんなんいうたら、涎《よだれ》が出ますわ」

「涎はあとや。仕事しよ」

周囲に注意を払いながら、浜沿いの道をゆっくり走った。右は海、左は低木の繁る野原だから、薄暮でも見晴らしは利く。七キロほど行くと《平安名埼灯台》の道路標識が見えた。

ウインドーを全開にし、灯台の明かりを目指して直進した。聞こえるのは潮騒だけ。視界の中に高いものはない。

岬の突端近くまで行ったが、道の真ん中に車止めが立っていたから、灯台までは行かずにUターンした。吉野海岸沿いのゴルフ場を迂回して北西へ走る。いつしか日はとっぷりと暮れ、インパネの時計は〝7：40〟を示していた。

県道83号から脇道に入った。北へ行く。民家が何軒かあった。

突きあたりの新城《あらぐすく》海岸で車を駐めた。ヘッドランプを消して降りる。

上坂とふたり、アダンの木が群生する低い丘を歩いて越えると眼前に海が広がった。遠くかすかに灯《ひ》が見える。船だ。船影までは見えない。

「勤ちゃん、視力は」

「いちおう、一・〇です。眼鏡かけて」

「おれは右も左も一・二」

「勉強、せんかったんや」

「女の子のスカート覗きに忙しかった」

「そら、眼がようなりますわ」

上坂は東、新垣は西と、分かれて付近を歩いた。

雑木林を抜けると舗装路があった。月明かりの下、五十メートルほど先に車が駐められている。

立木の影を伝って車に近づいた。白っぽいワンボックスカーだ。なおも近づく。

車はハイエースではなかった。ステッカーもない。車内にひとがいないのは、近くでキャンプをしているのかもしれない。

十分ほど周辺をまわって、アクアを駐めたところにもどった。上坂は車内にいた。

「日暮《ひく》れて道遠しですね」

「この島は広いぞ」

地図を見ながら車を走らせるのと、自分の足で歩きまわるのは、感覚がまるでちがう。明け方まで捜索してもハイエースを発見できないような気がした。

運転を交代して、県道にもどった。城辺《ぐすくべ》運動公園、福北《ふくきた》、浦底漁港、比嘉ロードパークをまわり、長北からまた側道に入って海岸に向かう。行き交う車は一台もなく、一キロほど行くと、道が途切れた。車を降り、与那浜崎を目指して叢《くさむら》のあいだを歩くが、砂地の凹凸に足をとられて何度もつまずく。ペンライトやスマホのライトを使いたいが、河本と比嘉に遭遇することを考えると、迂闊には使えない。上坂と話すのも小声だ。幸い、晴天で満月だから、暗さに眼が慣れれば遠目は利く。

小高い丘にのぼった。与那浜崎が見える。あたりに人影はなく、車も駐まってはいない。

「何時や」訊いた。

「――九時前ですね」上坂はスマホの時計を見て答える。

「島を一周するころには夜が明けるな」

「なんかしらん、へなっとなってきました」

血糖値がさがっている、と上坂はいう。「やっぱり、弁当を食うべきでした」

「ちぃとは痩せるやろ」

「遼さんは肥満児やったときがなかったから、そんなことがいえるんです」

「いうてる意味が分からんな」

「せやから、ころころっとかわいく肥ってるのがぼくのキャラですねん」

「ころころっとかわいく……な」ぶくぶくっと暑苦しく、なら同意する。

「どこか、コンビニ行きましょ」

「分かった。もどろ」

そこへ、スマホが振動した。ディスプレイを見る。〝0980〟からはじまる局番は宮古島だ。

――はい、新垣です。

――益満《ますみつ》です。

宮古島署の刑事課長だった。ハイエースを発見したという。

――八時五十分、うちのPCが83号線の平良大浦《ひららおおうら》付近で視認しました。

パトカーは追尾を開始した。ハイエースは83号線を南下し、福山農村公園の交差点を東に折れた。そのまま一キロほど行き、平瀬尾神崎《びっせおかんざき》へ向かう分岐点で左折したため、そこで追尾を中止したという。

――平瀬尾神崎へ行く道は一本道で、一・五キロほど行ったところが岬の突端です。その岬の手前を左折して半キロほど行くと、行き止まりです。ほかに迂回路はないし、車がほとんど通らない細い道なので、PCでの追尾はやめましたが……。

――お気遣い、恐れ入ります。その平瀬尾神崎へ行ってみます。

――いま、どこですか。

――与那浜崎です。

――それはいい。与那浜崎から平瀬尾神崎は車で十分ほどです。

――了解です。これから現場に向かいますが、河本と比嘉を確保するには人員が足りません。

――我々はさっきいった分岐点で待機します。連絡をもらい次第、現場に急行します。

――人数は。

――PCと車両一台。わたしを含めて、計六名で待機します。

――充分です。ありがとうございます。

頭をさげて電話を切り、小走りで車にもどった。

長北から県道83号を北西へ走った。約十分で福山農村公園。右折して東へ一キロ行くと、分岐点にヘッドランプを消したパトカーが駐まっていた。

新垣は車を降りてパトカーに近づいた。運転席のウインドーがおりる。

「お世話さまです。大阪府警泉尾署の新垣です」

「地域課の仲里《なかざと》です」

「おふたりですか」

「署から四名、こちらに向かってます」

ハイエースがもどってくる場合にそなえて、ここに待機している、と仲里はいった。

「我々は平瀬尾神崎に向かいます。河本と比嘉を発見したら、連絡します」

「了解です」仲里はうなずいて、「ここから先は、ライトを消して行かれたほうがいいでしょう」民家はほとんどなく、道の周囲はすべてサトウキビ畑だという。

「なにからなにまで、ご協力を感謝します」

「いやいや、おたがい警察官ですから」仲里は小さく手を振った。

新垣は車にもどった。ヘッドランプを消して走りだした。


たった一・五キロの平坦な道を徐行しては停まり、停まっては徐行して、平瀬尾神崎に着いたときは十時をすぎていた。前方は砂浜と海、左右は段丘《だんきゅう》の雑木林、高木はほとんどない。益満から聞いたとおり、道は岬の手前で左に折れていた。道幅は狭くなり、対向車が来ればどちらかが譲って路肩に出ないといけないほどだ。

「勤ちゃん、ここで降りよ。この道はあと半キロで行き止まりや」

エンジン音を聞かれたくない。河本と比嘉はこの先にいる。

段丘の麓《ふもと》、岩陰にアクアを駐めた。エンジンをとめ、車外に出て、音がしないよう、そっとドアを閉めた。段丘にのぼり、雑木林の下草を避けながら舗装路に沿って歩いていく。上坂も新垣も無言、吐く息だけが聞こえる。

耳を澄ませて十分ほど歩いただろうか、雑木林を抜けた。舗装路の先に、うっすら白いものが見えた。ハイエースだ。

新垣は叢の陰にうずくまった。ハイエースのそばに人影はない。話し声もしない。聞こえるのは潮騒だけだ。

「いま、やっとるな」低く、いった。

「あのあたりとちがいますか」

上坂の指さす先に繁みがある。浜からかなり離れているから、大潮や台風でも波に洗われる恐れはないだろう。ハイエースとの距離は七、八十メートルか。

「どうします。応援要請しますか」

「いや、河本と比嘉と死体を確かめてからや」

スマホの電源を切って、叢の陰から出た。上坂もついてくる。

中腰のまま、足音を殺してハイエースに近づいた。膝が軋《きし》む。拍動が耳の奥に聞こえる。

ハイエースにたどり着いた。リアウインドーを覗き込む。ラゲッジスペースに大きな塊がある。

眼をこらして塊を見た。ブルーシートだ。黒いロープが何重にも巻きついている。

上坂がリアハッチの隙間に鼻を寄せた。ひとつ、うなずく。

腐臭は新垣も嗅ぎとれた。河本と比嘉はいま、死体を埋める穴を掘っているのだ。

そっと、ハイエースから離れた。元の叢にもどり、そこから段丘の繁みを目指して進む。

繁みに近づいた。微かに、ザクッ、ザクッと、音が聞こえる。ガジュマルだろうか、広葉樹の葉にときおり淡い光があたる。上坂は汗で眼鏡が曇るのか、ハンカチでレンズを拭いた。

「勤ちゃんはここにおれ」

新垣は砂地に膝をついた。下草を縫って這い進む。

繁みに分け入った。音が近い。少しずつ、なおも近づくと、視界が開けた。

そこだけ立木が疎らになった窪地《くぼち》に、ふたつの人影があった。ひとりがペンライトをあてている先に穴があり、その穴の底にもうひとり、男がいる。男はツルハシとシャベルを使って土砂を搔き出していた。

三人もおる。どういうことや――。

穴を掘っているのは比嘉だ。穴の縁に立って比嘉を見下ろしているのは、ペンライトをかざしている河本と、見知らぬ小柄な男……。

いや、その男には見憶えがあった。兎子組だ。そう、兎子組の事務所でソファにふんぞり返っていた。名前は米田。横柄な態度で、舎弟頭だといっていた。

三人は口をきかず、穴を掘る比嘉を、河本と米田はただじっと見おろして手伝おうともしない。

河本は詐欺師、米田はヤクザ、比嘉は解体屋――。日頃、肉体労働をしていたのは比嘉だから、ひとりで穴を掘っているのだろうか。

新垣は這って後ずさり、繁みの切れ目で立ちあがった。

上坂は太い枝が絡みあったガジュマルの根方に寄りかかっていた。

「現場を押さえた。あの繁みや」

「よかった」

「比嘉がツルハシとシャベルで穴を掘ってた。それをじっと見てるのがふたりおった」

「なんですて……。三人？」

「比嘉、河本、米田や」

「米田て、兎子組の組員やないですか。荒井の兄貴分の」

「思わぬ伏兵が登場した。敵は三人。こっちは応援を入れて八人や」

「三対八か……。抵抗しよったら面倒ですね」

「抵抗はともかく、逃走だけは阻止せんとあかん」

スマホの電源を入れて、益満にかけた。

――新垣です。

――益満です。

――ハイエースを見つけました。舗装路の行き止まりです。ラゲッジスペースにブルーシートに包まれた死体らしきものが積まれていること、ハイエースから西のほうに七十メートルほど行った繁みの中の窪地に河本、比嘉のほかに米田という男がいて、いま穴を掘っている、と状況を伝えた。

——確保するのはふたりではなく、三人ですね。

——すみません。ひとり増えたのは想定外でした。

——了解です。こちらも人員を増やしましょう。

——平瀬尾神崎まで車で来てもらえますか。ライトは点けずに。そこからは歩きで来てもらいたいんです。わたしと上坂はハイエースの手前の叢で待ってます。

——分かりました。新垣さんが我々に声をかけてください。

——ありがとうございます。詳しい状況はお会いして報告します。

電話を切った。

「ようできたひとや。文句のひとつもいわんかった」

「南の島のひとはおおらかなんです」

「おれも沖縄のひとやけど、おおらかやない」

「遼さんはO型やないですか。しゅっとしてるし」

意味不明だ。褒められたようには聞こえたが。

「移動しよ。道路の近くで待ってるというた」

上坂をうながして、ガジュマルのそばを離れた。

22

舗装路近くの岩陰に身を隠した。宇佐美に連絡する。平瀬尾神崎でレンタカーのハイエースに載せられている死体を発見し、付近の低木の雑木林で、河本、比嘉、米田の三人が死体を埋めるべく穴を掘っているといったら、宇佐美はひどく驚いた。

——待て。どういうことや。なんで米田が死体遺棄の現場におるんや。

——分からんです。自分も米田を見たときは眼を疑いました。

——兎子組の米田は荒井の兄貴分やろ。そいつが弟分の死体を掘り返して埋めるてなことはありえへんぞ。

——同感です。これは裏によほどの事情があると思います。

——米田を確保したら、そこを徹底的に衝《つ》け。

——三人の取調べには宮古島署にも加わってもらいますか。

——あかん、あかん。宮古島署は逮捕応援だけや。明日の朝いちばんの便で、わしと稲葉がそっちに飛ぶ。

——係長に来てもらえるのはなによりです。

——ええか、手錠《ワッパ》をかけるまでは絶対に油断するなよ。米田はヤクザや。暴れるかもしれんぞ。

——正直なとこ、緊張してます。

緊張はしていない。そういえば宇佐美がよろこぶ。

――マル被確保の場数を踏んでこそ、刑事のキャリアが磨かれるんや。

だったら、おまえが逮捕しろ。そもそも河本と比嘉がレンタルしたハイエースに乗っていると連絡した時点で、島に向かうのが捜査二係長たる宇佐美の責務だろう。

――三人を確保したら、すぐに連絡せい。

それまでは署で待機している、と宇佐美はいい、電話は切れた。

「勤ちゃん、おっさんはいよいよ手柄を横取りする肚やで」

「来るんですか、こっちに」

「稲葉を連れてくる」

「どっちも戦力にならんのにね。イナバのシロウサミ」

「うまいこというたな」

「いま、思いついたんです」

笑える。口だけ達者な茶坊主宇佐美とヤル気皆無のロートル稲葉は、なかなかのコンビだ。キャラが立っている。

待つこと二十分――。複数の人影が見えた。こちらに歩いてくる。

新垣は道路脇の岩陰から出た。近づく。先頭の男が手をあげた。益満だ。

「ご苦労さんです」

「応援を三人、増員しました。計、九人です」

パトカー二台と捜査車両二台を平瀬尾神崎近くに駐めている、手錠は腰縄つきのものを三本とヘッドランプ、フラッシュライト、ランタン、特殊警棒を十一本、拳銃を一丁、携行している、と益満はいい、「これは念のためです」と、上着の左脇を押さえた。拳銃をホルスターに収めているようだ。

「刑事課長みずからが被疑者確保に加わっていただき、心強いかぎりです」

「いやいや、宮古でこんな大捕り物はめったとありませんから」

益満はいって、傍らの捜査員を見る。新垣と上坂は警棒を一本ずつ借りた。

「で、対象は」

「この先です」

九人の捜査員を連れて舗装路を歩いた。誰も無言、足音をひそめている。

月明かりを受けて、白いハイエースが小さく見えた。とまる。

「さっき、車のとこまで行きました。ひどい臭いです」

「死体ですね」と、益満。

「そう断定していいと思います。ブルーシートをロープでぐるぐる巻きにしてます」

河本、比嘉、米田の三人は浜から反対方向の段丘の繁みにいる、といった。「比嘉が穴を掘ってて、あとのふたりはそばに立ってました。けっこう深かったです」

「じゃ、周囲を固めて逮捕しますか」

「これはわたしの希望ですが、死体を穴に放り込んで土をかけるところを現逮したいんです」

死体をただ山中や川に投棄するのではなく、死体隠蔽を目的とした死体遺棄罪を確定させたい、といった。

「了解です。おっしゃるとおりにしましょう」

「ありがとうございます」深く、頭をさげた。


益満の指示で九人の捜査員は繁みの周囲に散った。新垣と上坂はハイエースを見とおせるガジュマルの根方に身を潜める。

「いよいよですね」

「いよいよやな」

「うちの刑事課長が模合の被害届を受理したんはいつでした」

「いつやったかな……。十一月の八日やったか」

「ということは、あれから十八日ですか。たったの半月ちょっとで、模合から沈船詐欺、殺人、死体遺棄と、ここまでめまぐるしぃに動くとは想像もせんかったですね」

「勤ちゃんの星まわりやろ。波瀾万丈の星や」

そう、上坂は前任の本部薬物対策課でガサ入れの際に拳銃を発見し、その拳銃が和歌山の地銀副頭取射殺事件に使用されたものと判明したため、専従捜査に投入され、あげくに本部から泉尾署に飛ばされて出世の道を絶たれたのだ。

「これ、脚本《ホン》にできますね」

「できる。書いてシナリオコンクールに応募せい」

「なにがええかな。映画やったら『城戸《きど》賞』ですか」

応募枚数は四百字づめ原稿用紙換算で百四十枚まで、賞金は五十万円だという。「けど、『城戸賞』でこのややこしい展開はね……。どうせ応募するんやったらテレビかな。『フジテレビヤングシナリオ大賞』と『WOWOW新人シナリオ大賞』は賞金が五百万です」

「なんと、宝くじみたいな賞金やな」

「すごいでしょ。もし受賞したら、遼さんにはモデル料ですね」

「それや。ぜひ応募せい」

「前向きに検討します」

「ちなみに、いままで応募したことは」

「これです」上坂は指を立てた。

「三回か……」すべて落選したのだろう。

——と、そこへ遠く、話し声が聞こえた。近づいてくる。新垣と上坂はガジュマルの陰にかがみ込んだ。

段丘の繁みからふたりの男が現れた。河本と比嘉だ。ハイエースに歩いていく。

ふたりはハイエースのところまで行き、リアハッチをあげた。黒い塊を砂上に落とす。ドサッと音がした。

比嘉と河本はロープをつかんで塊を繁みに引きずっていく。シートに砂がかむのか、ときおり塊を持ちあげて砂を落とす。少し行っては立ちどまって息をつくから、足どりは遅い。死体になった人間は、その体重以上に重いのだろう。


ふたりが繁みに入るのを待って、新垣と上坂は動いた。

丈の高い叢伝いに進んだ。段丘を越え、繁みに分け入る。

立木の向こうにペンライトが見えた。近づく。

穴はさっきより深くなり、まわりに積みあげた土も高くなっていた。ブルーシートは見えない。穴の底だ。河本と米田は穴の縁に立ち、比嘉が地面に挿していたシャベルをとる。

背中になにかが当たった。小石だ。振り向くと、頭に明かりのないヘッドランプを装着した男がいた。男は腰をかがめて近づいてくる。さっき、警棒を受けとった捜査員だった。

「益満さんは」訊いた。

「ペンライトの右後ろです」

窪地のまわりは捜査員で固めている、と男はいった。「まず、新垣さんが出てください。それを合図に、全員が出ます」

「明かりは」

「全員が持ってます」

「了解です」小さく、答えた。

比嘉が穴に土を投げ入れはじめた。まだだ。まだ早い。じりじりする。

特殊警棒を振り出した。冷たい汗が背中を伝う。「遼さん」上坂がいった。

新垣は窪地に走り出た。

「動くな。そのままや」どなりつけた。

周囲のライトが点いた。河本、米田、比嘉に集中する。一瞬にして窪地が昼になった。

三人は逃走も抵抗もせず、十一人の捜査員に囲まれた。河本と米田はその場に立ちつくし、比嘉はシャベルを捨ててうずくまる。

「なんじゃい……」

低く、米田がいった。ペンライトを新垣に向ける。

「観念せい。死体遺棄で現逮や」

「おどれは……」

「泉尾署の新垣。憶えがあるやろ」

「なんでや。なんで、デコスケが……」

「それはこっちが訊きたい。なんで、おまえがここにおるんかをな」

「へっ、勝手にさらせ」

「手をあげろや」

上坂がいった。米田は素直に両手をあげる。上坂は身体捜検をして、

「これはなんや」

米田のベルトから抜いたのは白い晒《さらし》を巻いた長いものだった。

「答えんかい。これはなんや」

「見たら分かるやろ」

「自分の口でいえ」

「やかましい」

「そうか」

上坂は一歩さがって、晒をほどいた。白木の柄《え》の柳刃包丁だ。刃がぎらりと光る。刃渡りは三十センチに近い。

「なんのために、こんな物騒なもん持ってるんや」

「魚や。釣った魚を刺身にするんやないけ」

「釣り竿は。俎板《まないた》は」

「くそボケ。ごちゃごちゃぬかすな」

「ヤクザの銃刀法違反は実刑やな」

「そら、うれしいのう。勲章がまた増える」

「こんな長い包丁で誰を刺すんや」

「あほんだら。護身用やろ」

「笑わせるな」

上坂は米田の手をとった。「十一月二十六日二十三時四十五分、死体遺棄と銃刀法違反容疑で現行犯逮捕する」

さっきの捜査員が米田に手錠をかけて腰縄を巻いた。

河本、比嘉にも手錠をかけた。新垣はふたりに、

「おまえらは詐欺で逮捕状が出てる。いわんでも分かってるわな」

「なんのことですか」河本がいった。

「沈船詐欺。奄美の海で陶片を撒いたやろ。被害届も出てるんや」

「なるほどね……」河本は笑った。怖けたふうはまったくない。こいつは米田より肚が据わっているかもしれない。

「比嘉さん、あんたが土をかけてたんはなんや」

地面にへたり込んだまま手錠をかけられた比嘉にいった。顔をあげようともしない。

「死体か」

「………」比嘉は黙りこくっている。

「河本、あれはなんや」

穴の底を指さして、河本に訊いた。まだ、にやにやしている。

「腐臭がする。荒井康平の死体やな」

「………」河本は眼をすがめる。

「どうなんや。あれは荒井やな」

「──吐いたんか、美濃が」

「まぁな」美濃は吐いてはいないが。

「やっぱりな……」河本はうなずき、空を仰いだ。「満天の星とはこのことやな」

「いま、気ぃついたんか」

「な、刑事さんよ、わしは六十二や。これが夜空の見納めかもしれんな」

河本は寂しげに笑った。


宮古島署鑑識係による現場検証と検視を待つべく、ハイエースと死体遺棄現場の保全をし、河本、比嘉、米田をパトカーと警察車両に分乗させて宮古島署に連行した。

新垣と上坂は二階刑事課の取調室に、まず比嘉を入れ、ＩＣレコーダーをセットして聴取を開始した。

比嘉は模合の落札金横領について、被疑内容をあっさり認めたが、その動機は〝比嘉工務店の倒産を避けるために、まとまった金が欲しかった〟という曖昧なものだった。

「工務店の金詰まりはいつからや」上坂が訊いた。

「三、四年前からです。この半年はどうにも金がまわらんで」

比嘉はうなだれていう。両手錠、腰縄の先は上坂が机の脚に括《くく》りつけた。

「それで闇金に手を出した……。金を借りたんは兎子組だけか」

「ほかにも何件かあるけど、いちばん大きいのが兎子商事ですわ」

「その額は」

「よう分からんのです。元金と利子がごっちゃでね。……五百万はいってますやろ」

「ダンプや重機まで売れといわれてたんやな」

「そうですねん。正直、お手上げですわ。もう、にっちもさっちもいかんかった」

「工務店に来てたんは荒井と米田か」新垣は訊いた。

「ふたりだけでした。ほかは知りません」

「荒井が集金係で、米田は脅し役か」

「そんなとこですやろ」スーツにネクタイの荒井は堅気に見えなくもないが、米田はヤクザそのものだったという。

「ふたりはいつもいっしょか」

「普段は荒井だけです。たまに米田が顔出しますねん」

荒井はどこか緩いところがあって、返済が滞ったときも声を荒らげることはなかったが、米田はちがった。妻や娘の前でも凄《すご》みを利かせるから、米田が現れると近くの喫茶店に連れていった、と比嘉はいう。「米田は若いころ、ひとを刺して七年の懲役に行ったと荒井がいうてたけど、ほんまの話ですか」

「嘘やない。あいつは兎子組の舎弟頭やから、それなりの鑑札《かんさつ》はさげてる」

「チビのくせに、なにかというたらヤクザ風吹かしますねん」

「ヤ印は小さいやつが危ないんや。すぐに道具を出すからな」

「米田が柳刃包丁を持ってたん、知ってたか」上坂がいった。

「そんなん知りませんで。さっきは護身用とかいうてたけど……」

「おれの推論をいおか」

「スイロン……。なんです」

「スイカとメロンや」

「刑事さん、冗談はやめましょ。笑えませんわ」

「すまんな。すべってしもた」

「わしはもう、笑うことを忘れましたんや」

しかし、ホッとした、とも比嘉はいう。「地獄ですわ。借金地獄の先にほんまもんの地獄があった。腐って、髪の毛ザンバラで、腹からずるずると腸が垂れてる死体を掘り起こした上に埋めもどすてなこと、普通の神経ではできませんがな。ゲーゲー、なんべんも吐いて、胃液まで吐いたら血が混じってててね……。ほんまですねん。刑事さんらに捕まってよかったと、心底、ホッとしてますねん」

「そうか。あんたはいま、安寧を得たというわけや」

「アンネイ……。なんです」

「もうええ。おれの推論や」

上坂はつづける。「米田が包丁を持ってたんはな、死体に土をかけてるおまえを後ろから刺して、穴に放り込む肚やったんや」

「へっ、なんで……」一瞬、机においた比嘉の指先がぴくっと震えた。

「もういっぺん訊くぞ。あんた、米田が包丁をベルトに差してると知ってたんか」

「知るわけないやないですか。考えもせんわ」

「あれは護身用か」

「ちがう、ちがう。絶対にちがう」比嘉は小刻みに手を振る。

「それともうひとつ。あんたが掘った穴や。深すぎるとは思わんかったか」

「そういや、えらい深かった。わしの背丈より深かった」

「米田が掘れというたんやろ」

「そう、米田も河本も交代しようとはいわんかった」

あの窪地は砂地だが、雑木の根が絡みあっていた。比嘉はツルハシで根を切りながら掘り進めて、一メートルほど掘ったところでやめようとしたが、米田はウンといわず、もっと深く掘れといった――。

「な、比嘉さん、そういうことなんや。あの穴は、あんたと荒井のふたり分の墓穴やったんや」

「…………」比嘉はうつむいて考え込む。顔は青白く、額に汗が浮いている。

「荒井殺しの実行犯は河本と美濃とあんたの三人。米田があんたを殺したら、残るはふたり。美濃はいずれ、荒井を埋めた場所を吐くけど、そこに死体はない。……そう、残るは河本だけや。詐欺師はとことん逃げるやろ。中国、フィリピン、タイ、マレーシア……。河本が捕まっても死体の埋め場所を自供せん限り、美濃の証言だけでは荒井殺しと比嘉殺しは立件がむずかしい。そう、河本と米田はあんたを殺して口封じをし、死体を遺棄して事件を葬り去る肚やったんや」

上坂は一気にたたみかけた。「どうなんや、え。あんたはどう思うんや」比嘉に迫る。

「確かに、おかしい……」

ぽつり、比嘉はいった。「あんたらがあそこに来んかったら、わしは殺されてたんか」

「そうとしか考えられんやろ。米田が隠し持ってた柳刃包丁と、やたら深いあの穴は」

「あんたら、命の恩人か」

「推論や。そこまで恩を着せるつもりはない」

「くそっ、あいつら……」比嘉は拳を握りしめた。

「教えてくれ。荒井の死体をどこに埋めてたんや」新垣は訊いた。

「保良ですわ」あっさり、比嘉はいった。

「『ヴィラ　サザンコースト』の近くか」

「なんで、あのホテルを知ってますねん」

「刑事を舐めるな。あんたが模合落札金を横領したあとの足取りは、逐一、調べがついてる。那覇、宮古島、石垣島、奄美大島、太融寺の『グールドイン』から曾根崎の『ラ・コンシエール』まで、あんたの行ったとこはきっちり後追《あとお》いした。あんたと河本が石垣島でチャーターした不動産屋のクルーザーも、奄美の海に撒いた陶磁器の欠片を買うた老松町の骨董屋もな。つまりは、なにもかも調べがついてるんや」

「そうですか……」力なく、比嘉はいった。

「荒井の死体や」上坂がいった。「保良のどこに埋めてた」

「保良泉ビーチから平安名埼へ行く小高い丘の麓ですわ」

「殺しの実行犯は」

「美濃です」

河本と美濃が、平安名埼灯台へ行こうと荒井を誘い、その途中の浜で美濃が荒井を襲った、と比嘉はいった。

「あんたはどうしてたんや」新垣は訊いた。

「寝てました。ホテルで」

嘘だろうが、いまは追及しない。

「美濃はどうやって荒井を殺した」

「知らんのです。訊くのが怖かったから」

「比嘉さんよ、それではとおらんで。正直になろうや」

死体を解剖すれば死因は判明する、と新垣はいった。

「河本がいうには、美濃が後ろからロープで首絞めたみたいです」

「絞殺か……」

「美濃が穴掘って、ふたりで埋めたんです」

深夜、河本は腑抜けのような顔でホテルにもどってきた。美濃は宿泊していた保良の国道390号近くのホテルに帰った、と河本は比嘉にいった――。

「美濃が泊まってたホテルは」

「聞いてません」

「それはおかしいやろ」

「ほんまに聞いてないんです。わしは宮古島でいっぺんも美濃に会うてません」

これも嘘だろう。おどおどした比嘉の表情と、ICレコーダーを意識した視線を見ていれば分かる。

「あんたは知ってたんか。美濃と河本が荒井を殺すことを」

「刑事さん、わしはほんまに聞いてませんねん。もし知ってたら、人殺しの片棒を担ぐようなことをするわけがない。荒井を殺したんは河本と美濃です」

「ほなあんたは、荒井の姿が消えてから殺されたと知ったんか」

「そのとおりです」比嘉は大げさにうなずく。

荒井殺しの動機はなんや――。本題に入ろうと思ったが、焦りは禁物だ。本題の前に訊くことがある。

新垣は上体を引き、椅子に深く座りなおした。ズボンの両膝と靴が白く汚れている。平瀬尾神崎の土だ。

「太融寺の『グールドイン』を出てからの、あんたの行動を聞こか。河本と米田もや」

「河本の指示があるまで時間をつぶしてました。……二十五日の昼前です。関空で河本に会うたんは」

「関空だけでは分からん」

「国内線のインフォメーションです。宮古島行きの便を聞いて、第二ターミナルのライトイヤーに行きました」

「米田はどうなんや」

「あいつはわしらより、あとの便です」

「あんたと河本はライトイヤーのチェックインカウンターでチケットを買うたんやな」

「そうです」

「何時のフライトや」

「十四時二十分発でした」

「直行便か」

「那覇経由です」

「宮古島着は」

「十九時五分です」

「搭乗した名前は」

「わしは小島です。河本は川野やったかな……」

「フルネームをいえ」

「憶えてないんですわ」

「復唱する。……小島某《なにがし》こと比嘉慶章と、川野某こと河本展郎が搭乗したんは、関空発・那覇経由・宮古島行きのライトイヤーで、十一月二十五日十四時二十分、関空発、十九時五分、宮古空港着、のフライト便やな」

「そのとおりです」

「米田とは、いつ、どこで合流した」

「宮古島市役所の近くのホテルです。米田は夜の八時すぎにチェックインしました」

「ホテルの名前は」

「『みやこセンターホテル』です」

「あんたと河本も『みやこセンターホテル』にチェックインしてたんやな」

「そうです。河本とロビーに降りていったら、米田がおったんです。えらいびっくりしました」

「そら、おかしいな。あんた、さっき、どういうた。……あいつはわしらより、あとの便です、というたやないか」

「それは、米田と会うてから聞いたことです」

比嘉の供述は次々にボロがでるが、ここは黙って聞いておく。

「米田と合流してから、どうした」

「晩飯食いに出ました。三人で」

「店は」

「いちいち憶えてませんわ。ホテルから港のほうにちょっと行った海鮮料理屋です」

料理屋を出たあと、近くのスナックに入り、十二時ごろまで飲んで、ホテルにもどったという。

「何号室や。あんたと河本と米田は」

「わしは307で、河本は401かな。米田の部屋は知らんのです」

「307号室にもどって、どうした」

「スナックで飲みだしたあたりから、頭が途切れ途切れですねん。眼が覚めたら、部屋の窓が明るうなってましたわ」

翌日の死体の埋め直しを考えると眠れないだろうから、比嘉はとにかく、酔いたかったという。

「あんたが部屋にもどったあと、河本と米田は401号室に入って、あんたを殺す段取りをした。そうは思わんか」

「かもしれんね。いま思たら」

比嘉はためいきをついて、「そう、306も308号室も空いてましたんや。そやのに、河本は四階の部屋をとりよった」両手の拳に額をあてる。

「よかったな、比嘉さん。あの長い包丁で刺されんで」

「ほんまですわ。三途《さんず》の川を渡りかけたんや」

「何時ごろや、起きたんは」上坂が訊いた。

「五時か六時かな。小便に立って、靴下脱いで、また寝ました」

「あんたの小便までは訊いてへん。ちゃんと起きたんは何時や」

「九時すぎかな。河本から電話がかかって」

比嘉はシャワーを浴び、服を着替えて部屋を出た。ロビーには河本がいた。ビュッフェで朝食をとり、部屋にはもどらず、フロントでレンタカー会社を訊いてホテルを出た。

「米田はロビーにおらんかったんか」

「あいつは寝てると、河本がいうてました」

「それで、あんたと河本はどうした」新垣は訊いた。

「タクシーでレンタカー屋に行ったんです」

「場所は」

「空港の近くです。『カママレンタカー』」

「借りた車は」

「ハイエースです」

「どっちが借りた」

「河本です」比嘉はカママレンタカー近くの喫茶店にいたという。

「河本は端《はな》からハイエースを借りるつもりやったんか」

「いや、トラックを借りに行ったんですわ」

「その理由は」

「死体を積まんといかんからです」

河本が乗ってきたハイエースを見たときは、少し驚いたという。「そんな車でええんか。わし、いいましたがな。そしたら、あとで洗《あろ》うたらええ、と河本は平気な顔ですわ。あいつは図太いんです。なんでもかんでも指図しくさるし」

「沈船詐欺も荒井殺しも、河本が主犯であんたは従犯か」餌を投げた。

「そのとおりですわ、刑事さん」

比嘉は餌に食いついた。新垣と上坂を等分に見る。「河本と知り合うたんは、わしの一生の不覚です」

「ま、その話はあとで聞こ。ハイエースに乗ってどこへ行ったんや」

「ホームセンターです」

「店名は」

「『エメラルド』やったかな……。いや、『エスメラルダ』かな……」

「あのな、スペインやメキシコのホームセンターとちがうんやで」上坂がいった。

「ほな、『エメラルド』ですわ」

「ま、あとで調べよ。場所はどこや」

「喫茶店から県道を東へ五分ほど行ったとこです」

「ホームセンターに行った目的は」

「シャベルとツルハシを買うたんです」

「ブルーシートとロープは」

「あ、それも買いましたわ」

「シャベル一本、ツルハシ一本、ブルーシート一枚、黒色の工事用ナイロンロープやな」

「そうです」

「ロープは何メーターや」

「三十メーターです」

「ほかに、忘れもんは」と、新垣。

「あっ、石灰も買いましたわ、一袋。畑に撒くやつです」

石灰――。土壌改良剤の消石灰だろう。「それはなんや、臭い消しか」

「よう知ってますね」

「むかし、運動場に白線をひいた」

「物知りや、刑事さんは」

「あんたほどやない」

「刑事さんは煙草吸いますか」

「吸う」この男はなにをいいだすのだろう。

「一本、もらえんですか」

「あんたな、逮捕されたんやで。両手に手錠かけられてるんやで。どこに灰皿があるんや、え」

「やっぱり、あきませんか」

「煙草の一本ぐらいはええと思うけどな、処分されるんや。警察官職務執行法」

「いろいろ、ややこしいんや」

「あんた、よう喋るな」

「もう、破れかぶれですねん」つぶやくように比嘉はいった。

「保良で荒井康平の死体を掘りはじめたんは何時や」上坂が訊く。

「七時すぎやったと思いますわ」

「どうやって掘り起こした」

「ツルハシとシャベルです」地面は柔らかく、二十分ほどで死体が出たという。

「深さは」

「六、七十センチかな」

「着衣は」

「チャクイて……」

「服や。荒井が身につけてた服」

「フードつきの上着とチノパンですわ。アロハシャツも着てたと思うけど、暗かったし、よう分からんのです」

比嘉は手錠をかけられた手の甲で額を拭った。左のこめかみに泥がこびりついている。微かに異臭がするのは汗ではなく、汚れた衣服に染みついた腐敗死体の臭いだ。

「死体の着衣はパーカとチノパン、アロハシャツやな。靴は履いてなかったんか」

「裸足でしたわ。靴下も履いてなかった。……足の爪が白うてね。水虫かいなと思たら、骨が出てました」

「余裕やな。人間の死体の腐った足を見て、水虫か。あんた、図太いわ」

「ちがいますがな。そんなんやない」比嘉は大きく首を振った。「穴を掘りはじめたときから麻痺してましたんや。でないと、掘れますかいな。もう、二、三十センチ掘ったころからドブみたいな、卵の腐ったみたいな、鼻がまがるような臭いがしてきて、なんべんも嘔吐《えず》きましたわ。……シャベルの先が死体を掘りあてた感触がまだ残ってますねん。ズブッと蒟蒻《こんにゃく》を箸で突くようなね。わし、胃の中のもん、みんな吐きましたがな」

「荒井は髪の毛ザンバラで、腹からずるずると腸が垂れてたか」

「腹の皮を破ってしもたんです。シャベルで」

「死体損壊やな」

「なんですねん、それ」

「刑法百九十条。三年以下の懲役や」

「いや、勘ちがいです」比嘉の顔がこわばった。「シャベルは当たってません」

「蒟蒻を箸で突くような感触があったんやろ」

「ものの譬《たと》えですがな」

「ま、ええ。勘ちがいにしとこ」

上坂は背筋を伸ばした。「疑問がふたつある。……ひとつは死体が裸足やったことや。荒井は『ヴィラ　サザンコースト』の室内で、素足のときに殺されたんとちがうんか」

「刑事さん、それはない。荒井は河本と美濃に連れられてホテルを出て行ったんです。靴と靴下がなかったんは、河本か美濃が捨てよったんです」

「それはおかしいな。荒井の身元を隠すためやったら、素っ裸にして埋めるはずやぞ」

「河本と美濃がなにを考えてたか、わしには分かりませんわ」

「もうひとつの疑問や。死体が埋まってる場所を、どうやって特定した」

「河本が憶えてたんです。地形をね」

幹が二股になったガジュマルのそばに三角の石がおかれていたという。「土が沈んで、石のまわりが凹んでましたわ。そこだけ草が生えてなかったし」

「で、掘り起こした死体をどうした」

「穴のそばにブルーシートを広げてから、ロープを輪にして死体の足を括りましたんや」

河本とふたりで死体を引きずり出した。顔と服に土が積もったままブルーシートでくるみ、ロープをぐるぐる巻きにした――。

「米田はなにしてた。手伝いは」

「あいつは立ち会いもしてませんがな。ハイエースん中でビール飲んでましたわ」

「そのハイエースに死体を積んだんは何時ごろや」

「さぁ……。いちいち時計は見てへんけど、八時すぎやったんかな」

時間的にズレがある。宮古島署のパトカーが83号線の平良大浦付近でハイエースを発見したのは八時五十分だった。ハイエースはそのとき、83号線を南へ向かっていた。

「保良から平瀬尾神崎は車で二十分や。平良大浦まで行った理由はなんや」

「河本が運転して、島の北の端まで行きましたんや。池間大橋を渡って池間島に荒井を埋めるつもりでね」

橋の近くまで行くと、池間島は思っていた以上に小さくて高低差がなく、民家の明かりが多かった――。「それでUターンしたんですわ。地図を見たら、平瀬尾神崎のあたりは家がないし、崎《みさき》へ行く道も一本しかない。よっしゃ、そこへ行け、と米田がいうたんです」

「行きあたりばったりやな、え。死体を埋めもどす場所も決めてなかったんか」

「決めるも決めへんも、わしはあいつらのいうがままの下っ端《ぱ》ですわ」

「役者やな、あんた。なんでもかでも河本と米田のせいか」

「刑事さん、ほんまですねん。わしは河本と米田が怖かったんです」

比嘉はここぞとばかりにいいつのる。「実際、わしは米田に殺されかけたやないですか。それがなによりの証拠ですわ。わしはあいつらに利用するだけ利用されて、要らんようになったらポイですねん」

「そのとおりや、比嘉さん。米田があの包丁で後ろからあんたを刺したら、背中から鳩尾《みぞおち》まで貫通する。即死や。呻《うめ》き声も出ん。そう、あんたは自分で掘った穴にポイされる寸前やったんや」

「…………」比嘉は天井を仰いで長いためいきをついた。

「遼さん、休憩しますか」上坂はこちらを向いた。

「そうやな」

「なにがよろしい」

「コーヒー。ブラック」いって、比嘉を見た。「あんたは」

「えっ、飲めますんか」

「被疑者に飲食物を提供するのはあかんのやけどな」

「ほな、ビール飲みたいな」

「比嘉さん、反省が足らんのとちがうか」

笑ってみせた。比嘉はひょいと頭をさげた。

23

上坂と比嘉は紙コップのアイスティー、新垣は紙コップのコーヒーを飲んだ。煙草を吸いたいが、灰皿がない。

「さぁ、そろそろ本題に入るか」新垣は背筋を立てて腕の時計に眼をやった。

「何時ですか」比嘉が訊いた。

「一時五十分」

「それって、ええんですか」

「なにがいいたいんや」

「警察が一般人を調べる時間ですわ。ものごとには常識いうもんが……」

「これは正式の取調べやない。逮捕に付随する聴取や。よって調書はとってないし、映像も撮ってない。あんたは任意で協力してるんや」

「そんなん、むちゃくちゃでっせ。こんな真夜中に」

「比嘉さん、あんたは一般人やない。横領、詐欺、殺人、死体遺棄の被疑者なんや」

「わしは知りませんで。模合の金をネコババしたんは、そらほんまやからしゃあないけど、人殺しとか死体遺棄とかは、わしがしたことやないです」

「あのな、地面に穴掘って死体を埋めるのが死体遺棄なんや」

「埋めてませんがな。保良で荒井を埋めたんは美濃と河本です」

「あんたはな、平瀬尾神崎で深い穴を掘った。荒井康平の死体を放り込んで土をかけた。殺人を隠蔽する目的でな」

「わしは仏さんを掘り出して供養してやったんでっせ」比嘉はうつむいて、ぶつぶついう。

「供養て、なんや」

「仏さんに向かって両手を合わせましたがな」線香がないので煙草を供えたという。

「おもしろいわ、比嘉さん。仏さんの足にロープかけて、土も払わずに引きずり出すんが、あんたの供養か」

「目玉のない顔が見えたら卒倒するやないですか。髪の毛もずるずる抜けるのに」

比嘉に対する判断がまちがっていた。この男の〝常識〟はどこか別のところにある。アイスティーを飲ませてやったり、甘い顔をするのではなかった。

「刑事さん、わし、へろへろですねん」

比嘉は紙コップを両手でとり、氷の溶けた水を飲みほした。「限界ですわ。もう寝ましょうや」

「分かった。時間を切ろ」

新垣はまた、時計を見た。「二時五十分や。それまでにあんたが我々の訊くことに納得できる返答をしてくれたら、留置場のベッドで寝さしたる。素直に喋ってくれ」

「端から素直やないですか」

「素直や。あんたが協力的なんは認める」

こいつは素直でも協力的でもない。小狡いのだ。

「二時五十分。ほんまですな」

「へろへろなんはあんただけやない。我々もしんどいんや」

一瞬、怒鳴りつけそうになったが、堪《こら》えた。上坂を見る。上坂は腰を浮かして椅子を机に近づけた。

「比嘉さん、まず河本との馴れ初《そ》めから訊こか。いつ、どこで、どんな理由《わけ》で河本と知り合うたんや」

「もう十年ほど前かな、喫茶店でモーニング食うてるとき、なにかの雑誌で読みましたんや。〝夢とロマンの一攫千金。トレジャーハンター〟。……へーえ、世の中にはこんな商売もあるんや、と頭の片隅に残ってたんですな」

「それ、『インサイド』いう月刊誌か」

「そう、そう、そんな雑誌ですわ。刑事さんも読みましたんか」

「読んだ。奄美の図書館でな」

「図書館？　なんでも調べますんやな」

「事件に関連する資料は、なんでも眼をとおした」

「奄美まで行ったんですか」

「行った。あんたと河本は明神崎沖の海に景徳鎮《けいとくちん》の欠片を撒いたんや」

「大したもんですな。みんな、お見通しなんや」

話が逸れている。新垣は上坂に目配せした。

「馴れ初めや。河本との馴れ初めをいうてくれ」上坂はつづける。

「三年前の春ですわ。模合の集まりのあと、道頓堀で飲んだときに、型枠屋のおやじに聞きましたんや。いま宝探しに投資してる、と」

「型枠屋て、なんや」

「ビルや橋脚の工事現場で鉄筋を組んだあと、型枠で囲うてコンクリートを流し込みますやろ。その棟梁ですわ」

「要するに建築業やな。それで」

「〝トレジャーハンター〟を思い出しましたんや」

型枠屋から、比嘉は投資先を聞いた。それが『ＯＴＳＲ』だったという。

比嘉は『ＯＴＳＲ』に連絡をとり、翌月の説明会に参加した。代表の河本の講演は百万円がただちに一千万円になるというような夢物語ではなく、沈船を発見しても財宝がないこともある、というリスクを踏まえたものだった。比嘉は河本の話に共感し、投資を決めた――。

「二口ですわ。詐欺師の河本に二百万も投資したんです」

その年の秋、『ＯＴＳＲ』は西表島《いりおもてじま》の東にある小浜島と黒島の海域を探査した。清の交易船と思われる残骸を発見したが、水深が百メートルを超えていたためダイバーを投入することができず、底引き網に百点ほどの皿や壺の欠片がかかっただけだったという。

「わしはその探査に立ち合うてないんやけど、映像は見ましたわ。網を引き揚げるとこをね。ヒトデやナマコや泥に混じって欠片が出る。……手品でっせ。いま思うたら、端から網に欠片を仕込んでたんやね」

「あんたは手品に引っかかった」上坂はいう。「なんで、懲《こ》りんかったんや」

「そのときはきっちり騙されてたんですわ。二百万を取りもどしたい一心で、次の年の探査にも投資してしもた。三口もね」

「つまりは、嵌まってしもたんや」

「ズブズブですがな」比嘉のほかにも投資をつづける客が多くいたという。

「で、その三口も、またやられた？」

「奄美の北沖ですわ。水深は四十メートルと浅かったけど、欠片が揚がっただけでしたな」

「比嘉さん、あんたの話はおかしい」

上坂は腕を組み、比嘉をじっと見た。「あんたは十年前にトレジャーハンターを知ったというけど、三年前に愛媛県今治《いまばり》で『サザンクロス事件』が表面化してる。……そう、沈船詐欺や。代表は富岡和子《とみおかかずこ》。その富岡の右腕とされたんが河本展郎で、富岡は愛媛県警に逮捕されたけど、河本は証拠不十分で逃げおおせた。……あんた、サザンクロス事件を知らんはずはないで」

「えっ、そんな事件がありましたんか」比嘉の舌がもつれた。

「とってつけたような顔はやめとけ。いつから河本の片棒を担いだんや」

「………」比嘉は下を向いた。

「黙ってたら分からへん。正直にいえ」

「『OTSR』に投資したんは、ほんまのほんまですねん」

比嘉は顔をもたげた。「けど、騙されたんはいっぺんだけです」

「二年前に奄美の北沖を探査したときは騙す側にまわってたんか」

「すんまへん。そのとおりです」

「三年前に投資した二百万の原資は」

「街金ですわ。そのころはもう火の車でしてん」

比嘉工務店は自転車操業に陥っていたという。

「街金いうのは兎子商事か」

「そうです」比嘉はうなずいた。「兎子組とのつきあいは、それからですわ」

「兎子の利息は」

「月に一割。利息を払うのが精一杯で、元金はジャンプ。骨の髄までしゃぶられましたがな」

比嘉は高額の模合にも参加した。そのうちのいくつかは落札金を借金の返済にまわしたが、自分が主催した『かりゆし会』のほかは、まだ告訴されていないという。

「模合の仲間を裏切ってまで街金に返済するいうのはどうなんや。ひととしてまちごうてるとは思わんのか」

「刑事さん、あんたらはいうても勤め人や。首まで借金に浸かってる人間は、その日その日の息をすることしか頭にないんですわ」

どこか他人事《ひとごと》のように比嘉はいった。「それも今日で終わった。なにもかも終わった。わしはいま、仏さんでっせ」

「荒井康平とは、どういう絡みやった」新垣は訊いた。

「荒井は取立係ですわ。兎子商事の」

「分かってる。荒井がなんで宮古島までついて来たか、なんで『ヴィラ　サザンコースト』に泊まったか、それを知りたい」

「そこはちょっと話が込み入ってますねん」

「どう込み入ってるんや」

「荒井と米田はシャブでトラブってましたんや」

「ほう、そうか……」初耳だ。

荒井康平、三十一歳。窃盗、暴行、傷害、威力業務妨害、銃刀法違反で計四年ほどの服役をしているが、覚せい剤取締法違反の前科はなかった――。「詳しいに教えてくれ」

「米田がシャブの売人いうのは知ってましたか」

「いや、売人とまでは知らんかった」正直にいった。

米田克美、四十六歳。傷害、恐喝、覚醒剤、詐欺で計八年ほど、服役している――。

「いまどきのヤクザは組のシノギだけでは食えませんやろ。せやから、米田は仲間内でシャブを仕入れて、小売り人やら客に売ったりしてましたんや」

「待った」上坂がいった。「仲間内、てなんや」

「米田のヤクザ仲間ですわ。シャブを卸元から仕入れるときはまとまった金が要るし、何人かが組んで二百万、三百万の金を作りますねん」

「その仲間内のひとりが荒井か」

「荒井はちがう。小売り人ですわ」

「なんで、そこまで詳しいんや」

「荒井に聞きましたんや」

「そんなヤバい話をか」

「荒井といっしょにおったら分かるけど、あいつの携帯にはしょっちゅう電話がかかりますねん。それで話すのは、どこそこのコンビニに来てくれ、というようなことばっかりですわ。ぴんときましたがな」

あるとき、比嘉は荒井に訊いた。シャブを売っているのか、と。荒井はあっさりうなずいて、あんたもやるか、といった。

「それはなんや、シャブをやれ、というたんか」

「いや、小売りをせいという誘いですわ。借金なんぞ、すぐに返せるで、と」

解体や産廃業界には短期雇いの若者が多く、稼ぎもわるくない。荒井はそこに眼をつけたのだろう、と比嘉はいう。

「乗ったんか、その誘いに」

「あほな。洒落にならんわ」

これは嘘だ。比嘉は荒井の誘いに乗りかけたのだ。でないと、こんな詳しい話はできない。

「で、荒井と米田のトラブルいうのは、なんや」上坂は訊く。

「欲をかきよったんです。荒井が」

荒井ははじめのうち、米田の指示どおり顧客にシャブを売って代金を米田に渡していたが、やがて自分も覚醒剤を使用するようになった。荒井はブツに〝アンナカ〟などの増量剤を混入することを憶え、増量したブツは自分が開拓した新規の客に売った――。

「荒井は味を占めたんですわ。シャブはシノギになる、と。そしたら米田からまわってくるブツだけでは足らん。荒井は米田に隠れてシャブの仲卸に渡りをつけた。もうそうなったら一端の売人ですわ。米田の客には増量したブツを売り、自分の客には純度の高いブツを売る。そうこうするうちに、米田のブツは質がわるいと噂になって、それが米田の耳に入りましたんや」

米田は荒井を潰しにかかった。仁義に外れたシノギをするなと迫ったが、荒井は聞かない。米田は仲卸に、荒井にブツをまわすなといったが、仲卸には売人の上下がない。金さえもらえばブツをまわす。そのころはすでに米田より荒井のほうが売上が多かった――。

「そら、トラブる。米田は子飼いの舎弟に米櫃《こめびつ》をひっくり返されたというこっちゃ」

上坂はいう。「表向き、川坂会《かわさかかい》は〝覚醒剤ご法度〟やから、兎子の組内で始末もつかん。荒井のことをタレ込もうにも、自分の首が危ないわな」

「荒井がいうてましたわ。米田にピストルを突きつけられたことがあると」

「ピストル？　米田は包丁を持ってたぞ」

「刑事さん、ピストル持って飛行機には乗れんわ」

「おう、それもそうや」上坂はＩＣレコーダーを一瞥《いちべつ》した。

新垣はメモ帳に書いた。〝米田、拳銃所持〟――。家宅捜索の重点事項だ。

「肝腎なことを訊こ」上坂がいう。「米田と河本はいつからの絡みや」

「よう知らんのですわ」と、比嘉。

「そら、おかしいやないか。あんたと河本は沈船詐欺つながりで、あんたは米田と荒井を知ってる。河本と米田を仲介したんはあんたや」

「いや、ちがいますねん。わし思うに、河本と米田をつないだんは美濃ですわ」

比嘉はかぶりを振り、新垣はメモ帳を繰った。

美濃聡――。昭和40年・三重県津市で出生。51歳。傷害、覚醒剤、窃盗等・前科８犯。昭和63年～平成17年、神戸川坂会系矩義会《かねよし》・準構成員。矩義会は平成23年解散――。

美濃も米田も同じヤクザだが、その接点が分からない。

「美濃の筋いうのは、どういうことや」新垣は訊いた。

「美濃がシャブ中いうのは知ってますわな」比嘉がいう。

「そら知ってる。美濃はシャブの職質で捕まった」

「美濃はね、ズブズブのシャブ中で、一日たりとも身体からシャブが抜けることはないんですわ。

河本が小遣いをやったらやったで、その日のうちに島之内あたりへ行ってシャブを買う。年がら年中、金詰まりやし、あいつの部屋の家賃も、わしに請求が来るから、払うてやったこともいっぺんや二へんやない。あの男はもう、シャブさえ手に入るんやったら、人殺しでもなんでも見境おませんで」

「そういや、あんた、美濃が公団住宅に入ったときの連帯保証人やな」

「えっ……。なんで知ってますねん」

「大正駅前の『エンブル』。調べはついてる」

美濃は一昨年の二月、公団住宅北村A棟４０９号室に入居した——。

「へーえ、さすがでんな」

「そんなことはええから、接点をいえ。河本と米田の」

「あれは去年、いや一昨年の冬やったかな、美濃が『ＯＴＳＲ』に顔出さんから、ようすを見てきてくれ、と河本にいわれましたんや」

比嘉は電話を受けて、美濃の部屋に行った。インターホンを押したが、応答がない。ドアを引いてみたら開いた。テレビの音が聞こえる。中に入って廊下を見ると、洗面所から白いジャージの足が出ていた。ぴくりともしない。

死んでる——。そう思った。慌てて携帯を手にしたが、通報はせず、靴のまま廊下にあがって死体のそばに行った。美濃はうつ伏せに倒れていた。美濃ちゃん、と声をかけた。反応がない。息をしている気配もない。放っておいて部屋を出ようとしたとき、美濃が呻いた。しっかりせい、仰向けにして頬を叩くと、美濃は眼をあけた。顔に血の気はなく、顎から胸元にかけて嘔吐したような痕がある。大丈夫か、救急車呼ぶか、いうと、美濃は激しく首を振った——。

「それはシャブが切れたときの禁断症状や」

薬物対策課の長かった上坂がいう。「譫妄《せんもう》、幻覚、昏睡状態に陥るやつもおる」

「そんなん、素人のわしに分かりますかいな。美濃を助け起こして、奥の和室に布団敷いて寝させましたんや。美濃は蚊の鳴くような声で、シャブくれ、といいよった」

比嘉は美濃に訊いて、押入から菓子缶を出した。缶の中には数本の注射器とゴムチューブ、ビニールの小袋があったが、袋はどれも空だった——。

「美濃は白眼を剝いて、いまにも死にそうやった。わしもどうかしてたんか、シャブがあったら、こいつは助かると思た。ほいで、荒井に電話しましたんや」

「シャブが欲しい、というたんやな」

「ところがそのとき、荒井は姫路におったんです。女の田舎やとかでね」

白鳥保育園の金子さつきだ。金子は姫路出身だった。

「姫路ではどうにも間に合わん。ふっと思い出して、米田の携帯にかけましたんや」

米田は小一時間で北村に来た。美濃を見るなり、覚醒剤を水で溶き、美濃の二の腕にチューブを巻いて静脈に注入した——。

「見る見る、血の気がもどりましたわ。シャブはやっぱり、クスリですな」

「くだらんこというな。覚醒剤使用幇助《ほうじょ》やぞ」

「わしやない。米田が打ったんです」

「あんたもついでにやったんとちがうんか」

「あほな。あんな怖いもん」比嘉は真顔で否定した。

「それが、腐れ縁のはじまりやったんやな。美濃と米田の」

新垣はいった。比嘉はうなずく。

「ものはいいようやな。あんたはさっき、河本と米田をつないだんは美濃やというた。……美濃を米田につないだんは、あんたやないか」

「いや、そうかな……」比嘉の眼が泳ぐ。

「ま、ええ。馴れ初めは分かった。沈船詐欺の手伝いをしていた美濃を介して、『ＯＴＳＲ』の河本と兎子組の米田はつながった」

言葉を切り、じっと比嘉を見た。「荒井殺しの動機はなんや。河本とあんたは、なんで荒井を殺したんや」

「刑事さん、わしは荒井殺しには関係がない。神かけて嘘やない。あれは河本と美濃がやったんです」呻くように比嘉はいった。

「そこまでいうんやったら、河本と美濃の動機をいえ」この調べの根幹だ。

「…………」比嘉は眼をつむった。

「黙ってたら分からへん。肚を決めて喋らんかい」

「刑事さん……」比嘉は手錠のかかった両手を膝におき、上体を起こした。「わしがこれからいうことは、なにもかも河本と荒井と美濃の口から耳に入れたことですわ。そこんとこを頭に入れて聞いて欲しいんや」

「分かった。聞こ」ボールペンをおいて、手を組んだ。

「米田は美濃から沈船詐欺のことを聞いて、河本を食おうとしたんです。『OTSR』のケツ持ちをしてやるから守《も》り料を寄越せと、河本を脅迫した。そうして、ケツ持ちを口実に荒井を『OTSR』に遣《や》って、沈船詐欺のノウハウを盗ませようとした。荒井は米田に負い目があるから、いうとおりにした……」

「その脅迫の裏には美濃が嚙んでるわな」

「もちろん、嚙んでますわ。美濃はそのころから、河本の反目にまわったんです」

美濃は河本に使われていたが、その裏で米田から小遣いと覚醒剤をもらっていたという。

「あんたは河本の反目に立たんかったんか」

「反目もなにも、わしはヤクザやない。美濃と米田は同じ人種やし、気が合うたんかもしらんけどね」

「河本は米田に守り料を払うてたんか」

「払うてた。月に十万」

「安いな」

「安うはない。米田が実際に守りをしたわけやないんやから」

比嘉は不快だったのだ。河本が米田に食われていたことが。

「あんた、米田が嫌いか」

「あんなもん、人間のクズでっせ」

比嘉は吐き捨てた。「さんざっぱら、わしを毟《むし》ったあげくに、殺そうとしくさった」

「河本はどうなんや。米田が包丁を隠し持ってると知ってたはずやぞ」

「せやから、ぶち潰したるんや。二匹とも、二度と陽の目を見られんようにしたる」

「リベンジやな、比嘉さん」

「リベンジもクソもない。わしが三年やったら、あいつらは無期懲役や」

なにを基準にいっているのか、三年と無期はないだろう。


新垣はメモ帳を繰った。

「さて、本題や。十月二十四日、あんたが模合の落札金、七百五十万円を拐帯して荒井といっしょに那覇に飛んでからの状況を聞こ」

「なんです、カイタイて」

「横領した金品を持ち逃げすることや」

「持ち逃げしたんは、そのとおりです」

「七百五十万はなにが目的やった」

「沈船詐欺の資金ですわ」

「資金、というのは」

「準備ですがな」

「石垣島でクルーザーをチャーターして奄美大島へ行き、『ＯＴＳＲ』の村上哲也から景徳鎮の欠片を受けとって奄美・明神崎沖の海域に撒いたんが、それやな」

「あんたら、なにもかも知ってるんや……」

「なんべんもいわすな。みんな裏をとったからこそ、こうしてあんたを逮捕した。でなかったら、あんたは平瀬尾神崎に埋められてる」

「ほんまでんな……」力なく、比嘉はいう。

「なんで七百五十万もの金を横領したんや」

上坂がいった。「沈船詐欺の資金は河本が出すのが筋とちがうんか」

「いや、河本も六百万ほど持ってるというてましたわ。キャリーケースに」

「その六百万では資金が足らんのか」

「一千万要る、と河本がいうから、わしは半分の五百万を預けましたんや」

来年三月の奄美空港沖の海中探査までに、出資金一億円を集める、と河本はいい、利益を折半しよう、といった――。

「あんた、詐欺師のいうことを真《ま》に受けたんか」上坂がいった。

「真に受けるもなにも、わしはもう、工務店の来年三月の決算を越せんのは分かってましたんや。失うものはなにもない。一発逆転ですわ」

競艇や競輪に五百万を賭けるより、詐欺の胴元に賭けたほうが確率は高い、と比嘉はいい、

「まさか、模合の仲間に告訴されるとはね、思うてもみんかった」低く笑った。

「よう、そこまで勝手なことがいえるな」

「勝手やない。模合はそもそもウチナンチューの助け合いでっせ」

ウチナンチューという言葉にカチンときた。こんなやつは沖縄人ではない。新垣は怒りを抑えてメモ帳を見た。

「那覇行きのチケットは荒井が予約した。荒井の目的はなんや」

「荒井は監視役ですわ。米田にいわれて、わしと河本が沈船詐欺の準備をするのを見とどける役でしたんや」

「それは米田の指示やな」

「そうです」

「十一月三日、あんたと荒井が宿泊してた『那覇アーバンホテル』に河本が来た。それはまちがいないな」

「日にちはちゃんと憶えてないけど、そうですわ」

「聞け。十一月四日から九日までの、あんたの行動と付帯状況や」

十一月四日——。比嘉、河本、荒井は『那覇アーバンホテル』をチェックアウト。宮古島へ飛び、保良泉ビーチのリゾートホテル『ヴィラ　サザンコースト』の七号棟に河本と比嘉、八号棟に荒井が投宿した。

十一月七日――。夜、八号棟の明かりは消えていた。
十一月八日――。夜、八号棟の明かりが点くことはなかった。
十一月九日――。朝、河本と比嘉は『ヴィラ　サザンコースト』をチェックアウトし、宮古空港から石垣島に発《た》った。

「どうや、異存はあるか」念を押した。

「いや、そのとおりです」比嘉はうなずいた。

「荒井を殺したんは十一月六日やな」

「刑事さん、わしが殺したんやない」

「ほな、誰が殺したんや」

「河本と美濃ですわ」

「美濃はいつ『サザンコースト』に来た」

「十一月六日の夕方でしたわ」

「それで」

「えらい、びっくりした。なんで美濃がこんなとこにおるんや、て。……けど、河本は普通の顔してた。あいつは美濃が宮古島に来ると知ってましたんや」

「荒井はどうやった」

「別に変わったようすはなかった。河本の手伝いをしに来たと思てたんやろね」

「『サザンコースト』のスタッフは美濃を見てないんか」

「美濃はフロントを通らずに、ビーチから部屋に来よったんです」

話はすでにできていたのだ。美濃と河本には殺意があった——。

「で、それから」

「部屋で酒盛りですわ。四人で」

部屋の冷蔵庫には泡盛や焼酎、ビール、酒のつまみがリザーブされていたという。

「酒盛りはどっちやった。七号棟か、八号棟か」

「七号棟やったね」

「荒井を酔わしたんやな」

「ひどい酔い方やった。あいつは飲める口やのに、途中で寝てしもた。……いま思たら、睡眠薬でも盛ったんとちがうかな」

午後十時すぎ、河本と美濃はソファで眠っている荒井を起こした。ふらふらと足もとのおぼつかない荒井を両脇から抱えてビーチへ出て行った。その夜は月明かりがなく、三人の後ろ姿は闇に消えた——。

「あんたはただ、見てただけか。荒井が危ないとは思わんかったんか」

「そんなこと、思うわけないやないですか。誰が考えますねん。これからひとが殺されるやて。テレビのドラマやないんでっせ」思い出しても身震いがする、と比嘉はいう。

「河本と美濃は何時に帰ってきたんや」

「十二時半をすぎてましたな。帰ってきたんは河本だけですわ」

河本の顔色は青く、眼は虚ろだったという。「わし、訊きましたがな、荒井のことを。そしたら、河本は黙って首に手をあてた。……ああ、殺されたんや、と思いましたわ」

河本は比嘉の訊くことに答えた。ビーチから平安名埼に向かうサトウキビ畑の農道で、美濃が後ろからロープで荒井の首を絞めて殺し、そこから浜に近い段丘の麓に美濃が穴を掘ってふたりで埋めた、と――。

「なんで殺したんや。……訊きましたわ。河本はソファにへたり込んでボーッとしてたけど、ぽつり、ぽつり、喋りよった」

美濃を宮古島に寄越したのは米田だった。河本はそのことを事前に聞いていた――。

米田による荒井殺しの動機は、覚醒剤をめぐるいざこざであり、ふたりの関係はどうにもならない状況に陥っていた――。

荒井は米田の客を侵食した。米田は顔を潰され、シノギも細って組内の立場が弱くなっていた。米田は組長に荒井の非道を訴えたが、組長は荒井を抑えようとはしなかった。ヤクザの才覚は稼ぎの多寡《たか》であり、荒井は組長に相応の上納金を積んでいた――。

「河本がいうてましたわ。これから一生涯、米田に強請《ゆす》られる、て」

「そら、強請られもするやろ。殺人の片棒を担いだんや」

「河本もまさか、美濃が荒井を殺すとは思てなかった、というてましたわ」

そこへノック――。はい。返事をした。

ドアが開き、益満が手招きした。新垣は立って、廊下に出た。

「現状報告です」

「ありがとうございます」頭をさげた。

「検視官が臨場して、死体を引き揚げました」

ブルーシートを開いたところ、死体の首に細紐が巻かれていた、と益満はいう。「索条痕が深い。死因はおそらく、絞殺です」

「細紐はロープですか」

「いえ、ポリエチレン製の紐です。色は黒。直径が約四ミリ。農業用の鳥避けネットを張ったりするときに使用することが多いようです」

規格は五十メートルと百メートル、ホームセンターで販売している――。

「死体は荒井康平ですか」

「それはまだ判りませんが、指紋と歯型は採取しました。推定年齢二十五歳から三十五歳の男性です」指紋は朝一番、警察庁の指紋センターに照会するという。

「死亡推定日時は」

「いまは不明です」

「死体の着衣は」

「灰色のジップパーカ、半袖アロハシャツ、白のTシャツ、アイボリーのチノパンツ、靴と靴下は履いてません」

アロハシャツと白っぽいチノパンツは『那覇アーバンホテル』の防犯カメラに映っていた荒井康平の服装と一致する。

「死体の腕に注射痕はありませんか」

「注射痕どころか、服を脱がせられる状態ではないです」

皮膚は糜爛《びらん》し、ところどころ骨がのぞいている、と益満はいった。「独居老人の腐敗死体は何度か見ましたが、ひどいものですよ。人間の腐臭というやつは、部屋ごとリフォームしても、まだ臭いますな」

「まことに申し訳ないです」

また深く頭をさげた。いくら公務とはいえ、管轄外から来た被疑者を逮捕し、なおかつ死体を検視する宮古島署は大迷惑だろう。

「いやいや、そんなつもりでいったんじゃないです」

益満はいい、一礼して踵を返した。

取調室にもどると、比嘉は机に突っ伏して両手錠の肘のあいだに頭を埋めていた。

「なにしとんや」上坂に訊いた。

「もう堪忍してくれというてますねん」

新垣は腕の時計を見た。二時四十五分――。訊くべき概要は聞いた。

「分かった。今日のとこは打ち止めにしよ」

いった途端、比嘉は顔をあげた。

「腹減った。なんぞ食わしてください」

「あんたなぁ、立場を考えろや」上坂がいった。「留置場の飯は定時にしか食えんのや」

「定時て、いつですねん」

「朝の七時やな。普通は」

「わしは任意で協力したんでっせ。刑事さんのいう事情聴取に」比嘉は気弱にいう。

「そう、あんたは協力的やった」

上坂は立って、机の脚に括りつけた腰紐をほどいた。「さ、寝よか、留置場で」

「風呂も入らずに寝るんかいな」

比嘉は長いためいきをついた。


留置担当官がふたり、取調室に来て、比嘉を連行していった。

「勤ちゃん、どうや、比嘉の話」

上坂に訊いた。「米田の動機や。同じ組内で舎弟を殺したりするか」

「遼さん、いまどきのヤクザは任侠やない。金ですわ。ましてそこに薬物がからんだら、えげつないことになりますねん」

こともなげに上坂はいう。「ぼくが薬対におったとき、富南市の三次団体……二十人ほどの薬局やったけど、たったひと月のあいだに三人が消えてました」

薬対にタレ込みがあった。三人の組員の名を告げて、全員が死んだ、と。周辺捜査をしてみたら、当該の三人が失踪していた。上坂たちの一個班は内偵に入り、百日あまりの捜査をしたが、その事案を地検にあげることはできなかった――。

「シャブでした。三人が結託して組の売上を懐したところまではつかんだけど、肝腎の死体がない。富南はむかし〝産廃銀座〟と呼ばれたほど最終処分場が多いとこで、十メーターも掘ったら一体は人骨が見つかるという噂でした」

覚醒剤事犯は重罪だが利益は大きく、同じ組内でも権利関係が輻輳《ふくそう》しているだけに、いったんトラブルになれば一触即発の事態を招く、と上坂はいった。「だいたいが死んでますね。特に薬局系の組員が失踪したときは」

「なるほどな……」新垣は組織犯罪も薬物捜査も経験していない。刑事としての経験値は上坂のほうが上なのかもしれない。

「勤ちゃん、見直した」

「へっ、なにを……」

「いや、なんでもない」

「けど、ぼくら、どこで寝たらええんですかね」

「仮眠所、ないんか」

「ないでしょ」

そう、泉尾署にもない。

「柔道場で寝るか、毛布借りて」

「留置場はどないです」

「あほな。犯罪者やない」

「それよか、遼さん、腹がグーグーいうてます」

ラーメンを食いに行こう、と上坂はいった。


十一月二十七日――。朝、九時から河本の取調べをした。河本は瞑目し、黙秘権を主張して一言も口を利かず、雑談にすら応じない。ただ問いかけるだけで三時間がすぎた。

十二時、泉尾署刑事課長の西村と宇佐美、稲葉が現れた。三人は七時二十五分関空発の那覇乗り継ぎ便で宮古島に来たという。西村は横柄、宇佐美はいつになく上機嫌。稲葉は機中、眠りこけていたのだろう、顔が浮腫《むく》んでいた。

西村は宮古島署長と副署長、益満に挨拶し、逮捕した被疑者の移送について協議した。その結果、二十九日の午前、稲葉、新垣、上坂を含む泉尾署捜査員八人によって、河本、比嘉、米田の三人を泉尾署に移送すると決まった。

そうして、新垣と上坂は宇佐美に指示されて地階の食堂に入った。稲葉が自販機のコーヒーをテーブルにおく。五百円玉一枚で足りる四杯のコーヒー代は宇佐美が払った。

「ひとつ、いうとく。昨日、『ＯＴＳＲ』の村上哲也を引いた」

夕方、捜査二係の四人が宮原の『ドミール東三国』へ行き、家宅捜索後、村上に逮捕状を示して泉尾署に連行した、と宇佐美はいった。「村上は沈船詐欺を認めた」

「女は部屋にいてましたか」

「女が出るのを確認してから捜索にかかったんや」

村上の女は裏なんばのエスニックレストラン『チャクリ』のスタッフだ。

「村上のボルボの車内からパイプを押収した。大麻の吸引パイプや」

シートに付着した少量の大麻の葉も発見したという。「村上は大麻をやってたことを認めたけど、女は関係ないと言い張ってる。……正木《まさき》みのり。いずれ、事情を訊く」

「かわいそうにね。きれいな子ですよ」上坂がいった。

「なんや、上坂。きれいやったら、かわいそうなんか」

「そういう意味やないけど……」

「外見でひとを判断するんやないぞ。刑事はな」

宇佐美はひとりうなずいて、新垣を見た。「で、どうなんや。こっちの調べは」

「図太いですね、河本は。じっと腕組んで、なにを訊いても反応なし。あの詐欺師を落とせるのは係長でしょ」

くすぐってやると、宇佐美はよろこんだ。

「よっしゃ、昼からはわしが調べよ。君らは米田の調べにまわれ」

「助かります」宇佐美に落とせるわけがない。稲葉は横で鼻をほじっているだろう。

「しかし、ネタが要るな。比嘉はどうやった」

「よう喋りました。みんな、河本と米田に被《かぶ》せる肚です」

事情聴取の内容を話した。時おり、上坂が補足する。宇佐美は質問を挟みながら、要点をメモ帳に書いていく。報告が終わったのは三十分後だった。

宇佐美はメモ帳を閉じて、首をこくりと鳴らした。

「――君ら、飯は」

「まだです」と、上坂。

「腹が減っては戦《いくさ》ができん。なんでも食え」

「ここで、ですか」

「なんや、不服か」

「いえ、いただきます」

テーブルのメニューは、昼弁当が三百八十円、洋定食が四百三十円だった。

24

二月、土曜日――。宗右衛門町《そうえもんちょう》の中国料理店で宇佐美の壮行会が開かれた。おそらく五、六回目の受験だったのだろうが、宇佐美はめでたく警部昇任試験に合格し、三月から東京府中の警察大学校に入校して四カ月の管理職研修を受けることが決まった。合格の理由はいうまでもない、管理論文と面接だけという試験の内容、日頃の署長、副署長に対する媚び諂《へつら》い、そうして最も大きいのが殺人・死体遺棄事件を解決した僥倖だった。

「なんですねん、あれ。赤い顔して署長に酌してまっせ」宇佐美を見て、上坂が嘆く。

「ええやないか。おっさんの生涯で、いちばんうれしい日なんや」

宇佐美は昼間からそわそわして、心ここにあらず、というありさまだった。

五十男もはしゃぐ――。新垣は嗤《わら》い、一万三千円の会費をとられて怒った。

「ほんまにね、いうてたとおりになってしもた。遼さんとぼくは賞状一枚、おっさんは昇進、栄転……。世話ないわ」

「ま、そういうな。おっさんはどうせ〝人工衛星〟や」

府警本部勤務はなく、課長にもなれず、定年まで所轄署をぐるぐるまわる課長代理を人工衛星という。

稲葉が来た。空のグラスを持っている。ビールを注げ、という顔だが、無視した。

「めでたいな、おい」

「なにがめでたいんです」

「滑り込みセーフやで」

稲葉は宇佐美を見やって、五十歳で警部に昇任するやつはめったにいない、といった。

「いやいや、稲葉先輩もめでたいやないですか」上坂がビールを注ぐ。

「わしは、おまえ、異動するだけや」

「駒ヶ谷《こまがたに》から藤井寺《ふじいでら》まで何分です」

「電車に乗ったら十分や」

「羨ましいですね」

「おまえも異動希望を出せ」

稲葉はゆらゆらと去っていった。

「なんですねん、あれ。嫌味をいいに来たんですか」

「異動、おめでとうございます、というて欲しかったんや」

稲葉は四月から自宅に近い藤井寺署勤務になる。「――しゃあない。あのおやじもそれなりの仕事はした」

なにが契機でそうなったのか、取調べで河本を落としたのは稲葉だった。あのやる気のなさと、刑事らしからぬ縒《よ》れた調べがよかったのかもしれない。河本は稲葉が作成した供述調書に署名をし、その内容は美濃、村上、比嘉、米田の供述と概《おおむ》ね一致した。


比嘉は最後まで、荒井に対する殺意を否認した――。

米田は荒井に対する殺意を認め、美濃に示唆してこれを実行したと認めた――。

美濃は米田の示唆によって荒井を絞殺したが、それは河本も事前に知っていた――。

米田の尿から覚醒剤、荒井の体内から覚醒剤とバルビツール系睡眠薬の成分が検出された。また、米田の自宅と米田が契約している賃貸駐車場ガレージから、計五十六グラムの覚醒剤と改造モデルガン（実弾二発が装塡されていた）が押収された――。

米田は十月末、河本から三百万円を脅しとっていた（比嘉と荒井が那覇で河本と合流したとき、河本の所持金は百万円に満たなかった）――。

宮古島保良泉近くの荒井が埋められていた穴を特定し、荒井の毛髪と体液を採取した――。

横領、詐欺、覚せい剤取締法違反、大麻取締法違反、殺人、死体遺棄――。十二月初旬、西村は一件書類をまとめて、比嘉、河本、美濃、米田、村上の身柄を大阪地検に送致した。その一週間後に夕凪署が兎子組の捜索に入り、組織犯罪処罰法、ヤミ金融対策法違反等の容疑で組長の佐々木寛《ひろし》以下、六人の構成員を逮捕した――。


「遼さん、フェードアウトしませんか。どうせ、このあと、二次会、三次会とつづきますわ」警察官の飲み会は騒々しい、下手なカラオケを聞くと眩暈《めまい》がする、と上坂はいう。

「フェードアウトはええけど、あて、あるんか」

「鰻谷にね、マジックバーがありますねん」

「マジックな……」

気が向かない。興味がない。「行ったことあるんか」

「ないから、見てみたいんです。クロースアップマジック」

「分かった。ロビー集合や」

煙草をくわえ、喫煙所に行くふりをして宴会場を出た。

鰻谷の『シャッフル』——。カウンターに腰をおろしたのは九時だった。ショーは常時やっているわけではなく、女性客が多く集まってリクエストすれば、ねずみ顔のマスターがはじめるという。あいにく、女性客は三人しかいなかった。

新垣はブラントンの水割り、上坂はラフロイグのロックを注文した。

「遼さん、勝負です」上坂は百円玉を出した。

「表」

「裏」

上坂は硬貨を弾いた。くるくるとまわって倒れる。表だ。

「あっちゃー」上坂は額に手をやった。

「よっしゃ。今日は飲も」

「先輩、焼酎をお勧めします」

「嫌いや、焼酎は」

「ほな、テキーラとかウォッカを」

「考えとくわ」

ブラントンとラフロイグが来た。

ほどなくして、女性客ふたりがカウンターに座った。常連らしく、飲み物をオーダーして、マジックをリクエストする。マスターはカウンターに黒いマットを敷き、ベストのポケットからカードを出した——。

クロースアップマジックは若い女性客が多いと場が華やぐ。しばらく見ていたが、新垣にとっておもしろいのはマジックそのものではなく、マスターの話術と客の反応だと思った。その意味で、女性客が集まらないとショーをしないマスターのルールは正しい。

マジックがカードからコインに替わったとき、新垣は立ってカウンターを離れた。玲衣に電話をする。

――電話番号をおまちがえではないですか。この電話はお繫ぎできません。

先週といっしょだ。着信拒否がつづいている。

そう、玲衣に会ったのは一月十四日が最後だった。そのときは部屋に招かれず、ラブホテルでセックスした。少し眠って起きたとき、玲衣が帰り支度をしていたから、新垣も泊まらず、玲衣を立売堀《いたちぼり》まで送っていった。どことなく玲衣はよそよそしかったが、シティホテルではなく、ラブホテルに行ったことが気に入らなかったのだろうと思った。

あれから何度か、玲衣に電話した。食事に誘っても、その日は先約があるとか、田辺に帰る用事がある、と玲衣はいった。そろそろ切られどきか、と新垣は感じていた――。

咲季に電話をした。

――はい、堀井《ほりい》です。

――おれ、新垣。

なぜだろう。堀井です、と咲季はいった。咲季のスマホには新垣の名が表示されたはずなのに。

――いま、ミナミにおるんやけど、あとで行ってもええかな。

――あ、ごめんなさい。明日、早出なんです。

――早出、て……。

――六時から仕事です。

五時半には部屋を出る、と咲季はいう。いままで、そんなことはいわなかった。

――そうか。ごめんな。またにするわ。

――じゃ、おやすみなさい。

電話は切れた。

カウンターにもどった。上坂が振り返る。

「どうしたんです」

「消えた。クイーンが」

「カードですか」

「まぁな」

腰をおろした。

初出　「小説すばる」二〇一六年一二月号～二〇一九年四月号
単行本化にあたり「ゆいまーる」を改題し、加筆・修正いたしました。

装丁　岡田ひと實（フィールドワーク）
装画　黒川雅子

黒川博行　くろかわ・ひろゆき

一九四九年愛媛県今治市生まれ。一九八三年「二度のお別れ」が第一回サントリーミステリー大賞佳作に選ばれ、翌年同作で小説家デビュー。八六年「キャッツアイころがった」で第四回サントリーミステリー大賞、九六年「カウント・プラン」で第四九回日本推理作家協会賞を受賞。二〇一四年『破門』で第一五一回直木賞を受賞。著書に『国境』『悪果』『落英』『後妻業』『泥濘』など。

桃《とう》源《げん》

二〇一九年一一月三〇日　第一刷発行

著者　黒《くろ》川《かわ》博《ひろ》行《ゆき》

発行者　徳永　真

発行所　株式会社集英社
〒一〇一-八〇五〇
東京都千代田区一ツ橋二-五-一〇
電話　〇三-三二三〇-六一〇〇（編集部）
〇三-三二三〇-六〇八〇（読者係）
〇三-三二三〇-六三九三（販売部）書店専用

印刷所　凸版印刷株式会社

製本所　加藤製本株式会社

定価はカバーに表示してあります。

ISBN978-4-08-771676-4 C0093

集英社の文芸単行本

増島拓哉　闇夜の底で踊れ

三五歳、無職、パチンコ依存症の伊達。ある日、大勝ちした勢いで訪れたソープランドで出会った詩織に恋心を抱き、入れ込むようになる。やがて所持金が底をつき、闇金業者から借りた金を踏み倒して襲撃を受ける伊達だったが、その窮地を救ったのはかつての兄貴分、関川組の山本で――。第三一回小説すばる新人賞受賞作。

安田依央　ひと喰い介護

判断力が、体力が、財産が、奪われていく――。大手企業をリタイアし妻を亡くして以来、独り暮らしをする七二歳、武田清。彼が嵌まった介護業界の落とし穴とは!? 巧妙に仕組まれた罠に孤独な老人たちはどう立ち向かえばよいというのだろう。それは果たして合法か、犯罪か。現代に潜む倫理観の闇に迫るリアルサスペンス小説。

逢坂　剛　百舌落とし

過去の百舌事件との関わりから露わになった商社の違法武器輸出問題は、一時的な収束を見た。しかしそこへ新たな展開が。元民政党の議員、茂田井滋が両目のまぶたを縫い合わされた状態で殺されたのだ。探偵の大杉、警官のめぐみ、公安の美希は独自捜査を始める――。殺し屋百舌とは何者なのか。伝説的公安小説〝百舌〟シリーズ、ついに完結。